战争

却却 著

重庆出版集团
重庆出版社

图书在版编目（CIP）数据

战长城 / 却却著. — 重庆：重庆出版社，2023.3
ISBN 978-7-229-17239-8

Ⅰ.①战… Ⅱ.①却… Ⅲ.①长篇小说—中国—当代 Ⅳ.①I247.5

中国版本图书馆CIP数据核字（2022）第201800号

战长城
ZHAN CHANGCHENG
却　却　著

选题策划：刘　嘉　李　子
责任编辑：李　子　陈劲杉
责任校对：刘　艳
封面设计：冰糖珠子

重庆出版集团
重庆出版社 出版

重庆市南岸区南滨路162号1幢　邮政编码：400061　http://www.cqph.com
重庆天旭印务有限责任公司印刷
重庆出版集团图书发行有限公司发行
E-MAIL:fxchu@cqph.com　邮购电话：023-61520646
全国新华书店经销

开本：890 mm×1240 mm　1/32　印张：11　字数：335千
2023年3月第1版　2023年3月第1次印刷
ISBN 978-7-229-17239-8
定价：55.00元

如有印装质量问题，请向本集团图书发行公司调换：023-61520678

版权所有　侵权必究

目录

楔子　瘸马不瘸 /1

第一卷　来龙去脉 /2
　　第一章　承德城内 /2
　　第二章　平津迷雾 /14
　　第三章　大上海，冒险家的乐园 /24

第二卷　我的团长我的团 /32
　　第四章　一个跑路的和一群跑路的相逢 /32
　　第五章　大舅，你身体扛造吗 /44
　　第六章　桃花运来了挡都挡不住 /58
　　第七章　上天无路，跑路无门 /70
　　第八章　真的团长打不了，假的团长真想跑 /84

第三卷　诱降大戏中的悲与喜 /104
　　第九章　检校部队的几场大戏 /104

第十章　有四个兄弟来送死　　　　　　　　　　/119
第十一章　来找麻烦和找辣椒炒肉的黄埔军官　　/132
第十二章　不能带活的瘸马兄弟来古北口，死的也行
　　　　　　　　　　　　　　　　　　　　　/149
第十三章　谁杀了王宝善　　　　　　　　　　　/165

第四卷　亲爹来了　　　　　　　　　　　　　　/178

第十四章　这都哪儿跟哪儿的明修栈道暗度陈仓　/178
第十五章　天上掉下来爹、媳妇还有兄弟　　　　/194
第十六章　胡二娘不走，她要杀张大海　　　　　/208
第十七章　为了一个吃软饭的争风吃醋值得吗　　/222
第十八章　扮猪吃老虎还是真的是头猪　　　　　/237
第十九章　谁惹了她都不依不饶，必须干到底　　/250
第二十章　爹和媳妇被掳走了　　　　　　　　　/265
第二十一章　亲爹叫王福贵，没有福，也没有贵　/279

第五卷　打就打，没什么好说的　　　　　　　　/297

第二十二章　小试牛刀　　　　　　　　　　　　/297
第二十三章　槐树岭的瞎猫碰上死耗子　　　　　/311
第二十四章　不是结束的结束　　　　　　　　　/326

尾声　黄沙漫漫　　　　　　　　　　　　　　　/344

楔子

瘸马不瘸

瘸马不瘸。

瘸马长得好,这是承德人一致认可的一点。

瘸马让人又爱又恨,是因为这个人太……

太飘着。

不是端着,是飘着。

这人不着地,就知道跟马特别是王大雀凑一块儿嘀咕,不爱跟人说话,也不扎堆赌钱看姑娘。除了马,他好像根本没有喜欢的东西;除了喂马洗马跟马腻歪,他好像也根本没有喜欢干的事;他好像没有任何喜欢的人。

他跟其他男人不一样。性子又梗又愣,说话做事也不讨人喜欢。王宝善算是唯一能劝服他的人。

两人黏黏糊糊地处着,又蔫蔫乎乎地吊着,做了好些年朋友。

朋友而已,跟好扯不上半点关系,可别自作多情。

可承德城所有的女人就喜欢自作多情,都希望自己是这个把瘸马从飘着的天上拽下来的人,一窝蜂朝他扑。

第一卷
来龙去脉

第一章　承德城内

"天干物燥，小心火烛！"

王宝善提着灯笼走来，看到马厩火光闪烁，顿时定在当场。

他的脑子向来不怎么好使，脑子、说话和行动都不在一个节点。比如说，面对这不可容忍的夜半明火，他有生气骂娘、提水灭火、逮人来抓小坏蛋三个选择，可是他一项都没做，腿一软，坐在地上直号：

"你个杀千刀的小兔崽子，要是把草点着了，我要被打屁股……"

"富春阁的美人以后都不跟我说话了……"

他一边号还一边扯巴扯巴地上的草，用草来擦脸上黏糊糊的鼻涕泪水，结果草上全是马粪，整张脸都快成了屎壳郎。

他都把自己折腾成这样了，马厩里面的人还是没动静。王宝善莫名觉得自己冤，为了一口酒好好的人不做，做个泼皮无赖。

没错，他酒瘾犯了，这次犯得特别厉害，百爪挠心莫过于此。可是全城钻了个遍，他也没找到一丝丝能够治这酒虫子的地方，只能巴巴地跑到小兔崽子这里来碰运气……

小兔崽子是他酒友王大马的独养儿子，打小在马厩里长大。他每次见到这个小家伙浑身不是草就是毛，除了跟马腻歪，从来没见过他开口说话，看人的时候眼睛发直，眼珠子发红，叫人瘆得慌。

小兔崽子小时候皮得很，骑马摔断了腿，留下一个"瘸马"的外号，性子也变了，如今腿长好了，外号还跟着，还有可能跟一辈子。至于性子，天知道他这鬼憎人厌的模样会不会招人背后一榔头。

王大马死了，不管是人是鬼还是马。汤主席特宝贝他的马，怎么也不可能在马厩留下一个吃干饭的，他挺担心这个小兔崽子变成自己的负担，要不是情势逼人，也不能来这趟。

"别怕！宝贝儿，好了！这就好了！"

这个色坏！

王宝善气急败坏，酒虫子也顾不上了，抄起随身的打狗棍蹑手蹑脚走到近前……

只见这小兔崽子披头散发，上身赤裸，汗流浃背，不，血流浃背，裤子……裤子倒是还没脱下来，用一根草绳拴着。

角落的灯火中，一匹马躺在地上，浑身血糊糊的。

他是在给马接生！

马是一匹枣红马，虽然长得漂亮，但性子烈，不驯服，一点儿也不讨人喜欢。

王大马养得这么辛苦，就恨不得把它当女儿养了，枣红马还是把他踢死了。

对畜生好，从来没有好下场，这是他的人生经验。

王宝善看这血糊巴拉的模样，浑身直哆嗦，背靠着一人一马坐下来,摸摸全身上下,只觉得自己可怜——酒虫子刚被吓唬走,烟虫子又钻心里挠痒痒去了。

王大马穷归穷,对街上的老兄弟们没话讲,一瓶酒打回来没到家就剩了空瓶子,点一根烟一路上谁都能嘬一口过过瘾……他的儿子不关照关照,心里过意不去。

"我说小马猴,别跟畜生太好,你想想你爹怎么死的。畜生成天吃你的喝你的,到头来还要踢你一脚,我跟你爹算有点交情,不能不管你。你听我的,你年轻长得好,出去找个事做,别成天跟这些畜生打交道,最后小心自己也变成畜生脾气……"

枣红马生的是头胎,并不是很顺利,小马的一条后腿先出来了,多耽搁一下,就是母子双亡。

"过来!"

听到一声闷吼,这次王宝善是腿比脑袋快,嗖嗖地跑了进去。

"快!怎么办!"

小马猴瞪着一双血红的眼睛看着他,像一只要吃人的恶鬼。

王宝善从里到外一个哆嗦,手里的棍子掉下来。

王宝善瞪圆了眼睛指指自己鼻子,尚未做出反应。小兔崽子一巴掌拍在他脑门,把他摁在草堆里。

他这回总算醒悟过来,顾不得地面血迹斑斑,抓上马腿就塞了进去。

这还真是死马当成活马医。

小马位置对了,加上两个空有一身死力气的大男人帮忙,母马终于顺利生了下来,气息奄奄地躺倒在地。

王宝善一想到这是"仇家"母子,气得想把这对畜生扔火堆烧了。

小马的腿颤巍巍地动了动,像是活不了的样子。

王宝善随手捡起打狗棍,小心翼翼地拨弄了一下小马。

小马猴又急眼了，扭头死死盯着他，也许是灯火亮了一点，没有刚才那么没人气，可还是吓人。

在打狗棍掉落下来，打到小马之前，小马猴飞快地接住，扔了棍子，将小马抱到水槽边，给小马清理口鼻和身体。

王宝善还记着仇，看了看枣红马，还准备偷偷给它一脚，再一看，枣红马身下血流满地，一动不动，早就落了气。

王宝善跟跄退后，小马猴很快发现枣红马死了，抱着小马起身朝着他走来。

王宝善连连摆手："不，不……"他脑海中一片空白，只想逃离这个鬼地方。

"王大哥，取个名字吧。"小马猴声音虽然有点哑，声线却有奇异的魅力，让人心境平和。

"这……这……"

"你救的，跟你姓。快说吧，王什么？"

"王大雀！"

王宝善这次回得倒挺快，因为这是他给自己还没投胎的儿子取的名字，当然快。

小马猴点点头，冲他笑出一口白牙。

"我不叫小兔崽子，也不叫小马猴。我叫王不觉。王大哥，谢谢你，那壶酒归你。"

小马猴，不，王不觉冲着马厩外的篮子一指，里面除了衣服，确实有一壶酒。

王宝善几乎是蹦跳着跑去拿起酒壶，一饮而尽，一个幸福的酒嗝之后，打着响亮的嗝离去。

"天干物燥，小心火烛！"

酒喝完了，王宝善半夜帮人送东西得了点好处，觉得应该知恩图报，跑去灌满了酒，捎了二斤猪头肉拎过来。谁知道正赶上朱大胖带着汤主席来找碴，吓得躲在草料堆里直哆嗦。

汤主席看起来胖得像个菩萨，那是对姓汤或者跟汤家有关系的一干人等。要是姓汤，在承德城里杀人放火一点事都没有，要不姓汤，那就千万别招他。

小马猴变了个模样，浑身收拾得干干净净，低眉顺目跟从汤主席看小马驹。

王大雀也变了个模样，个头不怎么样，长得跟它娘一般漂亮，又精神，还通人性。汤主席一挨过去，小马猴一声轻唤，王大雀立刻黏糊上了，整个脑袋都要塞进汤主席的胖肚子里。

汤主席其实是来问罪的。死了人和马，管马厩的朱大胖自知大事不妙，跑来向他告状。经过朱大胖一番撺掇，汤主席理所当然地认为马踢死人肯定是人的不对，哪怕这个王大马给他养了一辈子马。

王大雀跟汤主席腻歪完了，又管王不觉要吃的。王不觉把它抱在怀里小心翼翼地喂，把汤主席一个叱咤沙场的热血汉子看出了一眼热泪。

这两个大的也算一命还一命，小的就恩怨尽了，相依为命。

想他几个兄弟英雄一世，还不是被张大帅家的小六子算计，到头来他还得跟张家小六子乞食，指着小六子照看汤家这些不肖子孙。

王宝善和王不觉谁也不会想到汤主席一个念头飞跑出几百里地去了东北，物伤其类，莫名其妙把被踢死的王大马撇清干系，将王不觉和王大雀两个小崽子归纳到自家的小崽子范畴。

有了这层关系，汤主席再看一人一马又跟以往不同，其实王大雀这种马确实养得好，而王不觉也确实长得俊俏，不辱没他的各种高头大马。

汤主席带着怒气而来，巡视一番之后，真心叹服马厩的井井有序和小马驹王大雀的通人性，走的时候做了决定，王不觉子代父职，成为新一代弼马温。

王不觉得了俸禄，王大雀得了额外的一份喝奶草料费，朱总管多了两份钱克扣，王宝善有人喝酒还多了个马儿子，可算皆大欢喜。

不过，王宝善很快发现看错了这个马儿子王大雀，它越长越像母马，高大漂亮，而性格有过之而无不及，简直就像一匹野马，桀骜不驯。不跟王不觉或者它搞好关系，一蹄子能把人踢上西天，就像它妈踢死王大马一样。

若说还有好处，那唯一的好处就是这是天生神骏，跑起来不知道累，还特别认人，除了王不觉，谁也不让骑。

能够靠近的也只有王宝善自己和富春阁的莺莺燕燕，其他人非得王不觉摆事实讲道理，磨破了嘴巴皮才肯认。

要是它特别讨厌的人，那还得了，它犯起倔来连王不觉也管不了。朱大胖不知道哪根弦不对，想跟人显摆这匹好马，还没牵出马厩就被踢飞了。朱大胖一怒之下扣了王大雀的口粮，王不觉只好认倒霉，自己掏腰包给它添草料。

那阵子大家实在惨，王宝善的酒断了，王不觉饿瘦了，只有王大雀照样膘肥体壮。

最后王宝善实在忍不了酒虫子，勉为其难觍着脸跑去跟富春阁的老板娘富大春告了一状。

富大春和这些女人一点也不拿他当回事，倒是心疼王不觉和王大雀。女人们联合起来把朱大胖好好收拾了一顿，朱大胖的婆娘把他挠得满脸花。

朱大胖几天不敢出门，派人打听一圈，总算明白事情坏在哪头，乖乖把王大雀的口粮补了，又请王不觉和王宝善喝了一顿酒，这才平了这件事。

大概是经过王不觉的千叮咛万嘱咐，从此之后，王大雀脾气收敛许多，再也没踢人了，勉勉强强能跟富大春这些女人和睦相处。

不和睦相处也不行，王不觉和王宝善能为好吃好喝的折腰，它一匹马为一点零嘴不踢人算不得什么怪事。

自从王大雀不踢人了,富大春就经常叫王不觉带着它来富春阁帮点小忙赚个酒钱。朱大胖抓了王不觉谋私的小辫子,心里倒是还想跑到汤主席面前告状,后来发现自家婆娘也跟王大雀黏糊,自知马和女人都得罪不起,只得老老实实做人。

至于汤主席,他的马场大着呢,一个弼马温和一匹马可不值得他惦记。

"天干物燥,小心火烛⋯⋯"

深夜,王宝善一路打更喊话,经过女人扎堆的桃花巷,胸膛硬是挺得多生了个鸡胸,脖子抻得老长老长,生怕漏了谁。

真可惜,今天出来的没一个漂亮姑娘,富春阁的老鸨子富大春听到喊声吱呀一声开了门,骨碌碌滚到他面前,塞给他一块热乎乎的玩意,尖尖的红指甲一头差点戳到他眼珠子里:

"叫瘸马洗干净自己和王大雀送过来!姑娘们都指着他!他就不能有点眼色!"

王宝善低头一看,是块洋胰子,谄媚地笑:"富姐,王大雀可是一匹大马,这洋胰子怕不够吧?"

富大春这会儿可没客气,一指甲准确戳进他的肉里,戳得他胸口又疼又酥麻——女人,不管是啥女人,都是老天赐给这灰突突人间的好东西,从发丝到脚指甲,从声音到味道,统统都是好东西,半点浪费不得。

"我说宝善,你吃啥长这么大个,洋胰子这么贵,谁舍得去洗马!"

眼看富大春又要使出拧耳朵绝招,王宝善终于从遍体酥麻的状态回返,身子一矮,躲过她的爪子,边跑边回头笑:"我和瘸马这就去洗干净,都洗干净。"

富大春双手叉腰跳脚:"老娘叫瘸马来,你别臭不要脸地蹭过来看姑娘，小心老娘戳瞎你的狗眼！"

王宝善活到三十多岁还没正经碰过女人，除了远远偷看过富春阁的女人洗澡，从来没见过没穿衣服的女人长什么样子，除了富大春，还没跟哪个女人有过肢体上的接触……一句话总结，在不缺酒的情况下，他想女人想疯了。

富大春的话对王宝善来说就是圣旨，可惜这一套在瘸马王不觉身上用不了。

王宝善不是没照过镜子，自认为比王不觉长得好，因为干的是晚上的活儿，不怎么见光，皮肤又白又嫩，还不爱长胡子。

王不觉长得真叫一个歪瓜裂枣，成天胡子拉碴，衣服松松垮垮、破破烂烂，实在穿不住了还得王宝善来缝补。

再者，王不觉可不像王宝善这样和气，四处有人招呼，走到哪儿都被人高看一眼。这小子从小在马厩里长大，除了跑去书场听书听戏，什么都不愿意干。

世上就是这么不公平，王不觉这么懒散，从富春阁到整个承德城，没哪个女人不喜欢他，走到哪儿都有人往他身上扑，这让王宝善这个光棍十分眼红。

王宝善把洋胰子送到王不觉手里，两人对着这香喷喷的玩意认真地发了一回愁。

"瘸老弟，我们还是去富春阁洗吧，那里的澡堂子漂亮得很！"

王宝善不知道想到什么香艳画面，眼冒星星，口水擦都擦不完。

王宝善有事情求他的时候喊他老弟，要装样子教训他的时候就管他叫大侄子。王不觉也习惯了他这套，一点也没有不好意思，一巴掌拍在他肩膀上："你不怕几十个女人围着看你的小鸡。"

王宝善浑身一个激灵，迅速捂住裆部，顿时瑟瑟发抖。他觉得这群女人干得出来，特别是富大春，会把他的小鸡用那尖尖的指甲弹着玩！

王不觉把洋胰子往兜里一揣:"走,去找小河。"

小河不是真河,是胡二娘家的小崽子。

胡二娘打南边来,是耍大刀卖艺的,后来大刀耍得不中看,混不下去,就种菜养鸡卖小吃糊口。

她带着儿子胡小河租了一个小屋住着,屋前种菜屋后养鸡,一根葱都得掰成两段分两天吃,日子过得贼精。

她这么爱算计,就是对小河读书这件事特别上心肯花钱。小河是个聪明孩子,似乎以前读过不少书,现在也特别会读书,走哪儿都背着一个书袋子。

不过胡二娘外号胡老虎。从这外号就能看出来,这就是个泼辣狠心的恶婆娘。

自她来了这承德城,不是花被人揪了就是小鸡崽被人踩了,芝麻绿豆大的事她都得闹个没完,没有一天不跟人干仗。

要论干仗,承德人可不怕,但胡二娘成天背着一把大刀吓唬人,城里哪个人都不敢跟大刀较劲。

承德城大大小小的官被她烦了个透透的,最后没办法,朱大胖出了一个馊主意,派了一个汤家的小马倌、弼马温,也就是王不觉出面来应付她和一干麻烦人等。

说来也怪,瘸马应付得很好,把孤儿寡母都应付成自己的拥趸。胡二娘和小河跟谁都闹,就是跟他不闹。

瘸马其实什么都没干,只是一个人听书挺无聊,觉得小河能听懂,就拖着他一块儿进了书场。没想到说书先生在台上说,小河在台下顶,一老一小差点儿打起来。

最后说书先生认了小河当徒弟,这事才算完。

王不觉凭着洋胰子一声吆喝,领着胡小河和大大小小十多个小孩一块儿奔了武烈河。大家尽着洋胰子好一阵搓洗,一个个从灰土色洗出了本色。

王不觉洗完上岸，孩子们围着他一阵欢呼。

王宝善还在水里迷迷糊糊地泡着，睁开眼一看，觉得眼睛隐隐作痛，心也挺痛。

洗出来的王不觉跟以前根本不是一个人，目光明亮，肩宽腚圆，身形颀长漂亮，难怪富春阁和城里的女人都喜欢。

回家途中，王宝善经过城墙边小小的土地庙，慌忙给土地老爷虔诚拜了拜，请土地老爷管管自己，让自己早日娶上老婆。

王不觉领着一帮小孩在街上横冲直撞，走路带香，引来无数女人直勾勾的目光。

最后，王不觉一巴掌把残余的洋胰子拍在黄瞎子面前，虽说只剩下一小片，但洗一个男人还是够的。

黄瞎子是个假瞎子，来历有点古怪，他说的是一口道地的北平话，讲的又是江南故事。只要跟他开个上有天堂下有苏杭的头，他能给人讲上三天三夜。

他不知道哪年浪荡到了长城外，蹲在城门口摆摊算命装神弄鬼，后来把老娘接了过来，安安心心摆了整整三十年，从有辫子变成没辫子，从干瘦的小瞎子变成干枯的老瞎子。

瘸马五岁到承德，那会儿他就在。他还为了蹭一口酒，跑去给瘸马算了一卦，说他将来会引领三军。

他万万没想到，瘸马长成了承德城里的一个小祸害，引领的是红粉军团。这让他太生气了！

街上长出几茬小孩，基本上都吃过他的糖，当过他的拐杖，王宝善和瘸马都算是他的拐杖之一。

黄瞎子算盘打得精，比起雇一个闲人来当拐棍，还不如哄一些小孩，他省了钱，小孩赚了吃的，两全其美。

然而，黄瞎子忘了一件事：他年轻的时候有老娘收拾，还算有点样子；老娘死后，媳妇又娶不上，现在真是又臭又丑，鬼都不沾，哪个家长愿意把小孩子交给他当拐杖；更何况他给的糖果都不知道放了多久，沾了他身上的臭气，掏出来全都是臭烘烘的。

　　最后，两根拐杖留了下来，一个是瘸马，一个是王宝善。两人反正都是光棍一条，经常跑来给他洗衣做饭顺便蹭一口吃的。黄瞎子倒也是知恩图报的人，恨不得把肚子里的东西全都倒出来教给两人。王宝善听几次就犯了困，只有瘸马从小到大一直都很感兴趣。

　　瘸马天性懒散，也懒出了名堂，为了省事拖着黄瞎子躺进马厩，由王大雀尾巴扇蚊虫，倒也听出来了一肚子的古怪文章。

　　收拾完了，王不觉骑上马，顶着姑娘、媳妇们热烈的目光一路溜溜达达来到富春阁。富大春早就等候多时，急得直跳脚，上来就狠狠拧了他一把："你到底磨蹭个啥！一屋子人等你！"

　　富大春算是王不觉和王大雀的衣食父母，一人一马见到她个头立刻矮三分。王大雀看到王不觉被呵斥，头也低下来。

　　富大春一转脸，笑容比花还要灿烂："我说大雀，你给我乖乖的，今天大家能不能吃上肉就指着你了！"

　　王大雀得意扬扬地抬头，一鼻子拱在王不觉后背。

　　两个巨大的胖子在楼上远远瞧见王不觉骑着王大雀走来，高兴得一边拍手一边跺脚："就是他！就要他！"

　　这两个巨大的胖子是兄弟俩，一个叫熊大木，一个叫熊二本。他们的主子名叫汤小妹，是汤玉麟十八竿子才能打得着的远房亲戚。

　　汤小妹家财万贯，在家养尊处优，不知道哪天突发奇想，想尝尝穿军装的感觉。而他爹娘也挺高兴，要管住嘴挺难，这穿军装还不容易，找本家不就完了。

　　汤小妹的爹娘说干就干，托人找到汤玉麟的远房亲戚。那人也拍拍胸脯，再托了一个远房亲戚，根本没托到汤玉麟这里，花了一大笔钱，这事就办成了。

　　在拍委任状照片的时候，大家遇到了一点小小的麻烦。

汤小妹胖归胖,却极其爱美,再者本身也胖出了镜头边框,怎么拍都是一个猪头。

汤小妹很能吃,也很喜欢看人吃。他的两个手下熊大木和熊二本从小跟着他一块吃,三人胖到一块儿去了,没一个好看。

大家一合计,必须找一个好看的人来照相,才能配得上这身帅气的军装。

要找好看的人,还得穿军装英武的人,比汤小妹当上团长穿上军装还要难。

这个任务落到熊家兄弟身上,熊家兄弟走遍全城,觉得富春阁的人算是城里最好看的,就跑来富春阁蹲点,没想到蹲了几天一个都没找到,还差点把富春阁的厨子累病了。

再好的厨子也顶不住两个巨大的胖子这么一天几顿不重样地吃,这还根本不是钱的问题!

富大春还当两人是来拆台,不得不亲自出面应付,探听到两人的要求,一拍脑袋,要说好看的人,这不就有一个现成的瘸马!

熊家兄弟见到王不觉和王大雀,跟富大春打听出价钱,觉得这真是整个跑官买官一条龙里面花得最值当的一笔。

很快,富大春找来照相馆的人,给瘸马和王大雀摆弄各种造型,照了许多照片。

穿上军装,瘸马无比帅气威风,简直就是画报上的明星。

为了拿到富大春答应的两坛好酒,瘸马的目光更为坚定,整个人闪闪发亮。

而王大雀前面摆着一箩筐的胡萝卜,只要它肯配合照相,躺在箩筐里吃都没人管,所以照片里的王大雀身姿英武,目光直视前方,充满着对胡萝卜的渴望。

照片出来之后,别说汤小妹和熊家兄弟喜欢,富大春也喜欢得不得了,把这个照片当宝贝藏了起来。

只有王不觉一直蒙在鼓里，照完相片，拎着满满两坛子酒回马厩了，最后一连醉了三天三夜，把这件事彻底忘了。

第二章　平津迷雾

"站住！"

听到一声脆生生的断喝，一个脏兮兮讨饭的瘸子从地上一跃而起，装瘸子的烂棉花包也不要了，一转眼跑个没影没踪。

而一个青黑长衫的男子将一个哭闹不休的孩子迅速抱起，钻入街旁的大烟馆。

满街的路人都熟悉这把堪比唱戏的声音，抻长了脖子朝着来处望，果然看到北平街上难得的奇观，一个漂亮的女警朝着这个方向冲过来。

这一带百姓谁家有点事都劳烦过她，看着她跟自家的闺女姐妹差不多，刚想上前打探顺便帮她一点忙，只听一阵歇斯底里的号哭声传来："你把我的小五还给我……小五……"

偷孩子！

大家都愣住了，自从这些个女警来，着重治了一批人，偷孩子的事情少了许多，敢顶风作案的还头回见，可见这孩子挺金贵，有人出了大价钱。

这可不是小事，大伙帮不上忙，众人面面相觑。漂亮女警气喘吁吁停下来，叉腰在街中站定："刚谁跑过去了？"

"没有!"

"没有!"

"有一个乞丐!"

众人还在叽叽喳喳回应,女警环顾一周,突然冷笑一声,抓起一根棍子,气势汹汹地冲进大烟馆。

大烟馆里乌烟瘴气,所有人都在吞云吐雾,一个个瘦得像鬼。

女警一个个看去,一棍子敲在一个包间的门上。

烟馆老板挺着个肥硕的肚子笑容满面凑上来:"胡警官,有何贵干啊?"

女警一棍子指着他鼻头:"人还我!"

"什么人?"烟馆老板笑得脸上的肉直抖,"胡警官,我知道您愁嫁,可这抽大烟的您看不上吧?"

"我数到三,小孩出来,其他人一概不管!"

"冤枉啊,我这都是抽烟的客人,哪儿来的小孩!"

"三!"

烟馆老板笑容僵在脸上。

"二!"

"放出来!"

一个小孩从包间里被人推出来,就这么一会儿的工夫就变了样,头发剃没了,衣服也换成了一身破烂。

小孩很显然被下了药,一张脸哭得不成人形,神情有些恍惚。

女警对上了人,二话不说,抱起来就走。

"宝宝啊……小五啊……"一个衣着华丽的年轻女子踩着高跟鞋狂奔而来,身后跟着一大串的人,一个个全都哭天抢地。

女警抱着小孩跑出,塞到女子怀里,趁着大家还没反应过来,转身就走。

等她绕到小巷,后面传出一阵欢呼:

"胡警官,我们要给您送匾……"

"琴琴警官,感谢您的大恩大德……"

胡琴琴救人的时候,她的父亲胡一鸣出事了。

胡一鸣在天津以货栈为掩护从事地下活动。日本特务盯上他很久了,试图把他绑走问出点什么。幸而上级知道胡一鸣身处险境,特意安排两个枪法、身手都极好的地下党同志暗中保护,这才把他从日本特务手里抢出来。

掳不了自己,妻女也就危险了。胡一鸣抓住一个地下党同志的手:"让二琴带妈妈快走!"

地下党同志连忙答应,冲着同伴一点头,转身就跑。

消息很快送到北平,胡琴琴非但没想跑,反而安排母亲隋月琴先去邻居家躲一躲,自己换上一身学生装就出发了。

胡琴琴凭着一身学生装和几句英语混到天津英租界,这里住着一个自"九一八"东北落入敌手之后退入关内隐居的东北军老将,人称六爷。

六爷号称金盆洗手、隐居租界,平时干的是养花遛鸟的闲散活儿,背地里可没这么简单。别的不论,东北军在平津的大兵小将逢年过节都得来恭恭敬敬地问个好。

作为胡一鸣的女儿,胡琴琴承担了替父出征的任务,和他交手数次,各有胜负,算是打个平手。

胡一鸣也来自东北军,只不过他的位置至关重要,且直接从属于少帅,跟他人毫无干系,六爷平日里都要让他三分。

六爷发过话,这扇大门对胡琴琴这个侄女是敞开的,所以她一路冲进来,无人敢拦。

一进门,一个戴着眼镜的年轻人迎上来,怒喝:"出去!"

胡琴琴也不跟他客气,一把把刀抽出来插在桌上。刀插得极深,纹丝不动。

年轻人看起来斯斯文文,发出的尖叫声一点也不斯文,玻璃窗都能震碎几扇。

胡琴琴不耐烦了,猛地把刀拔出来:"闭嘴!"

年轻人再次发出短促的一声尖叫,终于闭了嘴,抖抖索索指着刀:"你……你……你这是什么意思?"

胡琴琴斜眼看着他:"天盛货栈的胡老板,你认识?"

年轻人点点头,好似想到了什么,猛地醒悟过来,双手一拱:"二姐!二姐!我有眼不识泰山!"

胡琴琴可从来不受人高帽子:"胡老板哪儿去了?"

"二姐,胡老板不见了。"

"到底去哪儿了!"胡琴琴不耐烦了。

年轻人哭丧着脸:"我怎么敢骗您,胡老板真的不见了。我爹已经派人去通知您,只怕人还在路上呢!"

"这么多人,盯不住一个大活人?!"

"我……"年轻人哭丧着脸,不知如何是好。

"大侄女!"六爷急匆匆走进来救了他,年轻人一路小跑冲上前:"爹!你总算回来了!"

六爷看看自家这个不成器的儿子,再看看胡一鸣养出来的英姿飒爽的闺女,心里头颇有些郁闷,抱拳道:"二琴,这差事我们手底下办得确实不漂亮,实在不好意思,大家正在撒网找人,还请稍作等待。"

"等不了了!"胡琴琴一拱手,"六爷,不是我着急,北平的事情实在太多了,我还得回去当差。我跑这趟就想了解一下具体情况,看看以后要怎么应付。"

年轻人醒悟过来,连忙上前:"二姐,是这样的,我们的人亲眼看到他们进了货栈,可人家人多势众,用各种看不懂的战术对付我们,我们想跟都跟不上。"

胡琴琴点点头，忽而一笑："六爷，劳烦您费心，真是太谢谢您了。"

六爷松了口气，摆手道："应该的应该的，我不是还得叫你一声侄女嘛……"

说话间，胡琴琴拔出刀在手臂上擦了擦，突然变脸："叔，您一个做偏门生意的，成天盯着我爹做正经生意的天盛货栈算是怎么回事？"

"谁盯你爹的货栈了……难道不是你自己让我们找你爹……"年轻人急得满脸白了又红，"你一个小女孩子老玩什么刀……"

虽然长了一张甜美娇柔的娃娃脸，胡琴琴可不是真的柔弱小女孩。她一个瞪眼，把年轻人后面的话吓了回去。

六爷脸色变了变，笑道："二琴，我们都是敞亮人，实话跟你说了吧。我带着兄弟们撤到关内，这些兄弟没法当兵做官，又不能去种田，一个个饿得直叫唤。这正经生意，我们也想做。"

胡琴琴一拍巴掌："好，我做主，我爹不在，货栈的生意交给你们！"

六爷愣住了。

"谢谢二姐！谢谢二姐！"年轻人这回倒是反应挺快。

"我会交代天盛货栈的伙计好好跟你们合作，你们敢做坏了，让我这些东北兄弟饿肚子，回头我可没这么客气！"

"不会不会……"年轻人还在拍手鼓噪。六爷怒从中起，把他的脑袋摁了下去："拜谢二姐给大家指条活路！"

胡琴琴一摆手，扭头就走。

"保重！"六爷高高抱拳，目送她消失在视野，瞥见儿子一脸垂涎三尺的鬼样子，一脚把人踹出三尺远，气呼呼走了。

把胡一鸣的生意交给可靠的人后，胡琴琴下一步就是找称手的武器，好好对付这些居心叵测的坏蛋。

胡一鸣知道女儿的本事，一直以来，他从事的一些秘密工作并不会避着她。与此同时，她也处于高度的警觉状态，特别是"九一八"之后，胡一鸣逃入天津开货栈，日本人在天津的势力强大，她就知道胡一鸣难逃敌手，而自己逃亡和对抗的这一天终会到来。

胡琴琴在北平一条深巷找到罗伯斯特时，他正躺在炕上呼呼大睡，完全没有意识到危机来临。

罗伯斯特跟她也算老相识，只不过他卖军火，她是个穷鬼，只能来帮忙鉴赏新枪和修理他的破枪。

修理破枪不要报酬，罗伯斯特也特别好意思，次次叫她来，次次一颗糖果打发。她几年来一直毫无怨言，因为她就等着这一天。

天色不早了，罗伯斯特睡足一个白天，也算是睡饱了，在炕上翻了个身，冲着她色眯眯地笑："这么晚来找我，你跟我这算是什么关系？"

罗伯斯特早就对她垂涎三尺，就怕两人弄尴尬了，没人免费来修枪，看到天黑了她才上门，满脑子都是歪门邪道，觉得今天的桃花运旺极了。

胡琴琴一只手擦着刀，斜睨着罗伯斯特："你说我们什么关系，我们就是什么关系。"

罗伯斯特的胡思乱想被及时制止，一骨碌起身，跟她保持三步的安全距离。

"我爹那些新奇玩意，我平时玩得多，你要不就给我合用的，要不我就赖在这儿，反正我娘让我要的，我不能空着手回去。"

罗伯斯特双手合十冲着她瞎摇晃："姑奶奶，算我求你，你想要什么也得跟我说一声，我自己都不知道我这儿有什么好东西……"

"我知道！"胡琴琴一转眼露出可怜兮兮的表情，"老罗先生，我真的不晓得你要什么，求求你放了我吧……"

这一个北方大姐怎么变成娇滴滴的苏杭口音了？罗伯斯特眼睛

都直了。他很快得到答案,暗自为自己的迟钝羞愧了几秒钟。

"洋鬼子,哪儿来的好货色?"

两个日本浪人趿拉着木屐走来,苏杭小娘子转身蒙了头,羞答答斜着身子坐在椅子上。

罗伯斯特冲着苏杭小娘子的方向瞎指了指,露出中外老少爷们儿都理解的笑容,朝着日本浪人比出大拇指:"Good!Very good!"

两个日本浪人一阵淫笑。一个年轻一点的男人大概习惯了,看到女人就想伸伸手。年长的日本浪人眼明手快,把他的手打开,冲着罗伯斯特一点头。转身离去。

罗伯斯特就势蹲在"苏杭少女"面前,伸出毛茸茸的大手想吃豆腐。"苏杭少女"一动不动,呜呜直哭。

罗伯斯特这顿豆腐倒是吃上了,依照以往经验来看,知道这顿苦头肯定跑不了。

两个狡猾的日本浪人就在门外窥探,看到他得了手,一阵狂笑而去。

出乎意料,这母老虎今天没给他苦头吃,豆腐是真的水嫩嫩的豆腐,哭是真哭。

罗伯斯特保持着半蹲的姿势,久久不愿起来。他脑海中出现一个荒唐的想法,在这里求个婚似乎也不错。这是张少帅手底下最著名枪械专家的宝贝女儿,她懂的东西跟自己相比只多不少。

还没等他把这个荒唐的想法构思完,一把小刀转瞬之间到了他喉头。

这是袖中刀,他猜了很久这把刀在哪儿,嗯,现在不用猜了,刀在他喉咙前面,只要稍稍吐口气他就完蛋了。

小刀的主人又换了一副模样,笑得这样甜蜜动人,还有两个小小的梨涡。

"牡丹花下死",罗伯斯特闭上眼睛,脑海里冒出这五个字,觉得自己今天亏大发了。如果做了鬼,一点儿也不风流!

"罗伯斯特,听好,我要柯尔特M1908手枪两把,子弹你有多少要多少。"

"市价50美金一把,子弹一发……"

"找我爹要钱。"

"我说胡小姐……"

"叫我Violin……烦啊你……"胡琴琴一转眼又变成娇羞妩媚脸,梨涡都快把人淹了。

罗伯斯特在心中暗骂了好几声,终于慢慢举起手。

"你知道我爹在哪儿么?"

"你告诉我!我去找他要钱!"

"真巧,我也不知道。"

罗伯斯特目瞪口呆,平白损失了几百美金,心里在滴血。

从天津回到北平家中已经半夜,胡琴琴从邻居家叫出隋月琴,母女俩赶紧朝着家里走,准备逃亡。

一进门,隋月琴一把拖住胡琴琴,低声道:"二琴,你爹到底怎么啦,有人送信来让我们赶快逃出去。"

看来六爷的人到底还是来了,胡琴琴并不直接回答她:"娘,你收拾完了吗?"

隋月琴点点头,朝着屋内一指。

胡琴琴腿一软,差点给亲娘当场磕头,这满屋子的大箱子小柜子,哪是逃难,这就是搬家啊!

胡琴琴哭笑不得:"娘,我们是逃难哪!"

隋月琴冷哼一声:"我辛辛苦苦置办这么多宝贝,舍不得!"

"舍不得也得舍!"胡琴琴急得直跺脚,"车已经来了,只能带两个包袱！您自己看着办！"

"小兔崽子，你老娘我逃难的时候，你还在我怀里吃奶呢！还敢来支使我！"

隋月琴变戏法一般从花盆后拿出两个包袱背上。

这可不是什么争面子的时候，胡琴琴哭笑不得，冲着亲娘一拱手："娘，算我求求您，咱们只怕要做亡命天涯的孤儿寡母了，别闹了成吗？！"

隋月琴狠狠啐了她一口，转头气势汹汹地走了。

如果不是她的手稍微抬了抬抹泪，胡琴琴会真的相信这个娘一点也不在意。

胡一鸣和隋月琴是一见钟情，他们在逃难中结识并相恋，隋月琴放弃长城脚下云霞镇富家小姐的生活，跟随他半生颠沛流离，说毫无勇气是假的，说不惧怕也是假的。

"娘，你们到骡马店等我。"怕改变不了什么，胡琴琴冲上去把母亲送上车，扭头疾奔而去。

灯影摇曳，刘局长看来已经等候多时，地面全是烟头。

看到胡琴琴进门，不等她开口，刘局长连忙将一个信封递给她："你们赶紧走，我们警局门口已经有日本人的行踪了。"

即便是在自己家里，出于对无孔不入的日本特务的警惕和恐惧，刘局长还是极力压低了声音。

胡琴琴在心里直翻白眼，北平天津大街小巷哪处能少了日本人的行踪，警局算个啥，日本人都能进皇宫了。

刘局长大概看出自己这番话没有什么说服力，正色道："这是我上海的亲兄弟寄来的，这个忙只有你能帮，所以……"

刘局长指着信封："你先看看。"

胡琴琴抽出信瞄了一眼，眼珠子差点掉下来："刘局长，您这是开什么玩笑！"

"人，我帮你找，至于这件事，你帮我办。"

"打鬼子哪有这么容易！"胡琴琴急了，"你说有四个人要来打鬼子，我上哪去找鬼子给他们打！"

"不对！"胡琴琴有点语无伦次，"满大街都是鬼子，我们都是躲着走，他们要来直接上街去找人，不对，找打就行了，干吗去长城打！"

"我兄弟在上海是说一不二的人物，他从不开玩笑。"

"那行，我们先说好，我接到您这四位兄弟，立刻回来干活。"

"不，你不能回来。"刘局长斩钉截铁拒绝，"为了你的安全着想，你别回来！平津容不得你！"

"打鬼子就安全，平津当警察就不安全，这是哪门子道理！"

刘局长笑了："又没让你自己去打鬼子，这几个人都是脑子充血，你胡乱指点他们去长城脚下哪儿放几枪打几个野兔子不就行了。"

娘还在骡马店等着自己，没法跟他纠缠，胡琴琴无奈答应下来，正色道："刘局长，请帮我向姐妹们告别。"

胡琴琴最舍不得的是这些亲如一家的姑娘，嫁人之后，姑娘们也就没办法抛头露面抓犯人巡街。她作为被退亲无人肯娶的倒霉蛋，一直以为自己会是最后走的一个，没想到成了第一个。

"你的事她们都知道，大家都在想办法找你父亲。"

胡琴琴又想翻白眼，她的事情自己都不知道，别人怎么会知道，刘局长摆明了在糊弄自己。

"你千万记住，从今天开始，你不是胡一鸣的女儿，不是北平的女警，你是隋家二小姐。"

胡琴琴连连点头，觉得这场荒谬的对话可以结束了。

"不管走到哪里都不要泄露自己的身份！"

"那好吧，正好，这是我的辞职信。"胡琴琴递上一个信封，娇柔一笑,"刘叔,我可不想走得不明不白。"

"保重,二琴。"刘局长郑重其事收了辞职信。

胡琴琴一伸手:"真这么痛快打发我?我辛辛苦苦当差,薪水呢!"

"我就知道没这么容易糊弄你!"刘局长讪笑连连,拿出一袋银元,顺手把自己的戒指撸了下来交给她,"这是跟他们接头的信物,可别弄丢了。"

胡琴琴把戒指擦了擦,在刘局长愤怒的目光中证明是个真金戒指,这才把东西揣在怀里,恭恭敬敬鞠躬:"刘叔,多谢您这三年来的照顾。"

刘局长感慨万千地目送她离去,转头把辞职信撕了。

刘局长忽而觉察出什么不对,慌忙把刚刚撕掉的辞职信拼出来,气得直转圈,敢情这就是自己刚刚交给她的信封!

不对!刘局长费尽心思拼出所有的信封,发现信封只是个信封,里面的信没了!

他白忙活一晚上,累得够呛,坐在月光里狠狠抽了一根烟才算平复心情,瞎哼着一首京韵大鼓睡去。

第三章　大上海,冒险家的乐园

"山海关失守了。"

蔡武陵接了个电话回来,继续坐在麻将桌上,顺手给王柏松点了一个炮,一边数钱一边开口。

他数钱的手一点没有抖,用的是一贯以来平淡的语气,说的却是惊心动魄的事实,令人心头微颤。

除了向来嬉皮笑脸没个正经的王柏松,大家的笑容都僵在脸上,这场麻将顿时打不下去了。

蔡武陵今年二十六岁,是唐山蔡大财主独子,好好的坐吃等死日子不过,就为了反抗祖母喂他大烟,在母亲暗中帮助下逃出家门,一口气跑到广州考了黄埔。

他有钱有模样有本事,在上海这个花花世界如鱼得水,游戏人间一阵后,他结识了一个改变自己一生的人——法租界巡捕房探长刘天音。

两人英雄惜英雄,十分投契。他正好也玩累了,成为刘天音的左膀右臂,跟着他干起惩恶扬善的正经事,因为暗中参与了第一次淞沪之战,结交了一批来自北方的兄弟,比如这三个麻将搭子:清末汉族军官、生于军营长在军营的天津小站人关山毅,来自北平通县的老兵油子王柏松,还有初出茅庐不怕虎的东北沈阳流亡学生杨守疆。

关山毅浓眉大眼,不苟言笑,看起来满身正气,实则是个榆木疙瘩,满肚子不合时宜的规矩,常遭人奚落而不知悔改。他是个喜欢纸上谈兵的人,打仗的套路很多,能用的少,不过矛盾的是,他也相信师夷长技以制夷,善于学习,是个语言天才。

为了混口饭吃,他在法租界一个满清遗老家中当保镖,因为这里靠近虹口,有很多日本人出入,所以他学会了流利的日语、英语和法语,还会说上海话和唐山话等等。

他跟蔡武陵不打不相识,两人拳脚都很厉害,只不过蔡武陵比较灵活,会动脑子,他不是蔡武陵的对手,这是他仅有的两次实战经验之一。

另外一次实战经验就是淞沪之战,他从这次战斗中琢磨出很多有用的东西,比如说,炮弹来了,要趴下,还不能贴地趴下。

这种经验看起来很无聊,却是相当要紧的保命本领,也确实保住了他一条小命。

他的梦想是去陆军小学堂当教官,培养出一批能够对抗日寇的合格军人。他也明知日寇步步紧逼,这个梦想只能是梦想,这让他十分焦躁,屡屡跟其他人犯冲,也亏得其他三人忍住了他。

王柏松是四个人里的老大哥,脾气最好,也是最瘦、身手最灵活的一个。他跟过吴佩孚、冯玉祥、张学良等人,是经过军阀混战的老兵油子,有一身的逃命本事。

因为经历过大大小小各种仗,算起来他是最会打仗的一个,不管是冲着年纪还是资历,蔡武陵和其他两个都得恭恭敬敬叫他一声大哥。

至于杨守疆则是四人中的异类,他外表苍白忧郁,一开口就咋咋呼呼,艺术细胞挺多,喜欢念诗、唱歌、演戏,苦于没有知音,常常一个人神神叨叨地念,被人当成神经病。

他是刘天音挖掘出来的断案奇才,头脑特别聪明,记忆力超群,同时他喜欢四处游玩和勘察,地理是他的强项,对所有地图特别是长城内外的地图倒背如流。

"九一八"之后,他家破人亡,无法继续读书,只得逃出东北,自己养活自己。刘天音去过他的学校,对他早有耳闻,连忙把他收罗到自己手下办事。

他表面上是刘天音的司机,实际上以唐尼的名号协助刘天音侦破各类案件,抓捕罪犯,很受人崇拜。只是外人只知有唐尼大侦探,不知他就是这个唐尼。

从东北逃到上海后,他一边为刘天音办事一边开始研究日本,对日寇了解得非常透彻。现在满中国都是"中国通"日本人,他反其道而行之,成为没去过日本的"日本通"。

一阵沉默之后,蔡武陵继续洗麻将砌麻将,看其他三人都不动手，伸手到王柏松大哥面前敲了敲："怎么，赢了钱不来了？"

王柏松尚未开口，关山毅忍不住了，一拍桌子起身："蔡武陵，你别光顾着打麻将！倒是说句话啊！"

"我不是在说着嘛！"蔡武陵哭笑不得，"赢了钱可别走，一会儿请我们去喝酒。"

"谁赢了钱？你自己数数，每次都是你赢！"王柏松不服气，一伸手把自己的钱箱拽出来。

杨守疆一脸茫然，在两人脸上看来看去，不知道两人葫芦里卖的什么药。

关山毅一怒准备掀桌，王柏松和蔡武陵眼明手快，迅速把桌子和人都摁下来。

杨守疆连连摆手："打麻将总有输赢，不要伤了和气。"

蔡武陵笑眯眯地看着杨守疆："打麻将有输赢，打仗有没有？"

关山毅直挠头："当然有，打仗还会死人呢。"

蔡武陵拍拍他肩膀："你想留在上海打麻将，还是想去打仗，赌一把大的？"

"就等你这句话！"关山毅突然哈哈大笑，"谁怕谁！"

杨守疆点点头，一双忧郁的大眼睛天真无邪地眨巴："我听你的，武哥。"

王柏松叹了口气："蔡武陵，我要是不去的话……"

话音未落，三张脸齐齐堵到他面前。

"我要是不去的话，你们赌不了大的。"王柏松把话说完，长长叹了口气，"就像上次，关老三，要不是我，你早就被炮弹炸成肉泥了。"

关山毅高高拱手："大哥！多谢救命之恩！"

蔡武陵哈哈一笑，伸出手摸了一张麻将："来，一张麻将定输赢！"

三人同时伸手，关山毅摸了个幺鸡，杨守疆摸了个发财，王柏松摸了一个三条。

四人同时亮出手里的麻将，蔡武陵得意地笑："诸位，这就是天意！"

三人看着蔡武陵手里的红中，觉得好像上了一个大当。

红中就是头；杨守疆管理财政；而王柏松摸的是队伍中最不起眼的位置，穷张罗一切；关山毅摸了个最小的，负责跑腿打杂。

"那就这么决定了！刘老板那里，我们一人去一封信告假！"

蔡武陵将麻将桌一掀，摆得工工整整的全套笔墨纸砚露出来。三人面面相觑，终于肯定这是一个大当。

"刘老板有请。"

随着不知从何处传来的呼喊声，蔡武陵、王柏松、杨守疆和关山毅走进刘天音家富丽堂皇的公馆。

这并不是四人第一次来到刘天音的地盘，今天却别有一番滋味在心头。这是不是鸿门宴另当别论，写完信，这恐怕也是最后一次登门造访。

刘天音抽着粗大的雪茄，一步一缕烟朝着四人走来：

"就是你们给我写信？正正经经，用毛笔写信？"

反正伸缩脖子都是一刀，四人反而不再忐忑不安，躬身抱拳。

刘天音笑了笑："人都不大，胆子不小。"

蔡武陵笑道："大老板，受您的指示，我们去年就在上海打过仗，仗没打好，胆子倒是练出来了，多谢大老板给我们这个机会。"

这个马屁拍得非常到位，刘天音哈哈大笑，笑声简直震破屋顶。

刘天音笑声一停，一转身就变了脸，冲着美少年杨守疆喷了一口烟："所以你们把我从美人被窝里拉出来，就是想告诉我这么个坏消息？"

杨守疆咳嗽连连，蔡武陵眉头紧蹙，大家心里直打鼓，都沉默下来。

刘老板来回踱步："去年你们跑去战场帮忙，我想了多少办法帮你们打掩护。我实话告诉你们，就这个鬼地方，不知道里里外外多少日本探子盯着。"

杨守疆突然一抬手，一个带血的东西扔到桌上。

"什么？"

刘天音愣住了。

"里面没人盯着了。"杨守疆满面哀伤，"一个绝世美人，太可惜了。"

"你把我的赛西施怎么啦！"

"问完口供扔出去，马上就被人抬走了。"

"什么口供？"蔡武陵赶紧一唱一和。

"大老板，您看……"杨守疆深沉地看向刘天音。

"别说了别说了，要供出了床笫之事就不好了。"蔡武陵连忙制止他。

刘天音看着桌上血淋淋的钻戒，悻悻然坐下来。

"这女人接近我肯定是有目的，我还用得着你来指导，我就是……"刘天音眉头一皱，又一松，忽而露出诡计得逞的笑容，"去可以，都给我签卖身契。"

站在角落的秘书慌忙遥遥提醒："应该叫保证书，老板。"

"对！保证书！保证给我回来！"

蔡武陵连忙点头："是的，我向您保证，四个人去，四个人回。"

"去年你也是这么说的，我还没找你算账呢！"

蔡武陵黯然不语，王柏松、关山毅和杨守疆都沉默下来。

去年蔡武陵带了一支队伍上了战场，去的时候二十八个，回来的时候十五个。其中有大部分人牺牲在日军猛烈的轰炸中，也是关山毅被王柏松救助，死里逃生的那次。

蔡武陵忽而抬起头："如果能回来一半的人，那我们这趟也不算白跑。"

"谁让你回来一半，我让你去四个回四个，一个也不能少！"

刘天音一巴掌拍下来，算是一锤定音。

蔡武陵在保证书上签下自己的名字，冲着刘天音正色道："是的，我保证，一个不少，全部带回来！"

"我保证！"

"我也保证！"

"还有我，我也保证！"

关山毅、杨守疆和王柏松同时开口，一同在保证书上签了自己的名字。

四个人的名字一字排开，刘天音郑重其事合上，让秘书收入保险箱。

简短的欢送餐会之后，刘老板拿出一封信递到蔡武陵面前，脸色严肃下来："你们去了北平，去跟他联系，他们会接洽并且协助你们。"

蔡武陵讪笑连连："打仗这种事情，最好还是不要拉人下水吧。"

"这是我弟弟，亲弟弟，北平的警察局长！"刘天音颇有几分被瞧不起的愤怒，"他要是怕打仗，就不会当这个官！鬼子在北平十分嚣张，有人要去打仗，他欢迎还来不及呢！"

再争辩只怕要挨打了，蔡武陵心头窃笑不已，连忙接过信封。

刘天音撸下自己手上的金戒指："这是接头的信物，你好好收着，别丢了。"

蔡武陵接过来丢给财政官杨守疆保管。

刘天音看他这么轻慢，气得直喘气，摆着手赶紧送客。

一路无话,直到送到大门口,刘天音才算缓过这口气来,一字一顿道:"我支持你们,是因为我也是中国人。鬼子想抢中国这么大的地方,凡是中国有本事的人,都该去跟鬼子打一打,不能让他们轻易得手。"

"是的,不能让他们轻易得手。"

蔡武陵轻声回应,四人一起肃然点头,上车就走。

刘天音目送左膀右臂们集体离去的背影,陷入深深的惆怅。一个娇滴滴的大美人下车跑来,气呼呼朝着他比画着手指头:"哪个混蛋偷了我钻戒!达令!你把人找出来!马上!"

"蔡武陵!臭小子!你最后还敢玩我一把!"

刘天音的怒吼声遥遥传来,当然没能赶上蔡武陵这四人的车轮子。

第二卷
我的团长我的团

第四章　一个跑路的和一群跑路的相逢

承德城的混乱是从山海关之战开始，赤峰失陷后到了顶峰。

汤主席也有顶头的上司，上司又有上司，还有来自全国各方的压力，所以老早就吆喝要坚决抗日，保卫热河，保卫承德。

他一边吆喝，一边张罗，回头一看真是糟糕透顶：手底下的人跟着他混得好，家当都挺足，不像以前穷嗖嗖的。要卖命的一个没有，要跑路都挺在行，鬼子真动了手，谁都挡不了。

汤主席从平津征集大批汽车，又截扣了军车二百四十多辆，把全部家当和宝贝鸦片运往天津租界，好一个浩浩荡荡，气势如虹，把一路上当兵的军爷穷鬼们都看傻了眼。

鬼子都打到面前来了，敢情军饷还没发呢！

领头的跑得快，底下的人没他这么有家当，跑得自然更快。一转眼承德城大小官跑了个精光,只剩下几个穷光蛋听天由命。

张大帅的盟兄弟,另一个张大帅带着华北军第二集团军来了承德,一看人心惶惶没法救,只好从承德移驻古北口。

大军一动,老百姓都当承德被放弃了,跑得比兔子还快。

汤主席跑的时候捎上了朱大胖和自己的各种神骏,只是朱大胖只记得自己逃命,根本没想起来马厩角落里还有一个成天不受管束醉醺醺的王不觉和王大雀。

王宝善起床打更的时候,承德城跑得快的已经去到多少里地外,就剩下跑得慢的在大呼小叫,这个舍不得那个丢不下。

看着众人的狼狈模样,王宝善摸遍全身上下,突然觉得一个子儿不剩下的日子也挺滋润。

没家当,也不怕土匪鬼子汉奸抢掠。鬼子喊不出中国话"天干物燥,小心火烛",来承德还不得找中国人打更,再者听说领头的张司令当穷汉的时候还跟他一块儿喝过酒呢。

王宝善提着灯笼拎着打狗棍搜寻一圈,到底还是认清一个事实,承德城不保,最好的选择是包袱款款逃命,不管土匪还是鬼子汉奸,上哪儿都得先杀几个穷汉立威,让有钱人为了活命赶紧贡献出所有家当。

他并不着急跑路,所以,站在乱哄哄的人流当中,犯了老毛病,手脚跟不上脑子,脑子跟不上嘴,喊了几声"天干物燥……"又开始发愣。

一个惊恐的男声响起:"快跑啊!鬼子打过来了!"

王宝善大惊失色,连灯笼掉了都顾不得了。

今年刚收的草料清香扑鼻,王不觉躺在上面呼呼大睡,最近靠着英俊潇洒的王大雀赚了不少钱,连续几天酒都喝得挺痛快。

王大雀拱了拱他的手,他顺手摸了摸马,抓了一把草递给它。这些动作无比自然娴熟,一人一马配合了不知多少遍。跟以往不同的是，王大雀没有接，而是持续地拱着他的手和身体。

王不觉终于睁开眼睛，脚步声由远及近而来，王宝善挥舞着双手大喊："老弟，鬼子打过来了，快跑啊！"

王不觉茫然摇头，王大雀在他身上拼命地蹭，不时刨地。他不禁乐了，马比他还着急跑路，这是什么世道。

王宝善已经跑到近前，一把将他拖起来，拍了拍马，因为当半个儿子养的，权当它什么都懂："大雀，你们爷俩赶紧走！"

王大雀呼哧呼哧地答应着。

王不觉醒悟过来："大哥，那你呢？"

"别磨磨蹭蹭，这是你的包袱，赶快逃命去吧！"

"等等，咱们不是说好一起走吗？"

"谁跟你一起走，这可是千载难逢的好机会！"

王宝善笑容满面，眼睛发着光。那是见到富春阁美人的光！

王不觉权当他想媳妇想疯了，抓着他脑袋直摇，仿佛要从里面摇出八斤八两的酒来。

王宝善认了真，制止他的蠢动作，大笑道："都跑路了，大家都跑路了，就剩你一个，你赶紧跑，我发了财再叫你回来！"

他打得一手好算盘，王不觉和王大雀挺显眼，在城里十分危险，等他捞到一官半职再把他们两个叫回来享福也不迟。

王不觉困得不行，懒得跟他再废话，二话不说，翻身上马，往马背上一趴，以后的路交给王大雀来走。

走着走着就到了城门，黄瞎子舍不得卦摊子，用王不觉带着小孩们做的小车拖着拆完了的一堆木头和小板凳贴着墙根向前挪。

王大雀走到他身边喷了喷粗气。黄瞎子气不过，跟王不觉瞪眼珠子。

王不觉还是没醒，丝毫没理解这赤裸裸的威胁。黄瞎子无可奈何，一棍子把王不觉敲醒，拧着他耳朵大声道："八大处的贪官污吏抢先跑了。汤大帅驮了四百万大洋跑路，肯定撒得一路上到处都是。你赶紧跟着去，捡到了也就是你的。"

一听到大洋，王不觉的眼皮子终于翻了翻，有了几分生气。

"你怎么知道？"

黄瞎子来了劲，捻须神秘一笑："我会算！"

他要会算，难道就不能算出自己得挨多少顿饿，不能算出下一顿饭在哪儿？

王不觉只是犯困，人还没犯蠢，哈哈大笑："上马吧！"

王大雀不服气地打了个响鼻。

黄瞎子可不敢跟畜生较劲，嘿嘿笑着摆手："我算出来了，我八字跟你这大雀犯冲，骑不得。"

王不觉觉得他很有眼力见，拍拍王大雀，准备继续睡梦中的逃亡之旅。

黄瞎子拉住他，指着远方："你去古北口外四十里地的云霞镇，那儿有人收你。"

"收我干什么？"

"你去就知道了。"

"那你呢？"王不觉倒是一点儿也不担心他，他活了一把年纪，本事大得很。

"我嘛，当然要去我该去的地方。"

黄瞎子捻着几根山羊须须，倒是想最后跟他漂漂亮亮道个别，没留神脚下一个趔趄，一头扑倒在尘灰中。

王不觉也没法去扶他，王大雀确实跟黄瞎子八字不合，撒腿就跑。

黄瞎子捶地痛骂："王大雀你这畜生，我不过就是偷了你几根胡萝卜，你至于这么记恨么……"

一人一马开始跑路，接下来的事情也就由不得王不觉。

王大雀倒是过得挺滋润，长城内外到处都是吃的。王不觉饱一顿饿一顿，最后落得比承德城里的黄瞎子还要凄惨三分。

这不，他随同王大雀颠过上山坡，又饿晕了。

汤小妹带着熊大木和熊二本两个兄弟跟着汤主席从承德城逃出来，为了烤好一只野兔子跟大部队走散了，马也被人偷了两匹，最后只剩下一匹马。

马自然是归汤小妹骑着，马驮了人已经够呛，再加一根稻草就会垮。

汤小妹也怕马垮了没得骑，赶着两个熊兄弟抬上一只大箱子，让两人吭哧吭哧跟在后面。

三人一马走得相当艰难，想回天津，那必须得想别的办法。

也该他们走运，翻过一座山岭，三人齐齐看见一匹漂亮得不像话的枣红马在吃草，那马膘肥体壮，驮两个汤小妹都不成问题。

除了马上驮着的一具脏兮兮的尸体有点碍眼之外，这就是天赐的神骏。

汤小妹一声令下，两个熊兄弟抬了箱子，朝着枣红马直扑过去。

汤小妹气得跺脚，追上去一人一棍子，幸而两人眼明手快，一个骨碌躲了过去，箱子掉了下来。

汤小妹朝着枣红马一指："先抢马！蠢货！"

枣红马抬头看了看他们，撒丫子就跑。

这就是八条腿也追不上，何况两人都饿着呢。

两个熊兄弟心有灵犀，交换一个眼色，扭头就跑。比起去追马，此时此刻逃脱汤小妹的棍子更加要紧，也更加容易。

汤小妹怒吼声声："站住！站住！"

两人跑得更快了，加上正好是下坡，两人牵着手坐上浅草做的滑梯，加上人特别圆，一路滑溜到了山底下。

汤小妹急忙上马追赶，很快消失无踪。

王大雀看甩脱了追兵，慢慢走到木箱旁边。

远处的马蹄声声把王不觉惊醒，一支散兵游勇快马加鞭从山坡的大道跑过去，扬起漫天灰土。

也因为这些灰土，山坡下的人看不见王大雀和王不觉，而王不觉也没瞧清楚这到底过去了多少人，只听见山谷里回响着男人嘶哑的喊叫声：

"快跑啊，鬼子打到承德了……"

马蹄声和喊叫声渐行渐远，王不觉下马吃了几根草补充体力，和王大雀碰了碰头，嘟哝道："跟我回天津吧，天津是好地方，我们一定能混口饭吃……"

说实话，他说这些话心里挺没底，除了养马他没啥本事，去到天津只能投奔老东家汤主席。如果汤主席不收的话，指不定就得挨饿，他自己饿两天倒不打紧，就是怕饿着王大雀……

不等他说完，王大雀好一阵呼哧呼哧，催促他赶紧走人。

"别嚷别嚷，别让人家看见，这么大一个家伙，我得想想办法。"

王不觉只当马饿了，一边倒腾箱子，一边安抚王大雀。

王大雀看他没有伺候自己的想法，扭头转悠到草地上开吃，吃着吃着，把草地上一个东西推到他面前。

钥匙！王不觉大喜过望，捡起钥匙捅箱子的孔。王大雀挺不耐烦，一鼻子把箱子拱翻在地。

王不觉呆若木鸡，还以为自己来到了西方极乐世界。

箱子倒下来的时候翻开了，满地的金银财宝点缀在草地上，照耀得天地万物全都闪闪发光。

王不觉抱着马狠狠亲了一口，一头扎进箱子里翻找。

草正在冒尖尖的时候，嫩得很，看王大雀吃得美滋滋的，王不觉也拔了一把充饥，拿出一件衣服打开一看，吓了一跳，这件都能装下两个自己。

衣服虽好，王宝善不在就改不了，根本没法穿。

王不觉开发出衣服另外的用途，把几件衣服捆扎成包袱，将金银珠宝一股脑往包袱里塞。

等箱子清理完，他发现下面是一套崭新的军装和一个油纸包，忽而觉得军装有点面熟，再拆开油纸包一看，顿时目瞪口呆。

这是一张委任状！

委任状上面的照片，赫然就是他自己！

他脑子里顿时百鼓齐鸣，一屁股坐在草地上，发了半天呆，不知道这是不是老天爷在跟他开玩笑。

他向来是个随遇而安的人，挠了半天头，扒拉下这身臭烘烘的衣服，换上了新军装，背上装满金银财宝的包袱，骑着马在山岗眺望。

夕阳染红了天空，长城在崇山峻岭间蜿蜒而去，世间最壮美的景观莫过如此。

王不觉转身离去，留下袅袅余音：

"大雀，我们回天津过好日子！这辈子都不出来了！"

王大雀发出欢快的嘶鸣，狂奔而去。

"你们是云霞镇人？"

"是的，我们母女都是，孩子她爸不是。"

"明白了，你们这是回娘家省亲。"

"是的，带孩子回去看看她舅。"

"闺女这是还没许人？"

"我家就这个宝贝闺女，舍不得。"

"那是那是，这么个漂亮闺女给谁都舍不得，都说云霞镇出美人，我可算见识了真正的美人，不得了不得了……"

隋月琴丢了一个警告的眼色给女儿，胡琴琴不得不忍着鸡皮疙瘩继续装娇滴滴的美人，跟赶车的臭烘烘男人继续这种毫无营养又令人毛骨悚然的对话。

长城脚下的云霞镇如此有名，让她暗里挺受用，明里避之不及。

云霞镇在密云县东北，是密云县和古北口之间的咽喉要地，离古北口四十里地，离密云六十里。

云霞镇是明朝初年为了古北口而建的城镇，最先不过是石南和石北两个石头砌成的坚固营城，作为屯兵戍守之用。

随着军人和家眷的增加，营城不够用，也确实住得不方便，人们渐渐朝着靠水之所修房子筑路发展，并搬到两营城之间的白龙湖聚集而居，在此形成集镇，又在集镇的基础上再修了一个石头城，命名为云霞镇，石南和石北两个营城反倒荒废下来。

作为京畿东北的屏障，这座城平时是士兵训练和军需供给基地，战时作为指挥中心，策应各口，特别是古北口的军事活动。

如果敌人突破长城防线，守军就能退到二线防守，从古北到云霞镇一带地势险要，一路上处处皆可重兵拦阻，比如青龙山、北雄关、一夫关、阎王关、黑峪关等，加上石北路营城、石南路营城、白马关等长城各要隘分布密集，屯兵设防不在话下。

然而，作为平津的锁匙，这里一旦失陷，平津便无险可守。

这里城内有湖，城外有河，整座城是建在潮河河畔，一座四四方方的石头城，间或也有关帝庙等土木建筑。

太平盛世，军士有的是闲工夫，开凿出一条水渠引水入城，环绕白龙湖形成一个蓄水的双重保险。城内在四方开了东南西北四门，东南北三门有瓮城城门，西门没有瓮城，城门外除了潮河之外，还有浅浅护城河一条，石桥一座，称为云霞桥。

城内随门设街，因而形成十字街道，分别称为东南西北大街，设有营房、常平仓房、县衙、文庙等设施，城外还有校军场、跑马场等作练兵之用。

和平日久，商贩百姓逐年增加，大家入城之后各司其职。而周围村庄从无到有，越来越多的百姓迁徙到这里来落地生根，农闲时参与训练，农忙时生产。因有一片种什么长什么的肥沃大平原，这一带的村庄种菜出了名，菜蔬不仅供应云霞镇，还供应远至密云和承德等地。

云霞镇有山有水，因为有蜿蜒在崇山峻岭之间的长城作为背景，有世上最壮阔美丽的云霞。

与云霞对应的，是春夏之际平原上一望无际的花海，各种叫不出名字的大小花朵，各种想象不到的颜色应有尽有，且生命力顽强，一年年延伸开来，铺满了长城内外。

山好水好云霞好，加上各种天真绮丽，颇有几分烂漫色彩的地名，找活路的、看稀奇的纷至沓来，人来得多，留下来的也多，慢慢有了"云霞出美人"的说法。

出美人这种事情谁不喜欢，大家也不管真美假美，一个个拍了胸脯美滋滋认下来。云霞镇人不管走到哪里，面上都多几分美人窝的自带光环。

如果是不好看的，那也情有可原，坚固如长城还经常有个豁口呢。

云霞镇虽小，五脏俱全。目前的镇长由汤主席派驻，是汤部手下的厨子孙望海通过贿赂得的官，除了吃喝，平时不管闲事，镇上事务都由商会会长隋月关把持。

商会也有一队人和枪，包括队长统共十二个人，由大家出资养着，维护治安消防灭火全由他们管着，钱不多，官不大，事情可不少，因而没多少人愿干。由隋月关自己掏钱自己招人，相当于隋家的私家护兵，现任队长是隋月关新娶的小美人魏小怜之兄魏壮壮。

当年胡一鸣跟随贩售皮毛的骡马队从云霞镇经过，和隋月琴一见钟情。两人原本定居北平做点小买卖度日，张大帅掌管东北，大力吸纳人才谋求发展，胡一鸣和隋月琴夫妻就一块去了奉天，把女儿丢给云霞镇的舅舅隋月关，直到八岁那年才把她接到身边读书。

1931年东北沦陷，一家三口一路逃回关内，胡一鸣在天津开了货栈，胡琴琴考上女警，隋月琴跟着女儿在北平生活。

从密云去云霞还有六十里地，在骡马店随便歇一晚上，明天就能到了。

所谓近乡情怯，或者说得抽空打好算盘，母女不约而同沉默下来。隋月琴忙着纳鞋底做鞋子，胡琴琴忙着绣花，加上两人都换了身朴素的土布衣裳，一路上恨不得一个子儿掰成两个子儿花，跟平常的农家女子没有丝毫区别。

一路上嘴巴热热闹闹的车夫跟店东看起来挺熟，一下车就撇下两人独自钻进店东住的小屋。两人喝酒猜拳玩了一阵，相互搀扶着摇摇晃晃敲响母女俩房门。

灯火明亮，隋月琴和胡琴琴交换一个眼色，都不肯起身开门。

敲门变成了砸门，胡琴琴冷冷一笑起身应付，隋月琴转身开始收拾行李。

店东是个快秃头的中年汉子，刚刚丧偶，听车夫一顿撺掇，心底火苗直往上蹿，硬是用唾沫把头顶几根头发捋到脑后，大摇大摆来提亲：

"胡嫂子，你看我儿女都长大了，只想娶个好姑娘过过安稳日子……"

店东大刺刺坐下来，刚刚开了个头，胡琴琴一抬手，没留神隋月琴比她还快，一巴掌就把她的手打了下去。

胡琴琴白挨了一下，手背通红，气得霍然而起，冲着隋月琴瞪眼。

隋月琴老实不客气地瞪了回去："给老娘消停点！"

胡琴琴桌子一拍："你也不看看现在谁不消停！"

店东啰嗦一气，见没人理他，急得双手叉腰堵在门口："胡嫂子，你们倒是给句话啊！"

"不给！"胡琴琴柳眉倒竖。

"不给可不行。"店东又抹了抹几根头发，笑里藏着刀，"咱这么大的店，两个女人都留不住，说出去挺丢人。"

隋月琴直叹气："当家的不在，我一个妇道人家也做不了主啊。"

店东哈哈大笑："不要紧不要紧，当家的不在更好啦！哎呀我的美人嫂子，你要是不嫌弃，我收了你也不要紧。以后这个店都交给你们娘俩管，我每天喝点小酒就成了。"

"不，我嫌弃得很！"隋月琴才向前蹿了一步，胡琴琴眼明手快，一巴掌把隋月琴拍下来，报了刚刚一箭之仇。

隋月琴可没她这么手重，加上气得眼冒金星，一下子坐在地上起不来了。

"我的小嫂子，不要激动嘛，这生意迟早都是你的……"

店东冲上来准备把隋月琴扶起来，真是香风扑鼻，心旌荡漾……有满肚子的体己话要跟母女两个美人讲……

店东突然没了声，因为眉心多了一把枪。

枪很小，握在胡琴琴的手里特别合适，好像她手里的一根绣花针。

谁也不知道她从哪里变出来的，可以看出来，就连隋月琴也有些意外，一张嘴到现在还没合拢。

店东脸上像是开了染坊，好一个赤橙黄绿青蓝紫，到底没敢用脑袋证明这把枪的真伪，高高举起手来。

胡琴琴露出正经云霞美人的娇媚笑容："这把小手枪叫笑笑，我弄回来没多久，您要不要当第一个试枪的幸运儿？"

真中了枪，那可一点都不是幸运儿！店东脑袋变成了拨浪鼓，两股战战，涕泪横流。

入夜，急促的马蹄声停在店门口，魏壮壮领着两个背着长枪的黑衣汉子走来，冲着坐在正中吃饭的隋月琴和胡琴琴遥遥抱拳："二位老板，我是隋会长派来接人的，请问哪位是隋会长的妹妹和外甥女？"

隋月琴斜眼打量了一下，觉得这人长得高高大大，眉目憨厚，还挺顺眼，冲着他招招手。

魏壮壮连忙上前："这位嫂子，您有什么吩咐？"

隋月琴冲着角落里指了指，原来能说话的车夫和店东两个都已经被绑上了。

魏壮壮惊疑不定地打量地上的两个"粽子"，一手朝着腰间的枪套掏去。

"娘，别闹了，走吧。"胡琴琴忍不住了，起身拦在魏壮壮面前，"我大舅隋月关呢，他怎么自己不来？"

魏壮壮还是第一次见到这位表小姐，被她的美貌小小震了一下，又迅速恢复过来："表小姐，东家没说要来。"

说实话，隋月琴和胡琴琴一点也不想被人这么大张旗鼓迎回去，胡琴琴这次回去还有事情要办，而隋月琴跟大哥有仇，根本不想去隋家。

魏壮壮看两人没回应，还当人真生了气，竭力挤出一个笑容："要不我派人回去一趟，请他亲自来迎二位？"

"那倒不用！"隋月琴摆摆手，起身就走。

胡琴琴起身给地上两个"粽子"松了绑，转身走了。

魏壮壮把两人恭恭敬敬请上马车，由他亲自来赶车，两人终于满意，车帘一放下就打起盹来。

月光如水，马蹄声声，车轮滚滚，母女四目相对，隋月琴迅速拧住胡琴琴的耳朵，势必要让自己每个字都传达到位。

"见到你舅舅，你可千万记得，夹着尾巴做人！"

自家女儿啥德行，她这个做母亲的最清楚不过。

女儿吃过胡二娘的奶，跟表哥大河打着架长大，还一手拉拔表弟小河长大。如今隋月关色迷心窍，老房子搬进一炮弹，说炸就炸，炸完还烧出个七色烟火来，把妻儿抛之脑后，人不见了也不上心……不管是不是炮仗脾气，女儿肯放过他和那个狐狸精才有鬼。

当然，就冲着嫂子辛辛苦苦把二琴奶大，她自己也不能轻饶了他们这对狗男女！

胡琴琴冲着她挤挤眼睛，一掀车帘，先小小咳嗽一声。

她咳一声，魏壮壮心头抖一抖，还不敢回头看人，闷声道："表小姐有何吩咐？"

胡琴琴露出无比娇羞的笑容："魏大哥，我有点内急……"

很快，魏壮壮和两个护兵呆立路旁，车马全无踪影。

第五章　大舅，你身体扛造吗

王不觉和王大雀一路狂奔，来到古北口前方十里地外一个差不多二十户人家的小村，突然从哭哭啼啼的逃难人群那得到一个不妙的消息：前面有马匪！

这股马匪不过二十来人，为首的号称石胡子，来历神秘，居无定所，而且目的非常明确：穷苦人家没几两油水，他们即便遇上了也统统放过去，劫的就是达官贵人。

他们在这条道上混了有些日子，干一票大的就销声匿迹，行踪极为隐秘,近来常常出没,想必是知道汤主席和承德城众多官爷带了不少好东西跑出来。

他们这一票又一票,抢得确实盆满钵满。被抢的人可就惨了,只能纠集在一起朝北平走,因为好马都被抢了,只能自己推车或者步行。

王不觉和王大雀一路行来,从不少人口中得知这路马匪,眼瞅着刚到手的好东西就要成了人家的,急得不知道如何是好。

走到古北口前方不远一个路口,一行人正三三两两坐在地上吃吃喝喝,为首两个军官梗着脖子吵得脸红脖子粗:

"没有发饷,你让我们怎么打仗!"

"大帅没亏待过我们,我们怎么能丢下他自己跑!"

"没亏待我们,那你把军饷拿来!"

"你们跟我去天津!他难不成会欠我们钱!"

"要去你去!我宁可留在这里做马匪!"

"你要做马匪就别认我这个兄弟!"

原来刚刚跑过来的就是这一队人马。王不觉在汤主席的马厩混了这么多年,没当过正经士兵也看过他们走路,特别是汤主席和汤家上下,一个个呼呼喝喝,派头十足。

至于汤主席手下的士兵,别的不说,这支骑兵部队是汤主席手下最厉害的角色。汤主席以前干过骑兵团长,这批人都是他的亲兵。

亲兵也分两种,有路子的和没路子的,有路子的巴结上汤家某个公子,也就大大的升官发财。

没路子的呢,看看眼前这三四十号人马就是,人都跑到这里了,别说金银财宝,就连军饷都没捞着。

王不觉看了看自己这身漂亮衣服,眉头一皱,计上心来:

"兄弟们,你们真的没发军饷?"

王不觉用力拍了拍王大雀，这是以往在富春阁客人面前要表演高头大马混口饭吃的意思。王大雀来了精神，立刻把头扬得高高的，尾巴甩得劲劲的……

一人一马陡然生出几分大官的气势，威风十足地走向官兵。

为首的两个军官交换一个眼色，起身迎上，冲着他敬礼：

"长官好！"

"长官贵姓？"

"长官有何贵干？"

根据以往看人做大官做大老板的经验，真要比人家强，必须沉住气，人家问了三个问题，得回答第四个。

王不觉于是开始等人家第四个问题，等啊等，等啊等……

两个军官看他不肯回答，又交换一个眼色，刚刚说要找汤主席的圆脸军官向前走了一步，敬了一个特标准的军礼，大声道："报告长官，我是骑兵第十七旅……"

除了在马厩见过汤主席三两次，王不觉认识的最大官是马厩总管朱大胖，军队的官一概不认识，顿时暗道不妙，冲着两个军官直摆手："散伙了，都散伙了，以后别提这茬，大家都是兄弟。"

他口口声声是兄弟，可一点也没兄弟的模样，军装崭新，头发这么长，乱成鸡窝。这匹马高大英俊，毛色油光发亮，倒是跟军装很配……

王不觉看众人上下打量，赶紧抢个主动权，胸膛一挺，用说书先生的腔调大声道："你叫什么？"

"陈袁愿！"

不知道是不是这圆脸军官口音太重还是怎么回事，王不觉听成了绝世美人陈圆圆，扑哧笑出声来。

这主动权果然被他抢着了！

众人不再怀疑打量，一阵哄笑，陈袁愿脸又红了："我姓陈，义父姓袁，我身上承载着陈家和袁家振兴的愿望。"

长脸军官大概习惯看同伴被嘲笑，跟着嘿嘿两声之后，上前冲着王不觉敬礼："长官，我叫常春风，生于春日，见笑。"

王不觉一眼扫过去，脑子里转了转，觉得这三十几号人虽然穷嗖嗖的，但马都膘肥体壮，枪擦得油光发亮，肯定能保着自己平安抵达云霞镇。

"兄弟们！我奉上头的命令收容部队！"

陈袁愿和常春风同时挺起胸膛向前一步站到他面前。

众士兵面面相觑，看来并不怎么相信，当然，即便相信也不愿意卖命了，军饷还没发呢。

"客气话就不说了，我们先发饷！"

王不觉在钱物上面向来不怎么计较，有几个钱就跑去跟穷兄弟们喝酒吃肉了，现在看到这些兄弟穷嗖嗖的，恻隐之心顿起，准备找个由头把钱分一分，自己也能平安过境，也算一举两得。

大概是对当官的没什么好印象，众人还是不肯信，一个个杵着跟木桩子一样，一动不动。

王大雀在这儿待得有点久，有点不乐意，呼哧呼哧喘粗气，刨着蹄子想跑。

王不觉只好下马，掏出一个装了钱的包袱扔给陈袁愿和常春风两个军官，抱着王大雀狠狠安抚一番，瞥见常春风马袋里藏了几个胡萝卜，也由不得他反对，一股脑抱出来，乐呵呵地从王大雀开始一匹匹马喂过去，看其中几匹马目光中透出有点渴的意思，又赶紧屁颠屁颠地把自己的水囊送上去。

说来也怪，马也挺顺服，王不觉倒水囊也就张嘴一口一口喝着，配合得十分默契。

众人都看得目瞪口呆，觉得这军官一点架子都没有，不像是以前那些高高在上的蠢货。对了，他还长得特俊俏，不像汤家那些脑满肠肥的贪官污吏，倒像是南方正经军校里面知书识礼的军官。

好看的人谁不喜欢，何况这马也漂亮极了，是众人多少年才得见一匹的千里神骏。

众人看俊俏男人和漂亮马儿的同时，陈袁愿和常春风也把包袱里的钱分了分，人人都拿了一份，而两人的马也吃饱喝足，围着王不觉和王大雀黏黏糊糊。

两人再度交换一个眼色，将这怪异的包袱送还，同时敬礼："长官，请问有何吩咐？"

众人也纷纷敬礼："长官，请下命令吧！"

这回轮到王不觉傻眼了，他倒是挺会下命令，可那是冲着马，不是人。

不会说，那就行动吧，王不觉翻身上马，冲着大家一拱手："看到兄弟们一路丢盔弃甲，我深感愧疚，有什么事到了天津再说吧。"

"团长，我们以后就跟着你了！"

听他还能说出个成语来，果然是个好心肠的文官，陈袁愿喜欢得不得了，声如雷鸣，把王不觉差点吓个趔趄。

常春风低声道："长官，您是不是姓汤？"

王不觉脑子一转，决定还是等他们的第四个问题，矜持点头不语。

常春风指了指他军装前方，哈哈一笑，"长官，我也知道这是明知故问，不过看您的做派，跟姓汤的不一样。"

王不觉恍然大悟，敢情衣服上就有名姓。他一低头，顿时觉得眼前发黑。号牌上写着三个大字：汤小妹。旁边还有一行字：第三十六师骑兵独立团团长。

有了这支队伍，王不觉如虎添翼，不仅很平安地过了到古北口的一段危险地带，还受到驻防古北口军队如看到亲人一般的疯狂欢迎。守将带着亲卫一路连跑带颠，把一行人送进长城内。

古北口和崇山峻岭间的长城渐渐消失在视野，前方越走越开阔，花草遍地，牛羊满山，眼看着离云霞镇越来越近，从四十里地到三十里地，再跑跑就到达目的地了，那这支队伍怎么办？带还是不带呢？

王不觉坐在马上认真地思考这个问题，看着陈袁愿和常春风两位手下赤诚热烈的目光，突然觉得头痛欲裂，当军队的头头比当马厩的头头难多了！吃喝拉撒睡啥都得管，讲起话来像是有一千只鸭子在嘎嘎叫！

一阵急促的马蹄声响起，陈袁愿和常春风到底上过战场，两人同时挥手，众人分散开来，有人来到前方保护王不觉，有人飞身埋伏到两侧山石间，还有人退到后路。

王不觉还没反应过来，领头的马匪石胡子已到了近前。

石胡子人如其名，果然是满脸络腮胡子，眼如铜铃，背上一把大刀，手里挺出一杆枪，看起来十分凶悍。

所谓无知无惧，王不觉从小在承德城马厩里跟畜生打交道，根本不知道马匪的厉害，再者本来就是穷汉，金银财宝也是刚捡的，还没生出多少有钱人惜命的劲头，冲着石胡子客客气气抱拳："好汉，借条路给我们走走如何，要多少钱请开口？"

要真打架,谁赢谁输还不一定呢！王不觉手下三十多人都傻眼了。

这一点也不符合领兵打仗的英雄好汉口气，石胡子和他手下二十多个马匪也都愣住了。

石胡子按照自己的逻辑来理解，还当这位军爷仗着手下这三十多条枪，要跟自己先礼后兵耍横。

他们确实也有耍横的资本，领头这匹枣红马多俊，一看就是一日千里的神骏……石胡子冲着王大雀直流口水，冲着王不觉一抱拳："借路，没问题。不过我们是马匪，找我们借东西，总得商量一个价钱。"

"行啊，你要是不知道多少钱，就由我来做主，抓多少钱算多少钱，怎么样？"

王不觉一本正经开始抓钱。

石胡子等人大惊失色，都以为他去抓枪要开火。

常春风和陈袁愿倒是一点也不着急，打马上前保护好这二愣子团长，省得马匪们开枪走火先把他打死了。

"嘿！哈！"伴随着两个表示用力的语气词，王不觉果真抓出一把钱，冲着石胡子比画，"这些钱够不够，好汉？"

能用钱解决的问题，没必要动刀动枪，这就是有钱的好处。

石胡子和众马匪面面相觑，觉得今天这事太有意思了。

石胡子笑道："我知道你不在乎钱，我也不在乎，我们这些天抢钱抢得太累了，想换换口味。"

"那就开价吧！"王不觉看他盯着王大雀的眼神不太对，也挺痛快，"这匹马叫王大雀，是我从马肚子里救出来，又用奶瓶子喂出来的好伙伴，除了它，什么价钱都能谈。"

众马匪哗然，这匹千里神骏看来没戏了。

王大雀听到点名，发出欢快的嘶鸣。

敢情还是一匹通人性的神骏！哪个男人不爱马，简直比爱女人更甚，这下不管马匪还是官兵，全场欢呼起来。

看到自家小伙伴得到肯定，王不觉得意极了，抱着王大雀的脖子狠狠蹭了蹭。王大雀高高扬起前蹄，宣誓对王不觉的所有权。

马鸣嘶嘶，风声阵阵。常春风瞥见热泪盈眶的陈袁愿，露出一丝笑容。

人啊，就是越得不到的东西越渴望，石胡子盯着王大雀的眼珠子都发红了："马归我，我们立刻让路！"

石胡子一开口，马匪们立刻呼喝声声，以壮声势。

常春风和陈袁愿脸色一沉，同时打马上前，挡在王不觉和王大雀面前。

只听马匪后方一声枪响,一队人马狂奔而来,大喊声声:"袁愿……袁愿……"

陈袁愿大喊:"老吴,有马匪!快来帮忙!"

这可不是陈圆圆和吴三桂的认亲现场,石胡子掂量掂量,这头三十多,那头三十多,被围堵了可就没路可走了。

石胡子嗖哨一声,一群马匪转眼钻山入林,消失得无影无踪。

刚刚埋伏的人马纷纷钻出来等追击命令,王不觉哪懂这个,看马匪跑光了,人和马都安全了,也就挥挥手算是结束此事。

陈袁愿和老吴会合,热情地把新认识的汤团长介绍给他,老吴叫吴桂子,比两人还高一个军阶,带的人多一点,跑得也比他们快一点。

王不觉又发了一批军饷,带着众人一边走一边在心里嘀咕,一转眼就收了近百人,这可不能再收了,不然他和王大雀的美好隐居日子就得全完蛋。

说起云霞镇隋家和隋家大院,长城内外几乎无人不知无人不晓。

建这座城的同时,主持设计的隋大人在北门东角给来自苏杭的爱妻翠花建了一个院子,同时将自家深藏在这个看起来毫不起眼的翠花胡同里。

跟北方的院子不同,隋家大院前后门开得都很小,前门开在翠花胡同,后门开在更为短小的半山胡同。这座院子前后三进,占地不小,可不管是从哪方面来看,都实在是小巧玲珑,可怜可爱。

院子传到隋月关和隋月琴这一代,隋月琴嫌哥哥抽烟喝酒打牌,成天乌烟瘴气,就把最后一进院子大门砌墙封了,后门当成自己闺中小院的前门。隋月关打不过她、说不过她,只能听之任之。

隋月关原以为隋月琴嫁得远远的,这小院能收回来。没想到隋月琴大小门窗都贴了封条,想干点啥都得搭梯子爬墙过去。后来夫妻两人去了东北,又把女儿二琴送回来祸害他。等二琴走了,封条照旧,这些封条上哪怕写的是二琴稚嫩的字,他照样不敢撕。

云霞镇的稳定,靠隋月关这个商会会长鞠躬尽瘁干活;隋家大院的稳定,就全靠他装尿维系。

装尿唯一的失败,就是娶了小怜美人。

把魏壮壮和两个得力助手派出去,隋月关亲手擦干净梯子,爬墙来到小院浇花翻土做样子,心里一直在打鼓。

他算一手把妹妹和外甥女带大,非常了解这对母女,两人号称遇到麻烦,那可不一定是回来投亲,而是回来找他麻烦。

说到这件事,他真是有苦难诉。

人生多么无聊,哪个男人不好色,不犯点错误,怎么轮到他这里就翻车造反了呢?

他见过的美人这么多,从没想过要把美人接回来。小怜美人是被他的个人魅力吸引,硬是自己闯进隋家大院,撵都撵不走。

他这边还在考虑怎么安置美人,平时脾气面团儿一样,由着他揉扁搓圆的妻子,竟然一句质问、一声指责都没有,包袱款款就消失无踪。

两个儿子一个跟他吵架离家出走,一个跟着娘走了,好好的一家人,说散就散了。

就剩下他成天对着一个天天恨不得把他捆在炕头的美人,更惨的是美人是身兼干柴和烈火,他一把年纪,就算把十全大补汤当饭吃也一个月硬挺不了一回。他的个人魅力因此大打折扣,真是说起来都是泪,日子过得太艰难了。

更艰难的是,鬼子眼看已经打下承德,接下来肯定会打到古北口,云霞镇首当其冲,大家免不了要吃点苦头。

真是内忧外患,愁煞人。

一个好消息从古北口一站一站送到他手上:前方来了一个挺有

派头的骑兵团汤团长,一路上收容军队发军饷,还率兵赶走石胡子这帮马匪,很有本事……

这消息口耳相传,很快演化成为汤团长单人单骑,谈笑风生,喝退穷凶恶极的石胡子马匪几百号人……

云霞镇全城轰动,众人翘首期待汤团长归来,救百姓于水火。

由隋月关和孙望海牵头,将所有有头有脸的人聚集在城北关帝庙开会。

这里开会条件最艰苦,要树荫没有,要座儿没有,要吃要喝也没有,想半途溜号可没门。

隋月关和孙望海主持会议,会议的主题很简单,怎么尽可能保留大家的生意,保留原来的滋润生活,最好还能保留镇长啊会长等官职,用最小的代价让别人去送死。

镇公所和商会与会者有五十多,举手表决的时候,让即将到来的团长去送死的有一百多只手。

对于这个结果,孙望海和隋月关都很满意,最终大家选出来隋月关、孙望海和镇远镖局老板胡十五三人,代表全镇居民坐上飞快的马车,前往古北口的方向去热烈欢迎这位英雄团长来云霞镇送死,不对,应该叫作带领百姓一致抗日,抵御外侮。

一路上,孙望海镇长和隋月关在马车里恳切交谈。孙镇长摊出了想拖家带口跑,但因为自己是个厨子,一点后台都没有的最后底牌,而隋月关也向他表示早就偷偷把一部分家当送去天津安顿,万事俱备,只等跑。

两人达成共识,决定摒弃过去的对抗情绪,从此握手言和,共渡难关,要跑一起跑。

至于镇远镖局老板胡十五,两人一致决定,这种有点防身本事又喜欢穷嚷嚷的男人必须让他吸引火力,负责冲锋和断后!

在云霞镇前方二十里地的槐树岭,隋月关率领的欢迎队伍和汤团长率领的抗日队伍终于相逢。

"各位英雄好汉,我隋月关代表云霞镇百姓欢迎你们,我们早就准备好一切,包括美酒佳肴、营地、医院等,只等各位英雄驻扎。"

"各位英雄,我孙望海没做镇长之前是个厨子,你们汤主席非常喜欢吃我做的包子,我以后天天给你们做肉包子!"

"各位英雄,有什么需要请随时跟我胡十五说,我们镖局除了手枪子弹,什么武器都有,我以后派人天天给你们磨刀,让你们上战场多砍几个鬼子的脑袋。"

"我本名叫汤啸风,小名汤小妹,因为父亲说贱名好养活,而到了战场上,阎王爷要收就收汤小妹,不收我汤啸风。"

云霞镇三位代表簇拥着汤团长上路,一路走一路送高帽,一路哈哈大笑,真是宾主尽欢。

走到云霞镇前方五里地,一路上迎接的百姓越来越多,彩旗飘扬,茶水、点心应有尽有。

到了云霞镇大门口,鞭炮劈天盖地炸响,把大家的坐骑吓跑了一半。王不觉又露了一小手,打着唿哨声声,把王大雀和所有马匹安抚下来。

马回来了,鞭炮正好也炸完了,王不觉带着将士们下马入城,冲着大家高高抱拳还礼。

作为安抚人心的重要一环,隋月关和孙望海给汤团长安排了入城的讲话。

王不觉不是瘸子,被人叫成瘸马;不是女的,如今误打误撞成了小妹,突然萌生出自暴自弃的念头,在城门楼子上振臂高呼道:"各位父老乡亲,鬼子已经打到长城下,要是临阵退缩,那跟娘儿们有何区别。从今往后,还是请叫我汤小妹团长,打完鬼子,我们再一展雄风!"

反正叫的不是自己,跟男女和雄风没什么关系。他倒是打得一手好算盘,没想到隋月关和孙望海这些都是人精,目的非常明确,从来没指着他打仗,就指着他们这支军队做定海神针。

隋月关和孙望海带头鼓噪,先把抗日英雄的高帽子送到他头顶,百姓声浪汹涌,欢呼万岁。

陈袁愿走到哪儿都被百姓当龟孙,难得遇到这样万众拥戴的奇景,感动得一把鼻涕一把泪。

吴桂子和常春风看出架势不太对,眉头都拧成一川字。两人交换一个眼色,跟着鼓掌三下敷衍过去。

常春风低声道:"吴长官,怎么办?"

"按兵不动,见机行事。"吴桂子到底混得比较久,"反正现在回不去,去哪儿都得给人卖命,不如先好吃好喝混一阵子。"

"他要先跑了怎么办?"

两人同时看向被万众拥戴的那位英雄,都露出大大的笑容。

"这人有意思,不能让他跑了。"

"谁看?"

"你。"

两人一点头,做出明确分工。

常春风亲自带着一队高手成为汤团长的警卫,保护他的安全,暗里最主要的任务是防止他逃跑。

王不觉也不傻,正经军队都打不过日伪军,何况他一个马倌,只是现在骑虎难下,要跑的话还得另外想辙。

晚上,隋家大院举办了盛大的接风宴,酒过三巡,王不觉高高举杯:"隋会长,孙镇长,我想带着兄弟们驻扎在城外,也好练兵打仗。"

不等隋月关开口,贴身警卫常春风站起来:"团长,兄弟们人多马多,驻扎在城外没问题,为了安全着想,你还是住在城里吧。"

"汤团长要是不嫌弃，我这个隋家大院就能住！"隋月关迅速起身，笑容可掬，"我已经收拾出正院，二位这边请！"

王不觉还没反应过来，连人带马和行李都住到了隋家大院花草遍地的正院，而常春风带着警卫队十二个高手委委屈屈住进隋家大院的门房。

深夜，王不觉在香喷喷的大床上翻来覆去无法入睡，抱着家当扑到马厩躺倒，和王大雀抱头无声痛哭。

这里三层外三层的警卫和用人，以后可怎么跑啊！

深夜，隋月关翻墙来到隋月琴母女占了多年的后院，果然发现灯火通明。

接人的看样子被娘儿俩甩了，车马都在，人不见了。

隋月关仿佛看见以后的悲惨日子，开始脑仁疼。

正房住着隋月琴，厢房住着胡琴琴。隋月关用力清清嗓子，两扇门应声开了，两个同样美貌的女子大冷天摇着团扇走出来，派头十足，杀气挺重。

"大舅，你身体扛造吗？"

隋月关拔腿就跑，扭头一看，梯子被抽走，大门关了。

反正伸头缩头都是一刀，隋月关一屁股坐下来，冲着两人挤出谄媚的笑容："你们回来也不说一声……"

"大舅，你身体扛造吗？"

"当然不！"

"魏小怜跟表哥一样大，你娶她回来是想干吗？供着？"

说到隋月关的伤心事，他顿时很想哭："二琴，你干脆找把斧头劈开我脑袋看看，我是不是中邪了。"

"行！"胡琴琴扭头就要去工具房找斧头。

"你敢！"隋月琴到底还是隋月关亲妹子，把胡琴琴拦下来，拉着隋月关走进温暖的房间。

隋月琴怕冷，炕烧得暖烘烘的，炕桌上早备好酒菜。

隋月关心头警钟长鸣，自然不敢踏实坐下，小心翼翼挨了个炕边边，不管以后怎么着，亲兄妹得明算账，亲舅甥也得明算账。

胡琴琴一巴掌拍下一个账本："大舅，这院子以后全归你，我们不回来了！你算个数给我们！"

"算个屁的数，"隋月关气急败坏，"鬼子都打过来了，我也不回来了！"

"不算也行！你以后跑去哪儿，不管房子还是生意，都得算我们一份！"

"两份！"胡琴琴伸出两根手指头，"大舅，你要跑去天津，必须带我娘，还有必须带上小河和舅娘！"

"我要是知道他们在哪儿，肯定会带上。"隋月关直叹气，"我都派了多少人去找，愣是一点音讯都没有……"

"找人还不容易，我来想办法！"胡琴琴拍拍胸脯，一口答应下来。

隋月关掰起手指头："在我们跑掉之前，这些当兵的你必须留下来！"

"为啥？"母女同时发问。

"我们云霞镇的民心就靠他们撑起来，趁着大家没注意，我们先跑才能跑掉！"

"行！"这次是隋月琴拍了胸脯。

"别答应这么痛快，你们还没说清楚要怎么找人……"

隋月关话没说完，一个娇滴滴的声音响在门口："达令，你这么晚了是要去找谁呀……"

这个悠扬婉转，这个余韵悠长，这个要命……隋月琴和胡琴琴低头一看，手上都是一层的鸡皮疙瘩。

胡琴琴一巴掌拍在隋月关肩膀，摇头叹道："大舅，你身体真的挺扛造啊！"

人没进，声音已经把屋内三人的灵魂击穿了，隋月关顾不得这是亲妹子真仇人的大炕，爬上去一手抱着炕桌一手抓着酒壶不准备撒手了。

魏小怜领着魏壮壮和两个护兵进门，魏壮壮一看母女早就回来喝上酒，一张脸一口气变了好几个色，煞是好看。

"二位，你们回来也不说一声，我家壮壮哥这趟跑得好辛苦。"

无人回应，只有魏壮壮冷哼了一声表示不满。

隋月关几乎把脑袋塞进酒壶里头。

"达令，你刚刚说要找谁？"魏小怜扭着腰肢凑上来。

胡琴琴抬头变了一脸醉相，举杯和隋月关碰了个响："大舅，我爹找了个小妖精，我娘气得跑回来了，你看看怎么办？"

隋月琴在心里直冷笑，表面上还是一脸贤良淑德，兄友妹亲："哎呀，我的哥，别听二琴瞎说，我家那口子要是敢弄个小妖精进门，老娘当场做了他！"

全场的人都是一个哆嗦。

魏小怜脸上顿时白了，如同扑了几层的粉。

第六章　桃花运来了挡都挡不住

都说要打仗，哪儿的百姓都是拖家带口赶紧跑，跑出古北口，大家都有点傻眼，这不像要打仗，反倒是像过年逛庙会。

再往前面走走，云霞镇更是前所未有的热闹，到处挤满了人。

官兵不像官兵，都往人堆里扎；百姓不像百姓，老老小小跟着官兵看刀看枪看马、扯军装、看稀奇。

第一热闹的地方是北门处的关帝庙、财神庙、城隍庙等一干庙宇，这里住着一百多号的官兵，镇长孙望海亲自盯在这里，给周边各村庄摊派饭菜，一到饭点就往这里送。

专门的骡马队从密云征集粮食送过来，上上下下都号称要在长城一带长期作战，把敌寇挡在长城外，其实大家都知道这都是骗鬼的瞎话，鬼子派了一百二十八个人就占了承德，其他官兵能打才怪呢。

口号要喊，样子要做，事情要办得漂亮，都得这么来。

第二热闹的地方就是城内东北角的隋家大院，三进的隋家大院里里外外都住满了人。后门口的半山胡同住了魏壮壮和商会十一个护兵，翠花胡同一排的门房住了汤团长警卫常春风和十二个警卫。

隋月关觉得常春风等十三人不够了解云霞镇状况，不能更好地服务于英雄的团长，决定把镇上唯一的带枪武装，也就是商会护卫队派给团长做专用马介，专门为他跑腿，同时管着团长和常春风等十三人的吃喝拉撒。

对于王不觉来说，这里三层外三层的人，简直插翅难逃。

难逃也得逃，鬼子是真杀人，可不是开玩笑。

他干什么都拖拖拉拉，有生以来，还是第一次对一件事这么上心。

这件事就是逃跑。

第一天住下来，第二天接待各路达官显贵把他累得够呛，第三天又接待逃亡百姓累个够呛，他天天晚上在马厩抱着王大雀哭，不跑不行了。

第四天一早，他就拉着王大雀，拖着长长的二十六人的护卫队伍和以会长为主多达二十人的伴游队伍把整座城市视察了一遍，寻找逃跑之路。

东南西北四个城门天亮时打开，天黑关闭，北门是去送死，南门直通密云,西边是山岭,东边是山岭和河流,最好的办法是从南门跑,有王大雀在,他一点也不担心人家能追上自己。

南门口有个校场,从密云送来犒劳将士们的粮食菜蔬堆积如山,王不觉骑着马绕了一圈,乐不可支,这场地多么宽阔,从这跑是多么完美。

他俯身抱着马脑袋,准备发号施令,只听一声呼喝,一支队伍纵马疾驰而来,领头的就是吴桂子。

吴桂子遥遥敬礼:"团长,这三天我们全体官兵已经休整完毕,准备在校场安营扎寨,紧急训练,严阵以待来犯之敌!"

跟随的人员欢声雷动,把吴桂子和王不觉团团围住。

王不觉一看,吴桂子说到做到,校场旁边还真的开始扎营喂马,顿时一口老血憋在喉头,欲哭无泪。

王大雀还给他添乱,看他刚刚抱了自己没像以往吱声,气得呼呼刨地。

王不觉用一根胡萝卜安抚好王大雀,一计不成,又生一计,冲着跟屁虫们高高抱拳:"各位兄弟,我要留在军中整训,大家先回去吧!"

隋月关一看大事不妙,迅速打躬作揖:"汤团长,路南路北两个营城,还有警察所和邮政所的人都在等你开会指示!"

"是啊是啊,要在云霞镇一带构筑防线,还是得由团长这个专业人士来指导!"常春风冲着隋月关一点头,算是给他一个面子。

"大家都等一天了,团长,请!"隋月关做出请的姿势,满脸期待地看着他。

常春风和魏壮壮等跟屁虫一拥而上,围在王不觉和王大雀身边,吴桂子连忙抱拳:"团长,你要是信得过我,就把军队交给我来训练!"

王不觉骑虎难下,只得继续云霞之旅,在众人簇拥下来到警察所。

警察所和邮政所加起来才十个人,一个个私塾幼童一般搬着小板凳翘首以盼。

路南营城和路北营城派来一个代表叫龙孟和。这是一个白面书生,眉毛修得无比齐整,下马刮得光溜溜的,一双杏核眼又大又圆又漂亮,王不觉看得有几分眼熟,只是想不起来在哪儿见过。

两座营城的人都搬进云霞镇和周边村庄,只留了二十多户驻守,这些都是传了多少代的军户,平常人不敢惹。

龙孟和样貌好,笑容甜,一见面就冲着王不觉和王大雀笑得满面春光:"汤团长,鬼子要打过来了,我们有心保家卫国,只是毫无头绪,还请您多多指点。"

自从穿了这身军装,真是走哪儿都是难题,王不觉悔得肠子都青了,硬着头皮往众人面前一戳,搜肠刮肚半天也只找出"严阵以待,奋勇杀敌"之类的词语翻来覆去说说,实在讲不出什么打仗布防的鬼东西,干脆席地而坐,跟大家下棋玩。

象棋哪儿都有,谁都会,王不觉脑子里这两天还存了不少地形地貌的好货色。权当承德是敌兵兵营,云霞镇是我方兵营,古北口算是楚河汉界,南天门拱卒子挡,青龙山马走日,北雄关象飞田,鬼门关堆车马炮……

反正他没指望人家能听明白,人家也没指望他能说出什么好东西,只管送点高帽给他戴,将他伺候舒服。

此次布防会议在亲切友好的气氛中完美结束,王不觉在二十六个跟屁虫的护送下慢吞吞朝着隋家大院走。

龙孟和走出来,一堆卖菜卖艺看稀奇的男人冲上前围住他,七嘴八舌道:

"怎么不把马扣住?"

"你怎么不发信号,不是说好把人和马都抢走吗?"

"你不想要马啦?"

……

龙孟和迎着漫天晚霞龇牙一笑："暂时不能动手,得把他扣在城里。"

众人面面相觑,一脸茫然。

龙孟和也不解释,用力挥手："老大,你带两个人先跟骡马队把咱们家当护送到北平,我们抢到了王大雀再来跟你们会合!"

众人齐声答应,连忙分头行动。龙孟和飞身上了城墙,一路尾随着王大雀和王不觉而去,看着王大雀眼珠子都红了。

敢情他们就是石胡子这批马匪!

"大舅!你怎么弄了这么一个东西回来,这是个骗子!"

胡琴琴换上男仆衣服,抹了一脸的炭灰,跟着隋月关混了两天,用一双警察的利眼做出判断,这汤团长不仅是个假货,还是个油头粉面的骗子!

哪有军官不贪钱,不好色,哪有军官走哪儿都抱着马哄,不管自己手下,哪有军官对脏兮兮的乞丐和颜悦色,送吃送喝……

这人要不就是个丐帮头子,要不就是天才的骗子!北平这种人多的是!

"别嚷嚷!"隋月关冲着她直摇头,拽着她往家里走。

"大舅,供着一个骗子干吗啊!

"大舅,你是被小怜美人吓疯了么!"

隋月关停在半山胡同口,气急败坏,一手指头戳到她鼻头:"你也不想想,要没个能人镇着这座城,几十个乱兵就能把我们抢光!"

"何况这一趟趟的,有成千上万!"

隋月关用力挥手,就势一屁股坐下来,这几天撺着王不觉跑实在太累了,稍稍生气就脸红脖子粗。

这个道理还是挺容易懂,胡琴琴也跟着坐在门口台阶上,不愿回去看两个女人斗法，看他要起身，赶忙把人拽着坐下来。

"你这么大了，怎么就帮不上一点忙呢！"隋月关看着她直叹气，"我手底下没人了，现在连封信也得自己写自己送，其他人都信不过。"

对付这个外甥女他还是有点办法，她是有真本事的姑娘，让她闲着铁定出事，不如赶着她去干活。

"大舅，你怕鬼子还是怕乱兵？"

"都怕！能抢我家当、要我的命的都怕！"

隋月关突然想到一个要紧的问题，满脸疑惑："鬼子朝着这边打，人现在都往平津跑，按理说你们不该回来⋯⋯对了，你爹呢？"

"我们不是来找碴，是真逃命。"

胡琴琴叹了口气，泪珠子滚了几颗下来，正好就着脸上的炭灰搓成个泥丸。

隋月关显然还没听明白，或者说被她糊弄太多回，还不敢信，瞪着眼睛盯着她。

胡琴琴一个泥丸弹出去，做了个割脖子的手势，舌头伸出老长，低声道："东北丢了，我爹不服气，跑去干杀头买卖。"

"鬼子到处抓抗日分子，肯定不会放过他！"隋月关还是没听明白，这一句是在吓唬她。

"可不！"胡琴琴竟然还笑得出来，"所以我爹可能被鬼子杀了。"

隋月关这回真明白了，一颗心怦怦乱跳，拧着她耳朵发出压抑的怒吼："你也不拦着他，你看看现在啥世道⋯⋯"

"趁我不在就欺负我宝贝闺女！"只听门内传来一声断喝，隋月琴拎着笤帚气势汹汹杀出来，隋月关见势不妙，落荒而逃。

胡琴琴回头冲着隋月琴挤出个笑脸，再度被隋月琴拧住耳朵："别啥事都跟你大舅说，这个胆小如鼠的家伙，分分钟把我们卖了！"

"行啦行啦，娘，看晚霞！"

胡琴琴一手抢救自己的耳朵，一手指向天边。

隋月琴冷哼一声，扭头就走，把她关在外头看个够。

随着一声声惊叹，半边天都烧起来，人们在城墙上欢呼飞奔，朝着西门跑去。

此时此刻，想必西门早就聚满了人，贪看这样的无边美景。

母女霸占这个后门，除了不愿跟隋月关搅和，还因为这里可以看到最美的晚霞。

要是爹、舅娘和表哥、表弟一家人都在就好了……胡琴琴捧着脸，看得泪水盈盈。

王不觉骑在马上看着西天，从半山胡同口慢悠悠走过。

他这两天过得挺滋润，头发梳得一丝不苟，军装笔挺，加上王大雀又是百里挑一的枣红神骏，经过的这五步路，披着一身的红霞，这一瞬间，犹若下凡的天神。

胡琴琴吃着糖捧着脸直发蒙，一颗心怦怦乱跳，还以为自己在做一场梦。

王不觉和王大雀回到小院，看跟屁虫们又想钻进来，忍无可忍，摆出长官的架子喝令众人回去休息，让自己安静安静。

点心、茶水、水果、洗澡水、换洗衣服、珍贵的洋胰子都已经准备好了，王不觉一边体会着做有钱人的美好，一边陷入深深的纠结。

做有钱人这样好，为什么他非得钻进马厩才睡得着？

王大雀也过得挺难受，把小院的花草祸害个遍，一头钻进马厩不出来了。

王不觉确认自己弄的钱都还藏在王大雀屁股后面，决定晚上再独自探一探出城的路径。

他记性挺好，把城里的大街小巷画了出来，突发奇想，既然南边出不去,为什么不试试北门呢!

只要带上足够的钱和吃的,从北门沿着来路往古北口走,再从古北口沿着长城一路向东,远一点能到海边,别说北平、天津了,去他的老家唐山都没问题。

他长了个心眼,这次不再走正门,爬上屋顶一路飞奔,因为这座院落位于这座城的东北角,跑了十多栋屋子就能看到北门门楼,也就是他发出英雄宣言的地方。

现在看来,只有他和王大雀分开走,才有办法逃出这座城。他挠挠头,怎么都舍不得,决定回去吃饱喝足再想办法。

魏小怜跟魏壮壮兄妹另外开了小灶,隋月关只好派人找胡琴琴来吃饭喝酒,同时继续问清楚胡一鸣的事情。

他对胡一鸣的印象还停留在有点墨水的生意人上,万万没想到他能干出这种大事,说不怕是假的,只是怕归怕,自家的人也得顾好。他一把年纪,再也经不起几次生离死别。

魏小怜和魏壮壮在偏院吃得高兴,笑声遥遥传来。胡琴琴停在院子门口听了听墙根,很为隋月关不值,把门一关,跳上炕一把抢了他的酒壶:"大舅,你听听……"

"听到啦!"隋月关闷头去抢回酒壶,给她倒酒。

"你还真敢娶啊!"

"娶都娶了,难不成还退回去?"

这句话隋月关赌了五成气,小怜美人进门妻儿就全跑了。他确实是摆了两桌娶亲,那是用错了招,想把妻儿都逼回来,没想到弄巧成拙,妻儿全都彻底失踪了。

"我在北平抓到不少人贩子,大舅,我跟你说,人贩子特别坏,他们会把女人弄成哑巴卖到山里,把小孩子……"

"别说了!"隋月关红了眼,"你这孩子,自己的爹不管,还管我的闲事！"

两人大眼瞪小眼，决定喝酒翻篇。

胡琴琴一个酒壶送到他嘴边："大舅，喝酒喝酒。"

隋月关接过来一口喝下，压低声音道："你说你有办法找人，真的假的？"

"明天上邮局一趟，我给我在警察局的朋友发个消息，让他们帮忙找。大舅，你有没有舅娘和小河最近的照片和画像，给我几张。"

隋月关直摇头："他们全拿走了。"

"那你给我画！"

隋月关继续摇头："我常常在外喝酒应酬，把他们模样忘了。"

胡琴琴咬牙切齿："那我弟弟总还记得！"

隋小河是隋月关的宝，从小骑在他脖子上长大。

两人走了好几年，加上小美人成天缠着闹，隋月关是真的忘了，自知这次逃不过去，脸上一个抽搐，放下酒壶就跑。

胡琴琴一个酒壶照着他背心砸去："你这个色迷心窍的混球！"

隋月关怒吼："你这个没大没小的母老虎！"

王不觉一脚跨进门，一个酒壶带着酒香迎面而来。他眼明手快地接过，顺便喝了一口，连声赞叹："好酒！"

隋月关一边连滚带爬撤回，一边整理好自己商会会长的端庄威严仪表，拱手道："这是山西刚到的好酒，长官如果不嫌弃……"

这可是王不觉有生以来喝过的最上等美酒，当然不嫌弃。

"请！"王不觉一屁股坐下来，还记得自己是个长官，捉了酒壶给人长辈和美人倒酒。

美人？

真的有美人！

王不觉倒完酒，注意力从美酒回到这个屋子，回到大炕上，回到炕桌旁……

世间竟有如此美人！离自己只有一个指甲盖的距离！

王不觉全身血液朝着脑瓜子涌，面红耳赤，中了定身咒，一根手指头都动不了了。

隋月关脑子灵光乍现，同时想到几个问题：

第一，这个外甥女不好对付；

第二，这些官兵不好应付；

第三，外甥女一时半会儿不能走，这些官兵一时半会儿也不能让他们走……

一种巨大的喜悦冲刷过隋月关的心头，让他整个人看起来神采飞扬。

胡琴琴一门心思盯着身边这红通通的脸，还在纳闷这么好看的脸怎么能红成个煮熟的大虾米，又好气又好笑，还特想捉弄他……

隋月关一把拉住两人的手："汤团长，你是不是尚未娶妻？"

王不觉忙不迭点头，脑子里煮着一团糨糊。

隋月关趁着胡琴琴还在看大虾米，把她的手塞进王不觉手里，声泪俱下："我这个外甥女真是太可怜了，从小没了爹，是我一把屎一把尿养大的……"

王不觉感同身受，看着胡琴琴一张红通通的脸，泪珠儿在眼眶里直转，就没想到一个可能，胡琴琴是被这舅舅气成这样的。

"乖二琴，汤团长是个好小伙，我把他，不，我把你交给他了，你以后要好好跟他过日子……"

王不觉结结巴巴道："我会对她好……会长放心！"

隋月关狠狠捏了胡琴琴一把："孩子，你听到没有？"

"听到了，谢谢舅父，"胡琴琴瞬间变得满脸娇羞，"请舅父做主。"

王不觉还有点手足无措："姑娘，你要是不嫌弃，我会让你过好日子……"

胡琴琴两行泪落下来:"我们孤儿寡母,从来只有人家嫌自己,哪敢嫌弃别人。"

这回轮到隋月关被她的演技震撼得说不出话来了!

王不觉也呆住了。

原来梨花带雨是这么回事!

美人哭起来就是梨花带雨,真让人心疼!

"汤团长,跟你说句实话,我这外甥女除了命苦这个缺点,其他样样都好。"

"命苦怎么会是缺点呢,隋会长?"

"现在可不能再叫会长了,改口叫声舅父如何?"

王不觉慌忙抱拳道:"舅父大人!"

"你有什么要求尽管提,我没儿……没女,只有这个外甥女……"

就一个吃饭喝酒的时间,女儿怎么就成了团长夫人?

隋月琴看着地上跪的两个男女,觉得两人的脸都挺陌生,自己脑子有点蒙。

王不觉恭恭敬敬叩拜:"我没有爹娘,以后您就是我的亲娘,我一定对您侍奉终老。"

胡琴琴也跟着叩拜:"娘,您就答应他吧。"

隋月琴一个杀人的眼风飞向门口的始作俑者隋月关。隋月关一边一条腿高高抬起往外跨,时刻做好溜之大吉的准备,一边还想奋力补救,冲着她挤眉弄眼:"你好好看看,两个孩子挺般配。"

隋月琴定睛一看,还真是,王不觉一身笔挺军装,这模样身板简直能上台唱大戏。

至于女儿,难得见她这么低眉顺眼……隋月琴心中直乐,女儿反正嫁不出去,找个模样好的生个漂亮孩子,怎么都比砸手里强。当年她自己不也是看上了胡一鸣长得好，在一帮子脏兮兮的客商里一枝独秀……

隋月琴一巴掌拍在桌上："行，女婿，这是见面礼！"

这回轮到胡琴琴愣住了。

她想到吝啬鬼娘亲会答应，却没想到能这么痛快答应，还带上了见面礼，可见隋月琴多想把自己嫁出去！

一套刻着隋字的戒指、手镯、长命锁进了两人手里，隋月琴开怀大笑："这是我给我外孙准备的。"

王不觉其实是去隋月关那儿找酒喝，没想到的是，一眨眼美酒美人甚至后代都一一到位，一张脸红成了猪肝色，忙不迭磕头："谢谢母亲！"

隋月关伸长脖子一看，气得一跤跌在门口，她哪来的长命锁，明摆着就是从自己家里搜出来的！

如果没记错，就是刚刚外甥女去见自己，她来个调虎离山，从他刚转移到书房墙洞里的百宝箱中搜出来的！

多少年过去了，这妹子还是老毛病，见了好看的男人就胳膊肘往外拐！

前后院加起来二十多号人，加上孙望海夫妻和吴桂子、陈袁愿等人，当天晚上隋家大院的订婚宴摆了满满三大桌。

深夜时分，长城外炮声隆隆，天知道他们哪来的心情办喜事，不过这喜事既然办了，云霞镇内外军心大定，民心大定。

军心大定的后果，溃兵口耳相传，闻声而至，在云霞镇集结成一支强兵。

民心大定的后果，报喜的电报一封封朝着北平飞。

"汤团长在云霞镇厉兵秣马，严阵以待，准备奔赴长城前线抗击日寇，把他们赶到山海关，赶回东北。"

"汤团长视察云霞镇，排兵布阵，力阻强敌。"

……

配上汤团长骑着高头大马的伟岸身影，这一切越来越像真的。如果不是捡来的金银珠宝还藏得好好的，就连王不觉也信了。

第七章　上天无路，跑路无门

第一舍不得跟王大雀分开跑，第二多了一个舍不得的美人未婚妻，王不觉白天骑着高头大马四处溜达，过得滋润极了，晚上吃饱喝足躺马厩草堆上四顾茫然，觉得自己陷入一个泥沼，越是挣扎，越是要沉下去没了顶。

说实话，作为隋会长家的乘龙快婿，这么大个院子偌大的家当、这么娇媚一美人啪嗒掉下来砸中他，没做过美梦是不可能的，只是这个美梦维持时间太短，仅仅做了三天。

骡马队每天早上满满当当来，晚上满满当当走，王不觉在南门口校场看见几回，百无聊赖之中终于想到一个问题：送的啥？

送来的是粮食，他不能把人家好心当成驴肝肺，那为啥送走的比送来的箱子还多还沉，骡马还辛苦，押送的人更多，所以，这些到底是个啥？

骡马队跟官兵关系不错，向来不避人。领头的歪脖子大汉一头扎在军营跟大家喝酒，由得他们去装卸，等东西满了吆喝一声，扭头就走。

这天歪脖子跟吴桂子喝完酒骑马上路，骡马队已经走出一里地，没留神迎面走来一队人,这是王不觉带着长达二十六人的跟屁虫队伍在视察防御工事。

至于为什么视察防御工事不去云霞镇北和古北口一带,而是去到密云后方,这原因大家不言自明。

王不觉没找到防御工事,或者说根本不懂防御工事长啥样,倒是听到大军开赴密云的消息,加上魏壮壮一直催着回去,被烦得够呛,心情很不美丽,和骡马队擦肩而过,鬼使神差看向身边的常春风:"骡马队送走的到底是什么?"

常春风看着他直乐:"你才想知道?"

王不觉有些气苦,他知道不知道有什么用,这骡马队不归自己管,东西也不是自己的。

"站住!团长要检查!"常春风打马上前,一声令下,骡马队全部都停了下来。

早已走出老远的魏壮壮带着人打马回头:"怎么回事?"

常春风和魏壮壮都是辽东人,有点不对付,平时只跟自己的手下说话,互相不搭理,要对个话还得王不觉来转达。

王不觉有些下不来台,蔫蔫地朝着长蛇一指。

他的话没出口,常春风截和了,恭恭敬敬道:"团长,请!"

魏壮壮拧着眉头瞪常春风,常春风根本不搭理他,殷勤备至地跟在王不觉身后下马。

骡马队跑这么多次,还是第一次遇到有人胆敢检查。众人都盯着领头的歪脖子汉子看,歪脖子斜眼看了看魏壮壮,见他没什么表示,又盯了一会儿王不觉,头也不回摆摆手,露出谄媚的笑容迎上前:

"团长,请尽管检查!"

骡马队的人马纷纷站到一旁等候,王不觉满脸疑惑打开一个箱子,气得有点肚子疼。

这绸缎、这金银珠宝、这古董……敢情这一趟趟都是跑路的!

"谁的？"

"您手里拿的那串珠子，是圆通庵住持的；您脚底下这箱子，是隋会长的第四十号箱子；你指的这驾车上的是孙镇长的第六十号车……"歪脖子回答得挺干脆。

王不觉满脸不敢置信，扭头四顾：那二十六个平常管东管西的跟屁虫们就当没听见，纷纷转开头，跟骡马队的伙计们分香烟抽。

"你们……"王不觉有点结巴了，"鬼子还没打，你们跑啥！"

歪脖子汉子满脸憨厚笑容："团长，我就一穷汉，赶赶车干点营生，我不跑，也没啥跑的。"

王不觉狠狠一拍脑袋，想明白了，全城都在跑路，只有他们这些傻当兵的一个个跑来送死！

"还没跑！"王不觉跳上马车一声怒喝。

歪脖子汉子笑容凝固，手朝着腰间挪了挪。

"是啊！这么多好东西！你们跑什么！"

常春风中气十足地应了一声，手搭在腰间的枪上，笑眯眯看着歪脖子汉子。歪脖子汉子回他一个笑，摊开双臂表示手里什么都没有。

"还没跑！还没跑！"王不觉一驾驾马、一个个箱子看过去，发现隋家箱子都到了一百多号，气得七窍生烟。

王不觉的一番发作毫无意义，众人该干吗干吗，惊讶地看着这有名的神骏王大雀一路跟随王不觉的脚步来到最后一辆马车，呼哧呼哧跟他生气——跑了这么远的大道，它想去草原玩都快想疯了。

"团长，您看马也饿了，咱们差不多就回去吧。"

常春风笑吟吟给大家一个台阶下。

王不觉坐在最后一辆车上，搭着凉棚看向远方。

那是密云的方向，要是现在撒腿跑了，想必谁也追不上他……

"我们走的时候团长夫人说做了西红柿鸡蛋面，让大家早点回去一块吃。"

魏壮壮满脸正气,说什么都像是宣读誓言。

追不上是一回事,这么跑的话挺难看的,再者胡琴琴手艺确实好,王不觉口水哗啦啦流下来,火气烟消云散,二话不说,纵马疾驰而去。

常春风冲着歪脖子汉子一抱拳,不疾不徐地跟上。

魏壮壮也一抱拳:"送完了?"

歪脖子汉子摇头:"还差个百八十箱。"

"还得几天?"

"三天。"

"加快速度,两天必须送完!"

"这个工钱……"歪脖子汉子笑容可掬,"我们这些穷汉跑不了,只能弄点现钱养家活口。"

魏壮壮点点头:"两天送完,照六天的算。"

"十五天!"

魏壮壮愣了愣:"十二!"

"成交!谢魏队长!您走好!"歪脖子汉子满脸谄媚笑容,一个躬鞠到底。

魏壮壮抱拳,一路疾驰而去。

众人纷纷凑上来:"老大,这团长看起来傻得很,隋会长怎么不让美人外甥女嫁给魏队长,嫁给这么一个傻子。"

歪脖子汉子看着他们绝尘而去的背影,满脸怅然:"你们没看见吗?这团长脖子多直,身板多挺,样子多气派……"

入夜,从长城外传来的炮声再度响起,人们照样喝酒吃肉,好像一点儿也不在乎。王不觉知道,该跑的都跑了,他要是再不下决心,就得把这条小命赔进去!

隋月琴翻箱倒柜搜罗了一大包袱轻便值钱的好东西,万事俱备就只等跑路，包袱不能离开视线，所以饭都懒得出来吃。

而隋月关和魏小怜不知为啥吵着架，两人紧闭门窗打得鸡飞狗跳。

胡琴琴没奈何，只好来到王不觉的小院张罗做饭，抓住男人的心就得抓住男人的胃。这几天她将有限的厨艺超常发挥，还为了让王不觉多吃两口，泡了一大壶从茶马道上送过来的砖茶灌进水囊让他带着。

她这办法很有用，王不觉在家吃了几顿家常饭，表现出极度的满足和喜欢。

不过，对于王不觉来说，喜欢归喜欢，得有个限度。王宝善觍着脸追在富大春屁股后的时候就说，一个穷光蛋必须有自知之明，人家让你看看摸摸闻闻香气就很不错了，不能异想天开。

两荤两素一个汤，再加上西红柿鸡蛋面，这一顿王不觉撑了个肚儿圆，而王大雀也吃到刚打回的草料，非常满意，不祸害院子了，早早进马厩打盹。

吃饱喝足，胡琴琴送上美酒，继续套他的底细。说来也奇怪，她认为他是个不折不扣的骗子，可他每句话都透着真诚，或者说真诚得愚蠢，反过来显得她和隋月关乃至城里所有人都是居心不良的坏人。

最后连她都有些糊涂，到底谁是骗子？

她纠结这个问题，是因为根本还没把隋月关和自己的初衷算进去，倒不是她忘了，而是对于云霞镇所有人来说，王不觉和王大雀是天上掉下来的一根定海神针，不用白不用。

"当家的，你成天这么晃悠，怎么没看你练兵？"

王不觉还沉浸在幸福的饱胀感中，迷迷瞪瞪仰望天空，脑子里面慢慢悠悠地转……

练兵是个啥玩意？

要怎么练？

我不是要跑吗？还不跑？怎么跑？

不会练兵怎么办？会不会被干掉？

……

胡琴琴知道他是这么个草包玩意，也没真想问出点名堂，拎着茶壶凑到他身边娇羞一笑："当家的，鬼子已经打到长城外，你到底有啥想法？"

王不觉决定听完她的第四个问题再开口。

"大家知道你领兵打仗多年，很有经验，成竹在胸，但你要是还没什么表示，不，没什么排兵布阵的动作，这会让人很慌……"

一墙之隔，隋月关和魏小怜的争吵声清晰传来，看来两人砸完了家里的东西，没法好好躲在房间吵了。

"你把东西都送走，那我魏小怜是不是东西！"

"谁说你不是东西，把他叫出来！"

"你这个老狐狸，送死的事叫人去，逃跑的本事数你第一，我不管，我哥你必须赶紧撤回来，让他护送我去北平！"

"别人不行？"

"当然不行，别人我不放心！"

"大敌当前，你能走，他不行！"

"那我就去找团长告状！"

"你去，现在就去！我叫你净身出户！"

胡琴琴赶紧递上茶水，尴尬地笑："当家的，这女人呢就是头发长见识短，只知道跑，我们可不能像她一样。"

王不觉根本没怎么听人吵架，还在特纠结怎忑地等她第四个问题呢，听她说什么头发什么跑，脑子一抽，跑去撩她的长头发……她刚刚洗过头发，散发着好闻的洋胰子香，跟富春阁里的味道有点像。

混富春阁那会儿他只想着赚点酒钱和胡萝卜钱，正眼都不敢瞧人家，如今这个是自己可以抱上炕滚来滚去的美人，可以由着自己来。

他刚伸手够着美人的头发，还没想明白怎么回事，人就飞了出去。

这一跤彻底把他摔醒过来。

美人有毒！隋家大院有毒！云霞镇里没一个好人！

不能再做梦了！必须赶紧跑！

夜深人静，王不觉换了一身青色短褂长裤和布鞋，照着早已探好的逃跑路线跑了一圈。

王大雀怎么办？

他躲在关帝庙想了一夜，第二天一早跑去偷了一件道袍套上，将头发抓成鸡窝戴上一顶草帽，拖着个腿拄着拐杖一瘸一拐就走了。

因为战事紧要，北门已经封了，陈袁愿带兵守在门口亲自盘查，队伍排出了一里地，到处哭爹叫娘。

陈袁愿对他十分熟悉，想要逃过他的法眼是不可能的。王不觉打消这个念头，重回关帝庙，只看见王大雀朝着自己缓缓走来，背上驮着他那娇滴滴的美人媳妇。

胡琴琴什么也没说，朝着他伸出手，王不觉翻身上马，王大雀摇摇尾巴，溜溜达达进城了。

第一次逃亡以失败告终。

回到隋家大院，他吃饱喝足，想出一个折中的办法，假作要巡防城北一线，带着二十六个跟屁虫出城走了一圈，先把王大雀送到北门处的关帝庙，交给老道长看着，再以给逃亡百姓送粥水的名义，一路和百姓寒暄溜达进城。

晚上，胡琴琴打开了隋家的酒窖，要跟他好好喝一场。

他自认在承德能喝趴下所有相识的男男女女，没想到竟然拼不过胡琴琴一个女人，醉倒了爬进马厩一觉睡到天亮，于是第二次逃亡再次失败。

第二天一早，他打开门，看到迎面而来的王大雀和胡琴琴，浑身一个哆嗦,像是做了一场噩梦。

常春风和魏壮壮难得约在一起来见他,请团长大人去视察南校场的队伍。

官兵聚集在南门校场训练,人数直线上升,一眨眼营帐从原来的十顶增加到三十顶。

王不觉领着二十六人的跟屁虫队伍前来视察,拿到登记表,简直吓得腿软。这才几天工夫,已经快三百人了!

吴桂子倒也看出他的惊惧,笑道:"汤团长,您在这里驻防的消息上了报纸,各地的散兵游勇都来混口饭吃,都是自家兄弟,我们也不能拦着不是。"

道理都是人家讲的,王不觉一点办法也没有,带人跑去正经八百点校过队伍,又放了一会儿抗日救国的场面话,回家饭都顾不上吃,赶紧派人叫陈袁愿来开会。

陈袁愿得知消息,是抓着算盘和小账本进的门,老远就乐呵呵道:"团长,我这几天守着北门快累坏了,就等你找我喝酒呢!"

王不觉冲着他直摆手:"别光想喝酒,快想想我们南门那三百多号人怎么办!"

"什么怎么办?"陈袁愿看向常春风。

常春风冲他一笑,一点也没有参与他们会议的想法,双手抱胸站在院子里看胡琴琴侍弄被王大雀摧残的花花草草——王大雀看出王不觉有要撂下自己的意思,生气得不行。

"咱们一个团最多能到多少人?最少能到多少人?"

"一个营就五六百了。"

"三百。"这句话是常春风插的。

"我说一个团!"

"一个团有八个营,我和常春风都是连长,我们手底下有一百多……"

"三十多。"这句话又是常春风插的。

"为什么差这么多？"王大雀脾气和破坏力一起见长，搞得满院狼藉，加上王不觉宠着，就差长对翅膀就能上天了。胡琴琴被王大雀气坏了，满头大汗脸色狰狞地抬了抬头。

"吃空饷，溜号。"胡琴琴在别人面前没什么装淑女的必要，所以常春风这么一个粗莽的汉子心脏抖了抖，悄然往安全的地方，也就是王不觉的方向挪了挪，靠在屋门门上继续袖手旁观。

给王大雀的奶粉、草料钱，管事的朱大胖还得刮一层呢，王不觉挺懂这一套，半晌都没声，只听到算盘噼里啪啦响。

他有一个绝妙的主意：既然一人一马跑不掉，那何不正经整训队伍，趁机搜刮一笔钱，带着大家伙一起跑！一边跑一边分钱！

还不都是图口饱饭吃！他就不信谁真乐意来打仗送死！

陈袁愿有点馋酒，看王不觉没啥动静，钻出来冲着常春风笑道："常兄，你上次说的，我看好北门盯好奸细，你就请我喝酒，还算不算数？"

常春风点头："当然算数。"

"哪有奸细？"胡琴琴听得真切，职业病发作了。

陈袁愿得意极了："夫人，你还不知道，鬼子从东北不知道派了多少人来打探消息，那真是一茬茬的，防不胜防！"

"奸细在哪儿？"

"当然逃不过我的火眼金睛，全被我赶走了！"陈袁愿大手一挥。

"别喝酒了，我们去看看奸细！"

屋内传来算盘声和王不觉喜滋滋的吆喝声，胡琴琴倒是知道他葫芦里卖的什么药，脸上的肌肉有些颤抖，硬生生挤出一个笑容："团长，保家卫国是军人的天职！我十二万分支持你！"

常春风和陈袁愿交换一个眼色，陈袁愿有些蔫了："老常，你说我们就这么点人,能干吗?还不够给鬼子塞牙缝呢!"

常春风摇头:"不止这么点人。"

王不觉吓坏了,抓着算盘带着哗啦啦的响动蹦出来:"还有多少人!"

王大雀随着算盘声在院子里欢快地蹦跶,把胡琴琴刚刚扶起来的花草又糟蹋完了。

"你到底算什么账?"胡琴琴双手叉腰逼到王不觉面前,一张脸通红,这是被王大雀和王不觉联手气出来的好颜色。

是个男人,都不可能舍掉这样的好颜色。

三人都看直了眼。

胡琴琴劈头抢过算盘:"了不得,喝酒抽烟打算盘,什么都会,就是不会练兵!"

王不觉急了,也抢过算盘:"谁说我不会练兵!不,我不会练兵怎么啦!"

"不会练兵找他们学!"

看胡琴琴指向自己,陈袁愿和常春风当机立断,扭头就跑。

王不觉丢了算盘,拍着大腿狂笑。

"报告团长!"一个脆亮的声音打断了他的笑声。

四人面面相觑,都严肃起来来到门口相迎。

"报告团长,吴营长说29军宋将军已经从北平派人过来检校队伍,即刻就到!"

"为什么?"王不觉急了。

通讯员送了这么多年信,还是第一次被问为什么,顿时傻眼了。

常春风冲他摆手,把他救下来,正色道:"报告团长,驻防古北口的张师长要来检校队伍。"

陈袁愿脸色唰地白了,声音开始颤抖:"老常,这古北口打着呢,听说一天几百上千的死人,可千万去不得。"

常春风拍拍他肩膀:"让团长拿主意吧。"

王不觉看向胡琴琴,目光满是绝望,这一次胡琴琴也挺不忍心,决心拉着他一起跑,再怎样总比去古北口做炮灰强。

"还有中央军的关师长!"隋月关身后跟着一个汉子,进门就抱拳,"我是北平邮政局派来的总巡员,这是关师长给您的亲笔信。"

王不觉接过信,苦着脸交给胡琴琴,能不能一跑成功,现在就指着这个可怕的贴身警卫,得跟她搞好关系或者说让她明白这个送死计划多么不靠谱才行。

果不其然,胡琴琴扫了一眼,脸色煞白,强笑道:"上面说关师长的部队正往这边赶,需要你们全力配合。"

"怎么配合?"常春风和隋月关同时开口。

"挖战壕修工事。"王不觉看向隋月关,内心的小魔鬼蠢蠢欲动,"舅父,师长说要征用坚固的民房做碉堡,我觉得我们这个大院就特别坚固,特别合用。"

真是搬起石头砸自己的脚,隋月关气得说不出话来,又不敢当场发作,拱手道:"女婿,这隋家大院总归都是你的,就由你说了算。"

陈袁愿一拍大腿:"隋会长为了保家卫国,连人带院子都送了出来,真是高风亮节!佩服佩服!"

"应该的应该的。"隋月关牙齿咬碎和血吞,扭头走了。

反正都是身外之物,胡琴琴倒也没什么所谓,正要催着王不觉赶紧想办法应付各路不速之客,只看眼前一个黑东西翻墙飞过来,心头一沉,飞起一脚把那个黑东西踢了出去。

轰隆一声巨响,院墙被炸垮了,刚刚走出去的隋月关瘫倒在废墟中,瑟瑟发抖。

不远处,一个男人被炸成了几大块,满墙血肉模糊。

蔡武陵、关山毅、王柏松和杨守疆离开上海北上长城，既然由蔡武陵做了这个小队伍的头头，剩下的事情也只能由着他做主，只是三人根本没想到，这家伙一把年纪竟然会胡来！大家说好的一块去长城，他也不好好去山海关去冷口喜峰口，又坐船又坐车又骑马上了唐山！他就带了三个人，至于造成衣锦还乡的假象吗？

所以，除了王柏松这老油条走哪吃喝到哪，关山毅和杨守疆从头到尾气鼓鼓的，都跟他拧巴着来。

唐山玉田蔡家庄此刻敲锣打鼓，热闹非凡，在蔡四奶奶的主持下，所有人家倾巢出动，欢迎他们八年未归家的蔡少爷，蔡武陵。

蔡家庄百来户，最大户就是蔡家，这一带的田地都是蔡家所有。以前蔡武陵的爷爷和老爹从平津往关外跑骆驼队，赚了不少钱，又是捐官考秀才又是买田置地，为了摆脱泥腿子的身份，或者说为了蔡家庄这点前途想尽办法。

然而，蔡家上下这么折腾，到底没折腾过命。蔡大成娶了个母亲的远房侄女孙四姑娘，比那孙二娘还厉害，在家凶悍，对外凶狠，男女都没生出一个。

蔡大成年过五十，眼看要绝后，其母四奶奶顾不得侄女的面子，跑到天津找了个神算子，算出儿子一生富贵荣华不在话下，就是命中无子，必须找个命硬的姑娘挡一挡，说不定能挡出一个儿子来。

四奶奶当下开始寻访，果然访到一个命硬的姑娘，唐山一个穷乡僻壤小王庄的林家女儿林挡。据称她生下来就是挡灾的，生了她之后林父的病奇迹般好了。

林挡跟村里王裁缝的儿子王福贵青梅竹马。等林挡长大，林家败落，欠了一屁股债。王裁缝有心想替儿子娶进门，奈何一个手艺人赚点钱只能糊口，还不上这么大一笔钱。

四奶奶出面替林家还了债，又帮忙修好了整个村子的破烂房子，此举连王裁缝都说不出半点不是，赶紧替儿子定了一个哑巴姑娘做媳妇，让儿子和林挡都断了念想。

四奶奶扫清所有障碍，花了大钱把林挡娶进家门，果然很快生了一个儿子蔡武陵。

两个孙家女人都不好惹，林挡苦不堪言，蔡大成只好将其带上北平做生意，一路小心护着。也是在北平，蔡大成给蔡武陵定了一门娃娃亲，女方叫作胡小胖，是胡家独女，长得胖嘟嘟的，十分可爱。胡小胖家里是跑骡马队的生意人，跟他一个跑骆驼队的很有话聊。

等蔡武陵长大了一点，表现得十分聪明伶俐，学什么会什么，成绩优异，还酷爱习武，文武双全。蔡家后继有人，林挡母凭子贵，上上下下都对她好了一点。

蔡大成和原配夫人相继过世，家中由四奶奶掌权，她怕蔡武陵这个宝贝疙瘩在乱世中遭难，想用鸦片把孩子拴在家中，平平安安度过一生。

蔡武陵不愿在家当这没用的鸦片鬼，硬是在林挡暗中帮助之下偷跑出来，考上黄埔军校，这让四奶奶非常生气。后来四奶奶听说胡小胖当了警察，一怒之下给胡家写了退亲信，想另外给蔡武陵找一个听话的姑娘，被林挡阻止，婆媳之间斗了几个回合，最终以林挡病亡而终。

林挡临终前给儿子写了一封信告知一切，原来她是怀着身孕嫁进蔡家，她想让儿子去小王庄找到生父王福贵。

这封信和林挡的死讯一起到了蔡武陵手里，蔡武陵带着信上了淞沪战场，经过一番浴血奋战，终于想通一些事情。

这一次他绕道归来，就是想看看母亲，同时和家人永诀。

墓碑上写着几个大字：母亲林挡之墓。

萧瑟风中，蔡武陵跪在坟前絮絮低语："娘，您交代的事情，我只能做到这样了。身已许国，这些家长里短，就让它随风去吧。不管怎么样，我只认您一个娘，蔡家没有对不起我，我不能忘恩负义。

"娘,我给您磕三个头,请您在天之灵原谅我。

"今生一别,不知道何时才能回来。要是赶走日本鬼子,我还活着,我再回来给您修坟;要是回不来,青山处处埋人。您就费心多跑几步,去看看我。"

他的身后,三人默然跪拜完毕,站在各自的马旁久久等候,再也没有催促半声。

隋家院墙转眼就砌得焕然一新,地面刷得一尘不染,好似这个奸细和炸弹根本没有存在过。

陈袁愿刚刚说了大话,羞愧不已,酒也不念叨了,赶紧跑回北门继续查找奸细。常春风前往古北口方向和张师长接洽,王不觉只得带着胡琴琴去南门校场跟吴桂子商讨对策,想办法安排张将军、关师长、各路记者和北平敌后援助团体等见面事宜。

千头万绪,哪是一个骗子能应付得了的事情,胡琴琴开始打起退堂鼓,要不就自己带着母亲先跑,要不带着王不觉一块跑,这里万万没法待了。

夕阳中,王不觉和胡琴琴拖着长长的影子走回来,心情都沉重许多。

迎面走来三个巨大的胖子,领头的最大的胖子骑着一匹瘦得快死掉的马。

胡琴琴冲着王不觉点点头——就算胡琴琴跟王大雀结了梁子,也看着这马太可怜。

两人堵在最胖的人面前,胡琴琴娇羞一笑,指着马跟他们讲道理:"大哥,您这马再走就得死了。"

汤小妹看了看马,觉得美人说得极了,连忙气喘吁吁下马,冲着熊家兄弟摆手:"你们抬着。"

马剩了半口气,熊家兄弟也剩了半口气,两人连滚带爬冲上来:

"少爷，我们抬上不要紧，您累坏了可不行啊！"

马应声趴下来，王不觉惊呼一声，扑上前赶紧喂水喂胡萝卜。马看起来挺有骨气，歪着头宁死不吃，其实是真的快死了，口吐白沫。

王不觉心疼坏了，冲着三人挥舞拳头："你们怎么喂马的！也不看看自己多胖！这马多瘦！"

胡琴琴抓了几个银元塞进汤小妹手里，低声道："这马我们买了，你们赶紧跑，我男人凶得很。"

汤小妹把银元塞还给她，郑重其事抱拳道："这位姑娘，我汤小妹虽然落了难，可我从来没拿过女人的钱。"

熊家兄弟急得跺脚："少爷，先别还给她，我们先去弄饱肚子！"

王不觉和胡琴琴耳朵都挺好使，交换一个眼色，同时看向汤小妹，同时问道："你说你叫什么？"

汤小妹来了劲，砰砰地拍着胸脯，"行不更名坐不改姓，汤小妹，祖籍辽宁义县！承德汤主席是我本家！"

第八章　真的团长打不了，假的团长真想跑

"你们是不是傻！都到了这里还不赶紧跑，打仗是要死人的！"
"可不！要死人的！"
三个巨大的胖子在客栈屋里上蹿下跳，好一个地动山摇。
灰土从房顶簌簌而落，幸而胡琴琴早有准备，将一个遮阳防晒

的大斗笠戴在王不觉的头顶。

王不觉这才知道她打扮成这样的原因,在感谢她的救命大恩之后,对她的好感又多了几分,内心感慨万千,慢慢坐下来——

老规矩,等待他们的第四个问题。

汤小妹和熊大木熊二本兄弟面面相觑,汤小妹一伸手:"把委任状和军装还给我!我这就回去!"

"还有钱!"熊家兄弟连忙提醒他。

汤小妹倒是挺豪气,冲着两人摆摆手:"我家有的是钱,再说你们也搬不动,犯不着带上添麻烦。"

熊家兄弟急得直跺脚:"路费!路费!"

汤小妹摆手:"我们男子汉大丈夫,说不要钱就不要钱!"

胡琴琴和王不觉交换一个眼色,对这三个巨胖子生出几分好感。

熊大木哭丧着脸:"少爷,我们去找镇长要,镇长以前是我们家厨子,我们都吃过他做的肉包子。"

话音未落,汤小妹口水哗啦流下来。

王不觉一下子蹦起来,恭恭敬敬拿出委任状,以迅雷不及掩耳之势脱军装,一转眼就剩下一条裤衩。

王不觉常年跟着马跑,从上到下没有一处颜色不均匀,没有一处肌肉不漂亮,而且,大概是脱得太快太高兴,这一瞬间,胡琴琴觉得那个浑身闪着金光的天神好像又回来了。

难怪隋月琴对这桩莫名其妙的婚事点了头,半点都没犹豫,现在还每天把门锁了把她往王不觉那儿赶,他收拾收拾靠脸就能走遍天下。胡琴琴狠狠吞了一口口水,决定再也不能让他跑了。

他这么好说话,汤小妹倒是有些傻眼,就没想到王不觉好好一个马倌都快被这身军装连累死了,急于摆脱这身束缚,溜之大吉。

"喂,你的肌肉给我摸一下,我看看是不是真的。"

王不觉大笑,一拍胸脯:"行啊!"

汤小妹和熊家兄弟三个人三双肉乎乎的手就要往王不觉身上招呼,只听胡琴琴一声断喝:"不行!"

三人同时缩回手,惊恐地看着胡琴琴。

胡琴琴挡在王不觉面前:"我的男人是随便给人摸的?"

王不觉感觉到危险,腿肚子开始颤抖。

"要摸可以,给钱!"

胡琴琴手伸老长,汤小妹和熊家兄弟同时后退两步。

王不觉挠挠头,觉得虽然没危险,这么干有点像在卖身,挺没面子,讪笑道:"我说媳妇……"

"闭嘴!"胡琴琴瞪了他一眼,双手叉腰继续跟三人讨价还价。

"给就给,我家有的是钱!"

熊家兄弟连忙拉住汤小妹,一同制止这种因为对漂亮肌肉的渴望引发的混乱。

"再会!汤团长!"漂亮肌肉的所有者王不觉终于抢回主控权,乐呵呵一抱拳,"东西都还你们了,你把衣服穿上,赶紧去校场训练领兵打仗!"

此时不溜,更待何时!

王不觉脚底踩着风火轮冲到门口,胡琴琴竟然跟上来了,手里还拽着一张桌布。

原来胡琴琴有些不舍得自家男人被人看了去,追男人的同时还顺手抓上了桌布。就在跑出大门的倒数三到五步里,胡琴琴以恐怖的速度把他一裹,又给他戴上斗笠遮住脸。

汤小妹和熊家兄弟不停揉眼睛,以为自己看到了哪路神仙显灵。

王不觉怕她搞什么古怪,迅速拉住她的手,就差两步就出门了,自由了——

完了,他停住脚步,觉得一股电流从她的小手传递过来……

触电了!被雷劈了!

敢情女人的手这么小这么软这么滑溜溜，王不觉这辈子握的马蹄子多，女人的手还是第一次握……

胡琴琴手一动，差点又把他扔到窗外，很快认清自己的身份有所改变，颇有几分不好意思，攥紧他的大手往他怀里钻了钻，满脸娇羞送给他一对梨涡作为补偿。

第一次牵手、第一次抱女人、第一次被色诱……他一个男的哪里受得了这种赤裸裸的诱惑，两条鼻血巨龙一般钻出来。

这回真的想走也走不了了。

而汤小妹和熊家兄弟也自知不妙，赶紧把人抢回来，一顿敲背捶腿。胡琴琴给他鼻孔插两根布条，把两条巨龙堵上了。

好一阵兵荒马乱之后，王不觉大口喘着气，可怜巴巴地看着胡琴琴，决定改变策略，出卖色相也好，出卖这身肉也罢，必须以柔克刚先把她的心拿下来，确保自己顺利跑路。

王宝善说得对，天下没有白掉下来的肉包子，总得挨几回砸，就算砸中了还得出点血呢。

"琴姑娘，我知道你们是冲着什么来的，如今我的东西都物归原主了，你也不用计较这婚约。你要是乐意，我就护送你们娘俩去北平，你要是不乐意，那我就自己走。"

"你敢跑！"

"有你在，我当然不敢。"

"这还差不多！"

"以后嘛……我都听你的，你让我往东，我绝不敢往西！"

这些话都是在富春阁学的，他还以为一辈子用不上呢。富春阁女人都喜欢听这种瞎话，好像越编得瞎笑得越大声。

他一边编瞎话，眼角余光瞥见汤小妹脸上的肉肉实在太多太可爱了，而且太不像真的，鬼使神差伸手去捏了一把。

"色坯！"跟富春阁女人的反应不同，胡琴琴柳眉倒竖，手里突然多出一把枪怼到他额头上来。

她在北平胡同钻了这么多年,自然知道这是一些坏家伙去勾引浪蹄子的常用语,还有这种猥琐下流的口气,简直一个模子里做出来的。

这小骗子,表面人模狗样,还不知道骨子里多少坏水呢!

王不觉脑门顶着枪,没法跑,他身边的三个在震耳欲聋的咚咚声之后,都给胡琴琴跪了。

真跪,围着王不觉跪了一地,王不觉前前后后左左右右都是人,方圆一米肉贴着肉,腿黏着腿,拥挤不堪。

王不觉自然不知道事情坏在哪里,虽然没见过这种奇怪的枪,还是知道这是个要人命的玩意,全身止不住地颤抖,堵着鼻子的纸条掉下来,两条巨龙彻底吓回去了。

汤小妹赶紧抱着军装送到胡琴琴面前:"姑娘,不,夫人,这衣服你给他穿上吧,都是我不好,我不该让他脱光,不该摸他,不该色诱他……"

"对对,你穿上吧!"熊家兄弟也反应过来,这军装谁也穿不上,还不如做个人情。

胡琴琴的枪口带着明显的振幅抖动,抖得四个男人八只眼睛都直了。

王不觉被抖成个斗鸡眼,一口气翻不上来,差点晕了过去。

在黑洞洞的枪口下,王不觉大口喘着气,发着晕,在三个巨大的胖子帮助下手忙脚乱穿上军装,把扣子扣到最上面一颗,确保一点肉都露不出来。

王不觉穿上衣服,气也喘匀了,赶紧挺直胸膛等待胡琴琴检查,这回再也不敢瞎说了。

"回去再说!"

胡琴琴点点头,枪变戏法一般不见了,转身就走。

王不觉哭丧着脸跟上来。

汤小妹一声断喝:"不能走!"

王不觉和胡琴琴停住脚步,胡琴琴不耐烦摆手:"东西给你们了,别再缠着我们,我们要去逃命了,后会无期。"

王不觉还没高兴三分钟,汤小妹脑子里灵光乍现,从口袋里掏出一张报纸,小心翼翼地展开到有一张军人骑着高头大马照片的一页,对着王不觉的脸来回看。

报纸上那一位可不就是王不觉!穿军装的团长王不觉!

骑兵团长汤小妹,抗日英雄美名扬。

天知道这玩的啥招数,王不觉倒还认自己这张脸和王大雀,也认识这几个字,脑子里嗡地一声飞过无数只苍蝇。

胡琴琴变了几轮脸色,突然夺过报纸羞答答一笑:"我男人真好看,我们到了北平,一定要多照几张相。"

莫名其妙招了个"抗日英雄"的大祸事,王不觉除了点头,大气也不敢喘。

为了买这个团长,汤小妹父母花了大价钱,总得弄点好东西糊弄过去,熊家兄弟交换一个眼色,摆出一个撒丫子要跑的姿势。

汤小妹跟两人混这么多年,哪能看不出来,走都嫌累,一个骨碌滚到门口堵着,怒吼道:"少跟我打马虎眼!坦白!"

"这人是从富春阁的富大春老板那儿弄来的……"

"报纸呢?"

"不,报纸我们花了钱的!"

两兄弟跑路太慌张,撞到一块儿了,异口同声地发出惨叫。

汤小妹挠挠头,觉得自己真是踩到两堆熊屎屄屄。

孙望海住在镇公所,反正也离这儿不远,汤小妹带了熊大木跑了一趟,让二本留下来招呼客人兼看守两人。

孙望海看到这对主仆,急得团团转:"你们怎么才来,赶紧走赶紧走,你爹娘一封又一封电报往我这里发,我都快急疯了!"

汤家人现在都在天津,而孙望海的去处也是天津,两人一合计,汤小妹回家心切,不肯等他了。

孙望海正中下怀,有他们三个能吃又懒得要死的胖子在,他不得累死在半途。

听说汤小妹还在跟替死鬼王不觉纠缠,孙望海又急了,给他一大兜子东西,让他想一切办法把这送死的事情交出去。

很快,汤小妹拎着一兜子外国糖果和肉包子回转,二话不说,硬塞到王不觉手里。

王不觉和胡琴琴目瞪口呆,怎么一转眼工夫,汤小妹就更胖了,鼻子不是鼻子,眼睛肿成了一条缝隙。

"这是怎么啦?孙镇长敢打你?"

熊二本小小声嘟哝:"这是想家,哭成这样的。"

汤小妹往地上一坐,哭声如同马鸣:"我要回家,我不打仗!"

王不觉看他哭得实在丑得可怜,蹲下来拍拍他肩膀:"你是团长,你不打仗谁打仗?"

"打不了,打不了!你看看我这身肉,把马都累死了!摔地上要两个人帮忙才起得来!

"我就剩这点值钱的东西,都给你,你去打!

"你要是打死了,我给你爹娘养老送终!"

胡琴琴一把将王不觉从他身边拉开,看着他尽情表演。

熊家兄弟挤在一旁,小心翼翼观察两人的表情。

"我一个孤儿,可没有什么爹娘留给你们养老送终。"王不觉轻轻叹了口气,心里还是几百个不乐意。

胡琴琴心头一软,轻轻握住他的手:"把城里的危机解决了再走?"

王不觉疑惑地看着她,胡琴琴嫣然一笑:"你自己说的,我让你往东你不敢往西。"

"怎么还提这茬！"王不觉小心脏微微颤抖，不知道哪句话哪种语气是她翻脸的点。

"赶紧做决定！让他们先回家！"胡琴琴不耐烦了。

"好……"

王不觉才开了个头，熊家兄弟立刻发出欢快的哨声，而汤小妹一个骨碌从地上爬起来，冲着王不觉打躬作揖："谢谢团长不杀之恩！谢谢团长夫人救命之恩！我们这就回去！"

不等两人反应过来，汤小妹和熊家兄弟一拥而上，将委任状塞进王不觉的怀里，王不觉挣扎中扣子都扯掉三颗。

胡琴琴一脸贤良淑德冲着王不觉打躬作揖："谢谢团长，团长真是青天大老爷啊！"

王不觉火冒三丈，可冲着自家救命恩人不能发，扭头坐下来咕嘟咕嘟喝水降火气。

汤小妹自己也知道这养老送终什么玩意一点说服力都没有，而且让他跑去战场送死很不厚道，一边打躬作揖一边退后。等王不觉抬起头，三个胖子已经不见了，只有一阵阵惊天动地的脚步声渐渐远去。

脚步声消失良久，王不觉水也喝饱了，憋着一泡尿要去方便，看胡琴琴双手抱胸看着窗外，目光空空茫茫，不知道又想要什么阴谋诡计，心里终于认了命，打开委任状看了看，起身用双手恭恭敬敬交给胡琴琴。

有她在，他逃不掉，不如先摆个漂亮姿态给她看。

"瘸马！"一个脆亮甜腻的声音响起，"原来你们在这里，真是想死我了，我的小心肝，我的小宝贝……王大雀……"

胡琴琴听出几分火气，委任状也不要了，一扭头，摆出要干架的模样迎接客人。

王不觉早听出这就是富大春，可现在小命在人手里捏着，哪里敢应。

富大春已经从汤小妹和熊家兄弟那儿听了个大概,不过她见多识广路子野,毫不理会他是不是结了亲被小手枪威胁着,带着一股香风冲进门:"小心肝,快让王大雀送我去天津,我有重赏……小娘们,你堵着门干吗!让我进去!"

"你那些瞎话是说给她听的?"胡琴琴看这不像是自己的威胁,转头瞪着王不觉。

王不觉硬着头皮上前:"富老板,这是我媳妇,刚娶的媳妇。"

富大春嗤笑一声:"你娶得起媳妇才怪,是哪个不要脸的想找你做便宜爹吧!"

胡琴琴怒喝:"你什么来路,讲话干净点!"

"老娘是承德城最有名的富春阁老板,手底下有几百个姑娘,哪个不比你盘亮条顺会生娃!瘸马,是吧?"

胡琴琴自知遇到对手,不敢嚣张,只得冲着王不觉开火:"我还以为你是个老实人,没想到你天天逛窑子,你这个色坯!"

王不觉抱着脑袋当缩头乌龟,谁的话都不敢接,哪句都能要他的小命。

"瘸马,别怕,你富姐姐给你做主!"富大春笑容满面看向王不觉,"姑娘们分散去了北平、天津和保定,从此以后哪里都是你的家,大家都好想你,你赶紧脱了这身衣服,跟我跑呀!"

王不觉眉头一皱,计上心来,正色道:"媳妇,我和王大雀在富老板手下做事,你看,我老板来了,能不能……"

"你白纸黑字入赘到我们隋家,还想什么美事呢?"

胡琴琴改换策略,笑容可掬看着两人,两个梨涡醉死人。

这张脸变得太快了,笑得太真诚了!

富大春瞠目结舌,她混了一辈子的烟柳之地,栽培了成千上万的姑娘,还是第一回从内心发出赞叹。

王不觉早就习惯了她这套,感觉到空气中弥漫着火药和子弹的味道,赶紧冲富大春摆手:"老板,我已经嫁人了……不,入赘了,有机会的话,不,祝你们平安幸福,前程似锦!告辞!"

王不觉话音未落,拔腿就走。

富大春大笑:"行,你好好地当乘龙快婿,有什么难处去天津富春阁找我!"

胡琴琴一笑挡掉敌人,略微有些得意,得意的时候就会放松警惕,跟着王不觉回隋家大院的时候,并没有发现什么异状。

这一次,是王不觉从王大雀的嘶鸣中听出不寻常的意思,不顾胡琴琴的呼喊,一路狂奔到马厩,飞身上马疾奔而来,经过胡琴琴的时候把她一手捞上来。

王大雀这次没在院子里祸害,跑得十分仓皇,像是逃命。

马厩中传出一声巨响,马厩连同院墙轰然倒下。

王不觉抱抱王大雀,又留下胡琴琴在马上,牵着马慢慢朝着隋家大院走去。

夕阳映红了整个天空,隋家大院的方向硝烟弥漫,哭喊震天,像是血与火的战场。

龙孟和看王不觉下了一次棋,从此爱上了下棋,听说他把接待办事的地方转移到邮政所,拎着棋盘来跟王不觉消遣——名为消遣,其实就是听说王大雀差点遭了难,想它想得紧,跑来摸两把解馋。

王不觉刚刚得到一个噩耗,哪有空跟他下棋,连人带棋一把抓上,急吼吼道:"快快快,赶快当我的副官!"

"副官?"

没等他回过神来,王不觉已经开始扒他的衣服裤子。

龙孟和还以为他垂涎自己的美色,用力拽着自己的衣服裤子,眼泪汪汪大吼:"放开我!我不是兔儿爷!"

王不觉一脸茫然抬了抬头:"什么兔儿爷?好吃吗?"

胡琴琴一巴掌把龙孟和打蒙圈了:"你敢肖想我的男人!"

魏壮壮带着护卫队跑来，一个个手里还拖着锄头铲子，显然刚刚从救灾善后现场跑来。

魏壮壮让众人一字排开："团长，你来挑吧。"

王不觉捋好袖子要上，被胡琴琴瞪回来，只好继续扒龙孟和的裤子："赶紧换衣服，有个大官要见我们！"

最后，龙孟和没保住裤子，只能自己脱了衣服，从了。

而胡琴琴凭着女人独有的审美挑选出四个腰板特挺、胸膛特壮的男人。

六人稍微拾掇，立刻出发去南门。南门有一个官员在等候，把他们一站一站往前方带，最后在一个西北人开的以肉夹馍、羊杂汤闻名的路边小饭馆停下来。

"都给我出去，我有贵客来了！"一个吃得满嘴流油的红脸白胡子汉子起来，声若洪钟把其他人轰出去，让王不觉和副官进门相见。

可惜饭馆找不出一张完好的桌子，三人靠着窗户落座，桌子摇摇晃晃，龙孟和这身军装穿得太紧太难受了，眼珠子勒得都快掉下来。

这位高大威猛的西北汉子姓冯，是29军宋将军派来的密使。冯先生告诉他们一个好消息，云霞镇和古北口是北平的屏障，位置十分要紧，宋将军正要率军赶来支援，有心把他们这支有着抗日救国雄心壮志的精锐队伍收入麾下，派来了战功赫赫的刘旅长检阅部队。

刘旅长还带来大批精兵强将，要在密云和古北口一带设置防线，为了显示汤团长的重要性，决定把汤团长派往第一线阻击敌人。

回到一团糟乱的隋家大院时，五个漂亮汉子连同王不觉都成了霜打的茄子，一个个蔫巴巴的。

胡琴琴倒是想得开，院子炸垮一个，再换一个地方住，把六人拉到半山胡同的自住小院，隋月关和隋月琴亲自下厨，做了满满一大桌的菜犒劳众人。

四名护卫队员眼瞅着要去第一线当炮灰，哪里吃得下，喝了两口酒就开始干号，被闻声而来的魏壮壮踢走了。

龙孟和脱了军装换了大褂，一根草一根草喂着王大雀，给它梳毛擦背，目光这个幽怨缠绵，像是陷入一段单相思的感情中……

"舅舅，咱们跑吧！"

这一次，是胡琴琴提出来的，王不觉心中涕泪交集，这婆娘终于知道死活了！

龙孟和趁他们都不开腔，藏在角落里泼冷水："想跑可没这么容易，刘旅长这次带来的可都是精兵强将！"

"前有刘旅长，后面有古北口的鬼子，我们这回跑不掉了！"王不觉直叹气。

"一旦被刘旅长发现你的底细，你这脑袋就不保了。"胡琴琴拍了拍王不觉脑袋，那手势像在看这脑袋瓜熟没熟，能不能摘。

王不觉头皮发麻，他跟着汤主席混了这么多年，看他砍的脑袋没有一百也有八十。

"你死了不要紧，到时候整座城都乱了套，刘旅长肯定不会让大家跑，可大家肯定会想跑，他要是搬出'军法从事'四个字就完了！我们城里不知道有多少人得掉脑袋！"

魏壮壮一副很懂的样子，不免让胡琴琴多看了他两眼。

王不觉急了："都没活路了是不是，那现在该怎么办？"

"他们不是来检查吗？我们赶紧凑人！把他们应付过去！"

"那叫检校部队！"常春风优哉游哉走进来，满脸烟灰，肩膀打着纱布，不知道在哪儿挂了彩。

魏壮壮微微一愣，莫名其妙冲着常春风抱了抱拳。

常春风坦然一笑，回了一个抱拳。

王不觉愣住了："早上不还好好的么，你这是怎么啦？"

"去了一趟北门支援老陈，鬼子化装成老百姓，想趁乱摸进来，被我们赶跑了。"常春风似乎不愿多谈,"报告团长,我们上报的是一个团,那就必须凑够一个团的人给刘旅长看,不然谁也脱不了干系。"

"怎么凑?"王不觉四顾茫然。

隋月关一拍桌子,起身看向魏壮壮:"你带队跟我们一起去东门蟠龙山!"

"是!"

"带上吃的喝的,我们不一定能这么快钻出来!"

"一起去吧。"王不觉用手遮成凉棚眺望东边,"也没多大一座山。"

很快,他发现自己说得太早了。

这座蟠龙山确实不太高,一旦叫成山脉,那可就名堂来了。

蟠龙山脉是由七八十座山峰组成,这座蟠龙山刚好最高,也离云霞镇最近,因而看起来就是整个山脉的屏障,也是云霞镇的屏障。

这山形复杂的好处就是特别能藏人,里面别说一个团,来一个军都没问题。

在山里走了一趟,大家都累得够呛,坐在小溪边休息。

这里的草十分肥美,王大雀和所有马埋头喝水吃草,大快朵颐。

王不觉洗了一把脸,躲到一旁拿出自己的小账盘算。

常春风慢慢走来:"我们又收了二三十个,东门校场里差不多有三百三四十人。"

王不觉点点头,把小账往怀里一揣,一跃而起。

"商会护卫队听令!"

这是王不觉第一次正经发号施令,大家听得有些陌生,在陌生中又有热血上涌。

王不觉这几嗓子是跟书场先生学的,看起了一点效果,心里颇为得意,正色道:"立刻在东门外的山间带人抢建三座军营!分别以古北、云霞、密云为名!"

"最好四座,一个团兵马得一千多人,容留一些人做机动。"常春风在后面补充一句。

"那就四座,第四座名叫北平。"

"是!"魏壮壮立正,敬了一个非常标准的军礼。

常春风眉头一挑,嘴角有浅浅笑容。

镇远镖局位置特别好,就在东门门口的半仙胡同,出出进进都是一眼就能看见。

常春风和魏壮壮都赶着忙乎自己的事情,而且反正也不怕团长逃跑,各自带着人闪了。

隋月关和三人进门,趁着王不觉四处看稀奇,悄然朝着镖局一指,跟胡琴琴耳语一番,自顾自走了。

胡琴琴拉着王不觉和龙副官拐到镖局门口,二话不说,把两人推了进去。

镖局号称第一镖局,排场挺大,实际上现在来往客商都请军队保护,根本没什么生意,只能干一点护送老弱妇孺的小活。平时镖局就一两人值守,其他人都在庄子里种地,要不就在集市卖一点小菜,艰难维持生活。

如今外面鬼子时有骚扰,不怎么太平,所有人都搬回来,镖局里洗菜的切菜的,里外二三十号人,七八个小孩满院疯跑,颇有几分热闹。

两个俊俏军官走进来的时候,整个镖局静默了长达十秒钟。

直到胡琴琴一路笑容灿烂冲到胡十五面前,这静默才算完结。

"胡师傅,这是我男人!"

胡十五冲着满屋子人一摆手:"今天团长和团长夫人上门做客,大家多准备几样好菜!"

老老少少一阵欢呼,胡琴琴笑容僵在脸上,突然有不好的预感。

有酒喝，王不觉拉着龙副官大胆上前，一人抱着一个酒坛子，菜都来不及上，就着一碟花生米拌黄瓜开始了。

说来也怪，这么多的孩子，一个打扰的也没有，全都像是被人捂住了嘴巴，静悄悄藏在某个角落。

院内只剩下胡十五漫无边际的狂侃：

"我们是从山西来的，想当年，我们从大槐树下分别……团长，你看，古北口这个地方就叫作槐树岭……"

"那是南门口。"龙副官不耐烦。

"对对，南门口的烽火台，烽火台上忆吹箫……"

王不觉有事找他帮忙，只好忍了。

一会儿胡十五喝到位了，非要来献艺，把大刀往背上一插，摆了个姿势，陡然之间多出几分气势，还真的像是一个侠客，而非一个卖菜的总镖头。

"为什么要苦哈哈卖点小菜呢，凭着他这把刀，去做屠夫完全没问题。镇上谁家的都没他的刀法好，刀耍得漂亮。"

王不觉偷偷问胡琴琴，倒是被乱七八糟摆姿势的胡十五听了去，胡十五颇有几分不好意思，嘿嘿笑道："我的主业是镖师，护送老弱妇孺。要人家看我杀气腾腾宰猪宰羊，谁敢把这单生意交给我做。"

胡家嫂子送来一大碗羊羔肉，嗤笑一声："就算不宰也没人交给你做。"

"你知道通臂猿胡七吗，谭嗣同临刑前留诗'去留肝胆两昆仑'，就是讲的他和王五。他们都来自昆仑派，开镖局为生。胡七过身后，我们不得不出走，有一阵在京师警察厅任职，怕遭遇祸端，把家人都分散开来各自谋生。"

王不觉被他绕得晕头转向："那你是？"

"我是他的小儿子！"胡十五得意地笑。

胡琴琴笑了笑："行啦行啦，胡师傅，我也姓胡，你那点底镇上谁不知道，老念叨就没意思了。"

"也是，也是……"

胡十五就此闭了嘴巴，只管喝酒。

夜深人静，酒足饭饱，王不觉和龙副官不告辞不行了，却发现胡琴琴尿遁了。

王不觉没奈何，只得婉拒胡十五的再三挽留往外走，而龙副官忍了他这么久废话，早已脸色狰狞，理都懒得理他们。

走到门口，胡十五突然变了脸色，单膝跪下来："团长，我请求送走所有老弱妇孺！"

王不觉愣住了："全城的人不都在往外跑，没谁拦着你！"

"缺……钱……"

这两个字，显然是憋得很用力才憋出来，胡十五涨红了脸。

"废物！好好一件事都说不清楚！起来！"

胡家嫂子拎着一把关公大刀走来。

"团长，无事不登三宝殿，我知道你们来是想干啥？"胡家嫂子将大刀往地上一戳，"镖局所有的男人和我，今后由你差遣，镖局老幼请夫人帮忙照顾。"

王不觉心里一盘算，包袱里的钱安置这些人应该没问题，至于自己，他有一个好媳妇，以后可以正大光明吃软饭。

王不觉算清楚账，乐呵呵一拍手："行！你叫他们收拾东西，赶紧走！我这就去拿钱给你们！"

"你的钱都在这里。"胡琴琴拎着一个包袱走来，笑容娇媚，目光镇定而坦然。

好不容易弄到的钱，说不心痛是不可能的，王不觉捂着眼睛摆摆手："媳妇，别给我看了，都给他们吧，城里的老弱妇孺赶紧送走，省得他们再开口了。"

胡家嫂子不敢置信地看着他，突然单膝跪了下来。

龙副官不知道是不是喝醉了，一双眼睛晶晶亮亮，寒意十足。

王不觉受不了人家这热情，脚底带风纵马疾驰而去，留下袅袅余音：

"我去南门一趟，让老吴准备准备，你们先回家，叫上大家一起开会。"

"你把身材高大长得好的站在第一排。"王不觉得意扬扬，"谁都喜欢好看的人，你这趟必须先应付过去。"

"是！"

"必须好看！你挑不行，让女人来挑！"

吴桂子脸上肌肉抽了抽，低声道："团长，趁着有大官来，赶紧要东西，过了这个村没这个店！"

"什么东西？"

王不觉看了看堆成山的粮草，这可是他这辈子从来没见过，也没有想过的景象，真想拉着王大雀一块躺里面打个滚。

吴桂子倒是看出他的好心情，笑眯眯道："真打起来，这些玩意不顶用，鬼子一天就能把我们全干趴下。"

"真打？"王不觉脑子里开始抽筋，完全不知道怎么说话了。

吴桂子也不吓唬他了，一摊手："团长，你看吧，我们赤手空拳，得弄点好东西防身。"

王不觉小心翼翼朝着他身后的枪支架子指了指。

吴桂子走过去拿起一把枪递给他："空的，没子弹，子弹练兵的时候打光了，还没补充上。"

王不觉脑袋里那根筋断了，突然暴跳起来："你开什么玩笑，一堆空枪，没飞机没炮，你敢跑去跟人打仗，你这是疯了吗！"

吴桂子低垂着头，一脸忏悔。

王不觉气急败坏："要了东西也不能打，都给我好好留着！"

"是!"吴桂子一个立正,举手敬礼。

王不觉被他的军靴声吓着了,脸色苍白,摆摆手翻身上马,落荒而逃。

天空星光灿烂,小院微风轻拂,给大家提供了最好的照明和氛围。

王不觉搬了一条大椅子在中间正襟危坐,背靠着漫天星光。胡琴琴化身成他的娇羞恋人,缩在花盆后面冲着他抛媚眼,顺便盯着他的行动计划。

有美人撑腰,先不管她是真心还是假意,王不觉难得生出充足底气。

"我说,我们报上去的是一个团,人数只有三四百,怎么才能凑够这一个团的兵力,你们说说看。"

龙副官还没习惯这身衣服,哪儿哪儿都不舒服,扭动不停。

隋月关看了看魏壮壮,魏壮壮会意出列:"算上我,我们这有十二个人。"

"不止!"隋月关赶紧补充,"镖局大大小小说出十个人,商会还有跑腿的打杂的做饭的,一共出十八个。镇长,你把你们家的人都叫上,能有十个吗?对了,你家小子个头挺高,能顶一个。"

孙望海急得跳脚:"我家小子才十岁!"

"你家伙食好,少爷长得像十五岁了!"

王不觉拍拍椅子把手,这事就算定了。

孙望海扭头就走:"算了,我把所有男人都叫上,我自己也算上,我不能让你们祸害我儿子!"

王不觉拍手大笑:"多谢镇长支持!"

沉默片刻之后,王不觉一扭头盯上了龙孟和。

龙孟和也不跟他废话,朝着王大雀一指:"这匹马快,你让我骑过去找人。"

月上枝头,北门门口一片沉寂,排队进城的人都在旁边草地上歇了,有点家底的支了个棚子,没家底的就露天睡着,鼾声此起彼伏。

王不觉趴在树上一边打盹一边翘首等待,心里七上八下,怕这个小子把自己的马真骑跑不回来了。

王大雀嘶鸣声声而来,背上驮的不是龙孟和,而是一个瘦巴巴的长衫老人,而龙孟和骑着马跟着王大雀身后跑来。

王不觉飞身跳下来,抱着王大雀好一阵揉搓。

马上瘦巴巴的老人突然竭力睁大了小眼睛,不敢置信地看着他。

"黄瞎子!"王不觉也惊呆了。

黄瞎子换了身打扮,也不再脏兮兮的,王不觉还是先认出了他来,哈哈大笑,冲上前一把将他揪下来:"怎么回事!"

黄瞎子还是一脸茫然:"我还以为王大雀是他抢的⋯⋯不,怎么回事!"

龙孟和也跑来,一脸不高兴骑在马上,嘟哝道:"难怪它不肯让我骑!敢情它认识你!"

黄瞎子大笑:"它不肯让你骑还算好的呢,大雀,对不对?"

王大雀骄傲地喷出粗气。

王不觉一把抱住马头:"龙副官,跑这么久才叫了一个老人家来,难不成你就是为了骑一趟马!"

黄瞎子略有尴尬:"我当年也打过仗。"

"没让你打仗,就让你凑个人头!"

黄瞎子扭头看着龙孟和:"不打仗你把我叫来干吗,你这个兔崽子!"

龙孟和撇开脸,一声唿哨。

一群人骑着马从路的尽头跑来,回以欢快的唿哨声声。

"马匪!"

不知哪个女人用极其尖利的嗓子大喊一声,门口的人群转眼就跑个精光。

王不觉没有跑,他定定看着龙孟和,目光沉静如海。

龙孟和冲着他一抱拳:"就是马匪,要不要随你。"

黄瞎子一闪身堵在两人中间,讪笑连连:"是这样的,瘸马,我呢,就是在承德城里帮他们带个信,混口饭,混口饭吃,你可千万别误会……"

"舅舅,说两句得了,以前你可没这么话痨。"

黄瞎子怒吼:"还不是被你们这些混小子逼的……"

王不觉将他拧过来,冲着两人抱拳:"黄瞎子,多谢!龙副官,多谢!"

"我叫龙孟和。"

"王不觉。"

黄瞎子果断出手,将两双手紧紧相握,露出得意的笑容。

第三卷
诱降大戏中的悲与喜

第九章　检校部队的几场大戏

晨曦辉映，王不觉骑着高头大马出现在城门楼上，一身笔挺军装，威风凛凛，帅气逼人。

王不觉徐徐挥手，众人一片惊叫。

"团长，放我们进去……"

"团长，救救我们吧……"

北门徐徐开启，吴桂子、常春风和陈袁愿带着人马走出来，三人身后，黄、黑、蓝三杆旗帜高高飘扬。

城门楼上，王不觉的声音清亮，震耳欲聋：

"各位乡亲，想要加入我们抗日队伍，我们这里有三面旗帜，由三批人来接待疏散。老弱妇孺，请去黄旗那一列，我会派专人护送你们去密云；有亲眷投靠的，请去黑旗那一列；没有亲眷投靠的，请去蓝色旗帜那一列。"

黄、黑、蓝三色旗帜分开,众人欢呼雷动,朝着三色旗帜靠拢排队,一转眼拥挤的城门楼下已井然有序。

一声唿哨之后,一杆红旗从城门楼上打出来,旗帜随风猎猎飞舞。

扛旗的龙副官披着长长的披风,剑眉星目,明眸皓齿……

"汤团长!"

"龙副官!"

一阵阵呼喊响起,大姑娘小媳妇都发了疯一般朝着龙副官和团长发出尖叫。

"鬼子离我们不到五十里,是男人的不要老想着逃跑,站到这杆旗帜下面来,跟我们一起保家卫国!把鬼子打回去!"王不觉振臂高呼。

"保家卫国!把鬼子打回去!"龙副官第一个用磁性浑厚的声音回应。

"保家卫国!把鬼子打回去!"

接着,将士们怒吼声声,男人纷纷走出来,站到龙副官前方。

男人们高矮胖瘦都有,也有不少白发苍苍、走路颤巍巍的老人家。

龙孟和眉头紧蹙看向王不觉,"瞧你做的什么事情,别说打仗,这能爬上马背吗?"

王不觉冲他挤挤眼,嘿嘿直笑:"赶紧收了,我们现在不是要打仗,是凑人头!"

龙孟和冷哼一声,决定把他的风采比下去,在王大雀面前高难度耍个帅。

在一阵恐怖的尖叫声中,只见一个男人纵身跳下来,原定路线是一脚踢在墙上,顺顺当当落下来,可惜披风挂在城墙上,把人也挂了上去。

众人还以为这是为了更好展示这杆大旗,一阵阵欢呼响起。

王不觉迅速抓住龙孟和的披风和衣领,低声道:"别浪费这个好机会,挥旗!"

龙孟和上不能下不来,只能顺势而为,将手中的旗帜用力挥舞。

气氛由此被推到高潮,要不是军中不要女人,大姑娘小媳妇当场就要扑到龙副官招募壮丁的队伍里来。

不到半天,北门的难民全部被疏散,由镇远镖局的胡大嫂组织护送到密云方向,经由密云前往平津,有亲眷的就投靠亲眷,不想投靠的先在密云落脚,等战事结束再回来。

炮声隆隆中,隋月琴带着宝贝包袱和胡琴琴依依惜别,而城里的老弱妇孺也先后启程,由汤团长的手下陆续送出城。

傍晚,夕阳正好,歪脖子队长找到半山胡同来,双手抱胸看着王不觉,上上下下盯着他看。

王不觉不知其意,上下打量自己,再次在心中感叹,人靠衣装佛靠金装,难怪这么多人喜欢自己,穿这身真的很帅呢!

他还在沾沾自喜,歪脖子队长冲他啐了一口:"假货!"

王不觉心里咯噔一声,捋袖子冲上前:"说什么呢!"

"我说你这团长是个假货!"

王不觉倒乐了:"假就假,你去找个青天大老爷告我呀!"

"你为什么不问我为什么知道你是假货!"

对于他的不接招不按套路出牌,歪脖子队长气得脖子更歪了。

"晚上吃西红柿鸡蛋面!"厨房传来胡琴琴的呼唤。

"好!在院里吃!"王不觉好整以暇坐下来看夕阳。

"城里人老老小小都有活干,就我们这些大老爷们没有,你瞧不起我是吗?"

王不觉没回过神来。

歪脖子不耐烦了:"我说,东西送完了,给我派点活。"

"多少钱?"王不觉为自己的荷包心痛不已。

"谁要你的钱!再说了,你还有钱吗?"

"没钱,咋样!"

"没钱就别给了!"歪脖子露出奸计得逞的笑容,"听说你要送娃娃出城,我来送呗。"

王不觉一拍大腿,算是想明白了,扑上前用力给了他一拳:"好!"

胡琴琴端着两大碗西红柿鸡蛋面走出来:"吃碗面!"

"不行,不能便宜你们,一碗面抵钱!"歪脖子呵呵直笑,接过一碗面坐下来呼哧呼哧埋头苦吃。

"还有,我给你盛去!"胡琴琴笑着转身。

王不觉比她还快,一蹦而起:"我自己去,我得多喝点汤!"

王不觉还没回来,歪脖子已经吃完扔了空碗走了。

一双人,两碗面,一幕红色天空,胡琴琴和王不觉在夕阳里相对而坐,目光交会,有说不出的温柔。

王不觉笑容谄媚:"二琴,我以前都是靠王大雀吃饭,如果以后能靠你吃饭,那也是挺好的。"

胡琴琴倒还是第一次听一个男人说得这样理直气壮,哭笑不得:"那你听好,我正在逃命,这个软饭可不好吃。"

王不觉直摇头:"只要是软饭,那就没什么不好吃的。"

胡琴琴被他的逻辑深深折服了,冲他高高比出大拇指。

有了歪脖子这支骡马队,疏散变得容易许多。

小脚老人和小娃娃是让队伍变得缓慢的主要原因,歪脖子让老人家坐上马车,小娃娃单个结成一队,由大孩子带着跟着骡马队走。

孩子们跟着骡马队有吃有喝,完全没有战争来临前的恐惧,一路嬉笑打闹,丝毫不知疲倦,好像是一场春游踏青。

歪脖子领着骡马队一路送，一路跟着孩子们呵呵傻乐。把老老少少所有人都送到之后，歪脖子召集众人抽了会儿烟，烟头落地，又跳上马车，高高挥舞鞭子，朝着云霞镇进发。

众人在后面看来看去，都觉得歪脖子队长的脖子没那么歪了，腰杆也挺直许多。

胡家大嫂跑了一整夜，镖局的人送走了，城里的人也送得差不多了，剩下十来位老人家故土难离，纠集一块不想走，要留下来做饭洗衣服。

城内城外一下子冷清下来，王不觉和龙副官骑马在城墙上跑了一圈，城内外的景象一览无余，而远方古北口的方向，炮声更急更响。

两人来到北门，一支运送伤兵的队伍由远及近而来，车身上印着大大的红十字。

陈袁愿早已得到消息，开门迎候，车上没有什么伤兵，只有几副薄棺。

车队队长下车敬礼，一张脸满是硝烟血迹，泪水滂沱。

"这是我们团长、副团长还有二营长和两个连长的灵柩，他们在六郎庙全部阵亡，请长官放行！"

陈袁愿已经反应过来，迅速敬礼，含泪大喝道："兄弟们！一路好走！"

他的身后，众人纷纷敬礼。

龙副官脸色沉肃，慢慢举起枪，对空鸣放三枪。

王不觉回过神来，无师自通，默然敬了一个非常标准的军礼。

"原来还是有一些人不想跑。"

胡琴琴以为他是在对只有两个菜的伙食表示不满，气呼呼跑进厨房端出一锅肉包子，把准备的惊喜提早拿出来堵他的嘴巴。

王不觉推开肉包子，满脸怅然："我是说，我现在才知道，鬼子来了，原来不是所有人都会想跑。"

胡琴琴微微一愣,露出温柔的笑容,抓了一瓶酒和两个酒杯放下来。

他愿意谈谈,她就乐意敞开胸怀和他倾谈。他是个懵懂又糊涂的好人,她平素从未见过,总觉得好人应该得到一点温柔回报。

王不觉被她的笑容和美酒鼓励,继续说道:"东北军那些人……"

"两个师。"

"对,有两个师,老陈也说有一两个师,有两三万多人,死得只剩了一半,一个团上去,就剩下四五百人下来,一个连一百多号人上去死完了,又一个连上,团长、副团长、营长、副营长一车棺材全部拖走了……你说奇怪不奇怪,竟然真的有人不怕死。"

"那他们杀了多少鬼子?"

"听说小一千,战果不错呢。"

胡琴琴举杯:"来,敬他们。"

两人举杯相碰,一饮而尽。

"我爹也是这样不怕死的人。"胡琴琴继续倒酒,面上云淡风轻,语气中略带得意。

王不觉惊奇地看着她:"你都这么厉害,我岳父大人不得厉害几倍?"

胡琴琴摇摇头:"不,他一点也不厉害,他就是个书呆子,什么都不会,都没我厉害。"

王不觉突然想起什么都不会的人里还包括自己,心里顿时没了底气,小心翼翼赔着笑脸:"那他在哪儿?"

"不知道。他参加抗日行动,被日本特务追杀,失踪了,我正在找他。" 她深深看着他的眼睛,发现他眨巴着眼,并没有把这个秘密当回事,心下大定,"我本来不想回来的,为了安置我娘不得不跑这一趟,一想到我爹还在北平或者天津哪里受苦,我这颗心就像刀插进去一样……"

"别担心，你娘已经安置好了。"王不觉轻轻拍着她的肩膀。

"我原来的计划，我娘跟我舅舅一块儿是最安全的，没想到现在一团混乱，就连云霞镇也保不住了。"

"这里交给我，你想走就走吧，我不吃软饭了。"

"你敢！"

王不觉不知道哪句又惹毛了她，迅速闪到一旁。

胡琴琴一拍桌子："过来！"

王不觉到底知道自己不是她的对手，乖乖过来，准备给她捶腿。

胡琴琴揪住他衣领子，把人按到面前狠狠亲了一口，满脸羞涩："你敢不吃！"

"吃！"

这还不吃岂不是傻子，王不觉果断下嘴，抱着她一口啃下去。

"住口！"

只听一声断喝，两人迅速弹开，看向门口，目瞪口呆。

隋月琴气势汹汹走进来，一身利落短打，手里还拎着一杆长枪。

"娘！"胡琴琴急了，"你走都走了，还回来干吗！"

隋月琴气呼呼坐下来抓起肉包子啃："我要是不在，你们给你舅舅和小妖精欺负了怎么办！"

不等两人吱声，她拎着枪对准王不觉："没跑出去之前，你们不准睡觉，我女儿要是做了寡妇怎么办！"

"娘！"胡琴琴急了，"这女婿明明你自己挑的，好端端你咒他干吗！"

"不睡，保证不睡！"

王不觉这才知道胡琴琴这手耍枪的本事从何而来，一步步非常小心地往外挪。

"你敢不睡！"胡琴琴指着他一声断喝。

"你敢睡！"隋月琴枪口还没挪开。

王不觉发出绝望的嗯哨，此时此刻，只有王大雀能救他了。

王大雀冲出马厩，王不觉飞身上马，胡琴琴一把抓住他，和他一起飞驰而去。

隋月琴慢慢坐下来胡吃海塞，抓着酒壶狠狠灌了一口，一抬头，满脸都是泪。

脚步声由远及近而来，隋月关拎着一壶酒慢慢走来，笑容满面："我就知道你不能自个走，把我们丢下来。"

"我舍不得我闺女！"隋月琴一拍桌子，"来陪我喝酒！这见鬼的世道，有一口喝一口，不要等没得喝再来后悔！"

隋月关叹了口气："都说了让你去天津等我们，我们这不马上来了嘛。"

隋月琴突然一把揪住他耳朵："我嫂子和侄儿在承德。"

隋月关愣住了："你怎么知道？"

"你别管我怎么知道，赶紧把人弄出来，我们一起走。"

隋月关下意识看向隔壁小院，眉头纠结。

隋月琴冷笑一声，拍案而起。

隋月关到底跟她打了半辈子交道，迅速把她按下来："先不要声张，我派人去找。"

隋月琴似笑非笑地看着他："哥，这么多年过去了，你就没想过，你派的人根本找不到你的妻儿？"

"你什么意思？"隋月关瞪着她，"你摸摸良心，我一手把你带大，对家里人有多好，你怎么敢说我不想找？"

隋月琴摇了摇头，轻轻叹了口气，等一个声音和结果。

果然，魏小怜娇滴滴的喊声响起来："达令，你到底要不要睡觉啦，我都快累死了……"

"来了来了。"隋月关满脸尴尬，起身定定看着隋月琴，"有什么事明天再说,你不要轻举妄动。"

隋月琴终于等到这个结果,确实没有动,一口一口喝着酒,笑容坚定,目光冷静。

王大雀一路疾驰而来,王不觉和胡琴琴跳下马。王不觉拍了拍它,让它自己吃个饱,胡琴琴拉上他的手,来到花海躺下来。

"哇!"王不觉发出由衷的赞叹,这个位置来看,银河就如同一条长长的玉带,镶嵌着珍珠钻石,在天空闪闪发光,每一颗奇珍异宝都清晰无比。

王不觉拿出一根草在天空涂画:"你看,这是云霞镇,这是密云,这是天津。等我们有机会跑,我们要去天津,快的话得三五天。"

"天津?为什么是天津?"

"那是我的家啊。"王不觉跷起二郎腿,眯缝着眼睛看着天上的璀璨星空,"我爹娘都死了。娘死得早,是我爹把我带大,后来被马……就是王大雀的妈妈踢死了。我和宝善大哥从马肚子里把马救出来,从此就跟着它过日子。"

"难怪你在马厩里过得挺开心。"

"是啊,我就是在马厩长大,在马厩过日子。"

胡琴琴钻进他怀里。

王不觉又僵住了,一动不敢动。

胡琴琴扑在他胸口闷笑,恶狠狠地亲了他一口:"冷呢,抱我!"

王不觉连忙将她紧紧抱在怀里,扑入她脖颈深深呼吸,听到心脏剧烈跳动的声音。

"你要是愿意,我们一起去天津,我保护你。"

"傻瓜,我又不用别人保护。"

胡琴琴贴在他胸口听着心跳,用力擦去幸福的泪水。

马吃饱了,发出欢快的嘶鸣声声。

远处是王大雀,怀里是他见第一面就很喜欢的美人。

富春阁的美人围着他转的多,承德城的女人追着他瞧的也很多,没有一个让他愿意共骑着一匹马一起走,回天津建一个家,过一点小日子。

王不觉知道,从此以后,有一些东西不一样了。

魏壮壮出马,加上商会、孙望海和胡十五倾力相帮,东门山里的军营很快搭建好了。

南门校场的新兵经过吴桂子亲自操练,也都有模有样,再者王不觉的要求非常低,就是一定要好看,能糊弄过去,所以吴桂子训练的标准也大大降低,简单来说就是军姿笔挺,扛枪耍枪好看。

至于枪法,龙孟和手下一干兄弟个个都是百步穿杨,加上每个人都是高大威猛,由龙孟和带队排在第一排最显眼处。一旦队伍有所变化,这几十号人随时变化队形,应付一切。

常春风亲自从军中挑选出一批马术不错的好模样的汉子,作为第二梯队。而魏壮壮从刚招收的士兵中挑选出来一批,组成第三梯队,胡十五和胡家嫂子这些镖局的人全部加入,带着大家练习刀枪,还是一个标准,不求如何杀敌,但求耍得好看。

王不觉在马场跑惯了,马和人的速度掐得很准,什么时候到位,一算就差不离,加上龙孟和这些马匪向来嗖哨即来,一声号令即去,行动十分迅疾,因而在四个军营之间排兵布阵,一个军营一个山包包,两个山包包之间有无数条小路通达,从一个军营到另外一个军营由山路转移不到一个小时。

这一个小时,他们可以在路上设置各种障碍拖延时间,等队伍到位之后,再进行检校。

他们还留了后招,由胡琴琴牵头,马匪们拿出自己看家本事,将一批又一批的汉子乔装打扮,以备不时之需。

准备完毕,胡琴琴还成立一个云霞应付检查小组,第一个要调教的就是团长王不觉。

云霞镇里,王不觉这些天一直都是老大,作为一个团长,面对新的老大,是抱拳还是下跪,还是敬礼?老大之上还有老大,要怎样才能表达他这个小团长对各路老大的敬畏之情?

他的问题大家也没有办法,最大的官吴桂子算到顶也只不过一个刚当了不到半月的营长。

王不觉还在深深的愁苦之中挣扎,第一个要应付的29军刘旅长就到了南门校场。刘旅长一张国字脸,说话做事正气凛然,一看就是一块难啃的硬骨头。

"汤团长,宋将军派来的接收小组即刻就到,你跟他们对接一下。"

"对接?"

校场由吴桂子安排了一批士兵在操练,看到有大官来了,大家呼呼喝喝,气力和气势都很能唬人。

刘旅长看得高兴,也没计较汤团长的不敬之罪,冲着吴桂子招手道:"军队操练得如何?"

"还行!"这一声是不懂规矩的汤团长回的。

"报告长官,尚未操练完毕!"吴桂子已经不敢去看刘旅长铁青的脸色。

"接收小组马上来了,汤团长,我看你军务繁忙,还是不要去对接了吧。"

"是!谢谢长官!"王不觉乐得清闲,兴冲冲给刘旅长敬礼。

王不觉面前的吴桂子和身后的龙副官、常春风等人急得直跺脚,这刘旅长不是来检校军队,是来接收军队,接收就是要夺他的权,没想到大傻子团长根本不懂!

要知道对于一个领兵的将领来说,手下没了兵那就是要他的命,何况现在是战前的紧张时刻,多一个兵就多一份军饷,就多一分升官发财、加官进爵的资本。

刘旅长是带着打硬仗,必要的时候缴他的械,杀他的人心态而来,所以上来就给他一个下马威,没想到一拳头砸进棉花里,一身力气使不上。

他还是第一次遇到这么顺利的接收对象,有些不知如何是好,背着手踱着步子,冲着操练的士兵发了好久的呆。

士兵都以为他看出名堂,一鼓作气吆喝一阵之后,渐渐没了声响,可是吴桂子没喊停,大家都不敢自作主张,一边闷头打来打去,一边焦急地冲着王不觉做手势使眼色。

王不觉平时跟大家混得挺熟,这个求救信号倒是很快就懂了,看刘旅长低头徘徊,再度陷入了怎么说怎么做的愁楚之中。

关键时刻,王不觉终于想出点子,一声唿哨,正在军营草料堆大快朵颐的王大雀飞奔而来,穿越校场,当然也穿越过正在操练的士兵。

士兵纷纷停下来给它让道,顺理成章停了操练。

吴桂子赶紧把冷汗擦了,回头递给龙副官和常春风一个眼色,让他们赶紧想办法把人和马拖回来。

龙副官和常春风不着痕迹摇头,事情已经不是谁能控制得了,只能走一步看一步。

王大雀穿越人群呼啸而至。在众人的欢呼声中,王不觉变戏法一般拿出一个胡萝卜扔了出去,王大雀吃得挺饱,一甩头,将胡萝卜顶入人群中。

这是王不觉和王大雀在草原常玩的游戏,现在能救大家的,或者说王不觉能够想出来救大家的,也只有王大雀的胡萝卜游戏了。

胡萝卜在士兵们头顶抛掷，王大雀一路追了过去，只听欢声阵阵，周围的马不甘寂寞，嗷嗷狂鸣。

"长官，这些都是城内城外的贩卖蔬菜水果的小商贩，平时要叫卖，嗓门都不错，干活挺利索。"

王不觉回头乐呵呵跟刘旅长汇报。

"打仗呢？"

"那肯定差点火候。"

龙副官生怕王不觉再挑衅刘旅长，抢上前来，低声道："团长！如实回答！"

刘旅长点点头，拍了拍龙孟和肩膀。

龙孟和早被他气得不行，顺势晃了晃。王不觉赶紧把人扶住，怒喝一声："站都站不稳，怎么打仗！"

龙孟和连忙低头认错："团长，我一定努力操练！"

"鬼子都打到面前来了，现在操练有什么用！"

刘旅长要的都是立马能上阵杀敌的好手，看到这堆乌合之众，说不失望是假的。

王不觉兴冲冲搓着手："长官，你不是说接收小组要来吗？"

吴桂子等人怒目圆睁，拳头紧握，就差把他脑袋劈开来掏出各色糨糊脑浆子。

刘旅长冷冷看着他，在心中掂量他的分量。

王大雀抢上胡萝卜吃了，得意扬扬地跑来，王不觉满脸宠溺地笑，扑上前好一阵揉搓。

刘旅长沉着脸回头扫过几人："你们团长这是在向我示威？"

别说示威了，就是发威他也不敢！

对接他不懂，接收他不在乎，鬼才知道这假团长想干吗！

众人内心惊涛骇浪，表面仍是一派坦然，挺胸抬头站成木桩子。

刘旅长冷哼一声，就当他们认了，拍了拍衣服上的灰尘，走向几个随从:"刘副官,你跑一趟,说部队尚未操练完毕,上去也是送死,让冯大哥别来了。"

众人目瞪口呆,不敢相信就这么过关了。

王不觉要得高兴,骑着王大雀走来,威风凛凛,高高在上,完全忘了这会儿谁的官最大。

刘旅长鼻子都气歪了,扭头就走,王不觉怎么喊都不肯回头。

刘旅长白跑了一趟,没能把王不觉这个团抢走,拿他本人也没啥办法,只好提请上面保证枪支弹药补给等各种供应,云霞镇有这支熟知地方的驻军总比没有强。

很快,真正的检校官来了,为首的是个后勤军需参谋,很文质彬彬,对谁都很客气。检校官身边跟了一个戴着深度近视眼镜的年轻记者,那更是客气得不得了。王不觉跟他们一见面,马上预感到这事铁定能成。

检校官在王不觉的亲自引领下前往东门山里的军营,随后,一切按照原定计划进行,各路军营都处于高度戒备状态,士兵随着检校官的推进,有条不紊地一个军营换到另一个军营。

就差一口气就能完成任务,所有人都激动起来。消息也从小道传达到了镇上的镖局,今晚由镖局胡大嫂负责接待检校官一行。他们一行进了南门,胡大嫂和几个大娘就开始准备了。

密云军营检校到最后,出了一点小小的状况。王记者不知道看出什么名堂,凑上来仔细打量,黄瞎子嘴角的胡子都被记者的呼吸吹起来,觉得臭得慌,气得偷偷跺脚。

好在王记者对他这个老头并没有什么兴趣,扭头看向龙孟和。

龙孟和样子可比黄瞎子好看多了,剑眉、白脸、唇红齿白……这剑眉和漂亮的眼睛让人过目难忘,王记者疑惑道:"兄弟,我是不是在哪里见过你?"

龙孟和淡淡一笑,刻意抛了一个迷晕他的媚眼:"你见的是我的大哥吧。我家三兄弟，长得特别像，为了区分开来，想了一点小小的办法。"

王记者也是个人，还是个书呆子，对这种色诱确实有点抵挡不住，抚掌大笑："我知道了，你没胡子，你大哥络腮胡子，你二哥小胡子。"

龙孟和冲着他比出大拇指："您真是饱读诗书，慧眼如炬。"

"那这个老人家呢？他也是三兄弟？"

众人心里咯噔一声。

黄瞎子啥场面没见过，淡定地捻了捻胡须："不瞒你说，记者先生，我是他们的爹啊，这三个儿子一个比一个不孝，不肯让我跟着他们从军，我只好一天天转移地方。好在我小儿子终于把我留下来，让我能够为国效力……"

龙孟和跟黄瞎子别扭了一辈子，特别不愿跟他有父子关系，哪怕应付了事的也不行，脸色涨得通红，非常想捏死他。

王记者愣了许久，突然两行热泪落下来："真是打虎亲兄弟，上阵父子兵，有你们这样的队伍，何愁家国不保！"

报纸上很快刊登出老长又催泪的报道，云霞镇汤团长驻军队伍中出现了父子兵、兄弟兵、家族兵……全镇百姓齐上战场，保家卫国。

而汤团长和一干手下精兵强将英姿飒爽，骑术超群，是百年难遇的将才。

"竟敢扮猪吃老虎！"刘旅长看到报纸，一巴掌拍在王不觉的骑马照片上，把报纸撕得粉碎。

蔡武陵、关山毅、王柏松和杨守疆从唐山出发，在北平稍作停留，找罗伯斯特买了一批军火，通过罗伯斯特和北平邮局老外巴老爷的关系，得到战地邮务员的身份，以此为掩护开赴古北口前线。

他们的目的地是古北口邮局，只是现在古北口邮局早已陷入炮火中。对于他们的选择,罗伯斯特只有一句话:"你们疯了吗?"

第十章　有四个兄弟来送死

这是一个卖西北羊杂汤和肉夹馍的破烂饭馆。

一片沉默中,一张报纸在蔡武陵等四人中间轮流传递,报纸上,汤团长骑着一匹特别好看的枣红马,威风凛凛,神采飞扬。

"前面不到二十里地就是云霞镇……师长,要不要休整一下?"一个带着南方口音的男声响起。

"不要延误战机,传我命令,急行军,必须在明天天亮前赶到古北口!"

这是一个西北口音的汉子。

"是!"

随后,一阵整齐的脚步声快速经过,总是在打盹的白胡子饭馆老板闻声而起,冲进厨房抱着一兜子的肉夹馍冲了出去,又抹着泪回来了,躲在屋后号啕痛哭。

脚步声渐渐消失,三人定定看向蔡武陵。

"先跟上这支军队再说,反正要经过云霞镇,到时候去会会他。"

蔡武陵一锤定音,起身走出饭馆,上马疾驰而去。杨守疆丢下饭钱,和关山毅一起跟上。四人小队惯常由王柏松断后,王柏松将报纸从地上捡起来塞进口袋,不知所谓地笑了笑,又在口袋里塞了几个大馒头和咸菜疙瘩，这才飞身上马追赶。

蔡武陵等四人跟上了这支队伍，蔡武陵跟领头的西北人关师长攀同学关系，想要就地从军，被他们当疯子轰走了。

四人没奈何，只好跟着队伍走，又嫌军队走得太慢，打马狂奔而去。

见汤团长没有想象的难，或者说，实在太容易了。因为汤团长一干人等在等待中央军的检校。而四人莫名其妙成了检校官。

得到紧急通知，王不觉正准备恭送一支军队穿城去古北口战场，看到四人一派来者不善要干架的样子，赶紧屁颠屁颠迎入城，按照老套路把四人往东门外的军营带。

鬼子打得凶，眼看前面抵挡不住，吴桂子一边协助王不觉敷衍上级，一边还是得正经办点事保护云霞镇，让陈袁愿带上一个连的精兵强将驻扎在古北口到云霞镇一线。

本来人就不够，几下调派，军营人数更加捉襟见肘，再者龙副官和一干兄弟虽然来帮忙，到底还是马匪，看人家来了一轮又一轮，烦得透透的，便甩手回了路南路北营城，不伺候了。

军营现在的主力成了魏壮壮和常春风，两人不知怎么又较上劲了，成天板着脸互不搭理，谁也指挥不动谁。

王不觉领着蔡武陵等四人一个一个军营走下来，看四人从头到尾一言不发，就是脸色越来越不对头，赶紧找人通知胡琴琴准备跑路，真要扛不住，他也不担心上头会对这些士兵下手，两人还是先跑为妙。

其实四人有过约定，蔡武陵不发话，谁也不能吭声，就算天大的怒火也得忍着。

蔡武陵走完前三个军营，冲着王不觉一点头："还有一个北平营，对吗？"

"请！"王不觉大剌剌地把人往另外一个山包里面带，万万没想到，等他们一走，密云营里常春风和魏壮壮打上了，谁也顾不上配合他转移，就他一个光杆假团长进了山。

到了北平营，王不觉发现到处都是空空荡荡，这才知道大事不妙，只是已经来不及了。

"你们敢糊弄上级！"蔡武陵使个眼色，让王柏松把路堵了，回头质问王不觉。

"已经糊弄过去了，你想怎么样！"

"你就不怕我去告状！"

"出南门，密云就有各种大官！出北门，古北口还有一个师的军队！"

王不觉可不是怕事的人，再说他有几百号手下给他撑腰呢。

关山毅怒吼："你别拦着我，我要教训教训他！都什么时候了，还想着法子欺上瞒下！国家就是被你们这些败类搞成这样的，东三省就是被你们这种蠢货葬送的！"

王不觉张口结舌，喊冤都没处喊，他一个马倌，在马厩长大，东三省根本没去过，东三省丢了关他什么事！

"你们到底是什么人！"王不觉倒也想明白了，正经检校官看见他这身军装，总要给几分面子，没这么急吼吼办事的。

蔡武陵使个眼色，关山毅拳头雨点一般落下来。

胡琴琴来得晚了一点，王不觉鼻青脸肿，还被人绑了。

这座北平营也没真想派上用场，建的时候有点敷衍了事，路和军营里面都是一片糟乱。胡琴琴费了点力气才跋山涉水到来，看到王不觉的惨象，怒从心头起，恶向胆边生——笑了。

王不觉被打得有点蒙，完全不知道这四人图财还是害命，缩在角落装死，看到媳妇非但不生气还笑，气得咚咚撞墙。

四人看来者是友非敌，都放松警惕，蔡武陵迎上前，和和气气道:"这位姑娘如何称呼,怎么会来这里?"

"我叫胡二琴,名义上是团长夫人,谢谢你们帮我教训这个欺男霸女的骗子!"

王不觉咚咚蹬腿,冤啊!

英雄救美可是男人最喜欢做的梦,四人哈哈一笑,蔡武陵走上前:"姑娘,骗子已经被我们抓起来了,你要是愿意,我们想办法把你送回家。"

胡琴琴眼里泪花闪闪:"愿意,当然愿意。谢谢四位大爷,四位要是不嫌弃,请到我们家坐一坐吧。"

"我们四个想去古北口长城打鬼子,就不叨扰了。"

胡琴琴满脸震惊:"你们这是疯了吗?"

四人脸上肌肉抖了抖,反正也不是第一次听,权当女人头发长见识短,不懂他们的报国壮志。

"不,我不是说你们疯了,我的意思,城里都是军队,你们根本出不去。"

王不觉目不转睛看着自己的美人媳妇,觉得她的笑容有点危险。

蔡武陵点点头:"我们说正经的,胡姑娘,请问我们如何出城?"

胡琴琴又变了脸色,愤怒地朝着角落的王不觉一指:"必须让他发一张通行证明,还得让他亲笔签字!"

"这还不容易。"蔡武陵慢慢走到王不觉身边,"小骗子,你不打鬼子,我们去打,你给我们开一张通行证明。"

王不觉还头回听说这个玩意,呆呆看着胡琴琴。

胡琴琴叹了口气,走过来给他松了绑:"你不愿意开,我也理解你,可现在人家都是抗日救国的英雄,你总得请他们喝一杯。"

王不觉瞪大眼睛,怎么自己莫名其妙挨了一顿打,还得倒过来请人家喝酒!

蔡武陵摆手:"不想请就算了,我们赶着去古北口,这个通行证……"

"大家都想着往平津跑,你们怎么会往前线跑?"王不觉顾不得自己刚刚被暴揍一顿,终于想到最重要的问题。

"上海,我们是从上海来的。"杨守疆彬彬有礼上前,"我们的时间浪费得太多了,还请你行个方便,开个通行证明放我们过去。"

"骗子!"关山毅在一旁气得直喘粗气,"你求他作甚!"

"你们说对了,他就是个骗子。"胡琴琴正在验伤,一个指头戳在王不觉肩膀上的伤口,把他戳得发出杀猪般的叫声。

"那团长在哪儿?"

"没有团长。"

"军队呢?"

"也没有军队,都是附近的农夫和城里的商贩。"

"那你刚刚说的通行证明……"蔡武陵隐隐有不好的预感,有点急了。

"找他开。"胡琴琴满脸沮丧,"北门是我们自己人,会认他的通行证,你们能出去,但是前面的驻军不一定会认。"

"姑娘是在耍我们?"

"不瞒各位,他就是个马倌,是孙镇长看他样子长得好,让他来撑场面。"

"真正的团长在哪儿?"蔡武陵不停被两人带着兜圈子,隐隐有了火气。

"哪有团长!"王不觉一摆手,"你们都看到了,我们整个镇上统共就这么一两百人,镇长放话说有个团是为了吓唬鬼子,他说鬼子一听就不敢来了。"

"你们镇长还真是胆大包天!能不能让我们见一见?"

"我一个苦命女子,乱世中命如浮萍……"胡琴琴突然哭了起来。

关山毅忍无可忍，怒喝："镇长到底在哪里！"

"镇公所！"王不觉和胡琴琴同时回答，胡琴琴深深看了王不觉一眼，眼中笑意隐隐，哪有半点泪滴。

王不觉在心中暗暗发誓，这辈子绝不惹她！这就是个小魔鬼！

"别的帮不了你们，只能帮你们指点镇公所的位置，你们跟我来。"胡琴琴转身就走。

四人面面相觑，回头看了一眼王不觉，把他也拉上了。

胡琴琴和王不觉一前一后，把四人带着在城里遛着玩，让仅开的两家客栈和三个酒馆认清这四个人的模样，一定要保证他们在城里吃不上半粒粮食。

孙镇长自然是见不到的，隋会长闻声而遁，北门的守卫迅速换了魏壮壮，城楼里外布满了人，一只鸟都别想跑过去。

遛完了人，胡琴琴顺手弄走四人的水囊，溜之大吉，拉着王不觉回家疗伤，用牛羊肉大餐和美酒抚慰一番。

王不觉其实没什么所谓，是骗子就该有挨揍的心理准备，承德城里的骗子他跟王宝善都揍过几轮，再说这位大哥拳头大，力气小，揍的伤还没他从王大雀身上摔的痛。

傍晚，四人奄奄一息地上门了。

不仅没饭吃，这么干燥的天气，四人连口水都没喝上！

胡琴琴把牛羊肉撤了，端出四碗光板面条，看四人埋头吃了个干净。而王不觉看得挺得意，看来是出了一口恶气，微微一笑，手里突然多了个戒指，她也不管戴不戴得上，一个劲儿往王不觉五根手指头上套。

蔡武陵眉头一挑，默默拿出一个戒指。

王不觉嘿嘿干笑："好巧，一模一样，这是定亲信物吗？"

"就知道是你们！"胡琴琴一拍桌子，霍然而起。

"知道还耍我们!"蔡武陵也拍了桌子起身。

两人四目相对,杀气腾腾。

王不觉小心翼翼站起来,拿了一双筷子在两人中间晃了晃:"我说,冤家宜解不宜结,咱们有话好好说,坐下来好好说……"

"来团里当差!不然别想出这个城!"

"不行!我们要去古北口!"

"再说一句不行,把我的面条吐出来!"

吃下去的东西自然吐不出来,蔡武陵已经上过她的当,遭过不少罪,只好乖乖投降。

王不觉赶紧从怀里掏出四张入伍登记表拍在四人面前。

看蔡武陵填了个开头,胡琴琴脸色又变了,指着表笑道:"你是哪里人?"

"我媳妇问你是什么人?"王不觉看蔡武陵不抬头,赶紧提醒他。

蔡武陵有些愣神:"唐山蔡家庄,蔡武陵。"

"你爹叫蔡大成?"

"你认识?"

胡琴琴顿时忸怩起来:"你这个死鬼,我就是胡小胖,我们小时候一块玩过家家,你忘了吗!"

这可不是好预兆,王不觉不知道该不该同情一下这位蔡大哥,准备脚底抹油逃开战场,被她拎了回来。

真是冤家路窄!

蔡武陵瞪圆了眼睛,如果没有记错,胡小胖就是他定亲又退亲的那个姑娘!

他当年真是瞎了眼,哦不对,他奶奶真是瞎了眼,怎么把这么明媚动人一个姑娘给退亲了,而且还得罪狠了!

听母亲说姑娘考上警察了,难怪如此厉害……他狠狠拍了拍脑袋，这事明明都是他家人操办，跟他没啥关系，真人到了面前，突然就有关系了。说到底，这世界对他太不友好了。

胡琴琴笑意犹盛，眸中却已经冰冷："记得就好，蔡小五，我得感谢你，要不是你，我今天就不可能成为团长夫人。"

当年她把自己关在长城脚下的古北口村中苦练，历尽艰难考上了警察，还没开始高兴，蔡武陵就送来退亲书。

退亲没有关系，这封退亲书极尽羞辱之能事，斥责她抛头露面、不守妇道等各种罪状，可怜她什么都没有做，就背上无数骂名。更让她难堪的是，跟她一起考上的姑娘们看到这种情形，很多人在家庭的逼迫下亲手打碎走出囚笼的梦想，含泪退了回去，有人甚至在反抗时送了命。

"现在说抱歉，来得及吗？"蔡武陵百口莫辩，一转眼就蔫了。

"来不及了，我的小姐妹，我是说有两个跟我一起入职的小姐妹，因为家里逼婚自杀了。"

蔡武陵自知理亏，不敢再吱声，垂头丧气坐在一旁听候发落。

此时此刻，胡琴琴却没有对付他的任何想法，越是愤怒，越是满脸都是笑："小五哥，故人相见，这下子你们更没有理由走了吧。"

蔡武陵看着登记表，默默把剩下的填完了。

王柏松见多了女人，杨守疆心思细腻，两人都看出不同寻常的迹象，大气都不敢喘，埋头一阵猛写。

关山毅还想挣扎，拍着桌子跟蔡武陵叫板："蔡武陵，你到底怎么回事，为了一个女人就填了？出发的时候你口口声声说过什么！"

说话间，胡琴琴默默把门开了，一句话都不想说，微微躬身做出请出去的手势。

关山毅还真出去了。

胡琴琴还真把门关上了，落了闩。

三人震惊不已，蔡武陵挠挠头，回想了一下过往有限的相处回忆,觉得还是少开口为妙。

"黄埔军校?"看他写完,王不觉抓着表的手开始颤抖,"你真的是黄埔军校?"

"那还有假!"关山毅也投降了,气呼呼进门填表。

"我们在上海都打过仗。"杨守疆笑容苍白而坚定。

"好汉不提当年勇,我们到了长城再见真章!"王柏松也把表交了上来。

王不觉混在书场多年,黄埔军校这四个字还是听说过的,一把抓住蔡武陵,兴奋得说话都结巴了:"做,做我的副团长,不,你来当副团长!"

蔡武陵迅速抬手准备甩开他,手架在他胳膊上,又停住了。

"副团长,你一定能训练好他们,对不对?"

王不觉两眼冒着星星,看他的眼神像是一根救命稻草。

"你不是一直想跑吗?"

"跑不了!"王不觉满脸沮丧,急得跳脚,"根本跑不了,前有狼后有虎,我们在中间随时得往上顶,必须想办法学打仗!"

入夜,关师长率部急行军经过云霞镇,军队后有一支马队,拖着高高垒起用油布捆扎的奇怪东西,那是关师长等人为自己准备的棺木。

古来征战几人回,云霞镇所有驻军百姓在吴桂子带领下列队相送,众人沉默不语,久久敬礼。

深夜,南门校场灯火通明,人们聚集于此欢迎他们黄埔军校毕业的副团长和参谋一千人等。

王不觉带着蔡武陵等人走来,不知如何介绍才好,指着蔡武陵正色道:"这位是蔡武陵,是我们的副团长,以后由他来负责训练!"

吴桂子二话不说,站出来庄重敬礼。

常春风和陈袁愿一起走出来站到蔡武陵面前。

蔡武陵头皮发麻,扭头看了看王不觉,觉得自己跟他真是一对难兄难弟。

他确实想来打仗，但就只想在淞沪战场一样零散打打，过过手瘾，根本就没想过带兵！

"还有我！"魏壮壮疾奔而来，飞身下马，敬礼。

常春风露出笑容："这是兄弟，我的东北军兄弟。"

蔡武陵脸色渐渐严肃起来，汤团长是个骗子，可以当作开玩笑。但这些人不是开玩笑，这些是交付生死的目光。

杨守疆在蔡武陵耳边说了什么，蔡武陵点头："东北军或者东北的，站出来。"

无人回应。

杨守疆眉头紧蹙，怒喝："都什么时候了还怕这怕那，你们什么都不剩了，还怕什么！"

他一开口，厚重的沈阳话带着故土的滋味扑面而来，魏壮壮慢慢走出来："不要管别人怎么样，我跟你干！"

杨守疆上下打量他，摇头："你模样太打眼，不行。"

马蹄声响起，众人看向黑暗中，王大雀驮着一个瘦子从黑暗中走出来。

"黄瞎子！"王不觉惊呼，"你这是干啥！"

黄瞎子笑着在马上抱拳："我在承德待了三十年，送了无数的消息给马匪，也该干点正事了。"

杨守疆冲着他一抱拳："先生，拜托！"

王不觉冲上前："黄瞎子，你去找王宝善，他会照顾你。"

黄瞎子哈哈大笑："你这个傻孩子，我到哪儿还用得着人照顾！"

黄瞎子一拍马屁股，王大雀飞奔而去。

"大雀借用一下，明早就还回来了，别心疼！"

除了黄瞎子，杨守疆还亲自派出一批承德本地人当密探。大家纷纷潜入承德城,从此云霞镇的王团长就像长了耳朵和眼睛,掌握了承德的大致情况,特别是日军的动向。

然而,他们目前的敌人并不在承德,而是古北口的日军第8师团,还有头顶上的日军轰炸机。

黄瞎子来到承德没有见到王宝善,因为他已经到了云霞镇。

找到汤团长和王不觉都挺麻烦,找王宝善容易多了。

王宝善成天在承德混,满街都是熟人,人缘挺好,跟着潮河边一个小村的熟人送菜蔬进了云霞镇,一边溜溜达达,一边打着唿哨。走到翠花胡同附近,只听一阵嘶鸣,王大雀驮着王不觉一路狂奔而来,在他身边欢天喜地地蹦跶。

了不得!马背上的王不觉果然穿着团长的衣服,比唱大戏的还要精神!

王不觉刚刚从东门外军营回来准备吃饭,见到故人惊喜万分:"大哥,跟我回去吃饭!"

王宝善比他还急,从怀里拿出一个油纸包:"我是特使!你赶紧把这个看完!"

油纸包都不知道揣了多少天,臭烘烘的。王不觉今时不同往日,每天都有胡琴琴盯着用洋胰子洗,挺嫌弃这种臭味。

"先跟我回去吃饭。"

"先看完再说!"王宝善拽着他不放手。

看就看吧,王不觉捏着鼻子拆开来,两人一马溜溜达达走到半山胡同院子门口,信也看完了,脸色也狰狞了。

敢情这是一封驻守承德的伪军将领张大海的亲笔信,诱降书!

张大海大字没认得几个,这封信是交代王宝善代笔,自己在上面盖了个手印。

信写得倒挺简单诚恳,就说王不觉要是肯投降,什么师长军长金银财宝都行,只要他开口,一切好商量。

王宝善还在得意扬扬等着他的回音,看他神情不对,迅速躲到马屁股后面。

"来客人啦,快进来喝酒!"胡琴琴探头而笑,"我娘做了两个下酒菜。"

这要是被发现了那还了得!王不觉气得头晕眼花,抓上一壶酒飞身上马,把王宝善拎上马就跑。

"王宝善你个蠢货!你早不来晚不来,现在干吗来的!"

"我是特使!你懂吗!"

"特个屁,这就是一坨屎!鬼子拉一坨屎,你还把它当香饽饽捡来吃,自己吃了不够,还想来送给我吃!"

"你才蠢,我咋可能吃!"王宝善终于明白他骂的是自己,顿时有些气急败坏,"我好歹也是中国人,咋能给鬼子干活?"

"不给鬼子干活,那你给谁干活?"

"我张大哥!"王宝善莫名开始心虚,"说了你也不认识,不对,你要是听了他的,我介绍你们认识。"

"我现在是团长,是打鬼子和汉奸的团长。"王不觉急了,拍着大腿怒吼,"你还敢说我不认识,是谁把鬼子带进承德城的,你心里没个数吗!"

"团个屁,你以为我不知道你葫芦里卖的什么药,不对,你中了什么邪?你就是看上那个美人二琴了,想在她面前显摆显摆!"

"这么好一大姑娘给你做媳妇,给你你不想!"

王宝善愣住了,笑得无比羞涩:"当然想。"

他打了快四十年光棍,做梦都想有个娇滴滴的小媳妇。好不好看都不要紧,有口热饭吃,有个热炕头就满足了。他甚至都不愿生个大胖小子,他穷惯了,养不起,养个小媳妇还费劲,胖小子要吃要喝还要娶媳妇,他想想都害怕。

都是穷兄弟,知根知底,没什么好吼好计较的,两人面面相觑,都沉默下来。

王不觉狠狠灌了一口，把酒壶塞到他面前："大哥，咱们是啥货咱们心里有底，明知是屎尼尼，咱就别硬吃了。你看，我现在是隋家乘龙快婿，有美人媳妇养着，有隋家的金银财宝，下半辈子不愁钱花，有我一口饭吃就不会饿着你。"

王宝善灌着酒，想着美事，脑子有点转不过来。

"大哥，我们肯定是要跑的，你先去天津安顿下来，对了，我刚见过富大春富老板，你去富春阁等我，我们跑出来就去找你。"

王宝善点点头，笑容灿烂。

王不觉就当这事成了，把信拿出来撕成碎片，扬入风中："我让王大雀送你走。"

王宝善挠挠头，嘿嘿直笑："好是好，这美事总觉得轮不到我。"

王不觉眉头紧蹙："那你就想当这坨特使？"

王宝善喝了点酒，脑子更不好使，许久才开口，断断续续，前言不搭后语地回应他。

"张大海以前对我挺好的，他身上挂一个酒壶，见面还能分我一口酒喝……很讲义气。

"不知道怎么想的，他好好的英雄不做，怎么跑去投了日本人。

"做英雄太惨了，多少命都不够死的，不如跟着他，怎么混都死不了。

"现在……他确实气派大了，手底下全是铁家伙，就是，浑身上下都是邪乎劲……"

王宝善一壶酒下肚，刚刚那股子特使范儿不见了，又成了蔫乎乎的承德城更夫。

王不觉拍拍他肩膀："不管做不做得成兄弟，我们都别去当汉奸，给鬼子做事情，死了都会被人戳脊梁骨。别看鬼子他们现在全是铁家伙,到处咋咋呼呼,你信不信,他们以往没干过咱们,以后也干不过咱们。中国人的地方,包括东北、热河、北平,还得是中国人的。"

王宝善脑子不停跟着他转,努力捕捉他的意思,觉得他的形象陡然高大许多,个头也长大许多,短短的日子像是变了一个人。

"好东西,我们自己宝贝着就行了,他们要抢,那得先问问我们答应不答应。"

"当然不答应!"

"所以啊,那就等咱们先干他一仗,过把瘾再跑,别像上次东北那样,被白白抢了,还得受人耻笑。"

"也对,不然你白当了这个团长!"

……

从认识到现在,两人从未这么痛痛快快喝过酒。

两人从草原喝回客栈,从深夜喝到清晨——喝到王不觉被胡琴琴派人抬回南门校场,而王宝善醉醺醺回去复命。

不投降!就是逃跑也不能投降!

第十一章 来找麻烦和找辣椒炒肉的黄埔军官

"汤团长!这都是什么玩意!老子干不了,你另请高明吧!"

老远就听见蔡武陵在嚷嚷,胡琴琴手一抖,挖耳勺略微有点深了。王不觉敢怒不敢言,嘶嘶抽气,一边拍着炕,提醒她手底下是个大活人,不是块漂亮里脊肉。

"趴下别动!"

一个指令一个动作,王不觉利索地趴下来,屁股高高撅起,老老实实把自己当成一块漂亮里脊肉。

对他来说,她这电闪雷鸣的状态维持得实在太久了,想要回到西红柿鸡蛋面夕阳红的小日子,不管怎样,都先得让她把气撒了。

他小时候除了跟马混,还喜欢跟在母亲的屁股后面瞎忙乎。母亲做得一手的好菜,他耳闻目睹,手艺竟然也挺不错。

自己会做是一回事,为了享受坐在小院后门台阶上漫天晚霞中吃软饭的无边幸福感,那还是得让媳妇做。

王不觉知道她烦着隋月琴的事情,这两天一句话没敢多说,啥事情也不敢干,她让吃就吃,让滚就滚,让趴下就趴下……觉得自己委屈到了头发丝儿。

不该走的走了,说的是守承德的逃兵!

该走的不走,说的就是隋月琴!

这个丈母娘一回来就成天在外面瞎晃,这不,刚刚又出门晃了老大一圈,今天一早才踩着朝霞提着个大袋子回来。

而隋月关也是神龙见首不见尾,成天跟孙镇长、胡十五他们扎堆,也不知道在忙啥。

隋月琴早上一到家,隋月关就偷偷摸摸钻进厢房,两人头碰头嘀嘀咕咕,到现在还没出来,很显然是筹谋什么大事,而且这大事就要到紧要关头。

他知道他们遇到了难事,有胡琴琴在,他不敢作乱,就是觉得心里憋屈。

隋家兄妹都当王不觉是外人,他看似不想管别人的事情,其实心里还是想管一管:一来想证明自己这个未来女婿有存在的价值和吃软饭的资格;二来闲着也是闲着,像管承德城里那些孤儿寡母和黄瞎子等流浪汉一样，看别人遭着罪受着苦，他比自己挨饿挨打还难受。

至于胡琴琴，她烦的确实是隋月琴的事情。她心思敏锐，早已猜到隋月琴想要管哥哥这摊事，接回胡二娘和小河。

不是关系到自家的事情，就算天塌下来也不会管，隋月琴就是这样顾家护犊子的娘，所以胡琴琴这会儿既怕隋月琴不声不响地走了，又怕她不走跑去冒险，一颗心七上八下，心烦意乱，啥也不想干了。

看他一脸可怜模样，胡琴琴愣了愣，被他气乐了，丢了挖耳勺子，抓起衣服篓子，装模作样给王不觉改一件春天穿的大褂子，用行动表示：第一，老娘惦记你呢，没生你气；第二，老娘心情不好，谁招的事情谁负责，不要烦老娘！

女人的心啊海底针啊……这话一点没说错，王不觉看她不想理人，只好起身准备迎接他倚重的蔡副团长。

幸而他多长了个心眼，从门缝里看了看，蔡武陵看起来真的气坏了，一路走一路抽着他从家里带来的金贵鞭子，在空气中打出震耳欲聋的响声。

这要是落在自己身上……王不觉悄悄抖了抖，以前他不是没挨过打，这个正经军官的好马鞭跟朱大胖的马鞭肯定不一样，打人肯定特别疼，而且朱大胖是虚胖，就打了两鞭子，自己差点厥过去。

"你到底从哪儿找到的这些混账玩意！姓汤的！"

无人回应，反正这里也没人姓汤。

王不觉跟胡琴琴对了个眼神，准确地接受到可以跑的讯息，迅速拎上裤子朝窗外爬。胡琴琴一把将他揪回来，拉开衣柜把他塞了进去。

她虽然不是挺想帮忙，这个姓蔡的未免太烦人了，训练不到两天，一天要来吼三回！有这个吼人的劲头，还不如去校场多训几个人呢！

蔡武陵对胡琴琴有几分忌惮，走到近前，脚步一顿，整理衣襟敲了敲门:"团长,我知道你们在里面,开门!"

胡琴琴撇撇嘴,这家伙是不是傻,没看见门没关呢。

"你有本事当团长,怎么没本事开门见人!"

还是无人回应。

他说对了,王不觉可不就是没本事当团长!

柜子里王不觉和炕上的胡琴琴都笑了……

胡琴琴突然一拍炕桌,既然没本事当团长,不如让给蔡武陵来当!他俩溜回天津找她父亲顺便成个亲,岂不是皆大欢喜!

"这团长让给他当!"王不觉和她想到一块去了,笑得柜子直颤抖。

"汤团长,你当初跟我说要训练出一支能打的队伍,但是,你如果想当甩手掌柜,队伍扔给我就不管了,那我这个副团长也干不下去了!"

千呼万唤中,胡琴琴残存的良心冒了个嫩芽。

"汤团长,鬼子马上打过来了,你能躲两天,能躲一辈子?你真的想做缩头乌龟吗!"

柜子里的王不觉一乐,差点把脑袋点成鸡啄米,能做缩头乌龟还不好?做人如果有做缩头乌龟的梦想,那岂不是一世平安无事,吃穿不愁,这跟走狗屎运有什么区别!

"哪个皇帝规定非得上阵杀敌,不能打,我还不能跑吗!"胡琴琴猛地拉开门,冲着他瞪眼珠子。

蔡武陵气焰矮了三分,马鞭也收了起来:"汤夫人……"

"没这个人!"

"胡小姐?"

"有话快说,我还得给他改大褂!"

"改什么大褂!校场的人都跑光了!"

"我们团长在的时候好好的,怎么你一来人就跑!"

"当初是谁让我当副团长,谁让我训练军队打仗?"

"哎呦喂,你还知道自己是个副团长,那你不去盯你的军队,成天跑我这嚷嚷啥!是不是还惦记我这小媳妇呢!"

蔡武陵脑子里嗡嗡作响,好似被人敲了一榔头。他成天跑这来嚷嚷,明里是来找汤团长,私心里并不排斥多看她两眼……

他跟着刘天音在大上海见了多少美人,这种艳丽中带着无限甜美和清纯,泼辣又能持家的女人还是第一次见,真是第一眼就让人心生怜惜,第二眼爱慕,第三眼想跟她生娃娃的女人只有一个,就是她!

说白了,他可不就是惦记她呢!

蔡武陵跟刘天音不一样,可说是人在花丛过,片叶不沾身。母亲林挡从小教他,没有遇到喜欢的女子,不要轻易去接触和玩弄,女孩儿天性娇弱多情,被伤害过,就会留下一生的阴影,而且每个女孩儿都有母亲疼,都会变成母亲,不要让老老少少的母亲伤心。

林挡用瘦小的肩膀竭力挡住压力,让他挣脱束缚。而他从黄埔退学浪荡在上海滩,可算是一事无成,多年不敢回家。如今母亲含怨撒手尘寰,他不能让母亲九泉之下再伤心。

也许是他的沉默时间长得有点不合情理,胡琴琴满脸犹疑看了他一眼,迅速出手,目标是他手里的马鞭。蔡武陵身体比脑子还快,一转身将马鞭缠在手腕,冲着她直皱眉。

"把你刚刚耍的马鞭去校场再耍一遍,他们要还不听你的再回头来找我。"

"能行?"

"谁知道呢,反正现在都是死马当活马医。"

蔡武陵冲着她一抱拳,一转身,可背上好似长了眼睛和糨糊,一直冲着胡琴琴黏糊,每块布料都在诉说依依不舍,每走一步地砖里面都伸出无数的小手抱着他的腿……

"副团长……"

"什么?"

他带着几分欢欣回头,转瞬之间又意识到这个声音不是她发出来的,迅速端正表情:"谁?"

胡琴琴冲着旁边一指,露出他熟悉的狡黠笑容。

果然,墙上传来扑哧一声娇笑:"副团长,您多多费点力气,我们都指着您保护呢。"

一直深藏不露的魏小怜出现在墙头,冲着蔡武陵抛媚眼。

蔡武陵也见过无数的媚眼,抛得如此没有技术含量的还头回看到,不由得倒吸一口凉气,浑身以难以察觉的幅度抖了抖,悄然退了一步。

胡琴琴在心中叹了口气,也就她大舅这个没见过世面的会上这个当,她舅娘不战而逃,跑得太不值当了。

"副团长,他们跑了就跑了,不要紧的,我们只要有您在就安心了。"

隋月关和隋月琴嘀咕了一早上,终于从屋内钻出来,闷头往外走。隋月关还用隋月琴的罩衣蒙着个脑袋,不知道是羞于见人还是不敢见他的小娇妻。

魏小怜急了:"大老爷,你上哪儿去,我还等你吃饭呢!"

"吃你个大鸡腿子!"

隋月琴抄起一只鞋砸了过去,魏小怜赶紧往下爬,好像跌了一跤,呼儿嘿哟一顿乱喊,声音逐渐飘远了。

这兄妹俩要去干吗?胡琴琴蹙眉想了想,只听后面传来扑通一声,王不觉从柜子里跌出来,大口大口喘着气,脸都憋紫了。

胡琴琴又是揉又是按,好不容易让他顺过气来,王不觉一把抓住她的手腕:"快,快跟我去看看,谁跑了!"

胡琴琴脸色骤变,一拍脑袋,抓上他拔腿就跑。

校场果然冷清许多,别说人不见影子,就连马也蔫了半截,还有几匹趴在地上被人灌水抢救。

蔡武陵纵马疾驰而来，看着一大帮软脚虾唉声叹气躺了一地，听到心头在滴血。

别怪蔡武陵急眼，汤主席和承德城的大官小吏个个赚得盆满钵满，可手下的兵好久没开饷，谁也不想给他卖命，想打仗的寥寥无几。大家在云霞镇里跟啥也不懂的草包汤团长混个吃喝也就罢了，一看换来一个新的副团长上来跟他们动真格的，一个个溜得比泥鳅还快。再来就是前几天冒充士兵应付点校军队的百姓跟王不觉一个样，根本没抓过枪杆子，听到炮声就吓得腿软，更何况这炮声跟大户人家放鞭炮一样，从早轰到晚，简直不要钱。

天上飞机，地下大炮，鬼子家底真厚啊！谁真上去送命才傻呢！

蔡武陵对两个监军王柏松和杨守疆下的杀鸡儆猴命令也不管用，人一批又一批地跑，别说两人不拦，就算他在场也拦不住人家跑路。

除了汤部士兵和百姓，也有一些带着三分保家卫国热情的将士，不过热情也顶多在校场撑半个时辰，当不得真。

蔡武陵这四人组的高强度训练不到一个时辰，整个校场尿遁了四分之一，累垮被抬走拖走了四分之一，等到休息的时候，逃跑了四分之一……连嚷嚷得挺厉害的胡十五也在上马的时候摔伤了屁股，羞愧地在捂脸还是捂屁股的窘境中被胡家嫂子和镖局的人抬走了……

等蔡武陵回过神来的时候，整个校场空得可怕，只剩下不到五十人。

这五十人一眼就能分辨出来，左边这批是常春风带的兵，右边这批是魏壮壮带的商会护卫队。

胡琴琴说话没谱，不过情人眼里出西施，蔡武陵信了十成十。

只见他纵马疾驰而来，二话不说跑上校场的点将台，左一鞭子右一鞭子，将马鞭抽出朵花来，还一边乱喊：

"抓紧训练！"

"保家卫国！"

"冲锋陷阵，不怕牺牲！"

这个阵仗确实看起来吓人，要是王不觉那种老鼠胆子就唬住了。胡琴琴和蔡武陵都没想到另外一点，此刻留在校场的不论人还是马，都是正经上过战场，能打能拼的好汉。

所以，蔡武陵在点将台上虎虎生风一顿耍，略微有些不合时宜，像是在发疯。

战前主将发疯可是了不得的大事，整个校场的人和马都看傻眼了。

王柏松啥阵仗没见过，从躲着睡觉的草垛后面探头看了一眼，把自己缩成更小的一团，继续补觉，没留神身后伸出两只手，老鹰抓小鸡一般抓着自己两只瘦弱的手臂往外拖，气得在心里直骂娘。

"你去看看，老大是不是疯了？"

关山毅是个急性子，盯着点将台，眼都红了。

"没疯！"王柏松一头扎进草堆，像一只鸵鸟。

杨守疆倒是出于兄弟情，想去救救蔡武陵："三哥，他是不是吃了什么中毒了？"

"你给他灌点水催吐。"

王柏松顺着他的话往下捋，只想赶紧把人打发走。

杨守疆和关山毅走向点将台，常春风和魏壮壮从营地钻出来，双手抱胸堵在他们面前。

这两天大家各司其职，并没有什么交集，要真打一场的话……杨守疆看着自己的身板，小小退后一步。

说来也怪，脾气一贯火暴的关山毅今天稳如磐石，一点也没有出拳头的意思，也跟着他小小退了一步。

杨守疆一抱拳："二位兄弟，什么意思？"

常春风笑了笑："干自己的活，少管闲事。"

"这是我大哥，不管良心不安啊。"

"你要管,那我们也走了。"

关山毅挺欣赏这几个能扛能打的,到底还是怕最后剩自己四个,连这个云霞镇都出不去,赶紧将杨守疆拉回来。

四人齐齐退后,头也不回消失在营房草垛间。

蔡武陵再看看空空荡荡的校场,终于察觉出自己当了回傻子,马鞭和脑袋一块儿垂下来。

留给他的人和时间都不多了,现在赶去古北口的话,说不定还能赶上给人收尸……收很多很多的尸……他这一身本事总能派上用场吧……

"兄弟们,谁跟我去古北口杀敌!"

无人回应。大家都等他这股疯劲过去呢。

蔡武陵忍无可忍,大喝:"关山毅、王柏松、杨守疆,照原定计划,我们自己去!"

王柏松竭力将眼睛睁出一条缝,挠着头艰难地爬起来……放眼望去,也就爬起来他一个。

王大雀一声嘶鸣,把所有人和马从自我放逐的状态中惊起。蔡武陵重又攥紧马鞭,急切地冲了上去。

"谁跑了?"王不觉一开口,就知道多此一问。

偌大的校场,就剩下几十人,他想过有人会跑,没想到的是这跑的人也未免太多了!连人带马,整个校场都快跑空了!要是这个当口再来一批检校部队,那他就真的死定了!

王不觉急得团团转:"人都跑了,要是有人来怎么办!"

胡琴琴心头暗喜,一把抓住他:"把衣服扒了,给蔡副团长穿!"

王不觉和蔡武陵同时看向她,胡琴琴冲着蔡武陵挑眉一笑:"你不是想去古北口吗?你来当这个团长,马上就能走!"

王不觉打心眼里赞同这个提议,果断扒衣服。

蔡武陵不心动是不可能的,只是这会儿更多的是心碎,这一对想撂挑子远走高飞,他心头爱的小火苗沉睡二十多年,刚刚点燃却马上要熄灭……

常春风和魏壮壮也不拦着,双手抱胸看着三人,嘴角笑意隐隐,像是看耍猴戏。

要是没看见两人嘴角的嘲讽之色,王不觉脱就脱了,胡琴琴换就换了……

要是没看到校场上兄弟们的凝重表情,王不觉放下包袱,一身轻松,胡琴琴立刻就能带着吃软饭的心上人溜之大吉……

要是……

王不觉把扣子解开,用力地用衣服扇着风,强装镇定地笑:"兄弟们,今天可真热啊,你们不热吗,脱了衣服凉快凉快嘛……"

胡琴琴冲他一瞪眼,垂头丧气地拉着王大雀去一旁吃草。

往草垛后一躲,她紧紧捂住脸,开始冥思苦想,为什么她和王不觉会被这些不相干的人左右,还有如何才能摆脱这些人。

现在母亲管不了,父亲没法找,舅母和小河肯定滞留在危险的战区,而大舅还拖着个小娇妻,自己的事情都没法弄……她想到带着母亲归来的初衷,眼睛渐渐湿了。

王不觉是个乌鸦嘴,说有人来就有人来,而且说来就来,一声招呼也不打。

远处传来一阵急促的马蹄声,前方的一个守望哨兵一路号叫跑来:"不好了,又来大官!好多大官!"

这次来的确实是个大官,跟刚过去的西北人关师长穿的一样的衣服,叫黄师长。

黄师长本来随同大部队驻扎在密云,得到策应关师长的命令,又听闻不少这位英雄团长的传说,干脆亲自来侦察一番,以作准备。

大部队没动,他带了几十个大官,个个长得特别精神,从军装到马和装备无一不漂亮，把校场里除了王不觉之外的老少爷们看得都特别眼馋。

蔡武陵知道王不觉敷衍不过去，拉着关山毅、杨守疆、常春风和魏壮壮几个好看的汉子迎上前，一个立正敬礼，齐齐整整，特别漂亮。

王不觉躲在一旁偷偷学了一遍，胡琴琴叹了口气，给他摆弄姿势，突然冒出一种强烈的逃跑欲望。在这里跟这个漂亮的废物点心耗着，猴年马月是个头啊，她还是先找到父亲再说吧。

蔡武陵有钱有派头，跟穷嗖嗖去广州奔前程的穷汉不一样，在黄埔的时候风头很劲。黄师长认出他来，看他蹉跎多年，还是个草台班子的副团长，颇有些意外，把兴师问罪的心思放下来，下马巡视一番。

人各有命，各安天命才能不急不躁，坦荡过一辈子。蔡武陵相信母亲林挡的这句话，所以求前程谋发财的心思并不强烈，面对高官也毫不难堪，紧跟其后，准备随时为王不觉周旋。

说实话，黄师长并不相信这些溃兵能干出什么大名堂，对连篇累牍的吹捧存了几分疑问，如今亲眼一看，越走心越凉，在校场转了一圈，脸色非常难看。

"你们就这点人？"

"我们请求上阵杀敌！"这不是蔡武陵在打岔，而是郑重其事向他请求。

"说好的兄弟同杀敌，父子齐上阵呢？"

"黄师兄，我蔡武陵真诚地向你请战！"

"人呢？兵营呢？"

"我们请求上阵杀敌！"这是王不觉怕蔡武陵这个傻大个顶不住，特义气地来救场。

"杀敌！报国！"

王不觉一挥手,众人呼声震天。

一时间,校场一片肃然,四五十个人喊出了百万雄师的热血沸腾。

黄师长扫视众人,看人虽然少,个个兵强马壮,挺像这么回事,心头感慨万分,当然也不想再计较他们在人数上搞了什么鬼名堂,挥了挥手道:"诸位的心意我已经知道了,古北口我军正和敌寇酣战,你们还是驻守云霞镇做后勤吧。"

"他的意思就是不用上前线了?"

黄师长说的是口音奇怪的南方话,蔡武陵他们倒是听习惯了。王不觉没听过,自然也没听懂,眨巴眨巴眼睛看向胡琴琴讨主意。

胡琴琴冲他露出笑容,重重点头:"不用去。"

蔡武陵愣住了:"长官,为什么是后勤?"

"不然呢?"

"我真想去古北口前线。"

"你?你带这个英雄团?"

哪还有什么英雄团,就几个散兵游勇!

随着黄师长的手指看过去,蔡武陵终于不敢接茬了。

黄师长看看蔡武陵副团长这胸膛高挺的黄埔范儿,再看看王不觉缩头缩脑的溃兵范儿,真有些恨铁不成钢,憋着一口气走到王不觉面前,上下打量一眼。王不觉赶紧站得笔直,一颗心像是装了弹簧——那都是吓的!

这长官想要撤了自己的团长,还是要把自己抓去吃枪子?

"汤团长,听说你很有办法?"

"不敢不敢。"

"不敢能带出一个英雄团?"

"报告长官,这都是镇上的百姓对我寄予厚望!"

"你呢?"黄师长看向蔡武陵,"你对他也寄予厚望,情愿跟着他混？"

蔡武陵骑虎难下："报告长官，团长确实很有办法。"

黄师长眉头紧蹙点点头，算是认了这个团长和这个团。

王不觉心上装的弹簧还没拆呢，看黄师长又看向自己，心头一个大炮仗又炸了。

"汤团长，你这么有办法，那你的团呢？"

"跑了。"

王不觉一时半会儿变不出来几百上千号人，决定梗着脖子等枪子。

"全跑了？"

"也没全跑，"王不觉指着校场，"还剩这些呢。"

"你也不是很有办法嘛！"黄师长被他彻底气笑了。

王不觉哭丧着脸："本来就是溃兵和种菜做小生意的，要跑我也没招。"

胡琴琴一手揪住王大雀的缰绳，虎视眈眈盯着两人。这黄师长敢下令拿人，她就敢带人跑！

黄师长眼睛一亮："种菜的很多吗，你们的菜地在哪儿？"

王不觉呆住了。

黄师长赶紧解释："你放心，我不找种菜的，就找菜地。"

找粮库弹药库点校军队的多了，找菜地的还头回见。

"您跟我来！"王不觉倒是松了口气，生怕他反悔，跑向王大雀的时候顺势拉了拉媳妇的小手，带着一丝得意的笑容跳上马就跑。

黄师长上马一挥手，只带着两个护兵追上去。

"赶紧去盯着他们，别让人当枪使了。"

胡琴琴一巴掌拍在蔡武陵马屁股上，蔡武陵一个字都没来得及说，就已经跟着一行人冲出云霞镇。

周围的村庄基本上都是以种菜为生，正是初春花发绿苗长的时候，菜园子一片又一片，绒绒的绿色，煞是漂亮。

王不觉找了个大菜园停下来，黄师长率先下马拉开门扉，王不觉紧跟其后。

"长官，请问你们是要推进到哪里？古北口？山海关？哈尔滨？"

黄师长这支军队看起来特有钱，也特有正经打仗的样子，王不觉当然觉得他们能行。他算盘还打得挺好，要是能打回承德，他就先带着漂亮媳妇跟在军队屁股后面去显摆显摆，暂时不去天津了。

蔡武陵倒吸一口凉气，王不觉这话听起来怎么像在嘲讽黄师长。不，只要听者是个军人，这话都像是嘲讽！蔡武陵轻轻咳嗽一声，提醒他注意一点。

王不觉一回头，满脸真诚的怜惜："兄弟，长城风大，弱不禁风就回去吧。"

"弱不禁风"四个字用在这里真是太完美了！

跟两个黄埔高才生在一起，他照样能挺美滋滋地聊上天，这是多么不可思议的事情！以后有了娃娃，能吹上一辈子！

蔡武陵下意识摸了摸马鞭，再度提醒自己这是顶头上司，胡琴琴现在的男人，杀不得，打不得……

那总骂得！

"团长，弱不禁风能上前线吗？你摸摸良心想一想，是谁在古北口前线顶着！"

"那些东北军兄弟顶了老大一阵子，一车车的棺材从这儿过……"

王不觉直叹气，陷入难得的痛苦回忆和深深愁苦之中。

黄师长忍无可忍，重重咳嗽，提醒两人这还有个中央军的大活人。

蔡武陵放弃反嘲讽他的努力，悲哀地发现，世上真的有人脑子的大门开在不同的地方，怎么说怎么迷路，怎么走怎么绕道。

"长官，这里风大天凉，容易吹病了，你要找什么能告诉我吗？"

王不觉眼底一片赤诚,一点也不像是在转移话题。

蔡武陵松了口气,发现这小子还有救。

黄师长摇摇头,一头扎进菜地里,脚下像是装了两个风火轮,一条垄一个瞬间就走完了。

王不觉回头看了看蔡武陵,用口型问道:"这是怎么回事?"

蔡武陵瞪他一眼,他要知道怎么回事,早把这小哪吒师兄打晕拖走了。

王不觉小声提醒他:"小蔡,喏,刚下的小菜,才冒出点绿芽,别踩死了。"

这句怎么还是像在嘲讽自己?蔡武陵自知怎么说都绕不过他,绝望地朝着旁边挪了挪。

王不觉黏了上来:"小蔡,人都跑了,我们干脆散伙吧。"

蔡武陵怒目而视:"你不怕我告状?"

王不觉嘿嘿一笑:"就怕你不告状!"

他早就看出来了,前线打得要死要活,他们这个团与其不尴不尬硬撑着脸面,不如散伙算了,跑掉一个算一个。

看着他满脸期待的笑容,蔡武陵拳头紧了紧,反复提醒自己,不能打,不能杀,不能骂……

黄师长终于踩着满脚泥土走出菜地,满脸惆怅,用奇怪的南方话嘀咕:"哎呀,没种,真可惜!"

敢情他真的是来点校菜地的!

这个长官立刻变得有意思起来,王不觉露出灿烂笑容。

蔡武陵脸色有些发苦,他记得这位师兄是湖南人,在广州的时候就老爱跟老乡们扎堆找辣椒炒肉吃,难不成……

他连忙冲着王不觉使眼色:"长官,别找了,请上我们团长家做客,你想吃什么都有。"

王不觉一脸懵懂,跟着蔡武陵笑嘻嘻点头:"是啊,什么都有。"

黄师长拍在王不觉肩膀："还等什么呢，带路吧！"

一行人来到隋家，黄师长闻到久违的香味，欣喜若狂，踩着欢快的小碎步一头扎进厨房，蔡武陵和王不觉都看直了眼睛。蔡武陵一顿比画，王不觉这才明白，这位大官看起来满脸沧桑，也是个还不到三十岁的青年。

"你们是师兄弟，为什么他三十岁不到当了大官，带了上万的兵，而你二十多岁还在四处游荡，只有三个人跟着你跑？"

蔡武陵突然很后悔跟他说这么多废话，扭头走了。

王不觉就是故意气他，报这几天的吓唬之仇，如今计谋得逞，乐呵呵地跑去厨房找胡琴琴。

原来，胡琴琴今天突发奇想，掐了一些葱白，又从胡家嫂子那弄来特好的羊肉和猪肉，加上隋月琴一大清早不知道从哪儿带回一口袋辣椒，准备大展拳脚，给王不觉做一顿最后的晚餐，先带着隋月琴回天津找到父亲再说。

她算看出来了，王不觉混饭的本领堪称一绝。她不怕他有什么危险，倒是怕隋月琴去干一些掉脑袋的事情。

黄师长一看有辣椒有肉，愿望成真，颇为矜持地跟胡琴琴客套两句，乐呵呵出去找蔡武陵叙旧，同时等饭吃。

雪白的葱白，简直还能滴出水来。肥肥嫩嫩的羊肉，还带着大小近乎一致的卷。王不觉看看葱白，看看胡琴琴的手，心里头有一个小钩子在蠢蠢欲动，勾得人浑身上下哪都痒痒。

龙孟和不知道什么时候来了，站在厨房门口斜眼看着王不觉，觉得他越来越讨厌了。

他手底下这么多汉子，谁找媳妇都是大问题，不只路南、路北两个营城和他们定居的铁壁村，整个云霞镇、密云和北平都是一样。汉子们家里要是底子厚还行，要是境况一般，找媳妇就是徒手爬长城城墙级别的难，要是歪脖子马队这种赤贫加样子不好看，那就是地狱级别的难。

媳妇这么漂亮贤惠，王大雀也这么俊，天底下的好事都让这臭小子赶上了……龙孟和越想越气，扭头就走。

王不觉这才反应过来，追上来一把拉住他，低声道："前线打得怎样？"

"关师长受伤了……又死了一个王团长，还有很多官兵受伤……"

龙孟和本来就是来送信的，才开了个头，一阵连环喷嚏后，满脸通红，扭头冲了出去，留下袅袅余音："你们这对真是见了鬼……"

"我娘哪弄来这么辣的辣椒，可不就是见了鬼！"胡琴琴正在切辣椒，辣得涕泪横流。

王不觉赶紧接过胡琴琴手里的活，一边切辣椒一边用袖子擦泪水。

"这辣椒未免太呛人了，从哪儿弄的？"

胡琴琴擦了擦眼泪鼻涕，胡乱一指："我娘弄来的。"

"你娘哪儿弄的？"

"我哪知道！"胡琴琴急了。

王不觉自知惹不起，只得加快速度切完下锅，发出惊天动地的喷嚏。

一声呜咽突然炸雷般响起，把众人惊出了厨房。

蔡武陵得到什么不好的消息，坐在屋檐下，将脸藏在膝盖躲避辣味的攻击，发出压抑的呜呜声。

王不觉腾不出手，冲着胡琴琴使个眼色。胡琴琴出来一看，看他这样子实在太可怜，拿出一块手帕递给他。

手帕被人中途劫走了。

胡琴琴抬头一看，发现黄师长眼睛红红的，样子同样可怜，安抚地笑了笑："请稍等，辣椒炒肉马上就好。"

胡琴琴一走，黄师长拍了拍蔡武陵肩膀："你同学是好样的，节哀。"

蔡武陵平复情绪，接过手帕擦了擦眼睛，如同中了定身咒，愣了愣神，又闻了闻手帕，发出一阵尖利的惨叫。

第十二章　不能带活的瘸马兄弟来古北口，死的也行

幸而手帕上沾的辣椒还不多，蔡武陵用冷水冲洗许久，终于保住了眼睛，一瞬间被伤感和沮丧彻底打败了，坐在小板凳上直叹气，不管是葱爆羊肉还是辣椒炒肉，什么都不想吃了。

黄师长可不一样，他美滋滋地一人独霸一碗辣椒炒肉，又跟王不觉分享了一碗葱爆羊肉和一大锅面条，打着饱嗝抱着幸福的肚子在小院踱步消食。

黄师长的手下络绎不绝而来，打着巨大的喷嚏将一封封急电交到黄师长手里。黄师长一边看着这些纸片，脸色像是开了酱油坊，一会儿红一会儿黑……看得王不觉叹为观止。

等蔡武陵想起来要吃，只捞到最后一点面汤，还被辣得哭爹叫娘，这让胡琴琴和王不觉十分满意。

吃饭吃出了交情，王不觉冲着年轻有为的黄师长比出大拇指，决定认他这个兄弟，一会儿把柜子里藏的最后一瓶好酒拿出来分享。

没人跑来送纸片了，黄师长又恢复了幸福的笑容："这么多天，终于吃了顿饱饭。谢谢，真是太谢谢了。"

王不觉心花怒放,小鸟儿一般蹦到他面前:"我想……"

不等他报出酒名,黄师长亲密地拍拍他肩膀,附耳道:"你的请战决心,我已经看到了……"

"汤小妹听令!"

王不觉刚准备宣布藏了好酒,没留神黄师长变脸这么快,当然也没想到是在叫自己。

蔡武陵迅速起身敬礼:"是!"

王不觉连忙跟着敬礼:"是!"

"令你立刻整训队伍,利用你部的优势……"

"慢着!"

王不觉惨叫都发不出来了,腿一软,被胡琴琴以迅雷不及掩耳之势拖到身后。

"胡琴琴!"蔡武陵一巴掌拍在桌上,把碗碟都拍飞起来。

满院的人连同王大雀都随之打了个颤。

蔡武陵冷眼看着她:"军令如山,你想怎么着?"

"叫我团长夫人!"胡琴琴怒喝,"你自己想死,别拖着我男人陪葬!"

黄师长愣住了:"我还没说完,你们在吵什么?"

三双眼睛同时看向他。

三双眼睛都杀气腾腾,好像能咬人。

黄师长倒也见惯了杀气,一点也不怵,正色道:"汤团长,还有团长夫人,请你们利用你部的优势留驻云霞镇,接应和保护关师长等伤病员!"

蔡武陵急了:"师兄……"

"还有你!"黄师长走到蔡武陵面前,"你以为我不知道,你已脱离军队多年,就算换上这身军装,带兵打仗也轮不到你。"

蔡武陵咬牙:"为了打仗,我千里迢迢从上海来……"

"瞎胡闹!"黄师长断喝一声,把三人都吓得一个哆嗦,"王团长南征北战这么多年,你敢说你比他强!"

蔡武陵默然摇头。

"他上了战场才一天就牺牲了!你这半吊子,你告诉我能顶多少天?你要拿多少兄弟的命来帮你顶!"

蔡武陵红着眼睛低下头。

"你说你是不是瞎胡闹!"

蔡武陵点了点头,再也不敢吭声了。

胡琴琴悄悄拉了王不觉一把,莫名为自己刚刚的话感到羞愧。

羞愧归羞愧,自己男人的本事比蔡武陵还孬,她还是得想办法拉住和保住,不能让他跟蔡武陵一起瞎胡闹。

王不觉毫无察觉,眉头紧蹙,好似在思考什么关系战局的大问题。

"送王团长等阵亡将士的军车肯定要从这儿过,你们同学一场,得去送他们一程。关师长和三十多个官兵身负重伤,你们要想办法为他们提供最好的照顾,这才是你们的职责,明白吗!"

蔡武陵立正敬礼,两行泪流下来。

黄师长冲着三人敬礼:"我这就上前线了,告辞!"

王不觉愣住了:"别,长官,我这还有一瓶好酒……"

他觉察出自己说错话了,挠着头讪笑:"等您回来喝。"

"留给关师长他们喝吧。"黄师长笑了笑,"团长夫人,非常感谢你的款待,我想了好几个月了,能吃上这口,上阵杀敌也有力气了。"

胡琴琴转身从厨房抱出一个小坛子:"这是我娘做了下面条吃的,长官,请收下!"

"多谢!"黄师长高高兴兴地接过,抱着辣酱坛子匆匆离去。

"长官,留步!"

黄师长脚步一顿，疑惑回头。

王不觉高高抱拳，以从未有过的严肃表情道："长官，我在这里担保，你们进到何地，我们跟到何地。"

胡琴琴欲言又止，没有拦阻他。

蔡武陵脑子里转了无数个念头，好似这是第一次认识他。

王不觉信心满满看着他："长官，我愿意为你们排忧解难，你相信我，不管多少难题都有办法。"

这可不是他吹牛，他有十足的把握解决他们提出的后勤等棘手的问题，总而言之，他和胡琴琴双剑合璧，打仗不在行，忽悠和开小灶绝对在行，别说辣椒炒肉和葱爆羊肉，就是辣椒炒星星他也能办到！

别人不知道底细，胡琴琴倒是能想到他说的是这么个意思，看着他那认真得有些可笑的模样，露出温柔笑容。

这个美丽多情，这个含情脉脉……蔡武陵在朦胧泪光中看到她的笑容，突然又想哭了。

"上了战场，除了生死都不是难题。"

王不觉不敢接茬了，他就想给这位刚认下的好兄弟弄点好吃的，也没说要上战场啊……

"什么问题我们自己都能够解决，你们留在这里吧，各自保重！"

黄师长话音刚落，人已出了门，身影随着马蹄声消失在绚烂阳光中。

古北口枪炮声隆隆，激战正酣。

有人垂死抵抗，有人逃离家园，有人朝着死亡线疾赶。

王宝善没有完成任务，归心似箭，坐上送菜的大车，朝着古北口一路狂奔。

王不觉没问，他也没想起来说，也委实有点没脸说。

张大海派他去劝降，不是从承德出发，而是从古北口附近山脚下一个才几十户人家的大鼓村。

他出发的那天正是承德沦陷的时候,张主席和官兵早就跑了,一百二十八个鬼子兵没遇到抵抗,大摇大摆拿下承德,满大街抢东西,嚣张得简直要上天。

鬼子兵还四处贴告示印报纸放风说中国人的坏话,说承德满城孬种。这是中国军队的奇耻大辱,让他一个承德人也脸上无光。

王宝善已经跑了好些天,其他人找不到,就只有张大海这个熟人。他越想越没意思,听张大海一吆喝也就跟着走了。

张大海就带着他和一队人马朝着古北口赶,一路上脱了军装,换成当地老百姓的衣服,打扮成卖菜卖肉做小生意的商贩。

张大海光头闪亮,满脸横肉,加上一身漂亮的腱子肉,一看就是个屠夫。他确实也打扮成卖肉的。

他还以为张大海真做上小生意,还在刻苦钻研怎么算账帮忙,到了村里吃了几顿好的,才知道完全不是这么回事。

跟张大海来往的都是鬼子官,而他说鬼子话也特别流畅,显然在鬼子那边干了很久。

再接下来,张大海拒绝了他算账帮忙的提议,写了一封信让他去云霞镇劝降……

王宝善从云霞镇无功而返,起初觉得挺对不起这个好兄弟,跟张大海一照面,看他这身肉,再比较一下自己这小身板,羡慕嫉妒之情很快打败了愧疚感。

张大海这么能搞,他就算白吃白喝怎么了!反正一辈子都这么过来了,也不差这么一顿几顿的!

对于他的此次任务,张大海抱以十二分的信心,正在美滋滋等他的好消息和上头的嘉奖。他的目标不大,就是汤主席这个位置,能够在承德城称王称霸,那比干啥都强。

看王宝善一个人回来,再者问起来支支吾吾,张大海如同被一盆冷水浇了个通透，气得想捏死这个白痴。

王宝善死到临头犹不自知，以为张大海还是以前那个小流浪汉，还在跟他称兄道弟："大海，他不干就算了，咱还是回承德吧。"

不干就算了？张大海更想弄死他了，他在日本人手底下憋屈这么多年，就指着干完这票回承德城横着走，以前谁瞧不起欺负过他，他就弄死谁，咋能就算了！

看他和几个手下脸色都不太好，王宝善有些过意不去，叹了口气："大海，我跟你说实话，我这兄弟成天喝酒，什么都不会，你指着他办事，不如指着我，我还能叫你起床尿尿呢。"

张大海尿裤子的年纪，王宝善确实叫过他起床尿尿，听起来亲切极了。

王宝善一阵大笑，张大海也跟着笑，他手底下这几个原本都横着眼看着王宝善，看两人其乐融融，也跟着笑起来。

张大海一挥手，众人鸟兽散了。

王宝善提醒他这件往事，就是想把他交代的事情了了，老老实实回承德打他的更，连忙赔笑道："大海，我觉得呢……你还是不要勉强了，你要是不走，那我先回去打更了。"

"那怎么行，酒菜都准备好了，先吃了再说。"

张大海不由分说，把他抓小鸡崽一样拎走了。

张大海住的是村长家，村长住得挺阔气，院子老大，种着枣树和石榴，墙刷得白晃晃的，屋檐还飞着一条好丑的龙。

王宝善粗略一看，按理说这么大一个家，至少得住个小十号人，只是从头到尾都不知道去了哪儿，一点也不讲究待客之道，真不如承德城满街都能招呼喝酒的老伙计和小孩们。

王宝善实在吃不下，又不好拂了张大海的面子，只得把这顿吃完，准备半夜偷溜。

酒好喝，肉好吃，话不好听，那也得忍着。

这顿饭刚开了个头，张大海戳戳他脑门："你以前就笨，没想到现在变成了蠢，你到底是不是喝酒喝傻了！"

蠢和笨有什么区别？王宝善本来就没啥主意，开始纠结这个毫无意义的问题。

"荣华富贵你要不要？"

"要！当然要！"

不要岂不是傻子，王宝善嘿嘿直笑。

张大海又一指头戳过来，差点戳瞎他的眼睛。

王宝善倒也习惯被人这么指指戳戳，不怕多一次，何况他还是供自己吃喝的大哥呢。

"那你跑来跑去图啥？"

"不是你让我跑的吗？"

"我让你跑就跑，那你跑过去啥也没干成，不是白干！"

"也不白干，他请我喝酒呢！"

王宝善暗中一比较，觉得瘸马那儿的酒比这好喝多了，人也和气，他媳妇也漂亮……

"我说你以后别糊里糊涂，懂吗？你得知道自己图个啥！"

"图荣华富贵啊！"

王宝善生怕自己另外一只眼睛被戳中，捂着两只眼睛，缩着脖子，讲起话来倒是利索多了。

张大海多大点就在承德街上混，又跑去山里当土匪，没皮没脸的人见得多了，这模样的还算头一遭。

他上下打量这家伙，暗暗有些发愁。

古北口拿不下，死一个日本人他这头就多挨几回骂，别说日本人，承德城的张司令口口声声叫他大哥，再在古北口耗下去，照样能把他们一伙人全撕了。

不过，张大海整治的人多了去了，不可能拿一个更夫没办法。

"我说宝善,你想不想娶个媳妇?"

"当然!"王宝善眼睛一亮,他都这么大年纪了,这话根本不用问。

张大海一拍手,呵呵直乐:"我给你做个大媒,送你一套承德的大房子,三十亩地,一箱金条,包你一辈子吃穿不愁。"

这可是天上掉下来的好事,王宝善眼珠子都快掉出来:"大哥,你说的是真的?"

"我们做了这么多年兄弟,什么时候骗过你!"

"那……"

"我只有一个条件,把你兄弟带回来跟我干。"

"我兄弟?"

"就是你那个当团长的兄弟,你把他带回来,我照样给他送一箱金条、三十亩地、承德的一栋房子,而且,我这就给你办婚事!"

"兄弟……婚事……"王宝善满脑子糨糊沸腾了!他曾经做过的美梦全部成真了!

张大海一看有戏,立刻打蛇随棍上:"先给你办婚事也行!媳妇我都跟你准备好了!"

"媳妇?"

张大海一拍手,一个浓妆艳抹打扮成贵妇的女人走进来,虽然容貌上有几分沧桑,那也是王宝善生平所见的美娇娘,比富春阁所有姑娘加起来都好看。

王宝善口水毫无遮掩地流下来。

张大海对他的表现甚为满意,冲着美娇娘一点头:"怎么样,二娘,你有意见吗?"

美娇娘掩面羞答答点头:"谢谢张大哥成全。"

看两人都答应得这么爽利,张大海莫名觉得有点亏,挠着光头气呼呼走了,出门前突然醒悟过来,猛地回头:"新娘子给你准备好了，赶紧出发把你兄弟带回来，回来就办喜事。"

"行啊，吃完饭就走！"美娇娘冲张大海直摆手，把门关了。

"兄弟……媳妇……"王宝善脑子里转了许久，突然一个哆嗦，知道坏事了。

他都想好了要半夜偷偷回承德的，不但回不了，这还得再跑一趟！

美娇娘一屁股坐到他旁边，冷笑道："王宝善，看你干的好事！"

这个声音实在太熟悉了，王宝善一屁股跌坐在地，大惊失色："胡二娘！"

"你这个模样，是瞧不上我？"

"不，不，我没有！"王宝善连连往后退，背脊抵在墙壁才停下来，拼命摇头。

胡二娘嘿嘿一笑，抄着酒壶逼近："谅你也不敢！"

王宝善几乎把整个身体嵌入墙壁，觉得自己大祸临头。

胡二娘一来承德他就盯上了，偷窥了好几次，特别是夜里看得清清楚楚。白天她抹了满脸脏东西，夜里洗干净才见真容，他一直知道胡二娘特别好看，只是见识过她的大刀，有这个贼心没这个胆子。

王宝善收敛色心，也就回归正常："你怎么会在这里，鬼子进承德的时候你跑哪儿去呢，我为什么没找到你……"

他的问题实在太多，胡二娘不耐烦摆手，把他拉起来坐下："先吃！"

王宝善哪里吃得下！胡二娘倒是老实不客气吃起来。王宝善压低声："瘸马在云霞镇，你赶快去……"

胡二娘抓起酒杯堵住他的嘴，神色无比凝重，"我儿子在张大海手里，没法跑。"

王宝善呆住了，突然有些生气："你虽然是我媳妇，但是……大海是我兄弟！跟瘸马一样的兄弟！"

"那你为什么要我去找瘸马？"胡二娘一针见血戳穿他的真面目。

王宝善那口气原封不动憋进肚子里，自己也陷入迷茫之中。

是啊，他为什么第一句就是要她去找瘸马？她打扮这么漂亮，精神头这么好，在张大海这头不是过得挺舒服吗？

胡二娘叹了口气，一筷子敲在他脑门："街上的小孩被他一锅端了。"

"一锅端？"王宝善有些蒙圈，"那是干吗？"

"谁知道，听到一点风声，好像全关起来了。"

"小孩肚量大，可能吃了，关起来那不得吃垮他？"

"蠢死你算了！"胡二娘气得差点拍桌子，"关起来读书、骑马、训练……"

门外一个黑影闪过，胡二娘浑身一抖，不吱声了。

"我说真的，你看我也吃他的喝他的，他真的这么有钱？能养这么多人？"

"算了算了！"

胡二娘也没指望他这糨糊脑袋能明白，未免有些怀念跟他兄弟瘸马漫无边际唠嗑的美好时光。

"你兄弟为什么会在云霞镇，他在那儿干吗呢？"

"他在云霞镇上当了大官，团长，还娶了个漂亮媳妇，是隋会长家的外甥女！"

看胡二娘眼睛开始发亮，王宝善来了劲头，觉得必须把这件事好好显摆显摆，生怕她听不耐烦走了，赶紧大展拳脚，将碗里的肉像山一样摞在她面前。

胡二娘不吭气，抓着酒壶恶狠狠喝酒。

酒壶被抢了，王宝善觉得挺委屈，又不好意思跟女人抢酒喝，只好撕着馒头就肉汤填饱肚子。

"我这个兄弟可了不得,王大雀也了不得,出了承德城,把他带去挺豪富一个云霞镇,路上还捡了一袋钱。有钱能使鬼推磨,他就是靠着这袋钱收拢了一大批官兵,跑去云霞镇当了团长,人家商会隋会长还给他派了一大队人伺候,把一个娇滴滴的黄花大姑娘许了他……"

胡二娘冷哼一声,把面前的肉山当成他的肉嚼。

王宝善有些慌了,胡二娘跟王不觉的关系那是无可挑拨的,必须补救,赶紧赔笑道:"我兄弟也一黄花大男人,两个都不亏,不亏。"

补救果然有用,胡二娘含泪扑哧一笑。

王宝善看呆了:"二娘,你真好看,太好看了……"

胡二娘瞪他一眼,低头一看肉片山,再看看他面前可怜巴巴的馒头,泪水又流下来。

隋月关也曾经这样待过她,他们年少成亲,两情相悦,生儿育女,怎么到老了就宁可家宅不宁,妻离子散,也要不停出幺蛾子呢!

男人到底是个什么奇怪的物种?王宝善最见不得人哭,赶紧捧着酒壶送到她面前:"二娘,别担心,我帮你找小河。"

胡二娘神情一震,猛地揪住他衣领:"你知道我哭啥!"

"那还能哭啥,肯定是担心小河嘛……"王宝善不知道想到啥美事,"你跟了我,他也是我儿子,那我得赶紧找回来伺候我。"

"想得倒挺美!"

王宝善嘿嘿干笑,不敢接茬了。

胡二娘冷笑起来:"王宝善,真看不出来你有这么大本事!说,你是不是给鬼子办事!是不是张大海手下的汉奸!"

王宝善急了:"谁是汉奸谁讨不到老婆!谁生娃没屁眼子!"

"你明明知道你这大海兄弟干的什么名堂,还想装傻充愣!"

王宝善成了霜打的茄子,蔫了。

胡二娘没说错,他知道张大海干的啥,可他什么都不敢说,只想保住这条小命，回承德继续打一辈子更。

什么荣华富贵，那都是骗鬼的，有命拿没命享，也是白瞎。

两人对峙良久，胡二娘先心软了，在他脸上狠狠亲了一口，留下老大一个唇印，好似什么都没干，继续坐下来喝酒吃饭。

王宝善瘫软在地，许久才抱着椅子艰难爬上来，一双眼睛瞪得像电灯泡。

胡二娘附耳道："鬼子飞机大炮都来了，古北口打不过，马上云霞镇也保不住了。你这次去了云霞镇，带上瘸马兄弟和他媳妇赶紧走，他们不走你就自己走，等我找到小河就去找你们。"

"那你呢？"王宝善终于找到自己的声音和理智。

"你以为这一大桌子谁做的，你媳妇我！"胡二娘得意一笑，起身从抽屉抓出一个精致的小酒壶，灌满了酒塞到他手中。

"这个，给你的信物！"

"啥？"

"定情信物！"

王宝善幸福得直发晕，腿一软，又从椅子上滑溜下来。

大门咚咚响起来，张大海在外面不耐烦了："王宝善，马车准备好了，你倒是快点！"

"狗日的！这是老娘的定亲饭！"胡二娘拍着桌子骂。

王宝善眼里冒着星星，觉得自家的媳妇真是天下第一。

这顿饭吃得挺不安生，因为门口不停有人敲门催促。

张大海气不过，不来催了，派了手下十多号人轮番来催，王宝善只好依依不舍地启程。

走出村子，被冷风一激，王宝善清醒过来，从内到外哆嗦个不停。

马蹄声声，张大海追了上来，将他从马车上拎下来，笑眯眯道："宝善，这次不会让我失望了吧。"

王宝善无言以对，只知道嘿嘿笑。

张大海一巴掌拍在他脑袋上："都是自家兄弟，没什么不好谈的。把我的条件跟那团长说清楚，他手底下的兵带不过来，他自己来也行。"

"要是不来呢？"王宝善把这句话憋了回去，连连点头。

"这次只准成功，不准失败！把事情办完，你就带上你媳妇和儿子回承德，跟你一块享荣华富贵。"

王宝善叹了口气："我倒是想带，就怕……"

张大海倒也想到这个问题，挠了挠光头，从口袋里掏出一包东西塞到他怀里："这个药劲大，茶壶酒壶饭菜里撒一点点就能见效，不能带活的，死的也行。"

这包东西立马成了烙铁，烙得王宝善浑身疼痛，一个字都说不出来。

"当然，不到万不得已，你可千万别用，我们都是好兄弟，宝善，一路顺利！"

直到张大海的声音消失在风中，王宝善才回过神来，一手抓着小酒壶，一手抓着毒药，一边哭一边笑，一边抖若筛糠。

出师未捷身先死，长使英雄泪满襟。

关师长重伤不肯离开，交由杜旅长代理作战，仍然在古北口前线奋力抵抗。黄师长到了之后，一边助关师长和杜旅长指挥作战，一边协同东北军等其他部队在南天门和古北口以南高地一带构筑预备阵地，准备和敌人久战。

我军伤亡惨重，运送伤兵和阵亡将士的军车不停朝着云霞镇赶。

云霞镇内，一个又一个坏消息随着军车而来，以极快的速度传遍全城。

恐慌的情绪随之蔓延，城里的人越来越少，孙镇长把妻儿老小全都送走,只留了一个老马夫伺候,自己没好意思撇下隋会长等人开溜。

镖局的人几乎走光了,剩下胡十五夫妻留守。

最热闹的除了校场,要数隋家大院。隋月关一个劲要把小娇妻往天津送,小娇妻就是不走,非得跟他一块,而隋月琴摩拳擦掌要去古北口干一票大的。隋月关舍不得二娘母子,又舍不得让妹妹去冒险,想跟隋月琴走她不让,想让胡琴琴走她也不舍得,这下走也不能走,留下又万万不可能,担着一家人的心,还得协助王不觉应付各种差事,整个人成了热锅上的蚂蚁。

王不觉在黄师长面前拍了胸膛,不敢懈怠,带着蔡武陵等人日日夜夜坚守一线,护送伤病员转运到密云后方,每天都跑得虚脱。

所有人事都陷入胶着状态,胡琴琴知道,自己必须做出选择。

想了一夜,胡琴琴决定还是要跟大舅和母亲摊牌,然后立刻拉上隋月琴离开。

天麻麻亮,胡琴琴推开厢房的门一看,隋月琴不知什么时候走了,给她留下一行字:你用不着等我了,等我办完事会去天津找你。

胡琴琴气急败坏地撕了字条,将给王不觉改好的大褂放在炕头,开始收拾包袱。

天大亮的时候,王不觉终于回来了,身后还跟着一个蔫呼呼的王宝善。

也许是因为又一整夜没睡,王不觉一张脸黑得炭一样,胡琴琴只好把满肚子话藏起来,准备先弄走这个王宝善,再打晕王不觉藏在木箱里,让歪脖子连人带箱子一起拉走。

王不觉不是因为没睡才脸黑,是真正生王宝善的气,他能说的都说了,王宝善还来劝降,这不是脑子有病是什么?

胡琴琴拿出王不觉最后一瓶好酒放在炕桌上,叹了口气:"你们兄弟不要吵架,我给你们做西红柿鸡蛋面。"

王不觉拿他一点办法也没有，只能拉着他喝酒，喝完再收拾他。

王宝善这阵子酒喝得有点凶，本来就不太灵光的脑袋更加没法用了，把酒壶喝了个空，抱着酒壶直号。

"我也不想来送信，可不送怎么好意思呢，我白吃白喝了人家这么多好东西……

"张大哥不仅待我们好，待那些小孩也好，管吃管住……"

胡琴琴端了两碗西红柿鸡蛋面送来，脑子一个激灵，凑到王不觉身边，压低声音道："我说，他弄走这些小孩是想干吗？"

"读书、训练、骑马……"王宝善一个劲抽抽，不过抽得没啥眼泪，把鼻涕都擦袖子上。

"混蛋！"胡琴琴怒目圆睁，把两碗面砸在王宝善脚下。

王宝善看着袖子上的鼻涕，自己也觉得恶心，慌忙脱了衣服："弟妹，我也是不小心，下次再也不敢了。"

王不觉叹了口气："天下哪有白吃的西红柿鸡蛋面呢。"

王宝善看着满地的西红柿鸡蛋面，懊恼极了："我不白吃你们东西，你们有什么信，我也去送，行吗？"

"当家的！"胡琴琴看向王不觉，一双杏核眼都快瞪掉下来。

王不觉暗道不妙，一把抓住王宝善，正色道："大哥，我媳妇不是不给你吃西红柿鸡蛋面……"

"那是不给我喝酒？"王宝善哭丧着脸交出酒壶，空的酒壶。

胡琴琴不瞪眼了，露出娇媚的笑容："可别，大哥，别说这烧刀子，你就是要喝天上的琼浆玉液我们也得给你满上。"

一来她说的话太复杂，二来她这笑容让人瘆得慌，王不觉赶紧救王宝善："大哥，我们的意思是，孩子不能让张大海弄走了。"

王宝善呆住了："你能弄走玩，我张大哥为什么不能？"

胡琴琴忍无可忍，一巴掌拍在王宝善面前："什么弄走玩！他那是不安好心！"

王宝善想当然听成了对王不觉兴师问罪，赶紧替王不觉圆回来："我瘸马兄弟没有不安好心，就是带着这些小脏孩子去武烈河洗澡，去厨房蹭点剩饭剩菜，还有去富春阁……"

再说下去可就死定了！王不觉扑上去捂住王宝善的嘴，很想把这张嘴缝起来。

"我说张大海不安好心！"说来也怪，胡琴琴就这么轻易放过他们。

王宝善哈哈大笑："那哪能，张大哥也常年在街上混，有一顿没一顿，看到小孩子肯定想起以前的苦日子，想把他们好好培养出来。"

"也有可能，媳妇，你说对不对？"

胡琴琴没法对王宝善下手，一巴掌将王不觉讨好的笑容拍了回去，继续娇笑道："我说大哥，你觉得培养出来能干什么？"

"这个……"王宝善倒是从来没想过这个问题。

对小孩来说，有口吃的就算是大恩人。王不觉这么不靠谱一个人，就因为经常从富春阁骗了糖果出来发，小孩都把他当老大，何况是管吃管喝管住，还管全家吃喝住的张大海。

这简直就是大善人才能办到的事情，怎么能去质疑呢？未免太没良心了！

王不觉趁着两人对峙，老老实实收拾地上这团狼藉。

胡琴琴双手抱胸看向西天，满心沮丧，这一桩桩一件件全是麻烦，可她父亲生死未卜，根本管不了这么多人。

王不觉快手快脚收拾完了，坐在台阶上眺望远方，再度确认一个事实：

麻烦越来越多，他必须赶紧跑！

对了，得带上王宝善和媳妇一起跑！

那媳妇一家人怎么办？作为一个向来除了马外毫无牵绊的汉子，

他的脑袋突然隐隐作痛。

第十三章　谁杀了王宝善

"报告团长，在古北口路上抓到一个小奸细！"

"放开我！你们这群土匪强盗！"

"带进来！"

王不觉赶紧整理衣服往外走。

来的人是龙孟和，他拎着一个十岁出头的小孩走进来："想混进军营刺探军情，也不掂量掂量自己啥斤两。"

小孩一路拳打脚踢，哀哀哭号："长官，我冤枉啊，我就是想去蹭口饭吃……"

"小乌龟？"

小孩傻眼了："瘸马哥！"

"我不在，你蹭得到谁家的饭？"王不觉笑嘻嘻看着孩子，已经不忍心去看王宝善和胡琴琴的表情。

"你怎么会穿这身……"小孩露出不敢置信的神情。

"还认识我就好。"王不觉笑了笑，"你没看错，就是你瘸马哥，现在是这里的团长，有什么话等填饱肚子再说。"

"团长！"小孩满脸惊喜，猛地跪下来，"瘸马哥，救救我们吧，张大海把我们扣在军营里，训练我们做奸细。"

"假如不做呢？"胡琴琴冷眼看着天空。

"他说要杀我们全家!"小孩呜呜直哭。

"其他小孩呢?"

"训练好的才放出来,训练不好的都关着,打得好惨!"

小孩把衣服一脱,背上血痕累累。

王不觉目光一闪,被晚霞刺痛了眼睛。

"关在哪儿?"

"我也不知道,进出都蒙着眼睛呢。"

"那你怎么来的?"

"被捆在马车上送到古北口。"小孩指着龙孟和,"下来就被他抓了。"

龙孟和笑了笑:"你不是第一个。"

"还有?"王不觉冷着脸看着龙孟和。

"多着呢!"龙孟和冲他一点头,"都交给我。"

"你怎么不早说!"王不觉急了。

"瘸马哥救救我!"

"早说有屁用!"龙孟和把嚷嚷的孩子抓过去,丢到马上,飞身上马,照着马屁股一拍,疾驰而去。

王不觉傻眼了,他还有一肚子的话没问呢!

夕阳冲出浓密的云层,绽放出万千云霞,整个天空炸裂一般,美得令人几欲窒息。

三人齐齐看向天空,胡琴琴满面哀伤,眼中泪光闪闪。每一个决定,对她来说都是痛苦的。但是,她不得不做出选择。

也许是云霞太美丽,王宝善喝酒喝坏了的脑袋一瞬间开了窍。

"要不你假装投降,跟我跑一趟交个差?"王宝善语气里,每一个字都有些发抖,每一丝气息都像是在垂死挣扎。

"不会投降的,一辈子都不会投降的……"胡琴琴笑着接过他的话,"我们又不是什么英雄志士,不会要这个没啥用的面子,除了投降,我们其实还有别的选择……"

"还可以跑。"王不觉拎着酒壶走出来,和胡琴琴相视而笑。

王宝善两行泪流下来,从口袋里抖抖索索拿出一包药放在桌上。

"毒药?"胡琴琴笑容未减,有致命的妩媚。

这笑容可比毒药还毒,王不觉迅速收了起来:"别闹别闹,大哥跟我们开玩笑呢。"

王宝善捂着脸不敢见他们,一句都不敢回。

看到小奸细的时候,王宝善就知道再也骗不了自己了。

胡琴琴趴在一旁检查毒药,闷闷道:"张大海这小子挺有意思,以为把你毒死就群龙无首,也不看看你这团长到底中不中用。"

"以前不中用,现在还挺中用的。"王不觉干笑两声,努力挽回团长的尊严。

胡琴琴冲他一瞪眼,拿着毒药进屋检查。这个笑话再怎么好笑,毒药可是真的,要不是王宝善是他大哥,他这条小命也就彻底报销了。

王宝善喝完好酒,孬酒也喝得挺爽快,一边喝一边抹眼泪鼻涕:"兄弟,我心里懂得很,这城里的人……都……都瞧不起我,谁都敢冲我吐口水翻白眼,只有你不会,你是掏心掏肺对我好……"

王不觉不吭声,继续从酒坛子舀酒出来,让他一次喝个够,准备把他灌醉就送去天津。

"你不会瞧不起老黄,富大春美人,还有胡二娘和小河……你命好,真好,也该得一个好媳妇,该得荣华富贵……"

王不觉敲打着他的脑袋瓜:"咱们兄弟谁跟谁,说这个干吗!"

"你说谁!"胡琴琴一脚踹开房门冲出来,就像一个行走的大炮仗。

两人腿肚子都有点抖,王不觉率先投降:"我没说你,媳妇……"

"没说你,说我媳妇……"

王宝善挺得意又巧妙地宣布自己有媳妇了。

"你媳妇是谁?"王不觉和胡琴琴同时看着他。

"二娘!胡二娘!"王宝善扭动身体,成了十八岁的娇羞少女。好不容易有媳妇,他必须在王不觉这个兄弟面前显摆一下。

"二娘和小河母子你都管了?"王不觉愣住了。

"没……"王宝善还不习惯讲假话。

"所以,小河被张大海一锅端关起来了,二娘跟了你?"

"也没……"王宝善强装镇定,"我们才刚定呢,你看,定情信物!"

王宝善为了强力证明自己有媳妇,拿出一路上摸了无数次的小酒壶。

酒壶倒是挺精致漂亮,也看不出什么稀奇……

王不觉茫茫然看向胡琴琴,心里咯噔一声,知道坏事了。

胡琴琴死死盯着酒壶,眼眶已经红了,仍然娇笑连连:"恭喜大哥大嫂!这酒壶好看极了!"

"那是!"王宝善生怕定情信物丢了,赶紧收到怀里,还珍而重之拍了拍。

"那嫂子这会儿在哪儿呢?"

她脸上笑语盈盈,眼中杀气腾腾,王不觉还是第一次见到她这个笑面魔煞的模样,吓得差点跌一跟头。

"在……"王宝善把古北口三个字吞了回去。

古北口天上有飞机地下有大炮,满地都是鬼子兵,还有好些汉奸,那可是要送命的地方!别说王不觉夫妻去不得,就连他也准备跑得远远的……至于媳妇,小命第一,媳妇第二,再说媳妇跑出来再跟她会合也不迟。

"嫂子在哪儿呢?"胡琴琴慢慢逼近。

"在哪儿！大哥，你快说啊！"王不觉急得直跺脚。

王宝善定下心神，冲他咧嘴一笑："兄弟，要保住你的钱，你还得跑，不能干耗在这鬼地方。这些鬼子跟我们讲的不是一样话，没把我们当人看，你也不能把他们当人看。别看张大海今天风风光光，会有他倒霉的时候……"

别看他前言不搭后语，其实是在竭尽全力说服王不觉夫妻跟自己一块跑。

"黄师长派人来了！"常春风的喊声和马蹄声随之而来。

王不觉顾不上这头了，一边朝着外面跑一边打了声唿哨。王大雀一眨眼就冲到门口，一人一马飞驰而去。

胡琴琴略一低头，也跟着跑了过去。

胡琴琴不是去迎灵车，而是先去校场找杨守疆。杨守疆是四个人里最聪明的一个，也是跟她最合得来的一个，王宝善这头指望不上，她必须另外想办法。

杨守疆见面就笑："你要走了吗？"

她的神情慌张，目光中有无限纠结不舍。胡琴琴不自觉摸了摸脸，仿佛能看到自己脸上的各种漏洞，干脆坦然相告："马上走！"

"不是跑路，是去找我爹。"她又补充了一句。

补充完了，她脸上越发火烧火燎，对自己莫名有些生气。

"黄瞎子和我们的内线送了不少消息过来，鬼子正朝着古北口增派兵力，马上就要开始大规模进攻。"

"这些事你应该向长官报告，跟我没什么关系。"

"报告过了，你是团长夫人，也有知情的权利。"

胡琴琴只想尽快结束这个话题，正色道："我拜托你的不是兵力战况，我要找人。"

"你要找的人已经不在城里，黄瞎子正在追踪，目前还没有他的消息。"

"那请你转告龙副官,让他盯住王宝善。"

"是。"

杨守疆轻笑:"一路顺风。"

胡琴琴又气起来,这次她能肯定是生自己半途撒手不管的气。

"王宝善回古北口的时候,你们盯紧他,看能不能顺藤摸瓜找到线索。"

"是!"

杨守疆转身看着茫茫山野:"这些事挺有趣,你不在还真有点可惜。"

胡琴琴确定这不是一句好话,冷哼一声,扭头就走。

城门口,歪脖子队长赶着马车刚刚进城,胡琴琴跟他打了个照面,二话不说,跳上车低声道:"送我回北平。"

"我最多能到密云。"歪脖子队长笑了笑。

"密云也行,剩下的事情我自己来想办法。"

"你不是小娃娃,这个价钱……"

"价钱随便开!不还!"

"先给定金,十个银元!"

"我写个字条,你找我大舅要!"

能从隋会长手头要到钱,那除非太阳打西边出来了!歪脖子队长知道跟这贼精贼精的闺女没法聊,哭丧着脸一声吆喝,赶着车出发了。

两人回到半山胡同,胡琴琴才发现家里已经空了,字条都没留一张,想了又想,到底还是觉得理亏,干脆就这么溜了算了。

马车一路飞奔,胡琴琴心事重重,歪脖子队长累得不行,两人一路无话,很快就跑了几十里路。

到了一个小集镇,马车慢了下来,胡琴琴用衣服包着脑袋钻出来看看哪里有好吃的。

歪脖子队长这条道跑得挺熟，径自把马车赶向一个酒铺。

酒铺门大开，一群人围着地上一个瘦巴巴的男人指指点点。

胡琴琴一心跑路，根本不想管闲事，刚想让歪脖子队长去买点吃的，突然看到一个蓝布包袱在争夺中飞出来。

包袱上一节绣上去的红绳灼痛了她的眼睛。

那是她亲手缝到包袱上的红绳，她会耍枪，会抓贼，就是从来不会玩那么细致的针线活。

为了这一段，她手上差点戳出几个大血窟窿。

她喜欢红色，这是她坐在半山胡同的小院门口所能看到的最美颜色，有山峦做背景，红绳格外美，她差点舍不得留给王不觉。

胡琴琴大惊失色，从马车上仓皇扑出来，拨开人群定睛一看，最后一丝侥幸烟消云散。

这身衣服也是她刚刚亲手给王不觉改的，王宝善瘦巴巴的，穿起来等于给自己套了一个布套子。

最终这个布套子也成了他的终点。

"别看了，都别看了，不是鸦片鬼！"

"你怎么知道？"

"你认识啊？"

众人看这死人穿得不错，还想从他身上弄点什么好东西，堵在她面前七嘴八舌。

眼看一根根手指头就要戳到自己脸上来，胡琴琴挡了一回，没挡住第二回，猛一避让，手里多出一把小手枪对准众人。

一个女人发出恐怖的一声尖叫，拔腿就跑。

随后，众人慌乱大喊，跟着跑了，转眼间整条路上只剩下她和歪脖子队长两人。

歪脖子队长踱过来，抽着烟袋，整个人像是被云雾笼罩。

"你认识？"

"这是我男人的大哥！"

"快到密云了。"

胡琴琴没有理他，检查王宝善的尸体，果然从脖子发现一个隐秘的伤口。

王宝善是笑着倒下来的，可以想见，他跑了这么老远，看到有酒喝，心里有多么美……

擦肩而过的时候，有人飞针射中了他。

再往前推算，在她去找杨守疆的时候，王宝善就已经打定主意跑了，他跑得挺快，却没能快过杀手的毒针。

看来张大海本来就没打算留他的命，哪怕他换了衣裳也照样被人盯上了。

胡琴琴从他胸口口袋里抓住一个小酒壶，目光冰冷。这是她送给胡二娘的东西，胡二娘让他捎过来，不就是向他们求救吗？她到底干了什么糊涂事情！近在眼前的活人不管，去管不知死活的父亲。小河是她一手带大的弟弟！她怎么忍心把他丢给豺狼！

她狠狠抹了一把泪，一咬牙，从口袋中抓了几个银元，递到歪脖子面前。

歪脖子歪着脑袋，斜着眼睛看着她，怎么都像是瞧不起她。

她继续掏口袋，又掏了一把银元。

歪脖子没办法摇头，只能抓着马鞭摇了摇："说吧，带他去哪儿？"

在不知道的时候，她已经满脸都是泪水，朝着北方指去。

那是她刚刚跑出来的死地，有她的男人，她的男人送出了这么多的乡邻，她把他兄弟送回去，理所应当。

歪脖子队长好像早有准备，扛上人走向马车，放上车就走，根本没打算再招呼她。

胡琴琴抱着包袱久久指着北方，红绳缠绕在她手臂上，随着晚风摇摇晃晃，像是一杆旗。

云霞镇彻夜灯火通明,黄师长先行一步赶赴古北口,他麾下一个师和骑兵炮兵穿着漂亮的军装,扛着推着各式让人眼前一亮的武器,在整齐的脚步声中急行军通过云霞镇,赶赴前线参战。

算上镇上这些乌合之众就剩下一百来人,大家倾巢而出,南门由常春风把守,北门还是陈袁愿,吴桂子跑得比较远,负责云霞镇以北沿途一带的保卫,隋月关、孙镇长和胡十五夫妻安排茶水……

大家各司其职,让官兵顺利通过。王不觉也没闲着,把王大雀喂得饱饱的,从南门到北门来来回回跑,护送军队过境,完成他这个团长的职责,顺便带着关山毅和王柏松等人来认一认新奇的武器。

这支部队跟汤主席那些可不一样,军队枪好炮好,官兵样子正气凛然,看起来就是特别能打仗的军队,哪怕作为一个假团长,他脸上也有光。

等军队过完已到清晨,众人还没喘上一口气,从古北口撤下来阵亡将士的一辆军车也到了。

关师长带上的棺木派上了用场,跟东北军的阵亡将士一样,王团长等人的棺木也是用一辆军车送回来。

王不觉已经送走一车,心里其实挺不愿意来送这第二车。

长这么大,真正经历这种地狱般的战争,他还是第一回。

马厩里死了不少马,朱大胖向来都是交给他收拾,街上也会死很多流浪汉和小孩儿,王宝善也会拿点钱,交给他来收拾。

他跟马一块过日子,一直以为在生死面前,人和马并没有什么区别,直到看到那一车又一车的阵亡将士。

马是不会把妻儿的照片藏在怀里,把一封封信留给亲人。

他甚至设想,他如果仍有亲人,他也会这样干。他死了,亲人要好好活下去,不然死了也白死。

人生的悲欢离合、跌宕起伏,他年纪尚轻就已看惯,最无法忍受现在这一种。

蔡武陵等了一晚上，总算等到阵亡的同学王团长，得到消息就一路狂奔而来，跟军车司机交接过之后，手脚一瞬间发软。

站在一旁的王不觉及时伸手，把他送上车，而自己也被蔡武陵拉了上去。

蔡武陵想打开棺木看看同学遗容，被护送遗体的一个警卫班长拦住了。王团长多处受伤，又遭遇手雷轰炸，已无全尸，想看也看不到原本的模样。

这一车的官兵，个个都死在战场，几乎个个都是这般惨状。

蔡武陵也是经过淞沪战场的老将，站在暗黑无边的车内，手脚都不像是自己的，根本不听使唤。

王不觉看他实在可怜，把他搀扶下来，一看上马是不可能了，只好把人背上往家里走。

他都累得不行了，背上的人一点也不配合，一边走一边呜咽，哪里像刚到来那个口号喊得山响的黄埔军官，倒像是一只丧家之犬。

不知道走了多久，王大雀溜溜达达跟上来了。蔡武陵突然回过神来，飞身上马，朝着北门疾奔。

军车刚刚启程，由陈衷愿打着火把开道。蔡武陵迎面而来，夺过他手里的火把，纵马疾驰而去，一路唱着歌：

"莘莘学子，亲爱精诚……革命英雄，国民先锋……同学同道，乐遵教导，终始生死，毋忘今日本校……以血洒花，以校作家，卧薪尝胆，努力建设中华。"

凄楚激昂的歌声穿城而过，在南门前方才停下来。

蔡武陵和常春风会合，众人高举火把，军车鸣响喇叭致意，在噼里啪啦的燃烧声中飞快地消失在黑夜中。

王不觉一路狂奔，终于赶上了军车朦胧的影子，朝着这个影子敬礼告别，转身接过一支火把高高举起。

这是他能表示的唯一敬意。

"接下来的另一辆军车载的都是伤病员。"不知什么时候,常春风出现在王不觉身边。

王不觉点点头:"吴桂子还是黄师长送来的消息?"

"是关师长。"常春风叹了口气,"他自己不肯脱离战场,下令把一车伤员都送出来了。"

"校场有的是地方,粮草也够的……"王不觉看着火把叹气,"他们是中转还是留在这里,我怕没大夫没药,伤病员伺候不了。"

"那倒不要紧,关师长能把人送来,肯定有办法解决这些难题。"

蔡武陵将熄灭的火把丢下来,飞身下马,拍了拍王大雀表示感谢。

"走吧,去喝一杯。"

"不喝!"

蔡武陵脸色不太好,独自朝着大门走去。

王不觉冲着常春风摆摆手,笑眯眯地跟了上去:

"你刚唱的什么?"

"我们的校歌。"

"什么意思?"

"不求升官发财,不要贪生怕死,为国而战。"

他们加入黄埔,不图名利,拼得狠,升得快,所以死的人多,死得也很惨。

蔡武陵脑海中浮现出许许多多年轻的脸,满心悲伤,不想搭理他,钻进小巷不见了。

王不觉很想假装听不懂,或者再跟上去逗逗他,小小地报一箭之仇。

也许是熬得太辛苦,他最终什么都没有做,任由王大雀埋头朝着家的方向走,仰头看着天上繁星。

一颗星落下,一颗星补上来,银河星空才能如此璀璨夺目,战事紧张,这些天得有多少颗星星落下来,银河还能否继续绚烂。

他打心眼里觉得为国而战这种事情跟自己没关系,只是现在他这身皮越穿越重,欲脱不能。

家里一片黑灯瞎火,王不觉回来一看,发现王宝善跑了,胡琴琴也不见了,一声没吭,转身离去。

那包袱里的钱和衣物,本来就是他给王宝善准备的。

胡琴琴跑了,他一点也没放在心上,跑了比留在这里好。

只要他活着,一定能找到她,不管她是个什么母夜叉都跑不了。

歪脖子队长一路狂奔把车赶到南门,疲倦到了极点,把车带人都扔下来,找胡十五喝酒去了。

王不觉不知哪里来的勤快劲儿,骑马在城里瞎逛了一遍,刚巧就碰上了回来的胡琴琴。

胡琴琴站在马车上,梗着脖子看着他,手上的红绳在风中飘荡。

王不觉一步步走向她。

于是,胡琴琴清晰地看到他表情的转变,从满脸得意笑容,到笑容渐失,再到不敢置信,再到泪水奔涌。

常春风披着衣服走来,惊愕地看着眼前的一切,低声道:"团长,要不要帮忙?"

王不觉冲着他声音的方向摆摆手,什么都没说,下马安抚地拍了拍王大雀,跳上马车坐在她身边,接过缰绳,赶上马车朝东门山脚跑去。

山风萧瑟,月光明朗。

胡琴琴站在月色中望天喝着酒,王不觉在一旁砍树钉棺,又挖坑把棺木以及王宝善埋葬。

王不觉真是干活的好手,每一个动作都流畅自然,无比漂亮,做出来的东西无不精致。

除了喝酒,胡琴琴自始至终什么都没干。等她喝得微醺,王不觉也干完了自己的活,将酒瓶里的底子倒在坟堆前,转身赶车走了。

王大雀一直跟在一旁，不吵不闹，表现出从未有过的乖巧和沉默。

马车穿过东门来到镖局，两人还没开口，歪脖子队长就醉醺醺迎出来，什么话都没说，接过马车就走了。

王不觉把胡琴琴抱上马，牵着马慢慢朝着半山胡同走去。

一颗流星落下来，更多的星星闪耀，一抬头，长城内外，永远都是漫天星光。

星光照亮了云霞镇，照亮了他们脚下的路。

胡琴琴趴在马上，突然很想重新认识一下王宝善这个兄弟。

"王大哥哪儿人？"

"不知道，我跟我爹娘到承德的时候他就在打更。"

"那就权当是承德人吧，他多大年纪？"

"三十多吧，不知道……"

"除了喝酒，他喜欢……"

"也不知道，我只知道他喜欢喝酒。对了，他喜欢长城，特别想在长城脚下买点田地过安稳日子。"

"没买？"

"没钱，买不起。"王不觉笑起来，"便宜他了，最后落这么好一地方。"

"对不起……"胡琴琴不知道为什么要向他道歉。

这不符合她的性格，也不符合两人的身份地位，可她就是觉得满心愧疚，他越没心没肺笑得漂亮，她心里越难受。

"你没有对不起我，不管你跑到哪儿，我都会去找你。"

半山胡同的小院后门到了，王不觉把她抱下来准备放到台阶上，胡琴琴忽然紧紧抱住他，用尽全力吻他。

他的泪，和她的泪，一样滚烫，一样苦涩。

第四卷
亲爹来了

第十四章　这都哪儿跟哪儿的明修栈道暗度陈仓

古北口失守了!

消息在王宝善被害的次日凌晨传到云霞镇,前方古北口的战役已告一段落。日军增加兵力发动强大攻势,25师击退敌人三次疯狂进攻之后,伤亡惨重,不得不退入古北城内。

日军装甲车追入城内,守军以街巷房舍作为依托进行战斗,终究敌我势力悬殊,只得出城。各部在强大的攻势面前防线逐步崩溃,纷纷南撤,一位旅长负伤。

随后,25师全部退入南天门预备阵地,有七名士兵扼守帽儿山,顽强阻击追兵,从而让大部队全部安全撤退。日军以死伤百余人的代价攻克山头,七名勇士全部战死。

第2师随后接替25师防守,在右起潮河岸边黄土梁,左至长城上八道楼子的南天门阵地构筑工事，积极备战。

随同古北口失守的消息送出的还有一封信。

大军退出古北口的深夜，黄师长换上便装，顶着炮火一路摸爬滚打，最终从古北口一个小村里找到一支战地医疗队，龙孟和正灰头土脸跟着队伍瞎转。

说他瞎还真是瞎，黄师长这么大个官，他愣是没认出来，差点干了仗。

通过云霞镇驻军汤团长和胡琴琴西红柿鸡蛋面等信号，两人好不容易对接成功。龙孟和颇有几分不好意思，他瞎转了这么些天，古北口天天有奸细钻进钻出，大情报小道消息满天飞，可就是找不到人。

黄师长并没有怪他的意思，交给他一封信让他亲自送到汤团长手里，并且告诉他这封信至关重要，一定要当着团长和蔡武陵的面打开。

龙孟和带着两个手下一路疾驰，两个手下将古北口失守的消息送到沿途各地的驻军营地和村落，而他径直回云霞镇完成任务。

不管是军队还是百姓，众人该做的准备都已经做了，只能在绝望中枕戈待敌。

吴桂子一声令下，发出更多的暗哨盯着古北口以及长城前线和路上的动静。其他人整队集合，将阵地收缩到距离云霞镇五里地之内的一个路边，仅有几户人口的小村。

小村原本籍籍无名，因村里打出几口好水井，是来往客商喝茶饮马最佳之处，便成了茶马村。

茶马村一马平川，无险可守，选在这里是因为离铁壁村和路南路北两个营城很近，跑路概率比较大。

村子是做来往客商茶水饭食生意临时聚居而成，现在人有的走了，有的跟了龙孟和，有这些人在，拱卫云霞镇或者说逃命就多了几分胜算。

龙孟和还没到云霞镇,这头魏壮壮单人独骑冲出云霞镇,一头扎进吴桂子的军营,带来了汤团长的命令:反正怎么都打不过,先想怎么跑路。

"什么?你说真的!"吴桂子还当自己听错了,看着魏壮壮直愣神。

魏壮壮冲着他无奈摇头:"真的。你又不是第一次认识他。"

吴桂子点点头,带着几分正中下怀的喜悦把这命令听了进去,苦笑道:"你有没有问过团长,前前后后这么多的军队,我们倒是想跑,可往哪儿跑才行?"

"你指望他有办法?"

吴桂子泄了气,这团长还真指望不上。

"不过……"魏壮壮笑起来,"他还有一句话,别管别人怎么样,我们自己得摆出跑路的姿势。不会打,还不会跑吗!"

两人相视一愣,同时爆笑出声。

魏壮壮送完信立马打道回府,跑路的姿势啥样,谁都心里没底,吴桂子叫来陈袁愿和常春风一合计,很快拍板定下方案。

常春风在南门接应,陈袁愿仍在北门留守,吴桂子率部一路往后退,北门抵挡一阵撒手走人,南门抵抗一阵撒腿跑,跑路的姿势也就完美了。

吴桂子骑马把两人送走,回头巡视一圈,将团长的命令一一交代下去,众人顿时欢呼雷动,比过节还热闹。

跟着汤团长这些天,大家都过得挺滋润,有吃有喝有饷银,新发的枪弹人手有份,汤团长也没偷偷昧掉拿去换私房钱。汤团长办事靠谱,他的命令也深得人心。

等众人消停下来,吴桂子大喝道:"所有人听令,就地挖掘工事,做好战斗准备!"

众人高声回应,并不质疑两个命令之间有什么冲突,齐齐涌出营地,扛着家伙什冲向山峦路旁,开挖工事,构筑路障。

这个决定,是吴桂子、陈袁愿和常春风三人集体做出的。作为汤主席手底下的残兵败将,三人看着其他部队上前线,再由军车送灵柩还,怕是真的,脸上无光也是真的。

面子是自己挣的,跑虽然要跑,能打也得打几场,也不辱没了这身军装。

隋家小院大门敞开,里里外外一片宁静,王不觉呼呼喝喝的声音震耳欲聋。

龙孟和有些心凉。

该练武的时候吃吃喝喝,该跑路的时候练武,这种烂人偏生有人喜欢,更可恨的是还有一匹好马!

龙孟和带着不知名的情绪一脚踏进来,只见王不觉赤裸上身,满身大汗,抱着一杆枪在角落里耍得虎虎生风。

他耍的不是红缨枪,而是步枪!而且还是一杆老旧的步枪!

龙孟和瞪圆眼睛看着,不知道该先心疼这杆长枪还是先嘲笑团长。

平时不烧香,临时抱佛脚,这佛脚都没抱对,枪可不是这么用来耍的,就连旁边吃草的王大雀也颇为嫌弃地冲王不觉喷粗气。

黄师长真是所托非人,龙孟和心里直叹气,再一看,胡琴琴正在烧旧衣服,守着一堆灰坐在院子发愣,平日的泼辣伶俐全不见了。

龙孟和饿了大半天,还想捞一顿西红柿鸡蛋面吃,看两人这模样,只能继续饿回去,颇有几分沮丧,抓了一把草料凑到王大雀面前,被同样心情不怎么美丽的王大雀喷了一脸水。

龙孟和一屁股坐在地上,觉得自己自从认识了这假团长之后真是倒霉透了。

"龙副官,有何贵干?"

出声搭理他的还是胡琴琴,她刚刚把王宝善留下来的东西全都烧了,前前后后的事情捋了个遍,终于从一片混沌中挣扎出一丝清明，起身收拾院子，顺便问候一下这不速之客。

"我来送信……"

"古北口丢了？"

"丢了。"

胡琴琴不吭声了，继续打扫院子。

龙孟和跟这两人打过多次交道，觉得应该避开那杆长枪，自保为上，摸着咕咕叫的肚子蹲到胡琴琴面前，用优雅的动作无声地表示肚子饿瘪了，要吃饭。

饭也不是这么容易要的，胡琴琴一边烧一边扫，半天没抬头。

龙孟和没法子，冲着王不觉的方向一指："团长在练枪法？"

胡琴琴回头看了一眼，点点头，眼里没他这个大活人，更没什么饿瘪的肚子。

龙孟和犟脾气上来了，决定不弄饱肚子不走，继续拍着肚子绕到她面前，低声道："你仔细瞧瞧，枪法能这么练？"

"管他呢，反正怎么练都没用。"

龙孟和被堵个结结实实，半天没法开口。

"有道理！"

"废话！当然有道理，也不看看这是个什么货色！"

骂得好！龙孟和正中下怀，对她的智慧和淡定深感佩服，冲她比出大拇指，凑上来想套个近乎，一脚踩到一堆灰里。

"这是王宝善留下的东西，我都烧完了。"

龙孟和心头咯噔一声，一提气蹦出三尺远。

"他死了？"

"昨晚埋了。"

龙孟和一点也不饿了，现在只想脚底抹油，赶紧溜！

"我娘有消息吗？"

胡琴琴埋头干活，一点也没有咄咄逼人的样子，可龙孟和偏偏听出了几分杀人的口气。

"你干吗问我？"

龙孟和继续挠头。

"是她不让你说的？"

可不就是隋月琴反复交代不让说！天知道这些个女人哪来这么大胆子，削尖脑袋冲死人堆里扎，到处血糊糊的，他们男人都不敢去！

"嘿嘿……我先走了……"龙孟和刚想敷衍一把，先找比较靠谱的蔡武陵商量，忽觉眼前一花，胡琴琴一脚踢过来，暗道不妙，打是肯定不能打，只好连滚带爬后退。

胡琴琴左一脚右一脚，硬生生将他逼出大门外。龙孟和急了，就地抄着撑门的木棍挡回来，怒喝道："你有本事找她去，冲我发什么脾气！"

胡琴琴也急了："你成天在前面晃荡，人你盯不住，奸细你也盯不住，你还好意思跟我吼！"

木棍哐当掉落在地，龙孟和蔫了。

别的地方不敢说，自承德到密云，他在这条道横行多年，一直自认为是道上的王者，从来没把别人放在眼里，鬼子的枪炮他管不了，可奸细这么多，这么有本事，他也万万没有想到。

王宝善不是他杀的，也不是因他而死，他却有无法推卸的责任。

"你这是耍什么！"

蔡武陵一身怒吼，解救了龙孟和。王不觉也收了长枪迎上来，信手接过胡琴琴扔过来的毛巾擦汗。

这一扔一接之间毫无眼神交流，点拨得如此之好，配合得如此默契……蔡武陵和龙孟和都嫉妒疯了。

蔡武陵夺过王不觉的长枪："要练枪法上靶场去，你在家玩个什么劲，又不是让你去天桥卖艺！"

胡琴琴斜了他一眼:"千金难买老子乐意!"

王不觉一拍大腿:"是哦!枪法不是这么练的!该对着靶子练!"

不说还好,三人顿时都很想掐死他。

胡琴琴回头一瞪眼,王不觉见风使舵:"媳妇,以后你教我吧。"

"来不及了!"三人同时开口,都觉得挺心累。

片刻的寂静之后,蔡武陵看向龙孟和:"是你叫我来?"

龙孟和神色严肃起来,一挥手,径自走向房间。

三人面面相觑,都跟了上去。

把房间门窗全都关好,龙孟和将信交给蔡武陵:"黄师长亲笔信,并且亲口告诉我,要亲手交到你们手里。"

龙孟和表情无比郑重,想必是什么了不得的消息,三人都紧张起来,王不觉往后缩,胡琴琴不动,最后还是比较有本事的蔡武陵上前接了这封信。

蔡武陵打开信一看,上面写着三个大字:求辣椒。

"求辣椒?"王不觉哭笑不得,抢过信扫了一眼,这三个字他倒是都认识,可这么郑重其事派龙孟和送过来,怎么看怎么不对劲。

胡琴琴懒得理他们,摆摆手道:"我去找找看哪儿还有辣椒。"

蔡武陵不干了,夺过信冲着龙孟和直甩:"我说龙副官,你这是耍着我们玩呢。"

龙孟和真是跳到武烈河都洗不清,拍着胸脯赌咒发誓:"这就是黄师长给的,就是他交代的,要你们都在才给你们看!"

胡琴琴走到门口,突然停住脚步,回头看着龙孟和。大敌当前,这不是开玩笑的时候,黄师长和龙孟和也必然不是这种开玩笑的人。

胡琴琴没有出声,从蔡武陵手里夺过信,径自跳上炕,将信摊平放在炕桌仔细看了看,点燃灯,将信纸在火上过了一遍,眼睛一亮,疾步走到三人面前,展开。上面写着一行字:护送关师长回密云,速速。

三人脸色都变了：黄师长没有关心辣椒，关心的是关师长的安危。

"关师长有生命危险？"蔡武陵焦急地盯着龙孟和。

"不是说他受了轻伤不肯走……"王不觉刚开了个口，发现有些不合时宜，识趣地闭嘴，悄悄扯了一把胡琴琴的袖子。

"难道不是轻伤？"龙孟和醒悟过来，和蔡武陵目光交会，脸色骤变。

"不是不肯离开，是要走已经来不及了。"胡琴琴看向龙孟和，"前线到底怎么回事？"

"鬼子进了古北口，我们的人全都退到南天门，头上飞机追着炸，地上装甲车四处撵。"

"我是问关师长！"

"关师长受伤是真的，受伤之后对外宣传不下战场，实际上由杜旅长代为指挥，对了，后来杜旅长也受伤了，不过没有生命危险。"

"有生命危险的是关师长！"胡琴琴醒悟过来。

"不只是因为负伤……"龙孟和满脸沮丧。

胡琴琴瞪向龙孟和："看看你们干的好事！"

"关师长有生命危险，难怪黄师长这么着急，不过，依我看，护送还不简单……"王不觉没明白三人剑拔弩张在扯什么，竭力把话题引回来。

"怎么会简单？"蔡武陵满脸沮丧，"你这位大哥谁杀的，你知不知道？"

"你别哪壶不开提哪壶！"王不觉憋着这口气正没法发泄，一点就炸了。

胡琴琴一拳轻轻砸在王不觉胸口，把他剩下的话堵了回去。

"敢对关师长下手，真是吃了豹子胆！"蔡武陵冷笑连连，看向胡琴琴，"看来他的行踪有人盯上了。"

王不觉捂着胸口直发愣，一股无力感涌上来，让他几乎无法抵挡。

"我知道是谁，"龙孟和终于决定把这脸面撕下来，自己再踩上两脚，"但是，我一直没有发现他们。"

"谁？他们是谁？"王不觉一直压抑的怒火一点就着，浑身几乎炸裂。

"日本人，还有日本人派出来的奸细。"

"我爹的事就是他们干的，我就是因为躲他们才上这来。"

胡琴琴的声音有些发抖。

蔡武陵和龙孟和有些诧异，默默看了她一眼，又心照不宣地移开目光。

她不过一个小女人，在如此强大的对手面前，过往的强悍镇定不过虚张声势而已。

只有王不觉知道，她的发抖，不是因为想躲，而是急于找到他们。

王不觉脑中嗡嗡作响，猛地看向声音的来处，和胡琴琴四目相对，如同被一盆凉水浇个透湿。

他发这么大的火没有用。那些根本不是他和胡琴琴能惹得起的人。王宝善跑出这么老远都被杀了……

王不觉抱着脑袋蹲下来，竭力抵抗和平复四面八方涌上来的晕眩。晕眩之后，是难以抵抗的痛楚。

东北丢了，承德丢了，鬼子一口气打到古北口，岳父岳母失踪，王宝善被害，他全都没办法。

那么多的中国士兵往前赶，一车车不成样子的尸体往后拖，还是没有办法。

那要怎样才有办法？

三人也没指望王不觉，看他这窝囊样子，还当他准备继续当缩头乌龟。胡琴琴当机立断,对龙孟和低声道:"王宝善的伤口我检查过,有一个特别小的针孔,在脖子上,凭着这一点可以断定此人是个高手。你有没有发现其他相似的死亡案例,我们可以据此推断一下此人的行踪。"

龙孟和摇摇头,事关重大,尽管心里百般不愿,还是得承认自己的失败。

"不止一个,我得到消息,奸细有上百人,其中有从东北来的日本特务,讲一口东北话,也有承德来的汉奸。"

"这是我娘给你的消息?"胡琴琴笑容灿烂,隐隐透着危险。

"夫人,您母亲是巾帼英雄,我很敬重她,我很抱歉。"龙孟和倒也无比坦然。该说的他都会说,不该说的谁也别想撬开他的嘴。

"她打扮成厨娘?"胡琴琴放弃了逼问,改用自己擅长的方法。

这一路卖茶水伙食的多得不得了,隋月琴打扮成厨娘,才有可能来去自如,家里才会经常莫名其妙冒出各种奇怪的食材。

"是的,夫人以厨娘身份做掩护四处活动,我派人跟了上去,不过被她甩了。"

"你跟着我娘有什么用!你去抓奸细啊!"胡琴琴急了。

"人都派出去了!村里老老少少!所有人!"龙孟和也急眼了,"这些人猴精猴精的,一个都没抓到,我有什么办法!"

"不,你抓到了一些小孩。"

胡琴琴犹如醍醐灌顶,一口银牙几乎咬碎。

"小孩是他们放的烟幕弹!"王不觉惊呆了。

"对!我明白了!"龙孟和气得直捶墙。他们抓了这么久的小奸细,原来都是障眼法,正经的奸细哪有这么好抓!

蔡武陵冷笑道:"真是好本事,明修栈道暗度陈仓。"

这句话王不觉在书场听过,微微一怔,陷入沉思。

胡琴琴点燃密信,两簇小小的火光在双眸中闪闪发亮。

信烧成灰，屋内有淡淡的烟火气息，让王不觉的晕眩感更加严重了。

胡琴琴走向房门，蔡武陵和龙孟和深深呼吸，疾步跟上。

王不觉没有动，不知道想到什么开心的事情，突然嘿嘿干笑。

现在可不是笑的时候，三人同时蹙眉看着他。

胡琴琴轻声道："团长，不管愿不愿意，我娘已经冲上去了，我做女儿的不能不跟着顶上去。"

她的声音不再颤抖，目光决然而镇定。

这一刻，龙孟和突然不再羡慕嫉妒王不觉了，家里得有个不会冲上去的岳母和不敢顶上去的婆娘才能过安稳日子。

"明修栈道暗度陈仓。"王不觉一步踏出来，"龙副官，关师长现在能不能走？"

"走路？当然不能！"龙孟和并没有见到关师长，是凭着直觉在判断。

"是的，不然也不会把这个差事交给我们。"

"那就好办了。"王不觉深深看着胡琴琴，露出笑容。

胡琴琴冲着他点点头，好像是他脑袋里的小虫子。

"我们分两路，你们护送师长去密云，我来假扮关师长拖住他们，明修栈道暗度陈仓！"

"你根本没有什么军人气质，要扮关师长还得我来。"

蔡武陵挺了挺胸膛，站在王不觉身边作比较。

看着两人一本正经比高矮胖瘦，龙孟和鼻子一酸，转身离去。

"站住，龙副官，你来做裁判！"王不觉有些气急败坏，他好不容易想出一个好点子，竟然有人敢跟他抢。

龙孟和脚步一顿，冲着两人摇头："行不通。"

王不觉和蔡武陵面面相觑，都愣住了。

胡琴琴笑道："他一个人是行不通，有我在就行得通。"

王不觉冲着胡琴琴一抱拳,以从未有过的肃然语气道:"媳妇,那就拜托了。"

蔡武陵急了:"别胡闹,我的本事总比你好,真的有人要刺杀关师长,你逃不过去,我行。"

三人都沉默下来。

蔡武陵挑破了这个任务的最坏结局,这个结局让人心生恐惧,都不敢再逞能了,只想打退堂鼓。

蔡武陵环顾一圈,露出志在必得的笑容:"我就说嘛,我的黄师兄不可能找你这半吊子,肯定让我来护送关师兄。"

无人回应。

蔡武陵仿佛听到三人心脏怦怦剧烈跳动的声音,没来由有些慌张。

他在明,敌人在暗,刚刚无声无息干掉了王宝善,谁不怕死呢?

"那些孩子在哪儿?"王不觉的问题把三人都问蒙了。

"这会儿先别管孩子……"

王不觉冲胡琴琴摆摆手,露出狡黠笑容:"龙副官,肯定离这不远对不对?"

龙孟和点点头:"都在铁壁村,把大家祸害得够呛。"

"留在这里不是长久之计,你们想不想把这些孩子送去北平?"

胡琴琴和蔡武陵眼睛一亮。

龙孟和点点头,算是跟上了他的节奏,露出笑容。

"关师长还是我来扮。"

"不行!"胡琴琴突然不干了,"黄师长肯定会派军车送,不会有问题……"

"就是有问题才会把这件事托付给我们!"

他的声音前所未有地严厉,让胡琴琴把剩下的话吞了回去。

"不是托付,是命令,你穿这身军装一天,就必须听上级的命令。"蔡武陵对他们的觉悟有些绝望。

三人并没有听进去，莫名其妙笑起来。

王不觉叹了叹，口气缓和下来："媳妇，这话我只讲一遍，你不要再跟我拗了。你听好，关师长会扮成我的样子，由你护送到密云，剩下的事情都交给你了。"

"龙副官，你赶上一辆马车把孩子们都拉出来，护送关师长和我媳妇去密云，一路上由着他们闹，怎么热闹怎么来，你不要管。"

对他突然冒出来的团长气质和口气，三人都有些惊奇，胡琴琴点了点头，这事就算定了。

龙孟和挠了挠头，明知这是目前最妙的办法，可总觉得哪里不太妥当。

"关师长穿城过去的时候，我们换装换人，小崽子们带出来在南门校场等着，人到了立刻出发。"

蔡武陵笑了笑："团长，那我呢？"

"你钉在城里，从现在开始，不管是伤兵还是小贩，一只苍蝇都别放过来。"

"断绝他们通过的可能。"蔡武陵略一迟疑，向王不觉敬礼，"保证完成任务！团长保重！"

村口，胡琴琴换了一身难得一见的鲜亮花衣裳姗姗来迟，来了也不进去，坐在写着铁壁村三个字的石头上，托着下巴发呆。

她的身后是灰扑扑的石头建筑，眼前是花草遍布的原野，整个人如同一个小小的雕塑。花朵一般，云彩一般，怎么样的美好词汇加在她身上都不够。

蔡武陵骑了一圈回来，真是神清气爽，爱死了王大雀，然后目光定在村口的女子身上，一寸一寸接近，大气都不敢出。

这个女人和这匹马，他都想据为己有。

"小胖，胡小姐，胡夫人……"他在心中挑选许久，还没找到合适的称谓，只听一阵欢呼响起，胡琴琴跳下石头一路疾奔，转眼不见了。

而王大雀根本不用他吩咐，朝着胡琴琴的方向飞驰而去，让他略有懊悔，也愈发惊喜。

铁壁村村口大晒场，龙孟和跟王不觉脑门顶着脑门，大眼瞪着大眼，互不相让。

王不觉伸出两根手指头，龙孟和一看这个气人，他辛辛苦苦抢了这么多东西，他进藏宝仓库转一圈就想要两箱，那还得了，不能给！

龙孟和继续死顶。

两人正事不干，一跑进来就玩。蔡武陵气得冒烟，抱住王大雀狠狠地蹭。王大雀挺嫌弃他，喷了几口粗气表示不耐烦极了，赶紧滚滚滚。

王不觉也很气急败坏，他刚刚明明看见了，龙孟和抢一屋子的东西，他只要两根金条藏在怀里好带走，这都不给，还算什么兄弟！算什么副官！

王不觉也不吭气，继续死顶。

孩子们看热闹不嫌事大，在旁边围成一圈上蹿下跳，掌声、加油打气声雷动。

胡琴琴一看没啥大事，三两步蹿上院墙，继续撑着下巴看热闹，目光镇定，不见悲喜。

蔡武陵当惯了蔡大少爷，走到哪儿都是众星捧月，看马和女人都不理他，所有人也不待见他，心里挺憋屈，只好从人群中钻进去来到两人身边，挥挥手道："都多大人了，别玩顶牛了！"

龙孟和本来住在路南营城，后来嫌弃营城里面连条臭水沟都没有，千倒八倒，带着一干兄弟住到山下小溪旁边的铁壁村。

铁壁村以前是屯兵的地方，整体是个石头村，墙是石头垒的，房子是石头砌的，地面也是连片的巨石。

村里除了沟渠边长了点野花野草，一根菜都没种上，再者女人都喜欢住热闹的城里，留下的全是糙老爷们，杀人劫道办坏事倒挺方便，里里外外一点生气都没有。

铁壁村老老少少这些天倾巢出动，协助吴桂子和陈袁愿等人清理这条路上的隐患，为前线将士解决后顾之忧，同时逮了不少刺探军情的小崽子，全用绳子拴上丢进铁壁村。

反正这里进出一个门，想跑可没这么容易。

小崽子在这日子过得好，加上后来知道他们的顶头老大瘸马也是龙孟和这些人的老大，全都不拿自己当外人，一门心思胡闹。

所谓半大小子，吃穷老子，小崽子们把村子祸害得够呛。村里这些糙汉子身心俱疲，早就想把他们弄走了。

蔡武陵从中说和，两人顶牛再也玩不下去了。龙孟和怕他讨账，扭头跑了。王不觉把两根金条妥妥当当收了，拨开讨厌的蔡武陵，径自走向胡琴琴，眉开眼笑冲她摊开手掌。

"我赢的！给你存着当私房钱！"

胡琴琴看着他手里两根金条，笑得这个妩媚动人，小崽子们都是眼前一花，看呆了。

蔡武陵没拽动王大雀，摸摸鼻子，转身就走。再不走，他肯定会被气死。

看瘸马老大忙活这么半天，赚两根金条还落进了胡琴琴的口袋，小崽子们开始可怜他，同时对胡琴琴多出了十二分的敬仰。她叫人过去问话的时候，没一个人敢跑。

胡琴琴把人拢到一块，拉了拉王不觉，低声道："你跟他们熟，赶紧问问小河去哪儿了。"

用不着王不觉开口，小崽子们争先恐后发言："瘸马哥，我发誓，从头到尾没有看到过小河。"

"是，没见过。"

"他好像一直跟他娘在一起。"

"那他娘呢?"

众人直摇头。

胡二娘跟王宝善碰了面,王宝善一天来回随即送了命,也就是说二娘和小河离这儿不会太远。

胡琴琴和王不觉交换一个眼色,王不觉怕她又想什么奇招险招,凑上来笑道:"你们那地方到底关了多少人,谁知道吗?"

小崽子们倒是挺积极,一个个掰着手指头数,就没一个能数清楚,可见关的人挺多,看的人也挺多。

胡琴琴目光一冷,扭头就走。

王不觉一把拉住她,讪讪道:"我说媳妇,你别急,我一定能找到他们……"

胡琴琴回头,又变了娇媚笑脸:"团长大人,你做主就行了,我去下碗面条给大家吃。"

小崽子们一听有吃的,拍着手跳起来。

王不觉可没这么好打发,正色道:"小河我帮你找,你先换昨天那身,这身出门太打眼。"

胡琴琴丢给他一个梨涡浅笑:"女人家都爱漂亮,哪能穿那样出门,给你丢脸了不是。"

"我叫你换就换!"王不觉瞪她。

"不换!"胡琴琴回瞪过去。

小崽子们一看两人吵上了,也不敢惦记什么吃的,缩成一团往后闪。

王不觉突然伸手把她抱在怀里,在她背上轻轻地拍:"乖,去换,人家的目标不是你,你穿成这样一点用没有,倒显得别有用心。"

胡琴琴背脊一阵酥麻,再也硬挺不下去,很没出息地红了眼:

"走!我给你们做面条和包子花卷吃,吃不完带着上路!我们去北平！"

众人一阵欢呼。

王不觉正看得眼热,感觉衣角被人拉了拉,低头一看,小乌龟满脸泪水看着他:"瘸马哥,不去北平的话,能不能回承德?"

小乌龟的话很轻,却奇迹般地传到每个小崽子的耳朵里面。

一瞬间,小崽子们全都安静下来,抬着头,咬着手指头,眼巴巴地看着王不觉。

"不想死在这里都别废话!"龙孟和的声音和马蹄声一块传来,打破了这份宁静。

"家里还有人的,赶紧写封信,我叫人给你们捎过去。"龙孟和不知啥时候骑上了王大雀,气势陡然长了几分。

小崽子们一个个垂头丧气,不敢吭声了。

"仗打完了,我再送你们回家。"王不觉看向胡琴琴,"好吗,媳妇?"

胡琴琴冲他默然点头,目光中有从未有过的温柔。

月光在水面荡漾,风拂过草原一样的温柔。这温柔催生出一朵同样温柔的花,在王不觉心中迅猛生长。

"吃完赶紧走!人快到了!"龙孟和又生气了,纵马疾驰而去。

第十五章　天上掉下来爹、媳妇还有兄弟

城里一下子多了这么多小崽子,走到哪儿都闹闹嚷嚷,把龙孟

和折腾得够呛,幸而胡琴琴出手帮忙,把小崽子们赶鸭子一般赶到南门校场集合。

他们闹出的动静太大,城里留下来的寥寥数人都跑来看热闹。

龙孟和冲着众人挥着手:"别看啦,没啥好看的,都散了吧……"

龙孟和嗓子都喊劈了,这边难得看到这么多小猴崽子,个个舍不得走,那边嚷嚷声压不住,只得放弃努力,气咻咻地蹲到一旁。

歪脖子队长看了一圈,笑道:"瞧瞧,脖子多直,嗓子多好,腰杆多粗啊,这些长大点都是多好的劳力,让他们都跟我走吧。"

胡家嫂子扶着胡十五跟跄而来,好歹赶上这热闹,笑道:"跟我走!我带大家回沧州!"

她这句话是冲着扶王大雀黏糊的胡琴琴说的,也许是跟马沟通得太投入,胡琴琴并没有回应她。

两夫妻交换一个眼色,略一点头,换了胡十五上阵:"二琴,跟舅舅回家,好吗?"

胡家老小都安置好了,就等他们会合。古北口丢了,他们在这里帮不上什么忙,还不如护送孩子们一起走。

"舅舅,舅妈,再见,保重。"胡琴琴回过神来,冲两人挤出笑容,深深鞠躬。

胡家嫂子跟歪脖子队长交换一个眼色,这事就算定了,胡十五伤了屁股,得趴在车上走,没车可不行。

龙孟和眼看计划要泡汤,脸色煞白,叮嘱常春风和魏壮壮看好小崽子们,纵马穿城而去。

"一块儿一块儿!"孙镇长气喘吁吁跑来,擦着满头的汗,"要走一块儿走,这里没吃没喝,人没法待了。"

那我们不是人!常春风站在一旁腹诽,撇开脸不说话。

魏壮壮适时出现,双手抱胸站在他身边,意味深长瞥了常春风一眼。

两人连同身后的大队伍都并不足以让孙镇长醒悟到自己的失言，孙镇长扭头就走，一边不停挥手："赶紧的赶紧的，胡镖头，胡嫂子，要走赶紧的。"

"我叫上我家男人！"胡琴琴跟在蔡武陵身后飞身上马，狂奔而去。

"我才是她大舅，你算什么舅舅？我怎么不知道？"

隋月关一直站在一旁茫然张望，把三人的对话听得真真切切，颇为惊讶地看着胡十五。

胡十五夫妻从他身边走过，当面前的人是空气。

谭嗣同写下绝命诗，大刀王五和通臂猿胡七等人留名青史，也招来不少事端。为了不让子女后代受到牵连，胡七过世时吩咐，大家各过各的日子，不到万不得已不要联系，保住一个算一个。

缘分真是妙不可言，胡七的女儿胡二娘和小儿子胡十五姐弟分别来到云霞镇，都被这里的一切吸引，不约而同留下来过上了安稳的小日子，又恪守着父亲的教诲，虽有邻里之间的联络，姐弟从未大张旗鼓相认。

他们以为能在云霞镇终老一生，也确实做了终老的准备，在镇外买地种田种菜，深深扎根。

隋月关不怎么管家里的事，孩子有人接手，正是求之不得。胡二娘将小河和胡琴琴两个孩子塞给胡十五，让弟弟教孩子练武，胡琴琴也跟着小河一块儿叫他舅舅。

谁都以为，姐弟相认，姐夫和小舅子相认，全家欢喜大团圆是迟早的事情，没承想，隋月关日子过得好好的，突然鬼迷心窍，一头撞死在魏小怜这棵歪脖子树上，把一切都毁了。

隋月关气呼呼回到隋家小院，抓着魏小怜一阵摇晃："这都什么时候了，你到底走不走！"

魏小怜一脸无所谓的笑容："当然不走，你以为就你要等人。"

"谁说我要等人！"

"你要等你妹妹一家，还有那个母老虎和你儿子。"

魏小怜懒得跟他兜圈子，掰着手指头一个个数，笑得那个花枝乱颤。

隋月关手动了动，很想掐死她。

"我要等我哥。"魏小怜笑容戛然而止，目光深沉，还有谁都看不懂的悲伤。

云霞镇虽然全员疏散，留下的房屋店铺也只是上了锁，不能让匪徒乱兵占了便宜。可他手里能用的就魏壮壮这十二人小队，隋月关担着商会会长这份虚职，断然不会让她得逞。

"不走算了，到时候谁都走不了，你可别怪我！"隋月关破罐子破摔，扭头走了。

"我怪老天爷，不怪你。"魏小怜恢复了笑容，拎着裙子爬上院墙，如同以往每天做的一样，继续看隔壁小院的八卦和热闹。

关师长比他们预想的来得还要快。

龙孟和在北门找到王不觉，一驾马车也到了，随同到来的，还有打扮成逃难百姓的一众警卫。

关师长马车里还有一个军医随时盯着他的情况，这一趟如此轻装简行，不仅是因为关师长伤情危重，不送去北平大医院只怕救不了了，还因为黄师长得到线报，奸细已经在这条路上埋伏好了，准备要关师长的命。

王不觉被富春阁的姑娘们调理得够够的，换装对他来说就是小菜一碟。

根本不用早早换好，他安安心心等在城门洞子里，车一到，人就扑了进去，同时关师长立刻换车离开，他衣服也换好了。

车没停，人掉包了。

马车一过，蔡武陵立刻下令封门，不仅把关师长的一大票警卫队伍堵了，连陈袁愿也堵在大门外。警卫队长捋好袖子在城门口讲道理，陈袁愿则气得在外骂娘，好不热闹。

讲道理无效，警卫们只好蹲门口守着。陈袁愿骂得自己都累了，里面毫无回应，只得偃旗息鼓，跟其他人一块儿安营扎寨等开门。

再说王不觉上了关师长的马车，立刻由蔡武陵引领来到隋家大院休息。

隋家院子由王柏松精心清理过一遍，不管在哪里，对于活命这件事他都挺拿手，因而墙壁都全部敲过一遍，除了敲出隋月琴藏在墙洞里的一包作料，啥都没发现。

王柏松非常神奇地抓了一只鸡回来，用作料炖上，整个院子顿时香飘十里，把蔡武陵、军医和两人搀扶的"关师长"差点香了一跟头。

看到三人，王柏松带着澎湃的热情蹿上前，一改以往的腌菜模样，一口一个脆甜响亮的"关师长"，叫得三人脑仁疼。

"关师长"冲王柏松略一点头，仍在蔡武陵和军医搀扶下进了屋子躺下，王柏松迅速进厨房揉面，忙得不亦乐乎。

王柏松的手艺真不错，当场做了几大碗刀削面，鸡汤兑油泼辣子，无比过瘾。

隋月关和魏小怜闻香爬上墙头探看，不知道从哪儿冒出来一粒枪子，擦着隋月关头顶飞过，两人一阵大呼小叫跌下来，隔着墙骂娘：

"你们吃我的住我的，还放枪打我，还有没有王法！"

"你们给我滚出去！"

房间内，打扮成关师长的王不觉从棉被里掏了两团棉花堵耳朵，丢给蔡武陵两个，蔡武陵笑了笑，吹了吹枪口，扬长而去。

最后，军医和王柏松过去送了一只鸡腿堵了两人的嘴，两人听说来的是重伤未愈的关师长,也都吓得不敢吱声了。

一辆马车进到隋家大院,另外三辆马车优哉游哉从南门出来。领头的孙镇长一声吆喝,拿出刚出笼的肉包子,小崽子们一拥而上一顿疯抢,抢着抢着就此上路了。

跑路的胡琴琴把王大雀当成骡马使唤,给它身上套了一辆车,将当家的男人也就是那个假团长真关师长塞进马车,过一会儿就回头跟他说说情话,一路笑个不停,满面春风。

关师长只有睁开眼睛的一丝力气,冲她挤出一个笑。

胡琴琴回头一搭脉,冲着赶车的大胡子龙孟和点头:"得赶紧。"

不用她说,龙孟和也知道人扛不了多久,可也快不了,掏出一个丸子塞给胡琴琴:"这个管用。"

胡琴琴扭头塞进关师长嘴里,关师长一点也没犹豫吞了药丸,冲两人微微点头。

过了一会儿,胡琴琴再一搭脉,发现呼吸脉搏平稳许多,心头大定,而关师长也昏睡了过去。

王大雀有脾气,容不得别的马车比自己快,龙孟和管不住,胡琴琴扑上去抱着马脖子才慢下来,这一跑一拉,每个人都狼狈透顶。

马车很快淹没在欢乐的海洋中,快不起来了,因为小崽子们闹得太凶,再有脾气也得忍着。

孙镇长的马车从领头变成收尾,各车后面一大串尾巴,一路唱着歌,有点像鬼哭狼号。

假团长躺在马车里睡大觉,那身绸衣随风飘动,随着车帘的翻动时隐时现。

赶巧歪脖子队长马车上也躺着一个,坐着一个,孙镇长累得够呛,也一身绸衣躺下来,跟胡琴琴这头还真像是一路的。

小崽子们簇拥着马车瞎走,一路唱啊跳啊,走哪儿热闹到哪儿。人们拿他们没办法,就算迎头碰上也赶紧躲得远远的。

兵荒马乱,谁家肚子都是空的,何况这些一看就不是善茬,要是这股子小土匪劲头上来,多少吃的都能抢光。

关师长一路平安来到密云,由在这里驻扎的徐总指挥亲自派人送到北京协和医院抢救。密云那一带全是军队,是己方的地界,一只苍蝇都飞不过去,大家也就放心了。

龙孟和把小崽子们交给胡家嫂子管,胡家本来孩子挺多,也不怕他们闹腾;而孙镇长当场拍了胸脯,绝不会让小崽子们饿肚皮,龙孟和这才打马回转。而胡琴琴早就不耐烦等他,一路狂奔回家找她男人去了。

城里,重伤的"关师长"躲进隋家大院吃了一整天好伙食,第二天才摸着滚圆的肚皮收拾着要走。

马车才走到南门,胡琴琴骑着王大雀疾奔而来。

"关师长"下了马车,胡琴琴飞身下来,扑入他的怀抱。

两人在门口久久拥抱,完全罔顾无数光棍烙铁一般热辣辣的目光。

蔡武陵看不下去了,冲着随后跑回来的龙孟和走去,两人伸手相握,笑容灿烂。

云霞漫天,蔡武陵重开城门,送走军医和护士等人,眼看着陈袁愿一拳头砸到面门,抬手去挡,却挡了个空。

陈袁愿红着一张脸,冲他怒喝:"你们不把我当兄弟!"

"这不是我定的,你找团长理论去。"

"他不把我当兄弟!"

"他也没把我当兄弟!"两人相对一愣,都觉得挺无语。一个假团长,两人干吗这么在乎,把他当兄弟?简直滑天下之大稽!

今日的云霞和平时比多出几分壮烈的意味,让人几乎挪不开视线。

王不觉坐在门口看夕阳,等着久违的西红柿鸡蛋面,胡琴琴哼着不成调的歌……没有远处不停歇的隆隆炮火声,这一切多么安静美好。急促的马蹄声打碎了这份宁静,王不觉无奈地笑:"媳妇,多做一个人的。"

话音刚落,常春风疾驰而来,大喊:"团长,你爹和媳妇来了!就在南门!"

不等他说第二句,王不觉飞身上马,扭头就跑。

他跑的方向可不是南门,而是北门!还没确定怎么回事呢,人先跑了,这家伙求生欲也太强了,难怪活得这么滋润!

常春风哭笑不得,用力闻闻空气里的西红柿鸡蛋面香气,恋恋不舍回头。

"老常,吃了面再走。"胡琴琴含笑而出,一边解下围裙砸在地上,"我去接他爹和媳妇。"

"媳妇"两个字,她咬得特别重,像是要在谁身上咬下一块肉来。

王不觉在马厩里长大,向来糊里糊涂,只知道自己不是王大马的亲儿子,还有个亲爹在唐山。

可亲爹没养过他,跟他没啥关系,这一点血缘羁绊对他毫无影响。

在他心目中亲爹远远赶不上王大雀的地位,何况还莫名其妙多了一个媳妇,有胡琴琴在,那可是会害他送掉小命的大祸根。

王不觉就没想过,跑得了和尚跑不了庙,他的媳妇胡琴琴还在呢,磨刀霍霍,等他回家。

半夜,蔡武陵骑马来到北门,把王不觉从呼呼喝喝打牌的官兵堆里拎出来。

"你爹叫王福贵?"

"是。"

"唐山小王庄人,三代裁缝?"

"是。"

"你爹是个瘸子?"

"是。"

蔡武陵问了三句话,脸色更加不好看,把他拎上就走。

王不觉没奈何,跟蔡武陵说了一路的好话,指望着他帮自己挡灾。蔡武陵沉着一张脸一句话都没说,到了隋家大院,倒是陪着他进了门。

屋内灯火通明,西红柿鸡蛋面的香气久久不散,让王不觉肚子咕咕直叫。

一个穿得挺干净体面的黑脸小老头冲出来,一把抓住王不觉上下看了看,没等王不觉回过神来,突然抱着他大哭:"儿啊,小瘸子啊,我可算找到你了!"

敢情这就是瘸马的来历。

儿子生下来,王瘸子拿出一块藏了好久的布料做礼物,请一位老私塾先生给他取名王觉,觉醒的觉。人家觉得拗口,反正王瘸子的儿子就叫小瘸子,这个名字也就叫开了,等过继给王大马夫妻,两人给他改了名叫不觉,也叫他小瘸子,在承德才慢演变成瘸马。

胡琴琴手里抓着一把菜刀,笑吟吟从厨房钻出来:"团长,这是你爹和你媳妇。"

菜刀刚刚磨好的,在火光中铮亮。

从厨房钻出来一个大辫子姑娘,脸蛋这个红,笑得这个羞涩……

情势这个凶险……王不觉感觉一个炸雷劈在自己头顶,气急攻心,厥了过去。

胡琴琴也不客气,抄着菜刀走向王不觉,每一步都杀气腾腾。

蔡武陵打斜里冲出来,张开手臂拦在她面前:"不关他的事。"

再逃避现实,真有可能变成刀下之鬼,王不觉一个鲤鱼打挺跳起来:"媳妇……"

"叫我胡小姐!"

"二琴,是这样……"

号称是他爹的黑脸小老头一瘸一拐走来:"胡小姐,你别担心我,我管不上你们的事情,但是她……"

小老头朝着大辫子姑娘一指:"她为我们王家熬了这么多年,吃够了苦头,这个媳妇你得管上。"

大辫子姑娘叫作王玲珑,家里一直在天津街上卖豆腐。

林挡嫁人之后,王福贵无可奈何,跟着一个做豆腐的小王庄人来到天津谋生。王家干了三代的裁缝,王福贵想摆脱自己的命运,并不想干裁缝,最后来到天津冲撞日本浪人,腿被打瘸了,无以谋生,只得子承父业干起了裁缝。

他在天津的外号就叫作瘸子裁缝,娶了一个哑巴姑娘,两人生了一个孩子,孩子跟做豆腐的王家定了娃娃亲,王家女儿叫作王玲珑。

哑巴姑娘病故,王瘸子养不活孩子,王大马夫妻生不出来孩子,想跟他要了这个当亲儿子养。王瘸子无可奈何,只得送了孩子收拾东西回家。

王玲珑一家三口围着豆腐铺转,也只是糊口而已,父亲操劳过度早早过世,母亲也得了重病,这才想起这门亲事,觉得汤主席手下的弼马温好歹算个官,也能过日子,写信让王瘸子赶到天津,领着她去承德成亲。

王瘸子得到消息赶到天津,忙前忙后帮王玲珑葬了母亲,关掉豆腐铺,一封信非常恰巧地从承德辗转送到王瘸子手里,告诉他儿子现在发了,在云霞镇当团长,赶紧去投奔儿子,过好日子。

王瘸子带上准儿媳妇赶着驴车就出发了,这一路风餐露宿疯狂地赶,可算把这团长儿子堵个正着。

"长城在打仗,这事得抓点紧。你们看在这里成亲还是回去,回去之后,你想开豆腐铺也好,贩马也好,我跟你媳妇都由着你……"

王瘸子一张嘴就跟机关枪一样,满院子的人一个都接不上。

胡琴琴还是拎着刀,目光刀子一般盯着王不觉。王不觉要不是死扛着团长的三分面子,早就给她跪了。

"儿子,你别光愣着,说句话吧。"

远处炮火声一直没停,王瘸子到底还是怕,一边絮絮叨叨,一边随着炮声有节奏地哆嗦。

胡琴琴放过王不觉,转身看向王瘸子:"他的事情,自己做不了主。"

王瘸子赶紧点头:"我懂我懂,他是国家封的团长,得他的长官做主。儿子,你告诉我你的长官在哪里,我这就带你去拜访,顺便让你长官把你婚事办了。"

胡琴琴瞥了王不觉一眼,娇媚一笑:"我的意思,他的事情,得由我做主。"

"没错没错!"王不觉赶紧承认她的所属权。

王瘸子是过来人,瞧两人这阵仗也看得出来,赔笑道:"不要紧的,团长夫人做不了,给我们玲珑找一个也行。"

"爹,我非团长不嫁!"大辫子姑娘这嗓子真脆亮,差点把听墙根的隋月关和魏小怜吓得跌下梯子。

"副团长也行!其他团长也行!"王不觉赶紧打圆场,朝着角落里一直没吭气的某人一指,"他就是副团长!一表人才!"

众人这才注意到角落里藏着这号人物,齐齐向他看去。

蔡武陵一身笔挺军装,一手拎着马鞭,背着手迎着月光慢慢踱出来。

何止是一表人才,跟他相比,王不觉这身军装简直就是假的。

胡琴琴和王不觉交换一个眼色,都觉得这事成了大半,这等高大贵气有派头的男人,谁家姑娘会不喜欢。

蔡武陵在王瘸子面前站定，正色道："我再确认一遍，你叫王福贵，唐山小王庄人？家里干了三代裁缝？"

王瘸子张口结舌，默然点头。

"那么，你认识林挡吗？"

王瘸子头点得更快了。

"她为什么叫林挡？"

"她生下来是给家里挡灾的。"

"那么，我就是你儿子，你和林挡的儿子。"

如同一个巨雷炸在头顶，院子里顿时鸦雀无声。

不知道是被这个消息还是被这个名字冲昏了头，王瘸子一抬脚，自己把自己绊了，扑倒在地，脑袋重重砸在地面，发出沉闷的声音。

蔡武陵不仅没扶，还背着手往后退了退，目光清冷。

王不觉心里不落忍，想去扶一把，被胡琴琴的菜刀吓了回来。

"林挡，她还好吗？"王瘸子揉着脑门一个大包站起来，蔡武陵大概嫌弃他的丑样子，又退了一步。

王瘸子本来是个还算中看的汉子，不然林挡也瞧不上他，加上是个手艺人，拾掇得比一般乡下人干净利索，可后来沾了酒，把身子喝坏了，脸色青黑，背脊略为佝偻，浑身上下都是腌菜模样，怎么看怎么丑。

再怎么不好看，那也是自己的亲爹，哪有一退再退的！王不觉瞪着蔡武陵，很想揍他一顿。

蔡武陵从没把蔡家放在眼里，自然也不会把其他人看在眼里，包括自己的亲爹。

两人四目相对，王瘸子刚看清个眉眼，泪水就大颗大颗落下来。

这确实是他的儿子，眉眼间有自己年轻时的影子。

蔡武陵退了第三步，王不觉忍无可忍，顾不得胡琴琴的菜刀，扑上去一把揪住他的手腕，目光很凶。意思是，你要是再敢退，尝尝老子的拳头!

蔡武陵想到刚刚和陈袁愿一番话,忽而笑了。老天爷大概是要惩罚他乱说话,马上给他发了一个不靠谱的兄弟。

伸手不打笑脸人,何况这是自己大哥,王不觉想得倒是挺简单,略微羞涩地低了头,发出几不可闻的两个字:"大哥。"

蔡武陵果然没有听到,拍拍他肩膀,算是认了账,冲着王瘸子正色道:"她过世之前写了一封信给我,告诉我你们的往事,包括我是你儿子这个秘密。"

"什么时候?她什么时候走的?怎么走的?"

王瘸子根本没在意他后面一长串的话,听到前面三个字就开始发抖,涕泪横流。

不知为何,蔡武陵心头一颗石头落了地,他沉默温柔的母亲惦念一生,到底没有选错人。

"新历的去年年底。"

"她怎么不告诉我!"王瘸子浑身发软,一手撑着跪倒在地,一拳拳照实了朝着地上砸,很快就在地上形成两个坑:一个泪水聚集的水坑,一个红色的血坑。

蔡武陵没有拦他。

母亲在家如同透明人,一点生气都无,除了自己,家人也都当她是空气。

他是母亲唯一的寄托,他走了,可想而知母亲的日子有多凄凉,可他不走,只能变成跟母亲一样无声无息的活死人。

他走了,从此江海一生,落地生根,就此解脱了。

她死了,也就解脱了。

王不觉也没有拦。

他双手抱胸,背往后稍稍一倒,重重靠在墙上,可能错估了位置,背脊撞得有点疼,皱眉看着两人。

他脸上不见悲喜,心中早已波澜万丈。

只要好好活着,总是能遇上好事,这是黄瞎子和王宝善跟他说的道理。

他认定的道理是:他是个倒霉蛋,自己和王大雀活下来就挺费劲,不该有兄弟姐妹,也不该有这么美好的团圆和重逢。

他看向蔡武陵,同时,蔡武陵也看向他,两人四目相对,蔡武陵目光复杂,看来惊吓的成分要比惊喜多。

他并不在意,坦坦荡荡地对兄长露出笑容。

"大哥。"他在心中默然呼唤,反复练习,终于感受到血缘的甜蜜和惊喜。

"过年的时候,我喝醉了,梦见她……对了,自从我回了小王庄,就很难得梦见她,她跟当年分开的时候一模一样,换了一身很贵气的衣服,穿金戴银,过得很好的样子……"

"她平时很朴素,很少穿金戴银。"蔡武陵眉头忽而拧成麻花,"再说她也从来不跟人拜年。"

王瘸子听出几分不耐烦,拿出一块折得方方正正的帕子,慌慌张张擦了擦脸,竭力让自己变得不那么狼狈,缓了口气道:"她不是来拜年,是来向我告别。"

"那……"蔡武陵刚想开口,王不觉赶上来,一把抓住他的手臂。

蔡武陵突然泄了气,一句话也说不出来。

"我一直以为是自己想多了……没想到……我错了,我真的应该早去看看她……"

王瘸子狠狠擦了一把泪,转身往外走。

"你想干什么?"

"你去哪儿?"

蔡武陵和王不觉两人的声音同时响起。

"我回去陪她。"王瘸子这一句回得斩钉截铁。

"爹！"大辫子姑娘一声惨叫，哭着跪了下来，"您不能走！"

蔡武陵脑子一热，重重跪了下来。旁边的王不觉也膝盖一软，跟着跪了。胡琴琴没有犹豫，跟跄上前，端端正正跪在王不觉身侧。这个爹重情如此，她认了。

大家各跪各的，各有各的原因，在王瘸子看来，却另有一番理解，或者说，有父慈子孝的大团圆之感。

王瘸子怔怔看着四人，仰天大笑："老天爷，我这辈子值了！"

仿佛老天爷回应他的笑声，一阵急促的马蹄声由远及近而来。

杨守疆带着两人满身狼狈跑来："有消息了！胡二娘有消息了！"

凭空传来一声惨叫，墙头上的隋月关重重摔了下来。

第十六章　胡二娘不走，她要杀张大海

"小杨，你从哪儿得到的消息？"

"守疆，胡二娘在哪儿？小河有没有跟她在一起？"

"小兄弟，他们有没有危险？"

"我说……你有没有见到我娘？"

"那你到底有没有见到小河，他是一个特别聪明乖巧的小孩，今年十岁了。"

"……"

水声哗哗,胡琴琴蹲在门口一声声地问,嗓子都哑了,里面始终一个字都没回答。

杨守疆出自长春书香门第,豪富一方,日子从小就过得太好,毛病也挺多,洁癖算最小的一点毛病。

这个小毛病在见到胡琴琴这种娇媚美人的时候发作得特别厉害,简而言之,他臭烘烘脏兮兮回来,没洗出原来的漂亮模样绝不可能见人!

这一路千难万险,山里掏兔子洞,死人堆里打滚,泥土里埋伏……确实也挺不容易,急需一场从里到外的彻底清洗,大家都非常理解。蔡武陵径自走到浴室门口,砸了砸门,喝道:"赶紧拾掇出来,胡小姐等着问你话!"

他叫的是胡小姐,不是夫人。王瘸子是个裁缝,干的都是细致活儿,自然注意到这个细节,冲着王玲珑看了一眼,咧着嘴直乐。

连蔡武陵都不承认这个团长夫人,王玲珑还是有希望的嘛!

里面的人毫无回应,水声哗然,蔡武陵不顾男子汉大丈夫的体面,蹲在胡琴琴面前,刚想开口,胡琴琴背后伸出一只大手,很利索地把人拎走了。

是真拎。胡琴琴也真没反抗。

蔡武陵顿时恶向胆边生,他放在心尖尖上的女人,王不觉这个二愣子当根胡萝卜就拔了,拎走了……

蔡武陵猛地起身,还没开口,王不觉还没把人拎远,一回头,另一只手一顺,把他也拎上了。

一手一个,像回娘家的大媳妇,这个喜气洋洋……伴随着王大雀为了凑这份热闹发出的欢快嘶鸣,确实让人挺生气。

蔡武陵到底没忍住,反手去卸王不觉的胳膊,眼看就要发生兄弟阋墙的惨案,王瘸子和王玲珑都惊叫起来。

胡琴琴怎么会允许自家男人受欺负,而且她早就想痛扁这家伙一顿,冲着他大老远赶来送死的分儿上才没下手。

蔡武陵没想到一直发蒙的胡琴琴比他手还快，身手也比两兄弟利索，飞起一脚踢向他的肚子，在王不觉胳膊断之前硬生生把人救下来。

蔡武陵身经百战，肚子挨了一脚，一个鲤鱼打挺跳起来。

胡琴琴又一脚瞬息而至，把他踢成了翻盖的乌龟。

王不觉还处在认兄弟成功的喜悦中，发现人家根本不想跟你演什么兄友弟恭的好戏，顿时满脑门冷汗，摆出干仗的阵势和他对峙。

他摆好架子，人家这场架已经打完了，蔡武陵灰头土脸爬起来，除了有点没面子之外，另外一种狂喜油然而生。

他一直怕拖累人家姑娘，不敢正经谈恋爱娶妻，胡琴琴能跟他并肩战斗，完全不用担这种心嘛！

太完美了，从外貌到内在，她就是梦想中的完美对象！

他不是受虐狂，就是天生被养得以自我中心，他认为的就是对的，根本没去想人家姑娘也是拼出一条血路才有今日的本事，怎么可能由着他拿捏？

蔡武陵再看胡琴琴，心态和眼神就完全不一样了，以前是拿她当个喜欢的人，现在直接划归成自己媳妇。而唯一的阻碍，就是面前这个有名无实的未婚夫王不觉。

王不觉看自家哥哥被打，满怀愧疚之心上来安慰，蔡武陵一巴掌拍在他肩膀，冷冷道："带上爹和这个天津媳妇滚回唐山，我给你一个印鉴，你去蔡家要一亩地种！"

"好！"王瘸子和王玲珑正中下怀，在一旁热烈鼓掌。

胡琴琴一眼就看穿他心里打的如意算盘，冲王不觉一笑："敢走，你就死定了！"

王不觉当然不敢走，也确实不想走，反过来被胡琴琴拎走了。

人家你侬我侬，你情我愿，蔡武陵老大没趣，气呼呼往外走，差点和乐呵呵冲进门的隋月关撞个满怀。

隋月关摔得挺惨，腿还瘸着，怀里抱着从墙里掏出来硕果仅存的一小坛好酒，拎着一包牛肉，后面跟着一个大尾巴魏小怜。

魏小怜打翻了醋坛子，浑身散发着生人勿近的气场，眼风化作飞刀到处投掷。

从浴室拾掇得漂漂亮亮出来的杨守疆也没能幸免。

隋月关找了胡二娘母子这些年，自战争开始，每天都在走不走的困境中煎熬。杨守疆送来消息，等于让他绝处逢生，哪里顾得上照顾小娇妻的情绪，上来朝着杨守疆深深一个鞠躬，夺了王玲珑的锅铲，将王瘸子撵到院子，又把胡琴琴和王不觉两人安置到好酒的中间……

胡琴琴和王不觉都知道隋月关这份激动所为何来，交换一个眼色，安坐如山，其他人都不淡定了。王瘸子看到酒，激动一回，看到娇媚儿媳妇守着酒，蔫了一回，再看看另外一个老实儿媳妇王玲珑目光直勾勾看在王不觉身上，又心里嘀咕一回：

完了！两个儿媳妇都看上了王不觉，两个儿子都看上了美人儿媳妇，这事不好办！

在隋月关忙活的时候，蔡武陵和杨守疆躲在角落，几句话就把事情讲清楚了。蔡武陵转身要走，被王瘸子两泡眼泪堵了回来，闻到厨房飘出来的牛肉香，脚步不由自主停了下来：这么晚了，吃饱了再去忙也赶得及……再说了，牛肉面真的很好吃啊！

一屋子的人都跟他一个心思，闻着牛肉香，眼巴巴看着厨房，肚子齐奏凯歌，然而，等隋月关一顿叮叮当当，从厨房端出劳动成果，大家都傻眼了。

这碗牛肉面太扎实了，这么大的碗，厚厚一层都是牛肉，面都没瞧见一根。

民以食为天，就连魏小怜目光中的杀气也消减了九分。

王瘸子很没出息地流了口水，目光热切地盯着隋月关手里的碗，手长长伸出去……论资排辈，怎么都得是他这个团长亲爹来享用这碗牛肉面。

隋月关眼里根本没有别人，端着碗径直朝着恩人杨守疆走去，连碗带筷子都塞到他手里。

杨守疆这个乐，差点亲他一口！

这些天他在古北口一带山里战场上到处奔波，上头得躲避鬼子的飞机，下面得想办法躲开奸细，有个馍就顶不错了，根本吃不上一顿安生饭。

杨守疆捧着碗一转头坐在门口，老实不客气地背对着他们大快朵颐。

他心里有底着呢，可不敢面对这么多饿狼！

王瘸子略有些许的失落，再一想，这是从战场上归来送信的功臣，吃第一碗没毛病，于是开始热切期待第二碗。

蔡武陵不知道是气自己这个便宜爹一脸没吃过东西的蠢样子，还是气自己满腔希望落了空，一屁股坐到王不觉身边，手伸向那瓶酒。

王不觉的手同时伸出来，两人扣在酒瓶上，互不相让。

两人同时松手，冷哼一声，看向隋月关，登时气得说不出话来。

隋月关已经踏踏实实坐下来守着杨守疆吃牛肉面，敢情根本没打算管这么多人的肚子。

胡琴琴好像早已知道这个结局，扑哧一笑，夺了酒瓶子揣进怀里，冲着王不觉一挤眼，这份独食看来两人都吃定了。

王不觉笑逐颜开，蔡武陵气个半饱，魏小怜哼哼唧唧坐在屋檐下，跟盆花过不去，王瘸子左右不是人，王玲珑又冲进厨房，端了一碗面汤来给他填饱肚子……

杨守疆回头扫一眼，大概确实心里有点过意不去，一边吭哧吭哧吃面，一边事无巨细地回答隋月关的问题，完全无视胡琴琴、王不觉和蔡武陵各种明示暗示。

胡二娘在古北口附近的村里当厨娘，胡小河当然也在，只不过小崽子露面的机会很少，应该被关在某户人家。

胡二娘看似能在村子里自由活动，实际上整个村子里里外外被清理过一遍，如同一个大铁桶，进出村子的机会是零。

至于隋月琴，她找对了路子，以厨娘的身份在古北口附近活动，每天都有一堆人要吃饭，食材交流的过程，也是消息传递的过程。

胡二娘的消息能够传出来，源头就在她这里。

众所周知，杨守疆和关山毅是一对冤家。

两人一个出自书香门第，一个从小在军营长大，一个文一个武，一个沉静多思，一个暴烈冲动。

这样的两个人决计成不了朋友，可遇到什么麻烦事，两人的搭配有事半功倍之效。

两人一路上布下各路贩夫走卒的眼线，前方的消息源源不断传回来。胡二娘母子找着了，隋月琴也十分安全，两人颇有几分汗颜，把这件事真正放在心里，一路快马加鞭赶到古北口，才知道实际情况远远没有他们想象的简单。

杨守疆和关山毅带了一共十二人去的古北口，杨守疆带回来两个，还有十个人跟着关山毅盯在原地，等待团长的命令。

杨守疆把话说完，隋月关傻眼了："实际情况没有你们想的那么简单，那你们想的有多简单？"

这话问的，全场一片静寂，连魏小怜都觉得特欠揍："那可是战场，不是密云和咱们这个小镇子！用脚指头想都知道，哪有这么简单的事情！是吧，小杨？"

魏小怜声音娇嗲，隋月关听惯了胡二娘成天乱吼乱叫的鸭公嗓子，最吃她这一套，只是听在其他人耳朵里，堪比大型灾难现场，求生不得，求死不能。

又一阵静寂后，胡琴琴站出来救了众人："杨守疆，哪里不简单?"

村子靠近战场,鬼子一直在打,山头的土都掀翻好几遍,死尸拖不走,只能就地埋了,活人上去,能下来的概率非常小。

杨守疆解释一番,看向王不觉:"团长,你说怎么办?"

这回轮到王不觉傻眼了,他留在云霞镇当个假团长已经是人生胆大包天的极限,现在他有如花美眷,冒出来一个亲爹,认了个哥,美好的生活才算开了个头,总不能真跑战场上去送死!那太不符合他混吃等死吃软饭的人生追求了好吗!

蔡武陵乐得看好戏,一屁股坐在窝囊废兄弟面前,朝着胡琴琴极尽温柔地伸手:"酒给我,我去救你娘。"

胡琴琴抱着酒不撒手,目光缠绵于酒坛子上,好像酒坛子才是她亲男人,面前这两个都是人形柱子。

其实,她心里嘀咕的是:指望这两个,还不如自己跑一趟。

王不觉满心纠结,拼命挠头,他去是不可能去的,那真是送死,让蔡武陵去也不是不行,反正他一直哭着喊着要上前线打仗……

可混在古北口前线的不是别人,是他的丈母娘,要不是丈母娘力挺,他还得不了这一好媳妇。

对了,还有胡二娘和小河,胡二娘算起来是王宝善的媳妇,王宝善没了,他有义务照顾他媳妇……

"别耽搁了!救人要紧!我去!"王瘸子到底舍不得俩儿子,抓上菜刀就往外冲。

王不觉和胡琴琴面面相觑,这回能肯定蔡武陵是他亲儿子,把明知山有虎,偏向虎山行这一点劲头全都遗传到了。

蔡武陵从头到尾板着一张脸,挺无奈地开口:"爹,你去能干吗?"

王瘸子正色道:"去接亲家。"

一直闷声不吭的王玲珑扑通跪在王瘸子面前,一阵干号:"爹,你带我走吧,这里容不下我啊!"

"闺女啊,爹对不起你啊……"王瘸子也号上了,"爹真的想让你过好日子啊……"

"爹,您可要给我做主啊,我等他等到现在,都等成了老姑娘,天天被人嘲笑,以后怎么活啊!"

干号的同时,王玲珑目光直勾勾看向王不觉,似乎早就锁定了这个男人。

王不觉嘴角微微抽搐,猛地转头,鹌鹑一般缩到胡琴琴身边,借此躲避命运的摧残。

"闺女啊,这件事我管定了,你不要慌……"

"别吵!救人要紧!"隋月关眼看局面无法收拾,一声怒吼,把王瘸子和王玲珑都吼哑巴了。

王不觉应付各种马在行,应付长辈特别是带着准儿媳妇这种重型炸弹来的亲爹毫无办法,趁着隋月关一声吼,浑身一个激灵,扛上身边的美人媳妇扭头就跑。

听到王不觉的唿哨声,王大雀回以一声嘶鸣,果断来帮忙,撒蹄子就跑了。

这场事前没有告知的行动来得太快,一院子的人都呆住了。

杨守疆环顾一周,摸摸一肚子的牛肉面,把冒出来的良心狠狠砍了,扭头就跑。

蔡武陵也就比他晚个半步,转身也到了门外。

一眨眼院子里就剩了四个,隋月关没了脾气,冲着王瘸子敷衍地拱拱手:"这个……亲家,时事艰难,招待不周,请多多原谅。"

王瘸子还没遇上这么客气的大官,这大官还是自家亲戚,顿时觉得特别有面子,腰杆挺了挺,习惯性地一个长揖到底:"亲家,请多多关照!"

魏小怜捂着嘴吃吃直笑,又迅速发觉敌人的敌人就是自家朋友的道理，亲亲热热拉着王玲珑的手，娇滴滴道："团长夫人，您受苦了！去我们院里换身好看的衣服，加上他亲爹亲大哥压着，你的团长怎么着也跑不了！"

"可是……"王玲珑颇为受用，一张脸红到了脖子根。

"那就是个小妖精，哪有你这种正经人家的好姑娘强，有眼睛的都会找你正经过日子嘛！"

隋月关有些不服气，可在小娇妻面前他自动矮了三分，何况刚刚才找回大媳妇，如何和平共处还是个大问题，大媳妇脾气糟糕透顶，必须哄着小娇妻让一让。

他想得倒是挺好，却没料到，人家杨守疆遇到的大麻烦跟战场根本没关系，而是胡二娘根本不想回来！

"我舅娘为什么不肯回来？"

王不觉和胡琴琴四人跑到南门校场来点兵点将，同时商议对策，胡琴琴听杨守疆这么一说，差点暴打这个谎话精！

正常人哪有不想从战场和鬼子刀下逃命的！根本就是他们干不了这事！

王不觉和蔡武陵也不肯信，两人在军营一边走一边皱眉头。

杨守疆停住脚步，低声道："关山毅留在那边，就是为了处理这个大麻烦，我觉得凭着我们两个，肯定劝不动胡二娘，只好回来搬救兵。"

"我舅娘到底在干吗？跟我娘一样当厨娘？"

"你们放心，他们暂时都没有危险。"

"怎么可能！"王不觉冷哼一声。

杨守疆困得不行，瘫坐在草堆旁边准备打个盹。

胡琴琴淡淡瞥了王不觉一眼，蹲到杨守疆面前："她说不走就不走，就不能把人绑出来？"

杨守疆满脸为难："我们的人进不去，应该说绑不了。"

胡琴琴一巴掌拍在王不觉大腿上，气得牙根发痒，气得热泪在眼眶翻滚……

王不觉倒是被她拍醒过来，猛地捂住脸。

胡二娘胆气十足，就是插一根菜苗被人家拔了，她都得跟人干仗，非说个理不行。

她不走，只有一个原因：王宝善！

蔡武陵惊讶地看着两人不同寻常的表现，凑到王不觉身边低声道："她想干吗？"

"想杀人！"

"想杀谁？"

"张大海！"

这三个字，王不觉是从牙齿缝里发出来。

蔡武陵嗤笑一声："这还不好办，我枪法好，交给我。"

杨守疆甩了甩瞌睡虫："关山毅枪法也好。那地方杀人容易，杀了人老老小小一个都别想走。"

胡琴琴一个激灵："你的意思，除了小河还有很多人？"

"黄瞎子和很多人……"杨守疆点点头，一头栽倒在地，跟周公幽会去也。

三人面面相觑，突然听到急促的马蹄声由远及近而来，直扑校场，城门口的常春风都没拦下来。

是龙孟和！

"别担心，他们没危险！"这是龙孟和见到他们的第一句话。

"黄瞎子也去了，我们的人里里外外都有，全都盯得很紧，正在想办法救人。"这是第二句。

两句话说完，龙孟和也扑进草堆，跟杨守疆睡成一个人字，王不觉趴过去看了看他的脸，从他的黑眼圈来看，确实挺久没睡好，也就悻悻然起身要走。

这两人都睡死了，想管也管不上，蔡武陵盯着胡琴琴想献献殷勤，愣是没想出什么好词，长叹一声，撇下两人去城门口找常春风。

王不觉和胡琴琴哪有心思管别人，满脑子都是那个要命的消息。

胡二娘要替王宝善报仇，那其他人怎么办？她要是动了手，其他人哪能还有命回来？

王不觉愁得脑仁疼，牵着胡琴琴的手往自己脑袋上敲，胡琴琴哭笑不得，低声道："实在不行，让他们把人敲晕了拖出来。"

这也不失为一个好办法，王不觉点点头，一个士兵用绳子拖着三个人走来，和两人擦肩而过，士兵也在犯困，耷拉着脑袋根本没看到来者何人。

"二姐！"一个凄厉的声音差点把两人的耳朵震聋。

王不觉果断把媳妇拖到自己身后，亮出拳头准备揍人。奇怪，为首的小白脸一个劲往他身后看，涕泪横流。

"团长，这人硬说自己是胡小姐的未婚夫，从天津来接她回去完婚。"

常春风看热闹不嫌事大，跟蔡武陵两人一边优哉游哉抽着烟一边踱过来。

军队上下都知道隋家外甥女是团长夫人，常春风等官兵对这三人，特别是小白脸没什么好待遇，捆得结结实实。

"二姐，救命啊！"这不是天津六爷那个不成器的儿子常天恩能是谁！

胡琴琴到底还是把人认出来了，气急败坏抽了刀冲上去。常天恩发出杀猪般的尖叫，胡琴琴抓起毛巾塞住他的嘴巴，这才把绳索割开来。

常天恩自知出了丑，整个人成了一只熟透的虾米。

胡琴琴还想赶紧把这个麻烦解决，没想到打翻醋坛子的王不觉比她还快，不知道从哪儿抢了一条擦得锃亮的长枪，气势汹汹冲进来。

常天恩吓得屁滚尿流，躲在胡琴琴身后直发抖："二姐，这是谁？"

醋坛子团长乐了："你叫她什么？"

"二姐。"

常天恩被他的笑容蒙骗，以为危机解除："我爹让我带二姐回去结婚。"

胡琴琴呆若木鸡。这是哪门子亲事！她作为当事人怎么不知道！

完了，王不觉快气炸了，猛地抬起枪瞄准常天恩的脑袋，陡然高了半个人头，脑门和手上青筋暴起。

她这才知道男人的可怕。

平时王不觉就是无害的猫熊，她万万没想到他的无害也是有底线的，你看，这一吃醋发疯，立刻变身成一只猛兽。

她吓得心里直发抖，常六爷就这么一个宝贝儿子，他要是出了事，她拿什么赔！

胡琴琴当机立断，闪身挡在王不觉面前："你小媳妇还在我家住着，别闹太难看！"

王不觉一听，自知理亏，气焰消了半截。

"我先问清楚，你要听就别捣乱，不想听就回去陪你小媳妇。"

王不觉迅速认清形势，缴枪投降——反正这杆枪是临时从常春风那儿抢的，他还不会使。

胡琴琴转头看向常天恩："谁让你来的？"

"我爹。"

"除了求婚，还有别的事吗？"

常天恩目光闪避，微微一顿，摇摇头。

胡琴琴这下心里有底，冒这么大风险让独生儿子跑来前线，常六爷还没这么傻。

"你们找到我爹了？"

常天恩连忙摇头,大概也觉得不太好意思,小小声道:"我们所有人都在找,二姐你别担心,我岳父吉人天相,不会有事。"

胡琴琴哭笑不得,他改口倒挺快,这不是把身边这个醋坛子往火里丢嘛!

果然,醋坛子开始喘粗气。

胡琴琴一个千娇百媚的笑脸送过去,成功把王不觉迷晕了。

当然,常天恩和蔡武陵也顺带成为受益者或者受害者,看着她眼睛都直了。

胡琴琴对常天恩可没这么多好脸色,一巴掌拍在他柔弱的肩膀:"到底出了什么事,赶紧交代清楚!"

常天恩讪笑道:"我真的是来接你回去……"

胡琴琴不耐烦了,夺了刚还给常春风的长枪端在手里,姿势这个漂亮……目光这个凶狠……

常天恩腿一软,捧着一封信递到她面前:

"二姑奶奶!我爹说你要是不肯答应第一个条件,就拿这封信给你们看。"

王不觉刚要伸手,蔡武陵已经眼明手快把信抢了,打开一看,眉头拧成了"川"字。

"兄弟,到底还是你面子大,恭喜你!"

"怎么回事?"胡琴琴夺过信一看,呆呆看着王不觉,"北平邮务局的老大听了手下的汇报,觉得你人才难得,想请你去北平任职……"

"不,北平和天津他想去哪儿都行。"蔡武陵越来越看他不顺眼,"我说,你干脆带上你小媳妇去唐山,我给你钱,给你地,你给爹养老送终,我让你一辈子不愁吃穿。"

放着身边的好媳妇不要,回去带那个不认识的小媳妇,王不觉还没傻到这份儿上,冲着这个坏心眼的兄长一个"嘿嘿",径直走到常天恩面前：

"我说，你到底是谁派来的？"

"肯定是我爹让我来的，谁敢使唤我！"常天恩气得脸都红了。

王不觉呵呵直乐，在他红扑扑的苹果脸蛋上狠狠揪了一把："北平邮政局的差事，也是你爹找的？"

常天恩咬牙切齿看着他，退了三步保持安全距离，瓮声瓮气道："这确实是北平邮政局的外国人头头写给你，让我顺道捎过来。"

北平邮政局的头头是一个从小在北平长大，北平话讲得特地道的外国人老巴。老巴以前在东北混差事，东北被鬼子占了，只好挪到北平干活。

他初来乍到，还顶着巨大的压力把自己的人安插下来，协助每个人站稳脚跟，偶尔发现报纸上一个叫汤团长的年轻人，对他和他骑的王大雀真是一见钟情，这才有今天这封信。

老巴这些天挺关注古北口的战役，也看了不少报道，觉得这个汤团长敢留在云霞镇带兵打仗，看起来不像个怕事的，战邮就需要这样胆粗的汉子；再者王不觉和马都长得好，真像中国古老神话里的镇宅兽，必须请回来镇场子，一来增加自己的威信，二来督管战邮等事务。

只要王不觉肯去，薪水随便开！地方随便挑！妹子嘛……

胡琴琴一声咳嗽打断了常天恩手舞足蹈的讲述，和王不觉交换一个眼色，都有些不敢置信，这个外国人选人的标准很天马行空，两人还真感兴趣。

"行了行了，去不去北平干活再说，我倒是要问问你，这门婚事，谁定的？"

常天恩丝毫没听出王不觉口气不太美妙，仍然满脸笑容盯着胡琴琴，比大姑娘还羞涩几分，也漂亮几分。瞎子也能看出来这小白脸发春了！

胡琴琴太阳穴突突作痛，这回就是跳进黄河也洗不清了。

常天恩口气绵软许多："二姐，真的是我爹让我来的，他听说古北口打得挺惨，让我赶紧把你接回去。"

"什么事非得让我去？"胡琴琴突然捕捉到一个有用的信息。

常天恩蔫了，嗫嚅道："生意遇到麻烦，你不去不行。"

"什么麻烦？"

"人家不认我们，认你爹。"

"他们明明知道我爹失踪了。"

"所以大家伙才让你回去主事。"

常天恩单膝跪下来，手往怀里一伸，变戏法一般，抓出一根绢制玫瑰花。天知道他藏了多久，花瓣一片狼狈，颜色都淡了。

"二姐，嫁给我吧，我真的是对你一见钟情，我会一辈子对你好。"

王不觉眼珠子都快瞪出来，哪里见过这么胆大包天的混蛋，敢当着人男人的面求婚！不打爆他的狗头！他这口气怎么咽得下去！

胡琴琴早就懒得跟他废话，突然举起一杆长枪，顶着他脑门。

这下他脑门彻底不疼了！

第十七章　为了一个吃软饭的争风吃醋值得吗

如此干脆利落处理家务事的方法，常春风和蔡武陵都闻所未闻，齐齐倒吸一口凉气，朝着后方小小退了一步。

胡琴琴突然想明白了，常六爷这回真的遇到一个过不去的坎。

他独养儿子的命可以舍，这么多人的生计断了，他常六爷良心过不去。

"常小弟，人家爹都把儿子往后方拉，你爹把你往前方送，你就没想过害怕？"

"怎么不怕！"常天恩目光惊恐，充满哀怨。

这一路上担惊受怕，遇到多少官兵，多少抢东西的，又有多少富贵的行人和饿死的难民……再往前走一点，就是鬼子的飞机大炮和杀人放火的鬼子兵。

这是让他来送死啊！常六爷根本没把他当亲儿子！

常天恩越想越委屈，把常六爷的叮嘱抛诸脑后，哇的一声哭出来："二姐，我实在是没办法。货栈开不下去，货主伙计全都不认我们，非说我爹谋财害命，把你们一家人都杀了。我一急眼就说你是我媳妇，他们就半信半疑，让我把你找回去当家……"

胡琴琴把他拽起来，看他哭得实在可怜，抓了一块手帕递给他。

手帕半道被醋坛子团长劫了。

醋坛子团长冲着常天恩吹胡子瞪眼睛："你多大个人，哭成这样丢不丢人！"

"我爹不要我，让我来送死，他就只有我一个儿子啊……"

常天恩扑上去抱住王不觉的大腿，鼻涕全糊他军裤上了。

王不觉挠挠头，遇到一个大难题。

当儿子是啥滋味，他并没有比马了解多少。养母死后，养父就彻底没人管了，日子过得不痛快，成天醉醺醺的，牛屎堆里、马粪堆里哪儿都能睡，从来不管他。那天被王大雀的娘踢死，也是因为把王大雀的娘认错成了养母，非得拖拽回草堆睡觉。

畜生可没有人这么好的脾气，养父屡次捣乱，这次是彻底把王大雀它娘惹急了，当场就把他给踢死了。

223

至于另外这个叫王瘸子的爹，不提也罢……

王不觉把鼻涕虫拎起来，一本正经跟他讨教："我说小弟，你哭成这样是为啥，这当爹的为啥就不能让你来？"

这个问题相当不友好，等于又捅了常天恩一刀。

常天恩哭得更厉害了："二姐，他欺负我，你要为我做主……"

窝囊废才找女人告状呢！王不觉气急败坏敲在他脑门："赶紧起来！站直了！"

常天恩歪歪斜斜站起来，一脸茫然一脸泪痕地看着他。

"你听清楚我的问题，你爹为啥不能让你来！"

"他是我爹！亲爹！"

"亲爹为啥不能让你来！"

常天恩觉得自己遇到一个疯子，满脸绝望。

大概是因为兄弟的关系，蔡武陵觉得自己能理解王不觉的困惑。

他突然想说点什么，也不管身边是谁，喃喃自语道："我父亲走得早，我们没什么感情，所以，我也不知道父子之间原本是个什么样子。但是，我很幸运，我母亲对我非常好，她非常有主见，谁都不服，从不会拿别人的鄙视欺凌当回事，但她从来不去硬顶……"

他低了头，眼眶微热："她是我的精神支柱。"

常春风嗯了一声，算是回应他的倾诉。

蔡武陵沉默下来，决定不再讨厌这个弟弟。他今天能被命运眷顾，也许是因为他过去被命运折磨得太惨。人生得失成败，不在一时。

王不觉和常天恩一个傻一个蒙，完全没法沟通，常天恩被他拽着反反复复地问亲爹要弄死他的蠢问题，哭也不准哭，躲都没法躲……他觉得自己像是锅里的鱼，煎了这面翻过去煎另一面。

"大家都是人，又没少条腿，凭啥你就不能来？"

"二姐，救救我……"

常天恩很想死，冲着唯一的救星发出信号。

在蔡武陵和常春风恶意的嘲笑声中，胡琴琴终于站了出来，她刚刚趁乱发了一会儿呆，把整件事全都想明白了。

胡琴琴把常天恩从王不觉手里救下来，正色道："团长，常六爷只有这么一个宝贝儿子，从小没吃过苦头。按理说，这孩子天生就该被他爹宠着，一辈子不吃苦头。没承想东北沦陷，常六爷带着军队和眷属逃到关内，在天津安了家，而他在东北的金银财宝房屋地契全都被鬼子抢走了，成了穷光蛋。"

常天恩拼命点头，觉得再解释不通，不如来个雷劈死自己算了。

大家都错了，王不觉没过上一天被宠着不吃苦头的日子，自然也无法理解被宠着不吃苦头的一切。

"可是……"

"闭嘴！等我跟他说完！回家慢慢跟你解释！"

胡琴琴放弃了解释的努力，一个怒喝加一个媚眼把王不觉的嘴封上了。

常天恩不敢置信地看着两人，非常肯定这个男人用了什么妖术迷惑二姐的心神，让她不得不跟他好。

胡琴琴安抚好心上人，又变回那个让他一见钟情的二姐，一掌朝他脑门劈来，敲走他满脑子英雄救美的坏思想。

王不觉呵呵直笑，出了口冤枉气，什么亲爹亲儿子的问题也不重要了。

胡琴琴一把将常天恩拽过来，正色道："我知道你以前的日子过得太好，没遭过什么罪。东北已经落到鬼子手里，眼看着热河也没指望了，你爹能赚钱的活计也越来越少，这么多人这么多军人眷属跟着他逃进来，要吃要喝，走到哪儿都是钱……"

她的声音如同魔音贯耳，常春风低了头，他手下的东北兵一个个围拢来，看着她，背对着她，听着别人的经历，偷偷流着自己的泪。

"不，二姐……"常天恩想告诉她，他的日子一直过得挺好，有的是钱花。

至于其他人，他惊惶地环顾四周，赫然发现多了许多流泪的汉子，回不去家乡的东北军兄弟。

他们跟他爹的那些东北乡亲一样，真的没钱花。

他突然想逃，连连后退，撞在护送他来这里的两个保镖兄弟身上。

两人相伴他多年，这还是第一次看到他们哭成这个德行。

王不觉看他还想挣扎，顺手把人拎起来，一块站到胡琴琴面前听训。

"……你快回去吧，常小弟，你爹不是不要你，他身上扛的人太多了。你要是能帮他一起扛，就是他的好儿子，我的好兄弟。你要实在扛不了，就跟你爹断绝关系，你去这个北平邮局当差赚一份钱糊口。这巴大人要是不信，我让团长给你写一份举荐信，就说你当了他的副官，先到职工作，为他积累经验，以后他回北平再去履职。"

"不，我是常六爷的儿子，我能扛！"

常天恩默默站直了身体，用袖子擦了擦脸，想了想，冲着王不觉毕恭毕敬敬礼。

他不是冲着这个人，是冲着这身衣服。

"不能扛也得扛！我们东北军人和后人，远离故土流亡在外，扛事情就是我们天生的责任！哪怕是病死饿死埋骨他乡，也不会说一个不字！"

他是军中长大的小孩，这个礼敬得无比标准，让人油然生出一分肃穆庄严。

两个保镖兄弟同时敬礼，把这个标准的军礼送给每一个周围的东北兄弟。

王不觉愣了愣，身后的蔡武陵和常春风已经抬手回礼。

常春风眼睛湿了。

这是东北军军人的后代,以前他总觉得这些花天酒地的兔崽子都得拖出去毙掉,好像事情到了头上,这些崽子们并没有他想的这么糟糕。

东北虽然丢了,只要这些小崽子还在,事情也没有他们想的那么坏。

"二姐,你相信我!我能扛!"常天恩仍然红着眼睛,却强忍着没有哭。

胡琴琴看着他热烈明亮的目光,两行泪落下来。他都懂,只是一直藏在父亲的羽翼下,不愿意去承担属于自己的这份责任。常六爷被逼得走投无路,才舍得把他赶出来。

不得不说,常六爷做的是对的,这么多的人要吃饭,多一个帮手,总比多一个废物甚至仇人要强。

王不觉别别扭扭地回了一个礼,觉得他这个姿势特别刺眼。

还有,冲他一声声甜津津的"二姐",不管是真心还是假意,他都是自己情敌,就算回到北平天津,他也绝不搭理!

常天恩走的时候没有哭。

来的路上,他可能流干了这辈子所有的眼泪,神情比来的时候坚毅许多,不会动不动就来一出羞涩小白脸追妻的大戏。

胡琴琴把他送出老远,这真让人生气,所以,醋坛子团长站在城门口等着她,上来牵着王大雀就走。

"西红柿鸡蛋面!"必须用最好吃的西红柿鸡蛋面来弥补他吃醋的心灵!

胡琴琴飞身扑下来,趴在他背上:"猪八戒背媳妇!"

他顺手把人托稳当,委委屈屈地想,猪八戒就猪八戒吧,反正媳妇不嫌弃就行了。

回到隋家大院的时候夕阳正好,门口静静躺着一封信。

胡琴琴打开信一看，眉头一拧，转而又笑了。

王不觉凑上来扫了一眼，也笑了。

说来说去，张大海的要求还是这么简单。

第一个选择，王不觉带兵投降，把云霞镇交给他管，他就把这一大票人全都全须全尾地送回来。

他还提供了另外一个选择，反正云霞镇已经空了，王不觉这会儿带兵赶紧撤走，人照样送回来。

胡琴琴冲着王不觉一挤眼："你猜这个张大海有多大脸？"

"那得承德城那么大！"王不觉冲着漫天夕阳比画，"前脚杀了我兄弟，后脚还写信给我，这脸不得顶一座城。"

胡琴琴眯缝着眼睛看过去，从绚烂晚霞中清晰看着他眸中的水光，叹了口气："那你猜猜，他会不会守信用。"

王不觉没有挪开视线，也没有回答。不管守不守信，凭着他手里那些人，他应该也必须去试试。

"我觉得，他不可能守信，他要守信，鬼子也不能放过他。"

胡琴琴顺着他的目光看去，抹了一把脸，才发现脸上全是泪痕。

王不觉心疼得抽了抽，表面上却笑出声来："这位张大哥想得太周到了，这鬼地方我早就待不下去了！"

"要投降可以，先杀了我！"胡琴琴丢了信转身就走，"猪八戒，晚上别想吃西红柿鸡蛋面！"

胡琴琴做人做事一向不按照常理出牌，遇到这种大事，一定会说得出做得到。

王不觉不会冒这个险，也不可能先宰了自己媳妇，所以显而易见，这个投降的办法行不通。

可他真的很想把人换回来，甩掉这个大包袱，能跑多远算多远。

他一个马倌，根本扛不起这样的重担。这一百多号人在城里每天各种状况，前方后方军民一天天穿梭来去，古北口、南天门前线除了死人就是受伤,北平密云后方要啥啥没有,全都得他们自己想办法,真比他养几百匹马都累!

西红柿鸡蛋面没指望,他跑进马厩跟王大雀分了一根胡萝卜,忽然觉得这样的日子也不错,滚进草堆里呼呼大睡,又被人拎着耳朵拖出来,面对这可怕的现实人间。

团长家后院起火了!

王瘸子和王玲珑都没有想到,不就出门跑了一趟,回来团长和团长夫人就变成了陌路人。

王瘸子目睹了团长儿子和胡琴琴坐在一桌,你吃你的西红柿鸡蛋面,我干啃我的馍馍这种奇特场景,证实了两人翻脸的消息,一回到房间,激动得直发抖:"玲珑,这回我们有指望了!"

王玲珑笑容羞涩:"爹,我都听您的。"

王瘸子在儿媳妇面前拍了胸膛,信心满满地准备出征,走出屋子,突然一拍后脑勺。

坏菜了!他没做过爹!怎么才能展现亲爹的威严?

这事自然只能找做了爹的隋月关讨教,所以,他扭头又钻进隔壁小院。

他有自知之明,知道自己被人嫌弃,满脸不好意思地讪笑,隋月关也不能赶他。

隋月关跟他吃了顿饭,看着就跟做苦力一般,从头到尾愁眉苦脸这不吃那不行,差点把他一张青黑的焦炭脸摁在碗里。

最后,王瘸子还是喝了几口面汤才算完,整桌菜都进了魏壮壮等汉子的肚子。

隋月关烦他烦得不行,看他又找上门来,在心里把王不觉骂得狗血淋头。

"我说亲家,你说……怎么跟人当爹?"

扑哧……魏小怜靠在门上笑出声来。

隋月关怒火中烧,这不是朝着他伤口上浇油泼辣子吗!

他一个儿子去了北平不理他,一个儿子还在鬼子手里!

更可恨的是,他都急成热锅上的蚂蚁,所有人都优哉游哉,一个愿意去救的人都没有!

魏壮壮跟两个护卫队手下端着大碗呼哧呼哧吃得正香,齐齐抬头看着黑脸老头,又齐齐看向隋月关,等他发号施令把王瘸子狠狠揍一顿。

隋月关冲三人摆摆手,又冲幸灾乐祸的魏小怜瞪瞪眼,冲着王不觉的面子强压下心头的火气:"这个,亲家,我说,他们是你亲儿子,你放心大胆去使唤,照着我们的古代礼法,你让他们去死他们都得听你的。"

"君要臣死,臣不得不死;父要子亡,子不得不亡。"魏小怜在一旁添油加醋。

魏壮壮这才明白他就是传说中的团长亲爹,风卷残云吃完饭准备往外走,看这团长亲爹并不是很聪明的样子,赶紧上来补救,赔笑道:"伯父,这事可不能乱来,我们云霞镇还得靠团长保卫,他可是我们的定心丸。"

隋月关摆摆手:"别多管闲事,谁会让自己亲儿子去死,他又不是傻!"

魏壮壮表示了解,带着手下就要往外走。

隋月关灵机一动,突然喝道:"小魏,你在我们家多少年了?"

魏壮壮开始认真地掰手指头:"两年零……"

"我哥就是个混口饭的窝囊废,他来多少年有什么要紧!"魏小怜变了脸,也不扭扭捏捏了,脚下像踩了两个风火轮冲到两人面前,指着隋月关的鼻子怒吼,"你是不是想撵走他,你是不是找到那个母老虎忘了我!"

隋月关病急乱投医,确实想让魏壮壮带人跑一趟,而且他很有信心,魏壮壮是个老实头,只要他开口一定会去。

不过,他倒是忘了,魏壮壮除了老实没啥真本事,要不是娶了魏小怜当小娇妻,他万万不能养这么一个吃干饭的,还特能吃,刚刚这满满一桌全剩下空碗。

"隋月关,我警告你,我就剩这一个哥哥,你要是敢让他去送死,我……我这就跟你拼了……"

魏小怜哭哭闹闹,魏壮壮木头桩子一般,低着头连句安慰的话都不会说。隋月关没奈何,冲着魏壮壮摆手:"我们这不是要走了吗?我就是随便问问,让你做好准备,好了好了,忙你的去。"

魏壮壮转身走了。

魏小怜大概是哭出了真感情,坐在地上痛诉隋月关吃着碗里的看着锅里的不是东西……

隋月关倒是听习惯了,再说脸皮厚无所谓,旁边的王瘸子却发觉这小娇妻有指桑骂槐的嫌疑。

他团长儿子不就是定了天津豆腐西施的亲事,一边还霸着人家的大院和娇滴滴的美人吗?

魏小怜闹得难看,隋月关和王瘸子又成了难兄难弟,手牵着手回到小院,隋月关也不敢嫌弃他怎么做人亲爹的扎心问题,跟他热切交流做一个好爹的心得。

"你看,都说严父慈母,对女儿可以温柔一点,对儿子一定要严厉,你说什么他都得听,不能随便反驳。你要先建立严父的形象,比如不要老是冲着你儿子笑,这样会让儿子瞧不起你!"

王瘸子学了一肚子的当爹经验,真正面对两个儿子,连一句囫囵话都说不出来,光想哭。

蔡武陵拎着马鞭走进来,王瘸子目光热切迎上。蔡武陵冲他一点头,把马鞭交给他,径直去找胡琴琴。

"来,喝碗西红柿鸡蛋汤。"今天的胡琴琴格外不对劲,把做西红柿鸡蛋面剩的一点西红柿汤全喂给蔡武陵,趁他吃得开心,将一封信在他面前展开。

蔡武陵变了脸色,觉得这碗西红柿汤的味道太苦了。

"怎么办,副团长,你拿个主意?"胡琴琴嘴角微微上扬,大刺刺坐下来。

"我拿主意,你会听?"蔡武陵一点也不信。

"不听,但是我可以做个参考。"胡琴琴倒也坦荡。

"那就选第二个条件,人藏在城里,等他们进了城,来个瓮中捉鳖。"

王玲珑端着一碗鸡蛋汤放在桌上,满脸崇拜地看着蔡武陵:"大哥,你真是太聪明了!"

这家伙,一碗是西红柿汤,一碗是鸡蛋汤,面前是两个虎视眈眈的女人,蔡武陵简直无从下口。

人家喝的是汤,他喝的是毒药。

从胡琴琴和他坐一块儿喝汤开始,蹲院子角落的王不觉跟王大雀就发了疯,一人一马一块儿马鸣萧萧,吵得真厉害。

胡琴琴冲着王不觉冷冷一笑:"我说王大雀,你要是再吵一句,我们现在就吃马肉!"

王大雀听不明白,王不觉可不敢冒险,抱着马脑袋不学马叫了,安静如鹌鹑。

"蔡武陵,他们敢进城,自然有清理的办法。你得派多少人埋伏在城里,能够接受多大的牺牲。"

蔡武陵急了:"你未免把他们想得太厉害了,再说,做什么事情都想好最坏的后果,那什么都不用做了!"

"行,我就问你,你要派谁埋伏,能不能接受他的牺牲。"

蔡武陵脑海中闪现过三个兄弟的脸,忽然心脏抽了抽。关山毅、杨守疆、王柏松,他们三人必须跟他回上海,绝不能牺牲,他个人不能接受，回上海也没法交代。那其他人呢？蔡武陵默默看向那个废物兄弟……

胡琴琴一瞪眼，猛地伸出手掌，挡在他的眼前。

蔡武陵自然也不是这个意思，王不觉插科打诨和吃醋比干活打仗的本事强多了，在鬼子汉奸手里只有死路一条。

王不觉也一脸紧张看着他，结结巴巴道："哥，你想想王宝善，他们真的很厉害，不是我媳妇凭空想的。"

他顿了顿，又露出笑容："哥，我不懂什么亲爹亲儿子的道理，只知道我们要走必须一起走，不管是亲爹还是亲儿子，我都不能让你们一个人去凶险的地方。"

"谁是你亲儿子！"蔡武陵平白被他占了个便宜，抄起鸡蛋汤砸了过去。

王不觉正要跟他掰扯掰扯，被浇了满头的鸡蛋花，气急败坏地把早就看不顺眼的西红柿汤砸他脑门。

两人要十仗，被胡琴琴拍桌子吓了回去。王玲珑也被吓了一跳，在王瘸子催促下乖觉地打扫院子，收拾这片狼藉，一边幽怨地冲着两人哭哭啼啼。

两个落汤兄弟没奈何，一块儿钻进浴室洗澡，一边洗一边吼，这个热闹。

亲爹王瘸子生怕两人打坏了，在浴室门外急得直转圈圈。

隋月关脸色煞是好看，憋了几肚子的话说不出来，垂头丧气坐在门口。

胡琴琴走到隋月关身边坐下来，露出笑容。

隋月关抬头看她一眼："这臭小子，你真的看上啦？"

"不合你的意？"

"还行吧。"隋月关摸着良心想了想，决定成全他们算了。

这个团长是假的，而且懒懒散散，打不了什么仗，更成不了大器，放在哪儿都过不上太好的日子。

但是，这个人的好是真的，待人的好也是真的。

他从未见过全城老老少少都喜欢的人，他是独一个，难怪在承德城里混得这么舒服，应该说不管在哪儿，他都有办法混得舒服。

他见过这么多的人，从来不跟自己过不去的人，这也是独一个。

以后过日子外甥女累是累一点，但永远不必担心背后有人捅刀子。人活一世，能遇到这样的男人，是外甥女的福气。

胡琴琴低声道："大舅，不能再等了，你带上小河先走！"

"那你呢？"

"是我们。"

隋月关叹了口气，忍了又忍，那戳了他好久心窝子的话还是出了口："我知道你舅娘的本事，现在是她自己不想回来，对吗？"

两人相对沉默。

隋月关像是被当头敲了一棍，身体微微摇晃着起来，跟跟跄跄往外走。

胡琴琴紧跟而上，想要去搀扶他。

隋月关避开她的手，两行泪流下来："不用管我，这是我应得的报应。"

世间真的有报应。不珍惜好日子，好日子就变成了糟心日子。不珍惜应该珍惜的人，等他宁死都不肯见你，那就真的死都见不上了。

回到院子，魏小怜失去观众，也不再闹腾，正跷着二郎腿吃瓜子，把瓜子皮吐成一个扇形。

隋月关摇摇晃晃走进门，冲着小娇妻嘿嘿地笑，泪珠子却止不住地往下掉。

魏小怜呆住了，收了二郎腿和瓜子，扫掉扇形瓜子皮，垂着头低眉顺眼坐在屋檐下。各人有各人的命，各人有各人的苦，她并没有打算安慰他。

隋月关也没想去控制泪水，低声道："小怜，收拾东西，跟你哥哥马上走。"

"你要的钱，我留在天津金城银行的保险柜，你跟你哥哥不要乱花，能过一辈子好日子。"

"这是钥匙，你们好自为之。"

他一边说一边朝着她走去，将钥匙塞进她手心，狠了狠心，转身往外走，肩膀一耸一耸，看起来像只丧家犬。

他心疼钱，更心疼女人，两个女人都没指望了，他得去把儿子接回来。小河要是回不来，大河这个犟脾气，肯定一辈子都会跟他老死不相往来。

世道乱了，他也已经老了，没有以往力挽狂澜的信心和本事，只能朝着有希望留住的人伸手，其他的花团锦簇，他已经顾不得了。

魏小怜突然扑了上去，从后面紧紧抱着他。钥匙掉落在地，形状精巧，是一个小小的心。

"瘸马哥，大官都有几房太太，你要是不嫌弃，我给你做小也可以。"

"当然嫌弃！我可养不活！"

王不觉刚洗完澡出来，还没跟媳妇讨个好卖个乖，王玲珑就凑了上来毛遂自荐。

这可真是天降横祸，王不觉眼前一黑，恨不得抱着胡琴琴的腿当场求饶。

"瘸马哥，这些年我天天想象你的样子，我……真的等得你好苦啊……"王玲珑眼睛眨巴眨巴，可惜没能挤出几滴泪来。

胡琴琴露出两个梨涡的标准笑容："我说王姑娘，为了一个吃软饭的争风吃醋，值得吗？"

王不觉一听有救，迅速举手表决："不值得！当然不值得！"

"没问你！吃软饭的，一边凉快去！"

作为吃定了自家媳妇的软饭男,王不觉喜滋滋接受这个称号,果断猫在一旁,还抱着一个软饭男道具——一个大空碗,眼巴巴等饭,他刚刚啃了两口馍就啃不动了,什么都没吃呢。

王玲珑傻乎乎地在两人脸上看来看去。

王瘸子从屋子里走出来,心里打着小九九,脸上皱纹开了花。

说老实话,他对这个媳妇十二万分满意,可目前两个儿子,一个光棍,一个冒出两个媳妇,要是能够平均一下,岂不是非常完美。

"你看,我有两个儿子……"

"你享不了两个儿子的福,干脆别管他们的闲事,给彼此留一分情面,日后有个念想。"

王瘸子愣住了,硬着头皮笑道:"我的意思,是你能不能考虑一下我大儿子武陵,听说你们以前有婚约。"

胡琴琴点点头:"是有婚约。他毁婚,不但坏了我的名声,还连累我几个好朋友丢掉辛苦得来的工作,有的因此自杀……"

屋内传出一个重物跌落的声音,门猛地拉开了。蔡武陵头发还湿漉漉的,满脸震惊。

胡琴琴淡淡瞥了蔡武陵一眼,丝毫没有掩饰目光中的杀意:"对了,我准备打完仗拿他祭枪,替我的朋友们报仇。"

王不觉看了看媳妇,再看看兄弟,顿时觉得头大如斗。

王瘸子背脊一阵发凉,无言以对。而王玲珑被她吓破了胆子,躲在王瘸子身后直发抖。

蔡武陵披着衣服从屋内走出来,头发还湿漉漉的,很明显,这一番谈话有他的推动和热切期待。直到从她嘴里听到,他才知道一切都无可挽回。

"非常抱歉。"蔡武陵朝着胡琴琴微微躬身,径自冲出屋外,飞身上马,马蹄声很快消失在风中。

第十八章　扮猪吃老虎还是真的是头猪

胡琴琴挺纳闷，两兄弟在浴室一顿打，按理说大小都得出点毛病，谁知道一个完好无损，早早溜之大吉；一个神清气爽，抱着王大雀当亲儿子啃——要不是知道他这点可怜的本事，她还真以为他打了个大胜仗。

王不觉不说，她也懒得问，现在最紧要的问题不是这几个烦人的家伙，是如何跑一趟古北口，从敌人手里把那几个人弄回来。

半夜，王不觉翻来覆去睡不着，把同样在床上烙饼的胡琴琴叫起来，偷偷拉上王大雀出来，在城里四处游走。

王大雀精力过于旺盛，憋在院子里十分不痛快，撒腿一顿瞎跑，跑到东门才停下来。

星光灿烂，山峦连绵起伏，山峦的底下，葬着他的兄弟王宝善。

他自己的人生算是已经圆满，可兄弟孤零零躺在这里，等他们跑回平津，还不知道何时才能回来相聚，在坟前喝一杯。

要说有多深的兄弟情分，他绞尽脑汁都想不出来，这才是整件事的可笑可悲之处。

两人就是一场有酒一起喝的交情，王宝善拿捏着他和王大雀，到处蹭吃蹭喝蹭女人看，他心里清楚得很，也懒得计较：要不是王宝善，王大雀小命都保不住，何况他也没白当这个干爹，捞到什么好草料都巴巴地跑来送到王大雀嘴边。

就这么一点不尴不尬的关系，犯不着动真格的，王宝善不该拿他这个假团长当回事，跑去鬼子汉奸那头吹牛拍胸脯包揽什么诱降事宜。

正经包揽下来也行，王宝善想了半辈子荣华富贵和媳妇热炕头，大可以弄死他算了,结果非但没娶上媳妇,还把自己搭了进去。他自己觉得亏心,同时也替这傻大哥亏得慌。

还有胡二娘和小河,他就是穷极无聊想找个由头去听人说书,说书的是个天津的江湖人,凶巴巴的,一瞪眼能吓哭一屋子小孩。

说书人能赶他走,总不能跟孩子过不去,能听懂历史古今而且讨说书人喜欢的也就小河一个,是自己沾了小孩的光。胡二娘还把他当恩人,处处讨好他,这么不容易还时常管他吃喝,他也觉得亏心。

还有怀里的美人,他知道自己配不上她,亏心极了。

还有这些兄弟,他们明知道自己不是这么回事,竟然还愿意留在这里听他假模假式扮演团长。

还有龙孟和,他的马匪日子过得多么自在,自己硬塞他一个副官当,他竟然也傻乎乎认了,拉着一票人在前线出生入死……

这么多的亏心,像野兽一样咬着他的五脏六腑,在谁也不送命的情况下,他真的想做点什么,去舒缓这样的尴尬和疼痛。

王不觉和胡琴琴在东门门口眺望远山良久,王大雀不耐烦,扭头一通疯跑把他们带去北门。

这座城建得真结实,小巷子四通八达,城墙和房屋铺子的墙壁大多用石头垒就,简直比铁壁村还厚,王不觉一边走一边啧啧赞叹,还不忘搂着怀里的美人啰啰唆唆……

"媳妇,你看看,这墙壁,炮弹应该轰不破吧?

"夫人,我们吃人家的饭,总得保人家的地方,再说练兵这么久,总有几个能打仗的,你说对吧?

"二琴,这里牵一条绳子,就是绊马索,是不是能拦住马队?

"我说,我们跟上头诓了一点弹药,反正跑路也不好带,要不然在这里用掉算了?"

胡琴琴不知道是在生气还是犯困,根本不搭理他,一根裤腰带把自己和他捆在一块,敲敲他的胸脯让他别僵着再软乎一点,眼一闭,舒舒服服缩在他怀里睡大觉。

小巷子四通八达，打埋伏的可能不是没有，王不觉委委屈屈地想，她要是不让打，他还真的不怎么敢上阵，毕竟他连枪都不会使，最后还得靠她救命。

绊马索可以有，但人家打进来的也未必是马队，要是车队和坦克，连屋子带人直接碾过去，千万别搬起石头砸自己的脚，鬼子影子都没见到，把王大雀摔坏了。

挖地道是不可能的，这块地硬实得很，几天未必能挖出个洞来；再者虽然现在人都走光了，谁家地底下不得藏点东西，东西丢了还得找他们的麻烦。

水淹？枯水时节，没这么多水，引水过来是个大工程。

炮轰？没炮，谁家炸坏了不得找他赔。

他想得头疼，偷偷在她脸上亲了一口，算是给这趟心乱如麻的夜奔捞点好处。

"我在这里长大，舍不得它变成废墟。"

听到胡琴琴低微的声音，他微微一愣，才发现她并没有睁开眼睛，心头大定，坦坦荡荡在自家媳妇脸上啵了一口，笑得像只偷腥的猫。

"我知道，我也舍不得，我不会打仗，即便想打，也帮不了什么忙，主意是我出的，百姓是我送出去的，我怕城毁了，人死了，到头来全都怪我。"

"可你还是想打。"

"我就是想试试，我觉得亏心。"

"对谁？"

"每一个，包括你。"

他闷闷不乐地贴着她的脸颊，生怕被她瞧见自己的心慌意乱。

常天恩那么漂亮的小伙儿，哭着喊着要娶她做媳妇，她愣是不干。

还有挺威风的蔡武陵，还有见到她眼睛发亮的杨守疆……她一个都看不上，由着自己吃软饭，还舍下温暖的被窝，绑在他身上吹冷风。

胡琴琴贴在他胸膛，大概体会到了这亏心的程度，笑声顿起，和叮铃铃的金铃子一般回响在夜空。

"我亏心得很，你不要笑。"

胡琴琴回头，一口亲在他胡子上，被扎得有些气不过，反手揪住他的衣领狠狠在唇上亲了一口，这才放过他，在他胸口擦了擦嘴，摸了摸滚烫的脸，一直飘飘忽忽的心思蒲公英一般落入泥土。

人生这样短，这么难，找到一个舒适的怀抱，不要再错过。

"我亏心，还很不甘心。"他被这个吻安抚，终于吐露心声。

胡琴琴正色道："我今晚跟你出来，就是因为我也不甘心，我得想清楚怎么办。

"每一座城都有它的命运，有的被废置，比如两座路营城；有的人气日积月累，就变成念念不忘的故城，比如我们脚下这座城。

"父亲跟我说过，鬼子对华北虎视眈眈，越过长城进到平津是迟早的事情。我不会留在他们的眼皮底下，但是它只要存在一天，我就会觉得我还有家，还能回家。"

她的声音温柔，随着马蹄声穿过大街小巷。

也许是风太冷，王不觉心中一片白雪皑皑的荒芜。

他开始琢磨一个新的难题：家是什么东西？

马厩不算家，他没有去过的天津和唐山，即便有那个并不认识的亲爹和小媳妇，也不算家。

隋家大院？那是她的家，不是他的，他就算厚着脸皮硬吃了这软饭，那也不能霸占这个小院把它当成家，何况现在就要放弃它了。

那什么是家？哪里才是家？

他紧紧抱着她，吐出心里的话："什么是家？"

这个问题同样难倒了她。

240

她可以当长城下的云霞镇是家,当从小长大的隋家大院是家,那北平那个小院也应该是家;天津的货栈,她很喜欢随同父亲住在那里,玩游戏捉迷藏顺便打个架,也应该是她的家。

相比较而言,她比他不知道要幸福多少倍。

"我不知道什么是家,有父母亲人的地方,应该就是家。以后有我的地方就是你的家。"

"那,我们的家在哪里?"他的问题又来了。

胡琴琴笑了:"你问我,我也不知道。把他们找回来,我们一起去北平买个小院子,一家人热热闹闹在一起,那就是家。"

"好。"风还是这样冷,他双臂紧了紧,心里悄然热起来。

"还有,大家伙不是为你做事,你不要把这个团长当得太认真。"

王不觉呆住了:"可是……"

"你觉得他们都听你的对不对?"

王不觉迅速点头,到底还知道羞愧,脸上微微发热。

"你可千万别把自己想得太好。我们是为了……"胡琴琴突然苦笑,"走吧,天冷了,回家。"

城里半夜跑马的人没几个,跑的几匹马也个性十足,很容易分辨。

陈袁愿和吴桂子两人正蹲在营房喝酒,遥遥听到王大雀的马蹄声,带着一股莫名的兴奋蹿出来等在北门,一看到马背上连体婴一般的两个,两人面面相觑,觉得此时不该出这个头,简直就是破坏气氛。

可是,见到王大雀这匹帅马不摸两把,总觉得亏……两人还在踌躇不前,王大雀几个蹦跶跑来,在两人面前站定,兴奋地摇头摆尾。

这可是多少胡萝卜和草料加甜言蜜语结交的友情,两人心潮这个澎湃,克制着不要扑过去,因为马上还有一对小情侣。

胡琴琴看得好笑,率先抽了腰带跳下马:"你们来得正好,跟他解释一下，为什么不要把这个团长当得太认真。"

陈袁愿是王不觉的忠实拥趸，第一个不答应，马也顾不得摸了，叉着腰道："夫人，话不能这么说，团长要是当得不认真，我们也不能撑到现在。"

面对他的热切眼神，王不觉亏心得更厉害了，跳下马拍在他肩膀："老陈，谢谢你。不过，我媳妇说不能认真，那就一定是对的。"

吴桂子跟王大雀碰了个头，心满意足，扑哧笑出声来："我说，你们较这个真没必要，前面能撑多少天还是未知数。黄师长退回来，有良心的第一个把你收了整支队伍拉走，没良心叫你留在这里掩护，那我们就全交待在这里了。"

王不觉期待地看向陈袁愿，谁知道陈袁愿也不吭声了，他敢做团长的主，上头这些家伙什么德行他最清楚不过，哪个师长的主他都不敢做。

吴桂子叹道："你别指着跟他有点交情，战场上亲兄弟也得明算账，以往我们碰见的过河拆桥的事情也不是没有，所以呢，你赶紧做好心理准备，兄弟们都听你的。"

王不觉无言以对，觉得肩膀上更沉了，眼巴巴看着胡琴琴："媳妇，你刚刚吞下去的是什么话？你们到底是为什么跟着我？"

"为了……"

胡琴琴一声咳嗽，打断了吴桂子的话。吴桂子摇摇头，大概也知道大家的目的各不相同，无谓给他增加烦恼，就此打住。

陈袁愿目光无比真诚看着他："为了打回东北。"

王不觉瞪大眼睛，觉得他在讲天书。

吴桂子嘿嘿乐了："团长，别听他的，汤主席大把的钱大把的人和马都没能打回去，想指着你和王大雀，这不是开玩笑么！"

陈袁愿向来不是一个开玩笑的人，王不觉心里有些发凉。

胡琴琴一把揪住他:"这么大冷天把我揪出来,赶紧回去给我焐被窝!"

王不觉嘴都笑歪了,把她抱上马,招呼都来不及打,扭头就跑。

陈袁愿和吴桂子目送他们远走,相视叹息。

陈袁愿苦笑道:"汤主席没办法,张某人没办法,蒋某人也没办法,从上到下,大家心里各自拨着小九九,换谁来都没办法。"

吴桂子拍拍他肩膀:"天下没有不散的筵席,留不住就算了。"

回到隋家大院,王不觉打开房门,吓得撒腿就跑。

床上被窝里已经躺着一个长辫子姑娘呢!

胡琴琴看他慌不择路的模样,用脚指头也能想到他撞了什么邪,嘿嘿一声怪笑,把他剥了皮塞进自己香喷喷的被窝,焐热乎才一脚踹出来。

王不觉这个冤!事情是自己先惹下来的,也只能摸摸鼻子认了,缩到大炕角落睡大觉。

半夜,胡琴琴一脚把他踹醒,隔壁传来高高低低的交谈声——王瘸子耳背,说话声大,王玲珑说话声小。

两人商量来商量去,就一个主题,明天怎么让军队撤走,把云霞镇空出来。

两人听墙根听得兴起,又钻一被窝里嘀咕去了,对王不觉来说,也算是意外之喜。

睡了一觉,王瘸子和王玲珑都像是换了个人。

王瘸子脸上抹了粉,虽然还是遮不住炭黑色,脸色到底看起来比昨天好了很多。昨天是个行将就木的小老头,今天变成一个笑眯眯的僵尸小老头。

魏小怜巧手装扮,还贡献出自己珍藏的行头,将大辫子梳成一个发髻,王玲珑从乡下丫头变成城里少妇。

没办法,魏小怜自己就是少妇,再说王玲珑底子有限,给她扮不出一个天仙来。

两人商量一宿，还是王玲珑比较聪明，想出这么一个见招拆招的计策来，那边不是说要人撤出城吗，这很好办，怪只怪王不觉和蔡武陵两人年轻气盛，死脑筋不知道灵活应付。

人和城比起来，当然是人比较重要，这么一座空城有什么好蹲的，连口酒都喝不上！

两人先跟魏小怜打听清楚军营情况如何，谁是老大，该使唤谁。魏小怜让两人去北门显摆显摆，可王瘸子听到炮声隆隆，到底还是怕，嘴里答应得好好的，一扭头就赶着驴车直奔南门。

南门校场，众士兵都在操练，虽说临时抱佛脚有点过意不去，这会不干点什么那就更心慌。

常春风和魏壮壮拿着军棍正打得起劲，魏壮壮老远看到王玲珑这身打扮，眉头拧了几次，军棍一收，低声道："来者不善，你去应付一下。"

常春风可没这么好说话，军棍一挥，赶鸭子一样把他赶上前来应付，随后打一个手势，众士兵立刻退后隐身。而魏壮壮打个唿哨，叫出来护卫队的手下，迈着整齐的步伐迎着王瘸子走去。

王瘸子一辈子胆小怕事，哪里见过这种阵仗，一颗心跟着脚步声咚咚蹦个不停，而王玲珑已经躲在他的身后直发抖。

魏壮壮上前一个军礼："团长他爹大人，团长夫人，你们这是要去哪儿？"

王瘸子到底还没傻，这人虽然多，气势虽然凶，总不像是一支军队的样子，他刚想开口，不知道是被吓的还是饿的，头晕目眩，咬着牙硬挺着，就是说不出话来。

王玲珑看他不吭气，有些急了，从他身后绕出来赔笑道："这位大哥，这点人不够干吗吧？"

魏壮壮也挺配合，笑眯眯道："不够的话，找团长请示，多少人都能拉来。"

常春风也起了好奇心,凑上来和魏壮壮并肩站着,看他这一脸白粉差点没喷,憋着一肚子笑等看好戏。

王瘸子看着两个汗淋淋的汉子,想起自家两个漂亮汉子,眼里泪花翻滚,脸上肌肉抖动,扑的粉太厚了,簌簌往下掉。

王玲珑迅速扯了他一把:"爹啊,办正事。"

王瘸子回过神来,嘿嘿笑道:"二位……孩子,我真的是你们团长和副团长亲爹,他们都认了的……"

"亲爹!你们看,是不是跟团长长得一模一样!"王玲珑指着王瘸子白森森的脸冲着两人笑。

常春风觉得还不够热闹,想了想,单膝跪下来,冲着王瘸子一拜:"伯父在上,请受下官一拜!"

魏壮壮眼珠子都快掉下来了。两人是穿开裆裤长大的交情,他怎么不知道平时都是一张死人脸的混蛋这么能演戏!

"好说好说。"王瘸子和王玲珑都颇为受用,笑得脸上的白粉直掉。

常春风乐极生悲,被白粉迷了眼睛,揉着眼睛哭笑不得。

魏壮壮赶紧把他拉起来,正色道:"伯父,团长夫人,言归正传,请问二位有何吩咐?"

王瘸子和王玲珑交换一个惊喜的眼神,王瘸子激动地拉住魏壮壮的手:"你们跟我去唐山行吗?"

无人回应。

王玲珑迅速补救:"去密云,去密云也行!"

魏壮壮看了看常春风,笑了:"也不是不行……"

王瘸子和王玲珑盯着他,眼睛亮晶晶的,嘴巴大张。

"没有我们团长和副团长的命令,我们没法动。"

王瘸子挠挠头,觉得他说的对极了。

王玲珑拉了拉王瘸子的衣袖，低声提醒他："亲家！"

亲家还等着他们去救呢！今天这事必须成！

王瘸子硬着头皮冲两人嚷嚷："什么团长的命令，我是他们亲爹，我还能骗你们不成！赶紧的跟我们走吧，我在唐山能有一亩地，种啥有啥，我们回去就办喜酒，好好招待你们！"

敢情他还惦记着那一亩地！

常春风迅速举手敬礼："遵命！伯父！"

王瘸子冲着士兵挥手："大家赶紧去唐山，这是团长和副团长的命令！"

王玲珑急了："密云！"

"对！去密云！大家赶紧去！"

王瘸子和王玲珑乐呵呵地爬上驴车，满脸期待地看着两人。

常春风和魏壮壮交换一个眼色，魏壮壮撇嘴一笑，低声道："我来陪他们演戏，你们按兵不动。"

常春风皱眉道："别把他们惹急了。"

魏壮壮笑道："他们要能为这种事翻脸，我们留在这里有什么必要？"

两人都猜错了，王瘸子和王玲珑并没有想走。

魏壮壮带人跟上王瘸子和王玲珑的驴车，王玲珑磨蹭上了，抓着鞭子不停回头瞧……

走出不到一里地，果然把人等来了。魏小怜纵马疾驰而来，大刺刺堵在一行人面前："喂，我们当家的说了，把前面埋伏的人都叫上一块走，我们走一个算一个。"

魏壮壮看着魏小怜的眼睛，没有回应。

王瘸子拍手叫好："对啊，要紧的不是这支队伍，是前面的埋伏！"

前面埋伏的人由吴桂子管着，吴桂子跟魏壮壮交情还算不错，魏小怜有这个信心。

"又是要等团长的命令？"王瘸子疑惑地看着魏壮壮。

魏壮壮有些理亏，没有吭声。

魏小怜沉下脸看着他："哥，走不走？"

魏壮壮一挥手："你们在这儿等等我，我马上回来。"

"慢着！"魏小怜急了，"你这么去，怎么把人叫走？"

魏壮壮头也不回摆手："这你就不用管了。"

魏小怜看着他的背影，愤怒地攥紧拳头。

王瘸子和王玲珑面面相觑，魏小怜一转头，冲两人挤出笑容。

这笑容挺瘆人，王玲珑一个哆嗦，拽上王瘸子壮胆："爹，我们难得来一趟，城里城外到处瞧瞧吧。"

王瘸子还没回答，魏小怜热情洋溢地牵着她的手走了。

"团长命令，大家赶紧从茶马村阵地撤回镇上驻防。"

魏壮壮脸上向来没什么表情，说谎不用打草稿，当然脸上更加看不出来。

吴桂子笑起来："我就知道，他现在急着跑路，什么都管不了了。"

众官兵都愣住了，迅速围拢来，七嘴八舌指责团长。

"我们刚刚才修好工事，修得这么结实，他说退就退，怎么不早说？"

"是啊，鬼子要是突破了防线，我们这里还能挡一挡。"

"你们不会打仗别瞎指挥！"

……

魏壮壮自始至终不发一言，挺坦然地看着吴桂子。

吴桂子没奈何，冲着众人摆摆手，把这阵喧嚣不满都压了下来，冲着魏壮壮一拱手："兄弟，你也看到了，我们挖了这么久工事，现在丢了确实很可惜。"

"鬼子有飞机大炮,你们这几个人不管用,不如去城里,说不定还能守个三五天。"

"别开玩笑了,要真的能守,奉天就守好了,不用等到这鸟笼子一般大的地方。"吴桂子倒也想得通。

魏壮壮朝着东边山峦一指:"别想着这路边平坦的地方,山里打埋伏挺合适。"

"这一会儿进城,一会儿进山,团长到底想干吗?"

"他的心思我猜不透,你可以进城去问问他。"

大概是这个团长确实不怎么靠谱,两人相对心照不宣苦笑,这事就算定了。

魏壮壮扭头就跑,吴桂子看着他的背影,挠了半天头,悻悻然挥手:"算了,大家跟我进城。"

众人一片哗然,还是收拾东西撤走。

此时此刻,王不觉和胡琴琴做贼一般从南门钻到北门,看着魏壮壮出了城又穿城而过,回去南门,随后吴桂子带人进了城……两人从城墙一路飞跑,扑入隋家大院。

胡琴琴笑眯眯看着他:"我说,相公,你这是扮猪吃老虎吗?"

对于所有不太懂的问题,王不觉有一招制胜法宝,那就是——只要微笑就可以了。

说老实话,他真的不知道什么叫扮猪吃老虎,他是真的猪八戒,也是真的蒙。

王瘸子和王玲珑张罗着要走,两人听得清清楚楚,也很默契地没有制止。

王不觉想看看两人到底搞什么鬼名堂,而胡琴琴打翻了醋坛子,巴不得王玲珑赶紧走。

他们或许是为了换胡二娘等人回来,或许是为了别的……王不觉看了一场好戏,有些出乎意料。

魏小怜大概是唯恐天下不乱，带着王瘸子和王玲珑城里城外到处跑；魏壮壮的护卫队欲走还留；吴桂子回来之后带着士兵四处钻，准备修工事；陈袁愿得到撤走的消息，还在发疯；常春风亲自在南门门口守着，什么话都没说，态度暧昧……

"我说，媳妇，我爹这是帮我还是准备造我的反？"

胡琴琴斜了他一眼："我又不是你爹。"

王不觉喝完面汤，心满意足地擦了擦嘴，起身就走。

"你去哪儿？"

"问我爹。"

"要是他说要帮你，你是不是还得跪下跟他哭一场，把人都拉去密云？"

王不觉回头一笑："他们的目的是打回东北，你觉得我拉得动？"

"拉不动。"胡琴琴笑起来，"那如果我想把这支队伍拉上古北口呢，你去不去？"

"不去。"

"你再说一遍！"胡琴琴怒目而视。

"他们不去，有人去，我跟你去。"王不觉坦然看着她。

"蔡武陵他们几个是不是都去了？"

王不觉低着头没回答，这是浴室打架的时候做的决定。他也想去，蔡武陵觉得他是个累赘，不让他去，这让他挺没面子，一直不好意思提。

胡琴琴得到答案，忽而笑了："你们做这些是为什么？"

"你自己说的，有你的地方，就是我的家。

"我有家的话，我的兄弟也就有家了。"

这话说得很不要脸，可他向来不怕。

胡琴琴眼眶一热，紧紧和他拥抱，转身就走。

王不觉知道她要去哪里，毫不犹豫地跟了上去。

胡琴琴脚步一顿，回头盯着他。王不觉也知道自己的本事，心虚地避开咄咄逼人的目光，一声唿哨。

王大雀呼啸而至，冲着两人兴奋地刨地。

这是一人一马的约定，这是出征远方的信号。

胡琴琴笑了，轻轻牵了他的手走出来。

第十九章　谁惹了她都不依不饶，必须干到底

远处炮声隆隆，古北口附近的大鼓村里还是一片死寂。家家户户都关门闭户，黑衣男子穿梭来去，个个脸色阴沉，杀气腾腾。

仍然是这栋小村"豪宅"，张大海去战场跑了一圈，如往常一般拎着王八盒子走进来，把枪丢在桌上，坐下来准备吃饭。

也如同往常一般，胡二娘打扮得漂漂亮亮，端着一碗又一碗菜放在桌上，冲着张大海直皱眉："你瞧瞧你这身，也不去洗洗，洗完漱漱口吃饭了。"

管到我头上来了！这日子倒也有趣！

张大海嘿嘿一乐，到底还是起身。水盆里的水温热，手下去温度刚刚好，毛巾挂得十分整齐，洗得干净如新，茶缸里的茶水冒着热气——大户人家的女人就是不一样，很会过日子，细节处处透着精致。

张大海斜眼看着她，喉头滚了滚。

女人还得靠养，靠打扮，她现在这模样，比起当初在城里初见

那会儿不知道漂亮多少,好一个徐娘半老,风韵犹存……

可惜脑子不怎么好使,看上王宝善那个蠢货。

张大海在心里叹了又叹,抓着茶缸坐下来淡淡笑道:"二娘,你说那个瘸马兄弟能不能把城让出来?"

胡二娘很干脆地摇头:"不能。"

"为什么不能,我给的条件不够好?"

"他不敢。"胡二娘笑了,"我了解这小子,他胆子小得很,想去书场蹭书听也不敢,还得抓上我儿子当幌子,他干不出这种大事。"

张大海倒是第一次听到这个说法,哈哈大笑:"你既然这么了解他,我想用你换这座城,你猜猜他们肯不肯。"

"当然不肯,就算他爹娘来换都不可能。"

张大海又想叹气,自从遇到这个女人,他叹气的次数越来越多,这可不是什么好现象。

他伸手握了一下茶缸把手,随即放开,抓上筷子伸向那碗羊肉,一手去抓馒头。

胡二娘稍稍侧身,目光一闪,有些许失落。

一眨眼,张大海人已经到了眼前,手里什么都没抓上,一巴掌甩到她脸上。

胡二娘连退了两步才站稳,眼冒金星,反手从桌子底下抽出一把刀,身形一闪,劈在他的头顶,被他一脚踹在手臂,刀也飞了出去。

刀被人迅速捡走,张大海又是一巴掌,胡二娘跌坐在地,血从嘴角流下来。

"你以为,我真的想要这座城?"张大海有点想在她脸上啃一口,又怕她还藏了刀,不敢靠近她,抓上枪指着她的脑门,"我想要你的命。"

"拿去就好了。"胡二娘朗声大笑,"我没跑,就是等你要我的命，你要不了我的命，那么我就准备要你的狗命！"

张大海笑眯眯看着她，觉得这日子过得真带劲，多少年没有这般满足和过瘾。他闲来天天琢磨这个剽悍婆娘，等了这么些天，这一次的等待太值当了。

"你以为我不知道你那点心思，我留着你，因为你还有大用处。"

"不，真正有用的王宝善被你们杀了，而且你算错了一件事，那小子又不是什么正经团长，穿上龙袍也不像太子，谁来说都不管用。"

"谁说没有，你看，你在这里，想救你的这些人不都来了。"

胡二娘变了脸色，又笑起来："知道他们来了你还不赶紧跑，你这点本事唬弄小鬼子还行，可别把自己小命玩丢了。"

又一个巴掌甩过来，胡二娘抬起手臂去挡，被他兜心踹了一脚，飞出去撞在饭桌一角，跌落在地。

"要没点本事，日本人不会重用我，你懂吗！"

胡二娘擦了擦嘴角的血，冷笑道："张大海，你也是中国人，就没看到村里这些中国人的下场？"

张大海打了个激灵，冷冷道："你挑拨离间没有用，我现在的一切都是他们给的，我要是脑子不活一点，早点改换门庭，现在已经成了炮灰！"

张大海将茶缸端到她面前，枪口冲着她下巴一挑："来，喝一个，给我看看效果。"

胡二娘也不问是哪里露出破绽，半点都没推辞，端上茶缸喝了个底朝天。

张大海愣了愣，叹了口气："我敬你是一条好汉，给你一条活路，你把这个认罪书签了，我马上叫日本医生救你。"

他从怀里拿出一张早已备好的纸："摁个手印也行。"

胡二娘也没犹豫，朝着这张纸伸出手，她手上血迹斑斑，按上去就有救了。

"以后跟我过一辈子就完了,何必老跟我过不去。"张大海并没打算给她,抓着她的手嘿嘿一笑,"王宝善那个厌货你都能忍,我长得不比他强多了,就不能跟我过一辈子?我又不是缺女人,就少个靠得住的伴……"

话音未落,胡二娘另一只手不知从哪儿抓出一把刀,直捅向他心窝。

张大海见过多少大风大浪,一侧身,用手臂硬生生吃了这刀,一脚把人踹飞出去,重重撞到墙上掉落下来。

青黑的血从胡二娘嘴角流下来,她强忍疼痛,死死盯着他的眼睛:"我照顾你这么多天,你要是存着一点良心,就打开村子让我们回去,我想死在我们自己的地方。"

"你这个不知好歹的臭女人!"张大海迅速包扎伤口,怒目而视,"你以为能活着到家!"

胡二娘摇摇头:"你这里太臭太脏了,我家干净。"话一说完,她就撑不下去了,瘫倒在地。

张大海掀了桌子,怒喝:"把那个兔崽子带过来!"

胡小河就站在门口,梗着脖子看着他,一滴泪都没流。

张大海傻眼了:"你娘死了,你看着我干吗!赶紧把你娘带回去埋了!"

胡小河声音颤抖:"我娘来的时候就说了,要是我敢哭,她做鬼都不会放过我。"

张大海半天说不出话来,满心挫败,下意识地摆摆手。

胡小河搀扶着胡二娘爬上马背,带着她狂奔而去。

他的马术是瘸马教的,是在王大雀背上练成的,带一个人对他来说毫不费力气。

等张大海回过神来,母子俩已经不见踪影。

"来人,盯着他们,看他们跑去哪里,见一个杀一个!"

"仓田桑已经安排好人手了。"一个阴冷的声音似乎带着刀从角落里钻出来。

坏了！张大海心情不大好，还想敷衍了事，没想到顶头上司早就动了手，不由得打了个寒噤，抓上枪弹冲了出去："都跟我追！"

虽然大鼓村看得很死，并不妨碍大家齐心协力救人出来。

胡二娘真的可以跑，可她想赌一把命，没有跑。

她赌输了，也愿赌服输，最后还赌了一把，利用张大海对自己的一份复杂的心思，用自己的尸体送儿子回家。

这一把她赌赢了。

小河带着母亲刚冲出村口，黄瞎子一人一马从小路冲出来，引领着他跑向回家的方向。

黄瞎子担着一颗心，但也知道小河这些小崽子常常跟瘸马在草原上跑马，在武烈河游水，这些上山下水的淘气活儿难不倒他。

他没有看错，小河马上的活计干脆利落，一边控制缰绳，一边把胡二娘牢牢捆在自己身上，绳索绕在手腕——他现在只有一个念头，跑回家找人救命，要死一起死。

黄瞎子放下心来，只管引路和帮他料理险情。他早就摸清路线，在山川沟壑中绕来绕去，很快找到古北口一带的山村集中转上大道的一个岔路口。

路口有人架着树枝做的关卡，幸好关山毅带人赶来接应，连人带树枝刚刚清理干净，黄瞎子跟小河两匹马呼啸而过。

"跟上！别让人跑了！分开追！别让他们进城！"

"是！"

张大海的喊声越来越近，而追兵的吼声和枪声在山谷久久回响。小河到底还是个孩子，哪里见过这种阵仗，吓得浑身发抖。

黄瞎子眼瞅着关山毅等人被甩得越来越远，前面要是有一道埋伏，后果不堪设想，一咬牙，一鞭子打在小河坐的马屁股上，一脚踢在自己胯下的马腹，两匹马并驾齐驱，风驰电掣地穿过小路。

前方是伏击的好地方，他拿着一把枪倒过来骑着马，冲着冒头的黑衣追兵就是一枪。

城里算卦打听情报多年，打枪已不是他的强项，手也生了，人没打上，打中了马。黑衣追兵正要开枪，关山毅飞快地赶上来，一枪补在追兵脑袋上。

追兵倒毙，更多人从隐蔽处冲出来。黄瞎子猜得没错，张大海他们想布置一个大口袋，就是没想到眼大胃口小，吃不下这多人。

再看张大海这头，原来仓田布置的计划是用活的小河母子做诱饵，引出这些眼线和挡路者，痛痛快快一路杀到云霞镇，跟早已埋伏在那里的仓田手下会合。

他们的最终目的是清理从古北口南天门到云霞镇的路，把中国军队堵在南天门，一口吃个干净。

也就是说，仓田计划里，胡二娘迟早要死，只是不应该死在张大海手上。

胡二娘的下毒和被杀是这盘大棋的第一个变数，小河人小本事大，是第二个变数，而黄瞎子是第三个变数。

照着目前的状况，能不能杀到云霞镇暂且不论，怎么保住这条命杀回去还是个难题。

脑袋别在裤腰带上，现在谁也顾不得这么多，张大海一声令下，所有人马追上来，明线暗线统统招呼上了。

马蹄声声，从小村绕到山路，黄瞎子带着小河埋头狂奔，不停提醒他："不要怕，只管跑。"

小河也没让他失望，哪怕是枪弹从耳边嗖嗖飞过，始终背脊笔挺。

而他背上的人早已没了生机。

现在不是哭的时候，黄瞎子狠狠擦了擦泪，低低贴在马背上，抓了一个弹匣出来换上,一抬手,又打中一个。

这次打得非常不错,好歹打上了人,这个黑衣服追兵惨叫一声掉落在草地,马也跑走了。

其他的追兵没空管他,一路狂奔而来,受伤的人避无可避,竟然就这么被乱蹄踩死了。

后面的关山毅等人看得心惊,打起十二分精神来应付,各自分散,避开锋芒,也就是说追着堵着绕着他们打黑枪。

张大海派了一支小队对付关山毅等人,就在危险之际,另外一个关卡出现,蔡武陵和杨守疆来了。

蔡武陵和杨守疆带人赶了一夜的路埋伏下来,在转到去云霞镇主要道路的岔路口设下一个关卡,三人并非第一次配合,这一次却是堪称最完美的一次伏击。

蔡武陵发觉张大海人多势众,自己这几个人根本吃不下来,命杨守疆等人隐蔽下来,待机而动。关山毅等人被追得疲于奔命,一头扑过来,蔡武陵和杨守疆一前一后迅速收网,把这支落单的小队收拾得干干净净。

张大海发觉人没跟上来,杀心顿起,下令一路上不管男女老少,包括小河在内,杀个干净。

下手狠厉,才能得到上司仓田的认可,才能发财致富升职,这是他干了这么多年唯一的心得。

蔡武陵和杨守疆帮关山毅解决掉麻烦,集结在一起迅速追上来。

他们倒是不担心前面会有什么波折,这条路是龙孟和这些马匪的地盘,龙孟和倾巢出动,就在前面接应,人多人少暂且不论,总不能让张大海占了便宜。

马蹄声刚刚在山谷中有一个急促的回响,只听一声唿哨,龙孟和带人赶过来,呼呼喝喝,气势惊人。

张大海对这批马匪还是有几分忌惮,看小河和黄瞎子已经窜出老远,追赶不上,迅速藏身山石后,脚步也迟缓下来。

铁壁村的一片砖灰色就在前方,云霞镇红得亮眼的城门楼子和飞檐也遥遥在望,小河含泪不停念叨:"娘,快到家了,撑住……"

黄瞎子一边还击一边追随小河而来,留着最后几颗子弹,防备敌人的突袭。

幸好鬼子触角还没伸这么长,幸好这条路上盘踞的都是自己人,黄瞎子听得一声响亮的马嘶,惊喜交集,大喊:"大雀!快来接人!"

"黄瞎子,我来了!"

随着王不觉一声欢呼,王大雀载着连体婴一般的两个人从草原上风驰电掣而来,两人都看到了小河和背上的人,脸色一瞬间沉了下来。

"小河!舅娘!"胡琴琴发出凄厉的呼喊。

"瘸马哥,二琴姐……"小河径自跑向两人,终于憋不住了,哇的一声大哭起来。

王不觉拍了拍胡琴琴的肩膀,飞身扑下来,上前拦在马面前,身形一闪,拉住缰绳,把胡二娘和小河一块抱下来。

"舅娘!"胡琴琴脱下衣服把胡二娘接过去,手往脉上一搭,不敢置信地反复检查,才发现药效太猛,伤势又重,人早就死透了。

"娘……"小河扑到胡二娘身上,号啕痛哭。

旷野之中,哭声久久回响,连龙孟和飞驰而来的急促马蹄声都没能掩盖。

现在不是哭的时候,胡琴琴拍拍王不觉的手:"这里交给你,我去前面看看。"

王不觉还没反应过来,胡琴琴随同龙孟和的兄弟们冲了上去。

龙孟和纵马而来,和王不觉交换一个眼色,摇头直叹气。

"不管胡二娘能不能成,她都跑不出大鼓村,真是太可惜了。"

"我知道,她就这脾气,谁惹了她都不依不饶,必须干到底。"

"这脾气是好脾气。"龙孟和脱下披风盖在胡二娘身上,"我们平时就是太好说话了,要是每个人都有这脾气,他们不敢在我们面前撒野。"

"她说要跟王宝善埋在一起,团长夫人,你最好劝劝你大舅,让他别计较。"

枪声和马蹄声由远及近而来,两人循声望去,黄瞎子刚刚解决了一个暗哨,打光了子弹,转身在马上坐正,慢慢悠悠走过来,看着小河和二娘,满脸伤感。

他们本来打算好的是带着胡二娘母子一起逃出来,胡二娘不服气,白白赔上一条命。如果不是小河年纪轻轻堪当大任,这一趟凶险之旅也就毫无成功的可能。

龙孟和脸上表情又复杂起来:"你什么时候从承德跑出来的?害得我到处找你。"

黄瞎子笑道:"还知道找我,不枉叫我一声大舅。"

"大你个屁!"龙孟和气急败坏,一嗓子冲他吼上了,"老子以为你死了!"

"那哪能,我说小龙,你大舅我还有当年的风采,走到哪儿混到哪儿……"

砰的一声,枪声响起。

这个瞬间,龙孟和突然瞳仁收缩,对准他的身后连续射击。

枪声响起的同时,胡琴琴脸色骤变,调转马头冲了过去。

来不及了……

黄瞎子的准头还是不行,埋伏在路边的人倒是被打中了,又没打死,还给了他致命一枪。

黄瞎子被准准地打中后背心,身体微微一晃,笑容凝固在脸上,转身想要还击,可惜子弹早被他打光了,手枪掉落在地,脸朝着地面大石头扑去的时候,他用最后的力气撑住,险险救下了这张脸。

看到跑来的龙孟和、王不觉和他们背后的铁壁村,他微微挪了挪,摆出一个舒服的姿势,笑容又起。

龙孟和和王不觉都朝黄瞎子仓皇地扑过去,两人伸手抓住他的一刻,黄瞎子才安然闭上眼睛,笑容未减半分:"死在家门口,赚了……"

他们的身后,铁壁村灰色高墙矗立,再走几步就回家了。

"你们认个兄弟,我在地下一块儿保佑你们,你们别忘了给我烧香……"

"好!"王不觉和龙孟和含泪紧握双手。

黄瞎子带着最后的笑容,手缓缓垂落下来。

两人迅速松手,龙孟和跪倒在地,叫了一声"大舅",再也说不出话来。

王不觉猛地起身,朝着冷枪的来源之处走去。

他恨自己没本事,什么都不能做,可是他此刻胸膛有火,眼里有刀,谁也拦不住他。

枪声骤然响起,王不觉扑倒在地,两股战栗,目光惊恐环顾四周。

花草摇曳,春风寒意惊人,胡琴琴一手拿着一把枪,一手拖着一个黑衣人从土堆后走出来,怒吼道:"瘸马,赶紧来拖人,老娘拖不动……"

她身上、脸上全是摸爬滚打的泥土痕迹,枪口还冒着烟,黑衣人已经死了。

王不觉冲上前,根本没在意地上那个死人,抓着胡琴琴上上下下仔仔细细地检查,幸好,除了有点脏,一条血口子都没。

胡琴琴抓住他的手,轻声道:"去捡一把枪,回家我教你打枪。"

王不觉扭头走到黄瞎子身边，收了他的枪入怀。龙孟和愣了愣，什么都没说，丢给他一小布袋子弹。

王不觉坦然收了，给黄瞎子恭恭敬敬磕了三个头。

黄瞎子确实不是龙孟和的亲大舅。龙孟和没认这个大舅，因为龙爹吃干醋。

当年朝廷一批批派官兵过来，在密云到古北口一带就此扎根，也有一些江南人士忍不了乱兵之苦，拖家带口迁到北方偏僻之地。

苦是真的苦，也是真的自由。就是女人没几个。

龙孟和的娘是黄家来边关的时候从乱坟岗顺道捡的弃婴，黄瞎子从小拖着她长大，长大想娶，可她偏偏看上了龙孟和的爹。

从龙孟和的脸也看得出来，他爹长得比黄瞎子好看多了，谁家姑娘看上他都不奇怪。

黄瞎子的娘当然不肯，边关娶妻太难了，何况自己儿子还真心喜欢她。

龙孟和的娘也是烈性子，看上谁就是谁，天王老子也挡不住，村长等老人家压着她低头也不管用，一来二去差点闹出人命。

黄瞎子为了避免争端，带着娘远走他乡，成全了这对苦命鸳鸯。

他表面上并不承认自己的失败，而是口口声声说去承德当探子，为大家开辟财路。

他这个探子当得非常成功，龙孟和的爹带着兄弟们从保镖干到马匪，很快成了事，有了钱，大家才有办法买房子置地往城里迁，娶上媳妇过安稳日子。

黄瞎子让王不觉朝着古北口方向走，不是因为这里有钱，而是这里有他的亲人，他希望王不觉能跟着龙孟和混，这辈子也就吃穿不愁。

他没想到的是，王不觉做到的比他能指点的还要多。

龙孟和手下分成两队，一队纵马疾驰四处搜索，一队径直迎着张大海冲了上去；而蔡武陵这头清理掉拦路虎，也一步步赶了上来。

眼看就要形成包围，张大海早有准备，甩下一队人马断后挡枪子，自己带人钻山入林，逃之夭夭。

众人追击无果，只能鸣金收兵，点检队伍，料理后事。

我方伤的人多马多，弹药消耗更是惊人，拖回来的死者有两个，算不得占了便宜。

铁壁村在山里有一个专门的墓园，黄瞎子陪在他老娘身边，而不远处就是他的心上人。当然，龙孟和的爹也在，他还是打了一辈子光棍的可怜大舅。

东门出来就是连片的山包包，王宝善埋在其中一座山下，胡二娘埋在离他不远的一处避风的地方。

所以，王不觉往两人中间一坐，这个山风芬芳，山花烂漫，再凑一个就能打麻将了。

王不觉掏了一瓶酒喝，敬王宝善一杯，敬胡二娘一碗，喝得不亦乐乎。

他从日落喝到日升，从星光灿烂喝到彩霞满天。

他喝得很痛快，但越喝越清醒。

有些事情他一直想不明白，这顿酒喝完，他得到两个答案：第一，想不通的事情就不要想；第二，想不通的事情，那就做做看。

他纵马归来，带着一股子初生牛犊不怕虎的兴冲冲的劲头。胡琴琴看一眼就明白了，懒得理他，自顾自忙着磨刀准备剁肉包饺子。

他有点落日照大旗，马鸣风萧无人理的憋屈，顺手接过菜刀，袖子一捋，坐在磨刀石前仔细地磨。

承德城里，他惯于做这些琐碎活计，在大娘小媳妇跟前骗点吃喝。

胡琴琴心知肚明，看得又好笑又好气，在围裙上擦了擦手，忽而捧着他的脸，一寸寸抚摸着他的五官和肌肤。

人家靠本事吃饭，他靠脸吃饭——他这么没本事的一个家伙，能吃上饭还把王大雀养得膘肥体壮，好像也不错。以后有她在，再生个娃娃扔给他带，这日子坏不了。

他终于察觉出不对劲，成了一条砧板上的鱼，大气也不敢喘。

"常春风昨天晚上派人来送信，你爹和小媳妇一直在南门附近校场耗着，你不去看看？"

"没往古北口那头去，就不用管。"王不觉莫名松了一口气，嘿嘿干笑，"你也不用管，待着没意思他们也就走了。"

他不是心大，是真的觉得那么多双眼睛盯着，假团长他爹又只是一个瘸子，遭不了什么灾，也干不了什么出格的事。

"你小媳妇也不管？"

"不管，我这辈子就你一个媳妇，你得管我一辈子。"

胡琴琴轻轻亲了他一口，眼里闪着泪光，抄上菜刀走进厨房。

"今天吃饺子。"

"好。"

有了坚强后盾，王不觉底气更足了，不知所谓地低头一笑，摸了摸怀里的枪，转身离去。

蔡武陵、杨守疆和龙孟和等人拉上大队人马跑了一趟远路，自以为能大获全胜，大振军心，没想到这趟损兵折将，打得如此憋屈，几个人来到关帝庙碰头，你擦你的枪我抽我的烟，一个都不肯开口。

一阵熟悉的马蹄声之后，王不觉冲进来，并没有把众人的不客气放在心上，拊掌笑道："你们在商量啥？"

也就他还笑得出来！

众人一片沉默，连陈袁愿都不带抬头搭理他。

"我媳妇在包饺子……"

无人回应，有人的肚子咕咕叫了起来。

"不过，没你们的份，我媳妇给他弟弟包的。"

众人这个生气，干脆背过身去，让他跟饺子自己打商量。

王不觉讪笑连连："我说让大家准备跑路，你们准备得怎么样？"

还是无人回应。

吴桂子看大家实在不像话，起身迎上："团长，你让我们撤回城里，还有下一步计划吗？"

撤回城跟王不觉没多大关系，不过，王不觉细细一想，反正要撤，早撤晚撤都一个样，正好大家蹲在城里过两天安稳日子，成天趴在村子土旮旯里多冷啊！

王不觉很利索地说服自己，冲他直乐："老吴，你看不如这样，我们一边摆出守城的架势，一边给黄师长送个信，问他撤的时候想不想捎上我们。"

众人面面相觑，不知该哭还是该笑。

黄师长刚从古北口吃了败仗退到南天门，天天被飞机炸炮弹轰，打得正要命，这信送上去，不是暗示黄师长做逃兵吗？别说黄师长饶不了他，前方将士一人一口唾沫星子都能把他淹死。

蔡武陵觉得再不出来救场自己的脸也丢光了，只好起身拍拍桌子："团长，你要是有什么跑路的好主意，不妨提出来，让大家一起商量商量。"

众人兴头也来了，陈袁愿笑道："是啊，我们虽然做好跑路的心理准备，怎么跑，最好还是由最会跑路的团长拿主意。"

他明明说想打回东北来着！这跟昨天晚上说的可不一样！王不觉盯着陈袁愿一脸诚恳的笑容，记忆发生了些许的错乱。

"团长，请吩咐吧！我们听你的！"吴桂子走到他面前，笑容可掬，还小小敬了一个礼。

王不觉乐得一巴掌拍在他肩膀："就等你这句！"

吴桂子笑容僵在脸上，感觉刚才一时失足，落入一个挖好的坑。

常春风从头到尾就当没看见没听见，低着头擦他的枪。

"我昨天跟王宝善和胡二娘喝了一夜的酒。"

众人惊恐地看着他，觉得他是不是中邪了，要开始说鬼怪故事。大家果然猜中了，王不觉虽然看起来很清醒，但说的都是胡话。

"他们告诉我，承德就一百多个鬼子，几百个兵，跟我们这里的人数差不离，我们要是齐心协力，打回承德不是不可能。"

死人不会说话，天知道他从哪里得来的消息，天知道他一个小马倌，哪来这么不切实际的浪漫梦想。

众人有的看天，有的看地，都很无语。

"你们倒是说话啊！大家不是一直想打回承德，打回东北吗，不管这事行不行，我们总得试试！"

陈袁愿撇开脸看向吴桂子，觉得自己是害他发疯的罪魁祸首，羞愧极了。

吴桂子叹了口气，站出来解决这场乱局："团长，我问你，我们有飞机吗？"

天真无邪的假团长和全场围观群众频率一致地摇头。

"大炮有吗？"

大炮还是有，不过跟这群乌合之众一点关系也没有。

王不觉继续摇头，神色沮丧了很多。

"枪弹，我说子弹，打出一发就少一发，弹药补给有吗？"

屋内沉寂下来。

角落里，龙孟和脸上突然浮现出一丝讥讽的笑容。

第二十章　爹和媳妇被掳走了

城里缺医少药，伤者要送去密云，还要向上头弄点弹药补给。吴桂子和龙孟和连夜把伤兵送过去，厚着脸皮去讨要一点军费物资，人家倒是不情不愿把伤兵收了，钱和补给提都没提。

再一打听，敢情人家的军费都是临时从地方上借的十万块！自己都不够花！谁管你们这些散兵游勇死活！

更何况汤主席是出了名的会捞油水，他手下的兵会没钱，鬼都不信！

吴桂子和龙孟和吃了一肚子气，灰溜溜回来了。大家都当他们忘了这茬，陈袁愿这个碎嘴子嘀咕个不停，龙孟和倒是无所谓，把吴桂子憋得够呛，王不觉正好撞他枪口上来。

"所以，我们要什么没什么，跟昨天一样，人都打到我们面前来了，我们想跑出去迎敌连马都凑不齐，怎么跟鬼子的飞机大炮打仗？"

王不觉像是被人狠狠打了一巴掌，脑袋嗡嗡作响，一个个看过去，每个人的表情都很冷漠，每个人都像是在嘲笑他。

他和蔡武陵在浴室谋划好了，蔡武陵和杨守疆拉上队伍跑去古北口长城下救人，能骑的马都骑走了，吴桂子他们当然没法出城迎敌。

他们要什么没什么，这么难，怎么打？

龙孟和目不转睛盯着他的表情，看他从期待满满到满脸失落，又清晰地看到他眼里的泪光……

他好像忘了，从头到尾，不管是两个路营城还是铁壁村，不管是古北口还是云霞镇，都跟他一个小马倌没什么关系。

他身上的枪是捡的，子弹还是他给的，不管鬼子有一百还是一十,捏死他就像捏死一只蚂蚁。

对于一只蚂蚁来说,他这场忙活无异于蚍蜉撼树,螳臂当车,真是好笑得紧。

还有蔡武陵、杨守疆、关山毅和神龙见首不见尾的王柏松,古北口的战事跟他们有什么关系,这么急吼吼地跑来,不为金银财宝是为了打仗?

世上还有这样的傻子!说出去谁信!

龙孟和默然低头,把快要掉落的热泪掩藏。

"团长!副团长!"

"姓汤的……"

一个嘶哑的怒吼声打破了这份宁静,隋月关头发满是灰土,浑身脏污,龙卷风一般冲了进来,看该来的一个没少,顿时暴跳如雷:"你们还在这里磨洋工!给我杀过去,杀一个汉奸我给一条小黄鱼!杀一个鬼子给两条!不,三条!"

王不觉把胡二娘偷埋在王宝善旁边,觉得挺对不住隋月关,一个劲朝着吴桂子、陈袁愿等几个壮汉身后躲。

而其他人各自忙碌,不管是几条,没人拿他的小黄鱼真当回事。

"去啊,团长大人,你平时口口声声说什么,保家卫国,鬼子就在前面,你带兵去杀嘛,躲在这里是想干吗!

"还有你们,蔡副团长,你们不是来打鬼子的吗,怎么,不敢啦!还有你们,吴营长陈营长,你们在城里猫冬猫得挺舒服,对吗?我们每天好吃好喝伺候你们,粮食不够从密云买,肉不够一个个村子去搜,生怕你们吃不好,逮到什么好东西全都拖到南门校场……你们白吃了这么多,个个养得膘肥体壮,倒是上去打啊!

"十里八乡都被你们吃空了!你们打死一个鬼子没有!

"没有!你们这些废物!"

……

隋月关挥着手跺着脚，涕泪横流，嗓子都喊哑了。

王不觉看他骂得实在难听，从后面探出个头准备提醒一下，被吴桂子塞了回去。

王不觉是个假团长，平时就觉得亏心得慌，被他一顿骂，脸上挂不住，准备从后门溜，结果又被蔡武陵凶巴巴地堵了回来。

"没有这些兄弟顶在云霞镇，鬼子早就里应外合拿下古北口南天门，到那会儿哪还有你骂人的份！"龙孟和挺没眼色，在角落里一边擦枪一边跟隋月关顶，"我说隋月关，先把小黄鱼拿出来！不然空口无凭，谁替你卖命！"

隋月关砰砰拍着胸脯："我堂堂正正一个商会会长，我会短你的小黄鱼？我告诉你，我全都运到天津几个大银行……"

隋家的钱，说不定自己也有份！还有小黄鱼！弄它三两条就能跟胡琴琴在北平买小院过日子，必须保住！

王不觉顿时警醒起来，刚巧转到陈袁愿的身后，猛地拧了一把他肥硕的屁股。

陈袁愿大叫起来，冲着他直跺脚："你干什么！"

众人一阵爆笑，把隋月关的话淹没了。

"混蛋！你们没良心！"隋月关喃喃自语，脸色白了又白，颓然转身。

王不觉挡在他面前："大舅，你怎么弄成这样，到底上哪儿去了？"

隋月关朝着北方一指，"我准备去把人赎回来，没想到……来不及了……"

他张罗了这么久，钱花了不少，全都竹篮打水一场空。

隋月关抹着泪往外走，呜咽声声："我……要去接人，一个都没接上，路上的人说运回来两具尸体，娘俩都死了……我这辈子完了，大儿子不认我，小儿子死了，再也没指望了……"

众人面面相觑，这个误会好像有点大。

王不觉也有点傻眼，他光顾着瞒着隋月关去埋人，小河上哪儿去了！

他一双火眼金睛看向龙孟和，龙孟和头一甩，假装没看见。

隋月关失魂落魄地往外走，一双绣鞋从他面前经过，那是胡琴琴的脚。

绣鞋脚步一顿，隋月关没抬头，还想矜持一下，绣鞋已然扑向王不觉的方向，小夫妻这一顿笑，如同在他心上又插了一把刀。

隋月关差点气厥过去，颤巍巍转头指着胡琴琴。胡琴琴和王不觉也不怕这么多光棍眼热，牵着小手走到他面前："大舅，你还是带小河先走吧。"

"小河？"隋月关不敢相信自己的耳朵。

"是啊，他跟我们回来了。"王不觉赶紧补救。

"人呢！他人呢！"隋月关眼看又要发疯，死死抓住他的手。

"我不走！"

随着一个嘶哑的童声，小河一身缟素，从关帝庙里屋揉着眼睛走出来。

别人都忙大人的事，昨晚只有胡琴琴忙活孩子的事，给小河收拾利索，住在这里守着一盏灯，为亲人送行。

灯灭了，小河沉沉睡去，龙孟和赶来接手，胡琴琴才回家准备饺子宴。

小河刚睡醒，哭得整张脸都肿了，完全变了一个人。

王不觉都不敢认，何况隋月关，他愣愣看着这个头刚到自己胸口的小孩，觉得是在做梦。

小河倒是认出亲爹，把眼睛缝隙扒了扒，尖叫一声，飞一般扑入他的怀里，泪水昨夜早哭干了，只能发出一声声凄厉号叫。

众人听得心肝俱碎，黯然不语。

隋月关喉头滚动着不可名状的沉闷声音,两只手臂这个用力,把小河小小的身体几乎要勒进自己的骨肉里。

小河被勒得一口气出不来,哭声也停了。

大家都当是父爱如山,胡琴琴看出不对,脸色一沉,都来不及走路了,踩在王不觉肩膀扑了过去,一个手刃砍在隋月关手臂,愣是从隋月关怀里抢出小河。

小河憋得快厥过去,真被他亲爹吓坏了,抱着胡琴琴不撒手,再也哭不出来了。

隋月关喉头的声音停了下来,一脸木然地看着自己的双手,并没有意识到自己刚刚干了什么。

关帝庙内一片静寂,连最喜欢嘲讽人的龙孟和也起了身,脸上阴晴不定。

"现在人都找着了,那么……"胡琴琴环顾众人,"谁能告诉我,我娘去哪儿了?"

隋月关满脸茫然,"她最后送回来的消息,就是二娘在给张大海当厨娘。"

"她没有说去哪儿?"

隋月关直摇头,倒也意识到什么不对:"她没有跟着一块儿跑出来?"

关山毅低着头起身,"这个……团长夫人,我忘了跟你说,你娘说要去东北找你爹,让我转告你一声,以后去北平会合。"

"这不是胡闹么!"隋月关急了,"她怎么知道你爹在哪儿,东北是鬼子的地盘,她瞎跑什么!"

胡琴琴无言以对,满脸哀伤地看向王不觉,好似知道可以从他这里得到支撑的力量。

她没有失望,王不觉径自走到她身边,用前所未有的庄重语气附耳道:"我在呢,别担心。"

隋月关和小河都听到了，两人交换一个眼色，隋月关轻轻拍在儿子头顶。

这一次，他悬着一颗心，极尽温柔。

胡琴琴本来准备叫他们去吃饺子，这顿团圆的饺子她准备了很久，可惜曲未终人已散，团圆的饺子仍在，团圆梦难圆。

饺子做得挺多，除了胃口不好的隋月关，每个人都吃得肚子鼓出来。

蔡武陵、关山毅和杨守疆三人回到南门校场营地，常春风已经开始带兵操练，自己拎着一人高的军棍耍得虎虎生风，即便站在旁边围观，也能让人心生寒意。

大家都避得远远的，偏偏有这么两个不长眼的，人家一拿棍子就凑上来瞧。

对于自己的假传军令，王瘸子和王玲珑一点也没有不好意思，乐呵呵站在一旁看着，那神情像是看猴把戏。

常春风心头烦闷，一棍指到王瘸子面前，定睛一看，才发现王瘸子没涂粉，脸更黑了，比刚来的时候更瘦，一张脸如同晒干的黑色橘子皮。

这可是病入膏肓的模样！

常春风瞥了一眼蔡武陵，心里犹豫着要不要跟他说一声，收了军棍，冲着两人一抱拳："伯父，得罪。"

"好功夫！"王瘸子张着大嘴直乐，并没拿他的威吓当回事。

王玲珑扯了扯王瘸子衣角："爹！快问！"

王瘸子连忙赔笑道："你们到底什么时候走？"

王玲珑怕他没听清，大声道："对啊，什么时候撤走？"

这事太有意思了。

常春风冲着蔡武陵一笑，把烫手山芋扔给他，拎着军棍走了。

顺着他的目光看去，王瘸子倒还知道不好意思，看着自家亲儿子的目光顿时怯懦几分。

王玲珑一点也不怕事,跟蔡武陵羞答答对了个眼神,继续扯王瘸子的衣角。

"我说,儿子……我想回去了……你看……"

"一起走!一起走!"王玲珑在一旁煽风点火。

"人已经救回来了,谁都不用走。"蔡武陵只得硬着头皮收拾残局。

王瘸子和王玲珑一直有人管着盯着,一时半会儿不可能走。他和王不觉也就心照不宣,由着两人闹腾,反正一小老头一小女人,也闹腾不出什么花样来。

两人在南门口来回打转,果然没有走,张罗了好几回,打着救亲家的旗号想要军队撤出城。常春风和魏壮壮不但不制止,竟然还陪着两人闹,差点让两人惹出不小的麻烦。

驻扎在城外的军队说撤就撤,如果昨天不是龙孟和上前挡住张大海,城里一场恶战在所难免,毁城是小事,此时要有人在城里捣乱,里应外合,后果不堪设想。

说真的,蔡武陵很想拿锤子砸开两人的脑袋,看看到底是不是装的木炭。

"不是回来一个小孩,所有大人还扣着吗?"王瘸子急了,"儿子,你可不能拿亲家不当回事,你弟弟穷嗖嗖的,娶一门媳妇太难了。"

王玲珑愣住了,拼命扯他衣袖子,冲着自己比画:"爹,这不是有个现成的媳妇吗!你怎么能不认!"

"扣在哪儿?"蔡武陵被两人气乐了,"谁说的?"

当然是魏小怜!

王瘸子和王玲珑交换一个眼色,倒也知道事情坏在哪里,扭头就跑。

魏壮壮从城门洞子纵马疾驰而来，和两人擦肩而过，目光一闪，却也没有停下来，径直来到四人面前。

常春风一军棍指在他鼻头，魏壮壮脸上的肌肉微弱地抖了抖，全身一动不动。

蔡武陵和杨守疆交换一个眼色，不得不承认这也是一条好汉。

常春风冷笑一声，收了军棍："玩够了没？"

魏壮壮沉默不语。

"玩够了赶紧滚，别在这儿碍事！"常春风脸色铁青，不像是在跟他开玩笑。

关山毅急了："我们正是用人的时候，怎么能走呢！"

"你打死我好了。"魏壮壮也不像是在开玩笑。

"你以为我不敢！"常春风军棍抄在手里，怒目圆睁。

蔡武陵看出端倪，拦在两人中间："别这样，都是兄弟，有话好说。"

"还没正经打仗就窝里反，你们还真有本事，要打跟我打啊！"关山毅正在气头上，拉开蔡武陵去抢军棍。

杨守疆连忙拦住关山毅："人各有志，我们管好自己就算了。"

关山毅认了真，冲着他怒喝："什么狗屁的人各有志，连那个枪都不会使的假团长也张罗着想上去干一仗，我们这些职业军人总不能连他都不如！"

"我不是军人，你别冲我吼。"

"你不是军人，那你干吗跟我们上这来，你们一家都在长春，你就不担心他们，不想回去！"

杨守疆懒得理他，转身就走。

"你们是不是吃多了，准备干架？"

听到龙孟和遥遥一声嬉笑，关山毅自知从口头到拳脚都不是他的对手，真想干架也干不下去，迅速把拳头收到身后。

龙孟和吃了胡琴琴的饺子，不知怎么突然想通了，换了身麻衣披上，在王大雀身边转来转去。

隋月关疲累交加，回到家就一头栽倒在炕上，也没空管儿子。小河听说这里有军队，缠着王不觉带他去看。龙孟和正中下怀，抢了这个差事，把小河丢在王大雀背上，牵着马慢慢踅过来。

他心里难受，就想到处走走，听人讲讲话。

龙孟和一身麻衣，胡小河一身缟素，在枣红马旁边格外惹眼，走出城门，所有人的目光都看了过来。

刚刚气氛不太对，大家的样子都像要干仗。

龙孟和和小河有些发愣，小河紧紧抓着缰绳："龙大哥，我还是回去吧。"

龙孟和嗤笑一声："别怕，他们不敢动手。"

蔡武陵迎了上来，拍拍王大雀的脑袋，对小河笑道："你姐姐姐夫让你出来？"

小河点点头："是的，他说有事情要跟我姐商量，让我们都麻溜滚蛋。"

龙孟和鼻子都气歪了："喂，好好说话，明明是你自己要出来看军队。"

小河冲着他就是一个丑陋无比的鬼脸："就你信！"

龙孟和第一次觉得丑也是一种罪过，让人很想揍死他。

校场的将士们操练完毕，慢慢围拢到点将台，目光在几人脸上一一看去，凝重异常。

小河跳下马，拽着看起来最可靠的蔡武陵的衣角："蔡大哥，我们这么多人，为什么不去围了大鼓村，把那些坏蛋全部干掉！"

"我娘说他们手里有村里很多条人命，让我出来告诉你们。"

"他们杀了我娘和黄爷爷，我也记着仇。"

他的声音嘶哑而低微，却神奇地传到每一个人的耳朵，一锤一锤,血淋淋地敲击在每个人的心里。

蔡武陵胸口一热,不敢正视他的目光,看向校场上汗水淋漓的汉子们。

龙孟和瞥了蔡武陵一眼,顺着他的目光看过去,胸口热血翻涌。

常春风第一个站出来,目光坚定地环视众人。

这一条条汉子,一棵棵劲松,也是东北军的一粒粒种子,他们回家的一个个希望。

常春风喝道:"弟兄们,从承德逃出来的时候,我对这些当官的非常不满,对时局非常不满,发誓脱了这身军装去做小生意。现在我改变主意了,敌人就在前面的古北口,我不甘心就这么放过他们!想跟他们打一场!"

众人齐声回应:"打!"

"想跟我上的,举起你们的右手!"

话音未落,校场齐刷刷举起来一片手臂之林,他们用着全身的力气攥着拳头,用肌肉的线条表达决心。

小河第一个举起手,咬着唇强忍着不让泪水落下来。

蔡武陵、关山毅、杨守疆和龙孟和也纷纷举起手来。

常春风和魏壮壮交换一个眼色。

魏壮壮这才发现,他那十一个兄弟早已混入军中,在校场高高举起手臂。

魏壮壮跟常春风算是老熟人,同在常六爷麾下读军校,因为年轻脑子好使,一步步升官发财。

东北沦陷,大家都分散开来,常春风找了新的饭碗,投了汤主席,只是这个饭碗并没有多少指望,比常六爷糟心多了。

魏壮壮跟魏小怜从承德一路跑出古北口,来到这里落了脚,随后集合这十一个同乡的士兵组成护卫队。大家心气一致,都指着能有一口安稳的饭吃。

大敌当前,世上没有这么多安稳饭,只有男人不甘愿、不服气、不后悔的心。

王不觉把小河支走,是因为确实有话要对胡琴琴说。

他弄到一把枪和子弹,胆气突然粗了,觉得可以去打仗试试,同时男子汉大丈夫某些心思作祟,觉得他都要去打仗,女人当然得回到安全的地方躲着抱娃娃。

大战在即,全天下的男人都这么想,也怪不得他。

"我说媳妇,你看你娘跟你约了去北平见面,你惦记的弟弟也回来了……"

"有话快说!"

"我命令你,带着你大舅一家赶紧走!"

"你呢?"

"我还有点事没办完……"

话音未落,早有心理准备的胡琴琴起身揪住他的耳朵,就一个眨眼,他身上藏的短枪和胡琴琴的一把勃朗宁全都出现在他眼皮底下。

隔壁躺着隋月关,王不觉大气都不敢喘,抱着耳朵嘶嘶抽气。

胡琴琴指着对面的墙头:"看到没,墙头梯子旁边有一根草,打中了就留下来,打不中赶紧滚。"

王不觉呆住了。

胡琴琴冲他冷笑:"别说我欺负你,我先来!"

可不就是欺负我!他当然打不中,他还没来得及学打枪呢!

识时务者为俊杰,王不觉果断投降,语无伦次道:"不不,媳妇,你听我说,我肯定打不过你,我不是要赶走你的意思……"

胡琴琴抓起枪敲了敲他脑袋:"不是就好,你听好了,我知道你想干什么,也想提醒你一句,不管你想什么,没我,你都干不成,甚至会小命不保。"

王不觉一个激灵,急了:"我怕你有危险!"

"我也怕你有危险。"胡琴琴一瞬间温柔下来。

两人四目相对,两张脸轻轻挨近……

"不好了!你爹和媳妇不见了!"

魏小怜爬上墙头的梯子冲着两人大喊。

两人瞬间分开,王不觉一拂袖子,怒气冲冲走到墙边:"你不是常去找我爹,不对,我爹他们不是来找你吗!"

"你这个没良心的,对自己亲爹不管不问就算了,还赖到我头上!"魏小怜嗓门大,也显得更加心虚。

胡琴琴眉头紧蹙,拉了王不觉一把。

王不觉会错了意,回头看着胡琴琴:"媳妇,我们先去找人。"

"慢着!"

"再不找人就丢了!"魏小怜挥舞着双手,也不知道人丢了她兴奋个什么鬼。

"是啊!"王不觉有些发急。

现在不是解释的时候,胡琴琴冷哼一声,转身就走。

"媳妇……"

比起还不知道真假的王瘸子和王玲珑不见了,失去媳妇的恐惧要来得更加仓促和真实,王不觉一跃而起,扑上去紧紧抱住她。

"放手!"

"不!"

"放手!"

"不!"

"不放手,我怎么去把人找回来。"

"不……"

王不觉醒悟过来,赶紧拉上她的小手冲了出去。

魏小怜这次没有骗人,王瘸子和王玲珑真的都不见了。

两个门封了,只剩南北门出入,常春风和陈袁愿都说没见着,还生气地觉得王不觉和胡琴琴在怀疑他们的看门技能。

从大门出不去,那就只有两个可能:一是根本没出城,二是被人掳走暗中送出城。

整座城都空了,这一老一小连一口饭都吃不上,藏哪儿都是一个死,那就剩下一个可能,被人掳走了。

魏壮壮、南天门黄师长的手下、密云徐总指挥的传令兵,还有两个战时邮务员……这城里来来去去的一只手就能数出来,能掳走两个大活人,除非他们上天遁地。

很快,一封信端端正正放在关帝庙香案之上,既是告知王瘸子和王玲珑的去处,也解决了他们的诸多疑惑。

写信者来头不小,是张大海的顶头上司,名叫仓田一郎。

信的文辞非常优美漂亮,字斟句酌,写得非常恭敬,要不是高才生杨守疆逐字逐句解释,王不觉一句话都没懂。

仓田跟张大海穿一条裤子,自然也是同一个目的,那就是告知云霞镇的团长和副团长,王瘸子和王玲珑在他们那儿做客,是他们的贵宾,非常安全。

要让两人回来也非常简单,那就是把云霞镇让给他们。

至于他们这支百来人的乌合之众,仓田很善良地给两条路让大家选择:想投降的投降,想回家的他发路费。

对于有军职的,他给的条件更好,就像王不觉这种团长,且不论真假,只要能唬人就行,一个团长职位换驻守承德军队一个团长职位,人数是整个团,枪支弹药应有尽有;至于饷银,只要你敢开口要多少,他们就敢给你多少。

关帝庙门口,胡琴琴和王不觉蹲在杨守疆旁边听他解释清楚,王不觉开始不耻下问:"我说小杨,他们开的条件咋会越来越好?"

胡琴琴皱着眉:"因为他们急了。"

杨守疆点头:"鬼子在长城一线推进顺利,结果在古北口战场遇到硬茬，现在被堵在南天门。他们在阵地上讨不到好处，自然就要不停地想歪招。"

"当初为什么不直接让我回承德当团长算了，我带上王宝善，对了，还有你，还有胡二娘、小河，还有我爹……"

王不觉一脸虚幻的笑容，像是在做美梦。

"你敢！"胡琴琴用两个字把他的美梦扼杀在摇篮里。

"就不会死这么多人……"王不觉还是壮着胆子把下面的话说完，抱着膝盖嘀咕，"我当初要是不离开承德，大家是不是就不会死……"

胡琴琴怒火中烧，霍然而起。

王不觉迅速跳起来："媳妇，我就这么一说，你别当真！小河记仇，我也记着仇呢！"

杨守疆蹙眉盯着信件："这不像是刚写的信。"

马蹄声声，常春风疾驰而来，径自在三人跟前跳下来，朝着信伸手，忽而又改变主意，凑到杨守疆面前看了看。

信封和信纸上，笔迹上沾了一些白粉。

常春风指着白粉的痕迹给胡琴琴看，笑容冰冷。

胡琴琴冲着常春风一点头："魏壮壮和魏小怜什么来头？"

常春风冷冷道："他们自己找死，我管不了。"

"他们使了这么多小手段，你有没有份？"

"你可以杀了我，不要羞辱我！"常春风道，"鬼子手里有我家三条人命，我跟他们势不两立！"

有的人未免太过嚣张，有些账不算不行了。胡琴琴在心中冷笑，冲着王不觉一点头："我来处理，你们等我消息。"

不等他反应过来，胡琴琴飞身上马，狂奔而去。

王不觉收敛心神，和杨守疆交换一个眼色。

杨守疆低声道："关山毅说已经准备好了，绊马索要多少有多少。"

虽说不是自己的马,王不觉还是有些心疼:"母马能不能找到?"

杨守疆一指头戳在他鼻子上:"你问我?你才是马倌!"

王不觉摸摸鼻子,发觉他们对自己的底细摸得过于清楚,简直没他运筹帷幄、决胜千里的用武之地。

简而言之,让他装都没法装!

"先不要动手,城里还有麻烦没解决。"常春风说完,也不跟两人解释,转身走了。

"兄弟。"王不觉不知所谓地说了两个字。

"我去铁壁村搜刮点干粮,山里真的啥都没有,饿死人。"

杨守疆拍在他肩膀,纵马疾驰而去。

王不觉起身,摇摇晃晃走进关帝庙,脸色肃然,冲着关公重重一拜。

第二十一章　亲爹叫王福贵,没有福,也没有贵

隋月关一觉醒来,到处找儿子不得,还当做了一场噩梦,一边走一边喊"小河",近家门却有些慌张,蹲在半山胡同口发蒙。

夕阳又来了,却无人再有欣赏的心情。

胡琴琴一巴掌拍在隋月关肩膀,踢开院子大门,魏小怜打扮一新,正笑容可掬地等着她。

魏小怜身后,魏壮壮被绑在柱子上,胸口挂着几个炸弹。

隋月关跟在胡琴琴身后走进来,刚要问问小河的事情,抬头一看,发出恐怖的一声惊呼,呆若木鸡。

"小怜,你这是疯了吗!你快把你哥放了!"

魏小怜娇笑连连:"是他自己让我绑的,不信你们问他。"

"是,是我让她绑的。"魏壮壮配合得天衣无缝。

胡琴琴有些动容,正色道:"魏大哥,你知道她是谁的人?"

"你知道还问!"魏小怜娇笑连连,"我故意露了破绽,就喜欢看你算计来算计去,干什么都遮遮掩掩,真有意思!"

"当然是我隋家的人!"隋月关急了,"二琴,你平时没大没小就算了,她是我小媳妇!你得叫舅娘!"

"大舅,你别骗自己了。"胡琴琴冲他摆摆手,"她炸弹哪儿来的,这屋子都是谁炸的,你心里还不清楚吗?"

隋月关胸膛一挺:"我炸的,我乐意!不行吗!"

胡琴琴无言以对。

院子里响起一个笑声,凄厉如鬼哭。

"隋月关,我已经跟你没关系,你带你的儿子滚回天津!别上赶着来占我便宜!"

魏壮壮闷闷开口:"小怜,你跟他一起走吧,他不会亏待你。"

"那你呢?"魏小怜冷笑着逼到他面前。

"对不起。"

"你当然对不起我,你欠我的东西,这辈子也还不了,你就算把命给我也还不了!"

"此生还不了,来生再还。"

"那好,你还记得你答应过我什么?"

"我带你去上海。"

"现在你反悔,是因为你瞧不起我?"

"不，我从来没有瞧不起你，我瞧不起自己。小雪，我是个逃兵，逃兵按理说要被枪毙，我已经逃到这里，要是再往南逃，我不能原谅自己，我的兄弟也不能原谅我。"

"那么，你以为我会原谅你！"魏小怜声音冰冷，手起刀现。

在众人惊呼声中，魏壮壮脖子一凉，刀立刻见了血。

"他想抛弃我！你也想抛弃我！你们都不是好东西！"

隋月关急得跺脚："小怜，你误会了，我没有抛弃你，我昨天让你们拿钱去过日子，我自己得去找小河，不想连累你……"

"就是抛弃我！你选择了你儿子！"魏小怜冲隋月关怒喝一声，回头瞪着魏壮壮，"还有你也是，你选择你兄弟！"

"我没有选择，要有，也只有你一个。"

魏壮壮凝视着她，满脸都是温柔笑容，好似刀架在脖子上那个不是他。

"小怜，你把人放了，你要什么我都给你。"隋月关连续遭遇打击，已经站不起来，"你要多少钱我都给……"

"舅娘，你把人放了，我送你和大舅去天津！保你平安无事！"

胡琴琴盯着她手里的刀，急得手心直冒汗，舅娘两个字叫得义脆又响，根本不像第一次叫。

叫舅娘的同时，她稍稍侧身，一把小巧精致的勃朗宁悄然拿了出来。

魏小怜突然收了刀，狠狠抹向自己的脖子。

一片血雾。

一阵短促的惊叫。

一场永恒的告别。

魏壮壮被血迷了眼睛，在一片红色世界中慢慢站起来，挣断绳索拆掉炸弹，摸索着将她轻柔抱起，朝着最红亮之处走去，就这样走出大门，又消失在漫天云霞中。

炸弹没有响。

魏壮壮相信这一点，所以肯把命交给她，或者说他的命本来就是她的，她拿不拿走，他并没有什么所谓。

长城下，花海中，他没有给她立碑，因为知道没有人会记得她，也没人会来祭奠。

她来如微尘，去似流星。

她不叫魏小怜，叫连瑞雪；她不是他的妹妹，而是跟他青梅竹马长大的邻居。

逃进关内，是他的主意。她不管不顾地跟了他走，衣服都没有来得及拿一件。

弄点钱去上海，是她的主意，这是他们此生做过的最错误的决定。为了这个错误，他们一错再错，直至和好友亲朋成为敌人。

再者，隋月关没有表面上那么好骗，他在这个地界经营多年，疲于应付来往官家匪兵，早有转移财产入驻天津租界当寓公的心思。

隋家的门好进，不好出。

长城下，近处花香遍野，远山白雪犹存。

王不觉和常春风纵马疾驰而来，远远看到一人一马朝着自己的方向跑来。

魏壮壮神情肃然，脸上血泪已干，愈发显得狼狈不堪。

王不觉看了看常春风："你看吧，我就说他不会干傻事。"

"他从小喜欢干傻事。"常春风并不肯承认自己的错误。

"傻事干多了，总会有一次聪明的时候，比如说……"

"不，他聪明的话早就跑了！"常春风忽而哽咽，调转马头疾驰而去。

王不觉愣住了，拍了拍王大雀，王大雀撒腿迎着魏壮壮跑去。

魏壮壮老在小院转悠，很上心伺候它，切草料刷洗，干什么都温柔细致，是王大雀挺喜欢的人。

王不觉看在眼里,原本要说的话也从大刀片变成毛刷子。

"魏队长,你没事就好……"王不觉刚开了个头,发觉自己口气还是有些不妥,等于在人家伤口撒盐,连忙收敛心神,"你把心事放下,跟我回去好好说清楚。"

"对不起。"魏壮壮说了这么三个字,打马就跑。

王不觉挠挠头,觉得不该回他"没关系"。

"要杀要剐随便你们,我不会跑,也没什么好说的。"魏壮壮的声音遥遥传来,王不觉连忙追了上去,把追究的心思也放下了。

他和胡琴琴一直在暗中查城里的奸细,人都弄走了,他们以为奸细会收手。王瘸子和王玲珑出了事,这才怀疑到魏小怜头上来。

除了她,城里也没别人了。

牵连到魏壮壮,是谁也想不到的事情,更想不到的是,魏小怜因此而自杀,带走了所有秘密。

三人一前一后回到南门校场,所有人都等在校场。

魏壮壮回头看了看王不觉和常春风,冲着大家正色道:"对不起,瑞雪用命还了,我也准备用命还。"

一片静寂。

常春风嗤笑一声:"我们不稀罕你的命,你回来,还是我们的兄弟,并肩作战,战斗到底。"

"打回老家!战斗到底!"众人振臂高呼。

魏壮壮含泪走上前,郑重敬礼。

王不觉环顾众人,小心翼翼地扯了扯蔡武陵:"哥,这事你来说。"

蔡武陵斜他一眼:"你才是团长。"

王不觉眼看躲不过去,没奈何,鼓起勇气向前一步……

蔡武陵一把将他拽回来,替他扣上所有扣子,戴正帽子,再看衣服也有点脏,皮带也歪了,裤子简直成了腌菜,鞋子不知道是不是踩进牛粪堆里，沾满不明物体……

"你也是要成家的人了，到底知不知道收拾！"蔡武陵这才有做兄长的自觉，一边给他收拾，一边这个生气，恨不得把人拎起来迢迢千里扔进河里。

王不觉笑得合不拢嘴，两眼看天，看地，看……胡琴琴不知道什么时候来了，双手抱胸，含笑看着哥俩。

王不觉颇有点不好意思，挠挠头，又迅速把帽子正了正，省得白费了力气又挨骂。

蔡武陵顺着他的视线看去，目光忽而温柔下来。

胡琴琴收敛笑容，扭头走了。

王不觉走到点将台前方，打起精神，正色道："兄弟们，从今天开始，我们得想办法去揍人了……"

他说的话挺不上台面，道理却没错。

他们挨了这么多顿打，再不伸出拳头，一个二个都成了废物点心，谁都能上来骂两句，还没法还嘴。

这么多的惦念委屈，这么多的不甘心，必须找个出口，不然会憋死。

"我命令，魏壮壮担任别动队第一队队长……"

魏壮壮浑身一震，不敢置信看着他，泪水涌上来。

"常春风任第二队队长，关山毅担任第三队队长，杨守疆任情报队队长，我的副官龙孟和熟悉地形，由他担任别动队总指挥。"

"胡琴琴，我命令你带着护卫队留守城内，不得有误！"

胡琴琴从人堆慢慢走出来，咬牙切齿道："是！团长！"

"大家就地练习协同攻坚作战，临出发时再发布行动，所有行动必须保密，听到了吗！"

"是！"众人齐声回应，山呼海啸一般。

王不觉擦了擦汗，回头看着蔡武陵。

蔡武陵气得说不出话来，又是跟他赔笑脸，又是恶心巴拉拍马屁，最后没自己什么事！

"蔡副团长，请你带两个人跑一趟南天门，跟黄师长汇报一下，就说我们想揍人，他们有没有人让我们揍，他想不想教我们怎么揍。"

蔡武陵愣了愣，迅速举手敬礼："是！"

月上枝头，小河在营地练了一天本事，困翻了天。杨守疆把小人儿背上送回小院睡觉，钻进灯火通明的房间看了看，王不觉正盯着龙孟和画地图，正中下怀，扭头出门找胡琴琴显摆自己的聪明才智。

"我有一个好消息，一个坏消息，你想听哪个？"

胡琴琴正拧毛巾给小河擦脸，没好气道："无聊！"

杨守疆哭笑不得，自己不过想逗她讲话，怎么就得罪她了！

"哪头的消息？唐山？古北口？"

"天津。有消息说王玲珑早就死了。"

"人死了，你笑什么！"胡琴琴瞪他一眼。

"这下你不是可以放心了？"

"你什么时候看我不放心？"胡琴琴冷冷一笑，"不放心的是我男人。"

杨守疆还当自己能讨个好，没想到这个女人脑子不太正常，根本不领情。

"为一个吃软饭的争风吃醋，傻子才干呢！"

杨守疆自以为说了一个超好笑的笑话，自顾自嘿嘿直乐。

"我就是这个傻子。"胡琴琴走进房间，只给他留下一个背影。

杨守疆愣住了。

"这如果是好消息的话，坏消息是什么？"

"王瘸子看过医生，城里乡下的，好几个。"

"绝症，活不过一个月，对不对？"

"对。"

两人都沉默下来。

"娘……"炕上的小河发出一声短暂的惊呼,身体微微抽动,蜷缩,像是做了一个噩梦。

胡琴琴上前抓住他的手,孩子紧紧抱住她的手,很快安静下来。

轻轻的脚步声响起,杨守疆回头,王不觉目光凝重,神情有从未见过的悲伤。

胡琴琴抬起头,和他目光交缠。

"你为什么不早说?"

"没有证实的事情,不能说。"

"不管有没有证实,他是我爹,你应该早点告诉我,我也不至于一直硬着心肠不理他……"

"你不是不理他,你不知道如何面对他。"胡琴琴目不转睛盯着他,"瘸马,不论是我还是你,或是你哥,这事你怪不到谁头上。

"他不是你们心目中的爹,你们都不知道如何面对他,你们宁可躲避。"

杨守疆目瞪口呆地看着,耳边久久回响着这些话,甚至忘了自己什么时候回的家。

他一直瞧不上的女人,并非只会要钱吵架打麻将,她们智慧过人,有世上最复杂的精神和情感世界。

女人的情感如此复杂,如同他最头疼的排兵布阵。

女人的情感如此美好,一旦开始被吸引,就陷入浮沉的海洋,每一次的排兵布阵都变成一场生死决战。

敢投入拼杀,才有芳心的俘获;裹足不前者,只能被拦阻在战局之外。

他一边走一边抬头默然看着星空,觉得这趟没白来,因为离开家人流亡在外而空落落的心被填得很满。

第二天一早,一个脏兮兮的乞丐大摇大摆踹开小院的大门,叉腰大喊:"我饿了,有没有西红柿鸡蛋面!"

是王柏松!王不觉和胡琴琴闻声冲出房间,胡琴琴迅速捋袖子:"等着!"

王不觉提了一桶水朝他兜头浇下来,王柏松连喊几声痛快,七手八脚把自己洗出原来的模样。

王柏松年纪一把,满脸沧桑,丢在人堆里找不着,所以,派他出远门查事情最合适不过。

"你这么快从天津往返?"王不觉颇为好奇。

"天津?我又没有飞毛腿,我去的是密云。"

"我不是交代过常天恩去唐山看看……"胡琴琴端着两碗面放在桌上,"你没有见到他?"

王不觉心头醋意上涌,她什么时候跟常天恩交代来交代去,他怎么都不知道!

王柏松直摇头:"你说的人我没见上,我有自己的门道,你说的这个人,天津没有!"

"谁?"王不觉回过神来,"王瘸子?"

王柏松笑了:"王瘸子有,王玲珑没有,这家人在灾年都遇难了,前不久天津街上又冒出一个卖豆腐的王家,很快,王瘸子就上天津跟这家人联系上了。"

急促的马蹄声响起,胡琴琴飞跑着迎出去,很快拿着一封信走进来。

邮务员快马加鞭从密云赶来,带来了常天恩的消息。

胡琴琴把常天恩送走的同时,交代给他这个任务,查唐山王家和蔡家,最重要的是继续查她父亲的下落。

常天恩没有辜负她的重托,利用常六爷和北平邮政局老巴的人脉查得一清二楚。

胡一鸣来往的人当中有一个叫作仓田的日本商人，此人打着做生意的名号，干的是培养特务杀人放火的勾当。

他们敢确定，仓田跟胡一鸣的被刺和失踪有关，常六爷派人跟踪此人很久，发现他北上之后消失在长城一带。

此人很可能对胡琴琴不利，常六爷让她早做准备。

胡琴琴拿出另外一封信，露出苍白的笑容。

王不觉目瞪口呆看着："就是这个仓田！"

也就是说，他们误打误撞，把魏壮壮和魏小怜逼出来，实际上弄走王瘸子的不是别人，就是王玲珑！

"王玲珑应该就是仓田的手下！"胡琴琴几乎可以断定了。

"这是个圈套！"王不觉满脸黯然。

"就算知道这是个圈套，我们也得钻。"王柏松补了一句。

蔡武陵风风火火跑来："团长，黄师长让我告诉你，他的别动队已经在八道楼子一带待命。我们要是想帮忙，可以多多利用我们的优势，到处去找日军的汽车队，这样既能得到我们要的补给，又能帮他们消除威胁。"

王不觉眼睛一亮，从怀里抓出一卷东西哗啦挂在墙上。

这是龙孟和一晚上的成果，这幅地图可把他累坏了，这会儿趴在炕上呼呼大睡，鼾声如雷。

此时此刻，王瘸子被捆成粽子，从马上搬麻袋一般被人扛下来，重重丢在地上。

医务官古川抱着医药箱跑来，古川年纪尚轻，见到打扮入时的女人还有一点羞怯，冲着女人微微躬身，蹲下来检查一番，眉头紧蹙，三两下将绳索解了，给王瘸子喷了一点清醒剂。

王瘸子和他目光对上，他倒吸一口凉气，用生硬的中国话对女人喝道："你怎么不早点给医生瞧病，这人没救了！赶快去准备后事！"

女人说的是日语:"还能活多久?"

古川愣了愣,同样用日语回答:"最多最多三天。"

女人脸色突然变得跟王瘸子一样青黑,一弯腰:"多谢古川君,我是江上花子,请帮我救救他!"

王瘸子突然中气十足地开口:"闺女,别费劲救来救去,我能见到儿子再死,总觉得这个贼老天开了眼,他要收我回去也不计较了。"

"我不是你闺女,你认错人了。"王玲珑,也就是江上花子,脸色铁青离去。

张大海手臂缠着纱布,弄一根布条吊在脖子上,转念一想,这一身让上头看见可落不着什么好,赶紧将布条拆了,纱布用衣服遮挡起来,并且再三叮嘱手下不要泄露自己受伤的事情。

仓田是个老狐狸,眼线哪儿都是,他明知这是多此一举,但还是想试试自己辛辛苦苦坐上这个位置,到底能管住多少人,多少张嘴。

一辆军车无声无息停在家门口,一个西服礼帽的中年男子走下来,笑容可掬冲着他一点头。

仓田一贯严肃,见过这么多次,笑脸相迎还是第一次!

这可不是什么好开端,张大海背脊一阵发凉,笑也不是,板着脸也不是,僵着一个假笑把人迎进来。

仓田在屋内转了一圈,大概是觉得屋内味道不太好,用白手绢捂着鼻子退出来。张大海赶紧搬出一条椅子擦干净放在院内,他这才坐下来。

这个院子视野开阔,对面山峦之上,长城蜿蜒向远方。

张大海误会了,仓田的笑,不是冲着他来的,是这座巍峨高耸的长城,中华民族视为一个御敌象征的长城。

长城已经挡不住日本人,这是多么值得高兴的事。

仓田看长城看得入迷,张大海百无聊赖,心思信马由缰地跑。

别看他一身笔挺西服,穿得人模狗样,在这山沟沟里随便走走就是一身泥!

张大海恶意地低头瞥了一眼,果不其然,那双看起来挺新的皮鞋全是泥巴!

坏事了,仓田捕捉到他的目光,微微一笑,冲他勾了勾手指,再指了指自己的脚下。

张大海悔得肠子都青了,没奈何,蹲下来乖乖给他擦鞋,趁机拉拢关系。

"仓田君,有事交给我们办就行了,这穷乡僻壤晴天一身土雨天一身泥,可别脏了您的衣服。"

仓田指着对面:"为了这个,我也得来一趟。"

"长城?这几块破砖头?"

"是,你们中国人的万里长城。"

张大海觉得这话不太好接,埋头擦鞋比较安全。

仓田也没打算跟他掏心窝子,微微一笑,继续看他的美景。

轻轻的脚步声响起,一双女人的绣花鞋停在张大海身边。

女人一开口,说的是日本话,张大海不好窥探,头埋得更低了,眼角余光不停看向女人旗袍下露出一截的白生生小腿。

"仓田君,他好像不行了。"

"人刚到,怎么就不行了,我不是说过不要对他动手!"

"没人动手,他得了绝症。"

"古川君怎么说?"

"他说,是癌症,没剩多少天了,要我们赶紧准备后事。"

一阵沉默后,张大海把鞋子擦得干干净净,不抬头不行,这才梗着脖子强忍手臂的疼痛起身。

面前的女人梳着一个发髻,脸蛋红扑扑的,不管从哪儿看都是北方新嫁的少妇,看来在中国已经待了很多年。

"这是张大海。"仓田给两人介绍。

"你叫我花子就可以了。"女人冲着张大海露出羞涩的笑容。

"江上花子,我的义女。张大海,你要是去北平、天津,可以跟她联系。"

"是!"张大海压抑下那点见不得人的小心思,规规矩矩点头。

仓田冷冷看着江上花子:"你跟他在一起这么久,为什么没有发现,为什么不早点报告?"

江上花子低声道:"他的病,他一次都没提过。

"他早就不想活了,我们这次成全他。"

"把人送过去,让胡小姐来一趟接人。"

"为什么是胡小姐?"

为什么要问这种蠢问题!话一出口,张大海立刻醒悟过来,二话不说,狠狠给了自己一巴掌。

江上花子一点也没有意外,冷冷看了他一眼,瞥见他手臂上湿漉漉的痕迹,目光里竟也生出几分惧意。

这人对自己太狠,不能惹。

仓田淡淡瞥他一眼:"你们这些人做事就是不聪明,你把自己的脸打肿了,我并不会对你的印象有所改观,而是觉得你更蠢了。"

张大海咬咬牙,此刻最聪明的办法应该是沉默。可他就是恐惧,做不到。

仓田抬头看着自己酷爱的长城,终于露出一丝笑容:"花子,他伤势有点重,你帮帮他的忙。"

"是!"

"快去办事,不要妨碍我看风景。"

"是!"

两人齐声应下,交换一个眼色,一同躬身离去。

张大海涂了一封鬼画符的信送到云霞镇,特诚恳地让胡小姐去领王瘸子回来。

众人一片哗然。

王不觉和蔡武陵猜想仓田和张大海会隐瞒王瘸子的消息,继续跟他们讨价还价,没想到他们比想象中还要着急,一个筹码不好用,立刻丢掉。

那他们下一个筹码是什么,难道是胡琴琴?

在胡琴琴要不要去的问题上,大家分成支持和反对的两派,不过胡琴琴岂是能听别人掌控的女子,拿到信的那一刻,她就去定了。

不仅是为了王瘸子,还是为了她的父亲。她好不容易找到这个线索,不会轻易放弃。

胡琴琴精心梳妆打扮,把刀枪全部藏在身上,将一封信交给坐镇军营的吴桂子,交代如果她有任何不测,就让他把信交给王不觉。

胡琴琴匆匆上路的同时,杨守疆和王柏松也暗中做好准备,龙孟和处处安排眼线盯着,一路上有惊无险。

仓田约见的地方就在从山间通往大道的小小一块山坡,张大海和手下在这里吃过亏,对仓田这番动作也是提心吊胆。

王瘸子已经吃不下任何东西,没有多少力气,为了省着点儿花,一句话都没有说,从头到尾一直躺着。

比如说他被扛过来,也手脚大开躺在山坡上。

他躺得如此舒适自然,好像这里就是他的坟墓,而他身边的仓田就是个守墓人。

胡琴琴径直走向仓田,并没有因为听到耳畔窸窸窣窣的脚步和子弹上膛的声音而慌乱。

她反复提醒自己不要怕,手心还是湿透了。

仓田伸手向她示意,他是一个很讲究的人,这么一小会儿工夫,山坡上还安排了桌椅热水瓶和茶具,仿佛他不是来谈人生死,而是来春游踏青。

胡琴琴心里恨极，咬咬牙，冲他一抱拳。

仓田愣了愣，改为鞠躬，日式的深深一躬。

胡琴琴克制着掏枪的冲动，再也跟他客气不下去了，瓮声瓮气道："这个爹我带走了，还有一个爹呢？"

仓田摇头："我也在找他，希望你能在我之前找到他。"

"一定会的。"

身后，王柏松带着一个士兵走出来，王柏松冲她一点头，将王瘸子抬上担架，踩着鲜花快步离去。

胡琴琴贴身的衣服全都湿透了，在刺骨的风里止不住地颤抖。

仓田倒是很乐意看到她这般表现，露出志得意满的神情："胡小姐，如果见到你父亲，最好提醒他，与其东躲西藏，不如早点跟我们合作。把东西交给我们，对你们一家都有好处。"

"什么东西？"

仓田倒是毫不意外她的不知情，笑道："就一张图纸，也不是什么重要的东西，对你们一点作用也没有。"

"没用，那我就烧了。"

仓田哈哈大笑："胡小姐，我跟你父亲交情深厚，听我的，回北平老老实实干你的活。"

"我当然会回去，不劳你费心。"

"我敢肯定他还活在这个世上，但是在确保他没有解除威胁之前，他不会去找你。"

不知道是不是被父亲的好消息安抚，胡琴琴攥紧拳头，牙关松了下来，身体也终于不抖了。

"他的谨慎，不是你我可以想象，这是我最佩服他的一点。"

"你们既然交情深厚，为什么非得追杀他？"

仓田背着手眺望着野花遍地的长城内外，目光怅然："各为其主。"

"我没多少时辰了,你陪着我,听我这老头絮叨絮叨,直接把送我去坟地。"王瘸子说道。

"好,我会转告给他们。"胡琴琴一手抓着手枪,一边警惕地四处张望。

"乡下的郎中说让我赶紧做棺材,城市的医生说让我少吃两口,说不定还能多挨几天,他们都是一个意思,我快死了,最多半个月一个月的命……

"临死前,我见到了两个儿子,还有你这个儿媳妇,已经没什么遗憾。

"林挡等着我,我能去找她,其实非常高兴。

"我的名字叫福贵,可是我活到六十岁,没有福气,更没有富贵。想必这贼老天把苦头给我们几个做爹娘的尝够了,就会给我们的儿子儿媳妇一点甜头尝尝。

"你们好好的。

"我死了,死得很高兴。"

……

抬担架的人换来换去,快到云霞镇的时候,终于解除危险信号,换成了王不觉和蔡武陵。

王瘸子终于睁开眼睛,面前的人已经全都看不清楚,而林挡带着笑容走来,面容越来越清晰。

林挡很难得地发了脾气,要他赶紧絮叨完,跟自己走。

王瘸子赶紧应下,冲着两个儿子的方向露出狡黠的笑容:

"他们以为我又穷又蠢,我能生出两个这么聪明的儿子,怎么着也蠢不到哪儿去,对吧?

"他们找上我,肯定没安什么好心。

"天津再怎么差也是城里,我这么穷的乡下人,谁家女儿都不敢嫁。他们上赶着嫁过来,那就是图我一点什么。

"我打听不出来,只能将计就计……没想到果然被我猜中了。

"儿子,我没有给你们丢脸,国家和百姓都这么惨,不管怎么样,你们尽自己一份力气总没有错的。

"鬼子进了唐山,有多少地都没用。我先去死,以后的事情管不了这么多了。你们要是打鬼子而死,我在九泉之下为你们骄傲。"

他好像真的看到他们在战场上冲杀的身影,带着骄傲的笑容,沉沉睡去。

他脸上的青黑色缠绵不去,一层层的白色从青黑中透出来。

三人都沉默下来,好像第一次认识这个黑脸小老头,他们没有什么缘分的爹。

胡琴琴看向王不觉:"其实……王觉挺好听的。"

"好。"王不觉很痛快地应了。

他随后定居北平,流亡武汉、长沙、广州、香港,又叶落归根回到承德,回到云霞镇,回到长城脚下,这个名字他用了一辈子。

王觉,觉醒的觉。

谁都没有想到,亲爹来了,会永远留下来,有王宝善和胡二娘两个热闹人作伴,想必不会寂寞,不用担心找不到人喝酒絮叨。

夕阳又红了,看夕阳的人却又少了。

隋月关带小河去北平找他大哥,小院越发清冷。

王不觉和胡琴琴一人端着一碗牛肉面坐在门口吃,一边带着莫名的哀伤看夕阳。

"那个亲爹亲儿子的问题,我有答案了。"

"我不想知道。"胡琴琴话是这么说,人倒是凑近了许多,想听他到底能说出什么道道来。

"父子之间的问题,其实没有什么好解释的,谁都肯为对方去死,那就是真父子。

"我如果有个儿子,会带上他一起摸爬滚打,给他挡枪子,但是他长大,该上战场得去,该挡在家人面前,也不能躲。

"每个人完成自己必须完成的部分,其他一切看天,看命。"

胡琴琴转头偷偷一笑。

"我说,媳妇,你给我生个娃娃,会不会跟我养马?"

胡琴琴怒目圆睁:"你敢不敢有点出息,我的娃必须上北大清华,必须当大学校长、医院院长,当总统当将军,必须……"

"做你的娃娃好累,他听到了肯定得反悔了,立刻掉头回送子观音那儿。"

"娃啊,你好惨啊,摊上这么一个妈……"

胡琴琴微微一愣,一个小拳头砸在他肩膀上。

第五卷
打就打，没什么好说的

第二十二章 小试牛刀

日军确实急了。

每支军队都知道拿火力强劲的日军没办法，正面抵抗只有猫在战壕工事挨炸的份儿，所以每个部队总结出来的经验都是深入敌后，进行偷袭。

东北军这样干，西北军这样干，到了黄师长这里，他本来就在古北口吃了大亏，退守南天门阵地之后，憋足了劲在这一带琢磨地形组织防守。敌我对峙期间，他发出一道又一道深挖工事的命令，一口气构筑了六道防线。

与此同时，他派出去一个又一个别动队，从八道楼子打到司马台，一打一个准，干出了更大的成果，让日军头疼极了。

别动队每次出征都有收获，积少成多，即使面临日军飞机大炮掩护下的大举报复性进攻，我军仍然士气大振，个个抢着去干别动队。

因为大家终于知道，只要想办法，这场仗不是不能打。

张大海在长城脚下蹲了这么久，要啥啥没有，干啥啥不成，到头来损兵折将，还得让日军一车车翻山越岭朝这个犄角旮旯投送补给，让他的顶头上司森田井队长每次一见他就吹胡子瞪眼。

长城一线其他战场都胜利在望，日军在古北口却打得越来越艰难，仓田就是在这样的紧急情况下被调上来救场的。

同时调上来的，还有一支打着骷髅旗的日军敢死队，由池上中尉率领，隶属第8师团，是凶名在外的王牌队伍。

仓田苦心布置一场认亲好戏，一来就干砸了。仓田资历深脸皮厚，没什么所谓，森田井却有苦难言，不仅下了必须拿下南天门的死命令，对待古北口一带百姓的手段也更加凶残。

仓田约见胡琴琴的时候，王不觉也没闲着，带着几个熟知马性的好手一路潜伏在山路旁，观察和计算来往的马匹。

他没有猜错，张大海他们带来的这批马来自承德，承德的马他心里有数，虽说战马需要骟马，大家都是应付差事，没几个正经照规矩来。

他数了个三十的数，也有人数到四十多，不管具体数字如何，驻守在这里的人至少得四十以上，加上日军大部队就在不远处的南天门东关司马台等阵地扎营，和村里的驻军守望相助，怎样神不知鬼不觉端掉这个据点才是大问题。

出发这天，大家都要走了，他还躺在马厩草堆里翻滚，琢磨要怎么办，连出发的时间都忘了。

关山毅被大家派去找人，跟胡琴琴一诉苦。胡琴琴气不打一处来，径自将关山毅领来马厩，摩拳擦掌要来拧草堆里面这个缩头乌龟的耳朵。

男子汉大丈夫，面子还是挺要紧的。王不觉一个鲤鱼打挺冲出来，由着胡琴琴拍打身上的稻草，冲着绷着脸的关山毅挤出笑容："我说，我不是让你找母马吗？"

"要马没有，要绳子一条！"

关山毅气呼呼把一捆绊马索丢到他面前，瞪着眼看着他，那模样好像只要他敢说不用，必须吃他的铁拳。

王不觉自然也不敢，挑了一根缠在身上，又在包里装了一把。

关山毅这才满意，学着他的样子将绳索绑在身上，蹙眉道："那村子味道不太好，你弄块布捂住口鼻。"

王不觉刚想开口，胡琴琴一个小铁盒塞过来："揣好。"

这是一盒带着草药香味的清凉膏，王不觉闻了闻，真是神清气爽。

"你要是怕可以不去……"

胡琴琴话没说完，王不觉以闪电般的速度跑了。

关山毅只看到一个绝尘而去的影子，目瞪口呆地看着胡琴琴，以无比崇敬的心态冲着她一抱拳。

胡琴琴也客客气气向他抱拳，心里在咬牙切齿。

这混球！都没跟她说再见！

夜晚，大鼓村一片宁静，大家都休息了，张大海却还没法闲着。他连番叹着气，蒙住口鼻，把石灰全都倒进大水缸，同时哀叹自己的地位不保。以前森田井不常来，村子就他最大，连医务兵古川这些日本小崽子都得躲着他走。仓田到了之后，自己成天擦擦洗洗，管着人一日三餐，真像个老奴才。

春天来了，天气越来越热，空气中弥漫着浓浓的腥臭味，令人作呕。以前都是古川这一批医务兵管，近来战场损失惨重，医务兵都调派到战地医院，剩下古川一个什么都不懂的眯眼小子。

最后，这件事还是落到张大海头上，仓田受不了这个味道，命令张大海带人到处喷洒石灰水，防止疫病。

张大海其实早就不想蹲在这鬼地方，每天上战场看死尸，回村里还得看，恶心得不行。以前还有个漂漂亮亮的胡二娘嘘寒问暖，如今……只能夹紧尾巴过日子。

仓田好似真的老太爷，天天搬一张椅子坐在院子里看长城，天知道这些破砖头到底有什么好看！

仓田瞧不起这些中国军民，更瞧不起张大海，自然不会有什么好脸色给他看。张大海挺有自知之明，平时从来不出现在他面前，有什么事情都让"配合"自己办事的江上花子去说。

而医务兵古川年纪特别小，还不到二十岁，个头小，长得也小，被森田井打发到这里来之后成天四处游荡，闲得很，只有在江上花子来了之后才算找到人生目标，成天眯着一双小眼睛跟在江上花子屁股后面傻乐。

说来也对，小村的日子苦闷无聊，只能自己找乐子。

张大海带着两个跟屁虫一边当监工，一边到处干活，干杀人放火、毁尸灭迹的活。

清晨，大鼓村外不远的山间，王不觉各路人马纷纷到来，像关山毅这一支早就轻车熟路驻扎下来，等待行动命令。

向前一步就是战场，大家倒是没这个胆子跑去挨炮弹。拿下一个大鼓村，大家都觉得不在话下。

黄师长也同意由他们拔掉这颗钉子，并且提出行动时间，那就是日军在前方大举进攻，无暇他顾的时候。

关山毅和蔡武陵负责主攻，杨守疆密切关注村里的人员情况。为了确保万无一失，由魏壮壮带队埋伏在日军支援大鼓村必经的路旁，切断援军的路线。

这些安排看似万无一失，可日军什么时候进攻呢？

只有一个字：等。

阳光正好，王不觉站在高山上眺望，回头看了蔡武陵一眼："大哥，真打吗？还得等吗？"

如果手里有针线，蔡武陵早就把他这张碎嘴子缝起来了。

人都到了这里，他还一小时问三遍这种废话，当初是谁鼓噪着要来干仗！等等战机有这么难？

这团长到底来干吗？从早到晚脑袋放空到处看？看什么稀奇？

众人都有这种疑惑，不过也都拿他没办法，围坐在一起对着地图一顿指指戳戳。

"绊马索应该放在村口。"

"不行，一旦他们有所警觉，龟缩在村里不出来，那我们就更难办了。"

"那放在哪里？"

杨守疆直挠头："先商量怎么把人引出来。"

关山毅不耐烦："他们三两天就要跑一趟八道楼子这些战场。"

王不觉脑子一抽，又乱插嘴："没啥事跑一趟就够了，难不成他们已经找到门道偷袭？"

"就是没找到门道才会经常跑！"蔡武陵一点儿也不惯着他。

"找到门道更得去，办大事得先稳住自己这边的人，不然以后怎么显摆！"

这都什么歪门邪道！

众人面面相觑，用目光示意，谁也不准再跟他瞎搭话。

王不觉嘿嘿两声，继续在山坡上眺望远方当望夫石。

龙孟和捕捉到某个意思，心头一动，下意识看向王不觉，被蔡武陵和关山毅同时拽回来。

关山毅还记着仇："马倌就是马倌，把马看得挺重，明明是他吃喝着要用绊马索，到头来一根绊马索都舍不得使。"

蔡武陵嗤笑一声："马摔一匹少一匹，就跟摔他心窝窝一样，跟他商量也是白瞎。"

王不觉还是听见了，气鼓鼓指着他们："我说，绊马索，咱们再考虑考虑。"

考虑多少次了，再定不下来都白干。这次根本没人搭理他。

"村外东头有一片洼地……"

还是没人理他，大家已经把绊马索安置好了。

王不觉一屁股挤到中间坐下来，一根树棍子下去，把地图上的指头横扫干净。

蔡武陵脸上已有怒意："你来这到底干吗的，再捣乱就回去！"

王不觉愣了愣，也生气了："我说东边有洼地！"

"哪里？地图上没有！"蔡武陵一点也不怕他生气，口气还是不大好。

"东边，我看了好久，一定有！"

"行了行了，我们知道了。"龙孟和脸上挂不住，他辛辛苦苦跋山涉水滚死人堆，哪里有洼地竟然不知道。

"就算有一块洼地，能干啥？"关山毅有点不耐烦。

杨守疆笑起来："团长，我们一块去看看。"

"不用看！就是有！"王不觉觉得他们是在支开他，有点犯倔。

杨守疆叹了口气："得看看洼地多大，要布置多少人手，要怎么把人从村里引出来。"

王不觉眼睛一亮，冲他咧嘴直笑："我没想到这么多……"

蔡武陵没好气道："那你想干吗？"

王不觉来了劲头，朝着远处一指："把马吆喝出来，集中在这块洼地，我就能把马弄走……"

说来说去，他还是惦记这些马。

杨守疆一拍脑门，觉得自己还想显摆一下聪明才智，真是对牛弹琴。

"马弄走，人怎么办？"蔡武陵嫌他烦，决定节约点时间。

王不觉愣住了，特理直气壮地指着他："不是有你们吗？！"

龙孟和也算想通了，一拍手："走，大家各干各的，你把马弄走让人赶紧送回路南营城或者铁壁村，这两个地方靠近草场，再说我们缺马缺得厉害。"

"那不行，那是我弄出来的好东西，必须送给我媳妇，让她高兴高兴。"

龙孟和摸摸鼻子，气得不想跟他说话了。

村内小院，夕阳照在长城上，每块砖石都像是闪着金光。

这是长城最美丽的时候，只有在这个时候，仓田才觉得自己这顿辛苦没有白费。

一辆军车缓缓进了村，森田井的传令兵急匆匆跑进小院，在仓田面前一个敬礼："森田队长请您去跟池上君一见，顺便讨论一下接下来的反攻细节。"

仓田抬头看了看，颇有几分不满，早不来晚不来，偏偏这么漂亮的时候来！

张大海闻讯赶来，竭力掩饰心头的欢喜，毕恭毕敬等在一旁："仓田君，您早去早回。"

张大海的两个跟屁虫也进来了，仓田看了一眼，森田井跟古川有姻亲关系，派一辆这么大的车来，自然是想接他去见见，至于江上花子……

仓田冲着她一招手："花子，森田君约见，跟我去。"

江上花子老早就不想待在这臭烘烘的地方，连忙应下，一头蹿进军车里，蜷缩成小小的一团，怕太占地方赶她下去。

不等仓田开口，古川果然也乐呵呵跟进去，根本没把自己当外人。

仓田省了一番口舌，回头冲着张大海低声道："张队长，八道楼子赶紧摸清楚,把它拿下来,承德肯定是你的。"

"是!"

车缓缓开走,张大海总算放下心来,在院子里打了一通拳,打完擦擦汗,喝道:"上面怎么样?"

一个手下迅速上前回道:"八道楼子对面阵地被他们偷袭,森田快气死了,我们怎么办?"

张大海冷笑道:"让他们先表现表现,他们干不了,自然要来求我。"

"古川那个眯眯眼小兵老跟着我们钻,他会不会寻摸到地方?"

"怎么可能,这小子毛都没长齐!"张大海冲着军车离去的方向嗤之以鼻。

张大海表面恭敬,其实瞧不起这些人,他们只知道杀人蛮干,到头来后患无穷,还得由他们这些中国人来收场。

蔡武陵到底还是怕王不觉没上过战场,临阵就慌,带着一批人跟上了王不觉和杨守疆。

翻过一座山,这里果然有一块小小的洼地,只因接近水源,水草山花遍布,山林茂盛,不仔细看还真是难以辨别。

王不觉和王大雀跑惯了山地草原,信马由缰跑了一圈。蔡武陵带其他人在一处山凹处驻扎下来,马和人都先吃个饱再做打算。

蔡武陵对王不觉并没有抱多大的希望,这个地形虽然适合打埋伏,毕竟没多大点,很容易引来密集攻击或者反包围。

不过,按照村里人数情况来看,如果能把这块洼地稍加利用,用最快的速度来一个请君入瓮,得手之后迅速撤离,这应该是最好的方案。

蔡武陵等人细细搜索,计划也渐渐成形。杨守疆派人送来消息:黄师长刚刚在八道楼子打了胜仗,其他别动队也正在采取行动,过了今夜,日军肯定会调兵遣将进行报复性反攻,他们必须尽快行动。

入夜,王不觉拽着王大雀腻歪一阵,让它去疯跑,随后在山中发出阵阵的嘶鸣。

蔡武陵和杨守疆等人全都目瞪口呆,他未免学得太像了!

闭上眼睛,就是母马在嘶鸣。

杨守疆冲着蔡武陵低低一笑:"他还真是个马倌。"

这句绝对是褒奖。

杨守疆自诩聪明绝顶,能听到他夸人不容易。蔡武陵拍拍他肩膀,抄起枪走向前方山坡。

战斗就要打响了,真让人热血沸腾。

马鸣声声,在夜空久久回响。

马场就在大鼓村东头,王不觉的声音听得清清楚楚,很快,一批公马冲了出去,三五个人上前都拦不住。

又一阵马嘶声响起,这是王大雀的叫声。

以往在承德,王不觉特别喜欢带王大雀出去显摆,这匹漂亮的马向来都是承德草原上的王者,高声一喊,跟着狂奔的大马小马不计其数。

汤主席喜欢这种千军万马的气势,每次一见着都得发点赏,朱大胖也由得王不觉乱玩,反正赏钱都进了自己的腰包。

又一批马疯跑起来,就连枪声也挡不住它们,何况汉奸特务们根本不敢打。

王不觉跟着王大雀疾跑一阵,飞身上马,带着身后数十匹马跑入山林间,消失在黑暗里。

而村里的追兵也蜂拥而至,蔡武陵一声令下,所有人扛上枪守在凹口的两侧,瞄准射击,进来一个干掉一个。

张大海惊醒过来,没了马,只能一窝蜂往日军大部队的方向冲。张大海冲到一半,命令大家继续前去求援,带着几个手下转头往村子后山跑。

一个信号弹冲向天空,杨守疆目光中笑意盎然。

这场仗憋得太久,必须打个痛快。

打埋伏的魏壮壮率先结束战斗:日伪军衣服都没穿好,乱纷纷地冲出来,被堵在村口挨了一阵乱枪,魏壮壮用中文、日语一吆喝,再加上有人用中文、日语响应,所有人不明所以,一个个稀里糊涂投降了。

他们准备的绊马索终于派上用场,魏壮壮把人全都一索子捆了,派人送去南天门我军驻地。

关山毅负责堵在后山,刚要布置包围圈,张大海带着几个手下一头撞上来,关山毅动起手来样子挺吓人,张大海和手下又是一些挺惜命的家伙,没费啥力气就全抓上了。

最后,龙孟和怕人家抢了好东西,早就暗搓搓派了所有手下打扫战场,发现打死五人,打伤两人,其他的五十多人全当了俘虏。

好东西倒是有,打扫战场的过程中,众人受到的震撼实在太大,一个个晕着吐着回来,啥也没敢拿,俘虏和战利品都摆放在村口,等王不觉他们来处置。

拿下大鼓村,邻近的潮河关村没有什么人驻防,也轻松拿下来,打仗的同时,龙孟和手下、歪脖子队长从周边山里找回来几个村里人收拾残局。

村里的几个人都没进村,老远一顿哭,把众人哭得莫名其妙。

王不觉盘算一阵,觉得魏壮壮最没可能抢他的马,派他将马群赶回云霞镇,趴在王大雀身上乐颠颠回来了,老远听到一片哭声,一顿狂奔冲进村子里,带着几分得胜回朝的意气一声怒吼:"你们干什么!"

龙孟和的手下嗖嗖闪人,龙孟和就这么猝不及防从人堆里凸显出来。

同时被火把照亮的,还有一脸懵懂的歪脖子队长。

歪脖子队长脖子转不过来,一屁股坐到地上,于是现场只剩下一个穿着黑紧身衣服的龙孟和。

王不觉步步逼近,村里人扑通扑通跪了一地,根本不会说话,只会哭。

王不觉急眼了:"龙孟和!你又干了什么好事!"

龙孟和带着手下辛辛苦苦跑了一趟,什么都没落着,这几天都快憋死了,没好气道:"你吼我干什么!你为啥不问鬼子干了什么好事!"

"鬼子干了啥?"

一阵腥臭味迎风熏过来,王不觉趴在马上一顿呕吐,手忙脚乱地把怀里的青凉膏抓出来,狠狠闻了几口才算恢复过来。

他本来就累得要命,这一吐,等于去了半条命,趴在马上直喘粗气。

歪脖子队长拎着一个哭哭啼啼的老人家走上来:"你问他吧。"

老人家是大鼓村的村长,算是有点见识,跑得挺快,所以还能在他面前哭,很多人哭的机会都没有了。

村里挥之不去的臭味,就是被害的百姓和被杀掉的牲口发出来的臭气。

大鼓村和邻近的潮河关村统共不过八十多户人家,没跑的八十多人全被杀了,两百多牲口来不及跑,不是被杀死就是被烧死,全被祸害完了。

村里有的杀绝户,有的直接流亡,闻讯回来的不过二十多人。故土家园可以丢下,家人不可割舍,可大家如此冒险等待,等到的只有亲人的死讯和整个村子的地狱般惨状。

怎么能不哭。

张大海关在后山小屋里,有关山毅看着,也不怕他们跑。

王不觉一行人打着火把找过来，张大海等人正在哭喊肚子疼，要出去拉屎。

王不觉打着火把照亮他的脸，张大海眯缝眼睛跟他四目相对，在心中嗤笑一声，就这么个毛都没长齐的家伙，让他费了这么大力气，不值当。

王不觉似乎知道他的想法，笑道："我就是你要找的假团长——瘸马，我的大哥叫王宝善。"

张大海笑道："幸会，瘸马兄弟。"

"我来找你，就想搞清楚一件事，谁杀了王宝善？"

众人一齐看向张大海。

张大海的手下也一起盯着他。

张大海挺坦然："我说没杀他，你们肯定不信的，可要我认了这件事，我也觉得冤枉。不管你们信不信，人不是我杀的，我知道他是个什么德行，我把他放出去，就没想他能回来。"

"那么，谁替你收拾不听话的人？"

众手下纷纷朝后面角落挪了挪。

王不觉看了看龙孟和，两人都莫名其妙笑起来。笑里有明晃晃的刀枪。

"鬼子手黑，进村先杀三天，到头来还得我们给他擦屁股。我瞧不上他们，我要收拾一个人，都是自己动手，用不着别人。"

张大海看着面前两个小年轻，心情愈发轻松，这两个比抓人的关山毅好拿捏多了，忽悠忽悠也就放他们走了。

王不觉指着脖子："王宝善这么死的，中了一根毒针，死得很快。"

电光石火之间，张大海脑海中捕捉到什么东西，悄悄抖了抖："你说他怎么死的？"

"他脖子上有一个针孔。"

"针孔！"

张大海看向手下："胡二娘的毒药是你们给的？"

众人直摇头，胡二娘天天巴结张大海，谁敢跟她瞎搭话，又不是嫌命长。

张大海回头看着手下："是不是古川给的？"

众手下沉默不语。

敢搭话的也就几个鬼子兵，那个眯眯眼小鬼子见到女人就走不动道，不是他是谁？

龙孟和已经转身冲了出去，很快，拎着一包东西走来。

毒针、毒药、剧毒的氰化物……

古川收藏的玩意儿还真不少。

古川是森田井派来的医务官，闲得不得了，总是到处玩。

那个笑眯眯的小个子，原来是他身边最危险的人。

张大海的背脊湿透了。

"这人在哪儿？"王不觉指着这包东西。

张大海抖了抖，叹了口气："你们要是早来三个小时，也就堵到这三个鬼子了。"

他补充道："弄死你爹的仓田，弄死王宝善的古川，还有弄死你小媳妇王玲珑的江上花子。"

王不觉愣住了。

张大海直叹气："你以为你小媳妇早死了是不是？你爹到了天津料理后事，江上花子总得埋一个人下去，埋的就是你小媳妇。"

龙孟和忍不住了："你为什么告诉我们这些？"

"我刚刚不是说了，我瞧不上鬼子老下黑手。我办事坦坦荡荡，没什么不能说的。"

"说得也对，张大海，我要是放了你，你能不能带我们去找仓田他们？"

众手下迅速点头。

张大海背后没长眼睛,挺自信地笑道:"瘸马,你还年轻,不要想不开跟他们作对。你跟我回承德,别说团长,整个承德城都是我们的!"

王不觉乐了:"你自己都混得这么惨,怎么敢打包票?"

"我当然敢打包票,长城内外,就没有我不熟的地方,他们没我怎么行。"

"这个地方也是你挑的吧?"

"那当然……"

说话间,蔡武陵从人群中慢慢走出来,马鞭紧紧缠在手上,一眨眼,尚未看到手的动作,马鞭已经甩了出去。

而张大海整个人飞了出去,重重砸在地上。

蔡武陵冲着王不觉点了点头,算是一个告知,马鞭再次飞出去,揍得张大海惨叫声声。

龙孟和朝着后山一处黑黝黝的山凹指了指:"牲口都填埋在那儿,让他去做伴吧。"

"兄弟,救救我!我带你去找仓田!找古川!我带你去……"

又一鞭抽下去,把他抽得满地打滚。

王不觉转身走了,再听一小会儿,他怕自己忍不住也会动手。

人怎么能像牲口?

人怎么能变成屠夫?

他不懂,也不想去懂,他只想带着战利品回家,到王宝善、胡二娘、黄瞎子和他爹坟头去哭一场。

第二十三章　槐树岭的瞎猫碰上死耗子

一人一马飞一般跑进村子，带来了黄师长的命令：别动队一连打了不少胜仗，敌人的报复行动也开始了，黄师长命令他们迅速撤走。

蔡武陵跟着传令兵跑到南天门阵地复命，经过一番争取，黄师长给了他们三天时间处理后事。

得知村子被收回的消息，回来收殓亲人、看望故宅的百姓络绎不绝，而大家日夜难眠，因为人们陆续归来，家家出殡，户户白幡，哭声早已喑哑，鸦声连绵不断。

第三天凌晨，王不觉带着众人在村里走了一圈算作告别，从头到尾笑容阴恻恻的，像个黑无常。

龙孟和可不像王不觉在草堆里更能睡大觉，这几天没日没夜张罗，整个人蔫了许多，几乎趴在马背上。

"阎王爷那儿的黑白无常怕不怕鬼子？"

王不觉冷不丁一问，把龙孟和问住了。

龙孟和斜他一眼，越发觉得他太不会说话了，烦人得很。

"不怕。"蔡武陵紧走两步赶上来，脸色也是从没见过的惨白，这三天确实累得够呛。

王不觉点点头："鬼子在南天门，我们一起上去试试。"

龙孟和惊诧莫名："你疯了！"

蔡武陵倒是没出声，开始蹙眉沉思。

"你祖宗是干吗的？"王不觉逼近一步。

"用你说！"龙孟和快气炸了，他这几天撒石灰水收殓各种尸体埋头干活，怎么又惹上这个烦人精？

"军户，他们都是军户。"蔡武陵生怕他这个大嘴巴漏了风惹了事情，极力压低声音。

"军户？"

王不觉一把火直冲头顶，突然不管不顾冲出来，指着龙孟和跟他身后的马匪和歪脖子队长等人一通怒吼：

"你们祖宗守长城！保卫边关老百姓！你们不守就算了！跑来抢老百姓！"

"我们抢的是贪官污吏！"歪脖子小声嘀咕。

"你还好意思狡辩！"王不觉跳脚，"带点钱就算贪官污吏，就能抢对不对！你们算算正经生意人你们抢了多少！

"这一个又一个村子被杀成这样，你们好意思！"

龙孟和猛地回头看着身后的汉子们，众人纷纷低下头。

他们确实不怎么好意思，所以这几天拼了命干活，连战利品都没拿。

"瘸马！"龙孟和气急败坏怒喝，"我们没少办事，你还指着鼻子骂人！你以为自己是谁呢，老子不伺候了！以后我们桥归桥路归路，谁也不招谁，再见！"

"你还好意思说帮我办事！这事是我的？我一个马倌跑这里来掺和什么，干我屁事啊！"

龙孟和被他堵得说不出话来，打马绝尘而去。

王不觉追着他骂："你有脸把刚才的话再说一遍，你敢拍拍胸口说你在保护边关百姓，你看边关被糟蹋成什么样子……"

一行人连跑带追，很快就能看到云霞镇门楼子的红色飞檐。

前面几里地，一个吴桂子的前哨看到他们一行，嗖哨一声，急匆匆迎上来："团长，不好了，鬼子飞机跑镇上丢了五颗炸弹！"

王不觉怒吼一声："大雀！跑！"

其实根本不用他开口，王大雀已经撒腿冲了出去。

龙孟和骑的已经算是最好的马，在后面连王大雀跑出来的尘土都攥不上,气得直骂娘。

半山胡同仍在,院子已经不在了。

隋家大院真是命运多舛,左炸一下,右炸一下,再从上面丢个炸弹,这会儿被炸平了,只剩下砖墙和梯子仍然坚挺地竖立在中央。

王不觉眼一晕,人已经扑进废墟里扒拉砖石,号啕痛哭:

"媳妇……媳妇……

"你不是说好去北平养我一辈子的吗……

"你怎么能骗我……"

常春风紧追上来,没眼看这个口口声声喊女人养着的泥人,捂着鼻子走了。

胡琴琴扛着一把大刀气势汹汹走来,怒喝:"闭嘴!"

王不觉昏了头,根本没听见,扒得手上都是血。

王不觉眼前闪过一道白光,一把大刀劈面而来,登时愣住了。

胡琴琴披着一身的霞光,大刀也放了光,活像仙女下凡。

王不觉腿都软了:"媳妇,你别,别带我走,我还想多活几年,我还没去过北平天津,没去过唐山……"

胡琴琴气乐了,扭头就走。

王不觉飞扑上前抱住她:"你带我走也行,让我先看看北平长啥样……"

"你是自己洗干净,还是我把你丢河里!"

这是真实的热度。人类的热度,不是冰冷的鬼。

"媳妇!"王不觉不顾一切扑上去抱住她,疯跑而去。

胡琴琴给他一顿敲打,看他实在不放,便紧紧地、紧紧地抱住他。

日军的报复来得很早,清晨刚睡醒,就听到飞机嗡嗡,胡琴琴立刻组织城里的人疏散和躲藏,第一个跑去南门校场送信。

好在常春风和魏壮壮都有经验,早就命令所有人和马从营地撤出来,避免了更大的损失。

然而，那个胖乎乎、乐呵呵的陈袁愿不知道中了什么邪，天蒙蒙亮的时候，跑南门外菜园子去寻摸东西，当场被炸死。

跟他一块寻摸的卫兵和菜农当场炸死三个，伤了两个。

东门城楼驻防的小屋也被丢了一个炸弹，幸好东门早就封了，大家都觉得东门门口的镖局敞亮，都跑去那儿住，没人受伤。

日机大概是看在这里讨不到什么好处，成群地飞向密云。密云没有做这么齐全的准备，被炸得更惨。

飞机过境，到处都是一片狼藉，胡琴琴好险才保住脑袋，冲着飞机一顿骂，迅速带人抢修。

修到东门城楼子，胡琴琴正在满身灰土指挥，突然发现大家鸦雀无声，同时看向街头。

远处，吴桂子背着一个人走来，全身又是灰土又是血糊糊的，边走边哭，毫无形象可言。

他们的身后，常春风等人低着头沉默相送，一直送到东门外的山中。

走到胡琴琴身边，常春风停下脚步，轻声道："老陈想给他好好做个四十大寿，可城里啥都没有，就想着去菜园子里现找点，没想到……"

从东北撤出来之后，陈袁愿一直都想干仗，一直没干成，死在菜园子。

常春风以前不想打仗，跟他吵了多少回，这会儿心里替他冤得很。

等龙孟和等人赶回来，城里已经清理得差不多了，龙孟和跑去陈袁愿墓前拜了拜，准备回村里喘口气。

其实，他是惦记好不容易捞到的宝贝，怕鬼子轰炸铁壁村，让歪脖子赶紧把村里的好东西运走。

杨守疆突然赶回来，纠集所有人来到关帝庙，说是得到一个重要情报。

王柏松特别贼,一直蹲在村外观察,看到军车接人走,报信也来不及了,干脆就悄悄摸上去。

这下不得了,他摸上了鬼子在南天门的阵地,我军的别动队刚刚捞了一票走人,阵地上一片狼藉。

鬼子吃了亏,肯定就要派人来增援,至于物资补给,杨守疆一巴掌拍在地图上:"承德到古北口这条公路是必经之地,上头说已经派人去干这个活计,我们要不要去试试?"

王不觉趴在地图上,直愣愣地看着这条公路。

他其实看不太懂这些弯弯绕的东西,地图上面手指头短的地方,他从承德跑过来得一天。

地图上这些名字他跑过、认得,所以他不怕。

龙孟和一把将他揪上来:"闪开!这条路我最熟!肯定没漏的!"

王不觉嗤之以鼻,他怎么能不熟?他还是个小娃娃就在这条路上抢人钱财。

龙孟和急了:"你什么意思!"

王不觉也瞪他:"你早上还说不去!"

"干不干!"杨守疆看不下去,拍着桌子怒吼,"赶紧决定!老王说了,过了这个村就没这个店了!"

"干!"龙孟和一咬牙,"不干白不干!"

"干就干!"众人异口同声做了决定,转身就走。

收了一堆战利品,这次不缺枪,也不缺马,吴桂子和胡琴琴都跟上来,由魏壮壮和常春风看家。

黄师长派出来的正经别动队早跑去挖公路,龙孟和决定把伏击的地点定在槐树岭。

池上带着队伍从承德开出来,一路上威风得不得了,谁见了都得让,所以比其他增援部队要快很多。

而森田井看他来头大,不好得罪,早早抓了妻弟古川等人一块儿去公路上迎接。

双方接上头后,好一阵寒暄,就要往八道楼子阵地开拔。森田井一看,骑兵有三十多人,军车有八辆,并不是很稳妥,于是催促池上加快速度,先就近去东关稍作停留。

池上怎么会听他的,带上警卫打马就飞奔而去。

森田井没奈何,让古川紧跟自己,带着众骑兵追了上去。

槐树岭是个环形山凹,跑出一层山沟沟,外围还有一层,两层之间是小小一片坡地。

吴桂子打的仗最多,杨守疆盘算的阵法最多,两人上来一眼扫过去,立刻你一句我一句排兵布阵;蔡武陵和关山毅占了首要的位置,一早就神情凝重地蹲守在山口;而龙孟和带着手下占了山下平地和两山之间的坡地,非常神奇地消失不见了。

王不觉和胡琴琴等人也分到一个好位置,那就是堵在第二层山沟沟的豁口处,敌人要是没能被第一层各处埋伏消灭掉,肯定会朝着这个方向跑,而这个豁口是必经之处。

胡琴琴让两人一组,分组埋伏在各处山沟草堆石头后,她和王不觉则挖了一个坑藏下来。

王不觉嫌石头太硬不好躺人,硬是抓了一片青草铺进坑里,准备让自己媳妇在里面舒舒服服躺一会儿,等鬼子来了再叫她。

这是王不觉真正意义上的第一场仗,他非常紧张,也非常激动,还自我总结了一套战场秘籍。

枪没个准头,子弹还贵得很,不如白刀子进红刀子出好使,王不觉把枪收进怀里,抄起一把磨好的大刀。

胡琴琴瞥了一眼大刀,懒得管他。

对于这趟活计,他非常有信心,大刀不中用,小刀还有三把!

一刀结果一个,漂亮!

胡琴琴看了看小刀,觉得冲着他这点热情,以后可以去北平开个刀铺子。

梦想是美好的,战场上可容不得半点花样。

于是乎胡琴琴把他的刀全都没收了,剩一把小刀让他拿着防身。

池上冲到槐树岭的时候,王不觉刚刚被胡琴琴从胡思乱想中揪出来。他耳朵特别好,马蹄声至,他立刻警醒起来。胡琴琴看出端倪,迅速打出信号。

大家都振作精神,只见王不觉趴在地上,一根根比出手指头。

胡琴琴目不转睛看着,看他收了手指头,冲着不远处的吴桂子打出三十的手势。

王不觉又听了听,脸色骤变,一把抓住胡琴琴:"不止三十多,后面还有军车!至少八辆!"

军车上人数不可预估,要是这样的话,只会被反包围,最后全军覆没。

胡琴琴手势刚打出来,吴桂子迅速跑向蔡武陵,还未开口,蔡武陵低声道:"军车还在后面,被甩得很远,速战速决还是可行。"

"怎么个速战速决?"吴桂子神色焦急。

"十分钟解决问题,解决不了立刻撤走!"杨守疆神色镇定,"你来指挥,我和关山毅掩护你们!"

"还有我!"一只手从花丛中伸出来,那是王柏松。

关山毅点点头,冲着他们一笑。

吴桂子抹了一把冷汗:"枪法好的,打头阵!"

不用他说,蔡武陵他们四个枪法都很不错,而龙孟和就是靠枪吃饭,打头阵不在话下。

几人迅速改变队形,分三个梯队排开。

王不觉贴着地面听着,脸色煞白,胡琴琴不忍再看,一把抓住他的手把他拉起来:"别听了,军车来了照样要打。"

打不过啊!王不觉心里在咆哮,可是这会儿没人再理他了。

杂乱的马蹄声由远及近而来,一步步逼近槐树岭。

王不觉一个骨碌滚了出去,从腰间抽出绊马索拦在自己伏击阵地前方的豁口,把胡琴琴急出了一脑门汗水。

瞄准,射击!

几枪齐放,第一个跑来的池上和警卫同时中弹,滚落在地。

池上身后的森田井和古川没能成为第一个目标,朝着两侧闪避,躲开两枪。而跟上来的骑兵补在池上当头的位置,中枪倒地。

部队处于行军状态,领头的军官被打死了,士兵发现枪声四处响起,以为自己被包围,第一反应就是朝着出口溃逃。

这就跟牧羊一个道理。

关山毅和杨守疆就带人守在出口,等得手指头都在颤抖。

马到,人到,众枪齐放。

枪声如同堵上一个巨大的口袋,把扑进来的人和马通通吞了进去。

日军训练有素,立刻下马找到隐蔽物还击。可惜他们遇上的是劫道的马匪,而且这就是马匪常年活动的地方。

没有抢马抢东西的顾虑,也就不用考虑人的死活,龙孟和一声唿哨,众人从石头缝、草堆、山凹里爬出来,各自盯准目标瞄准射击。

跟平日劫道一样,每个人早就盯好了自己的目标,枪响人倒,一个活口都没留下。

倒是胡琴琴这头还从来没经过这种阵仗,枪倒是开了,有的打中了人,有的打中了马。

正因为如此,胡琴琴这个方向成为骑兵小队的生门。森田井纵马疾驰而来,古川靠他最近,最先反应过来,跳上一匹马紧跟而去,其他人紧跟而上。

绊马索起了作用,森田井的马一头栽倒,古川迅速把他拽到自己马上,疾驰而去。

最终整支队伍就跑出他们两人。

他们前方动了手,没想到黄师长的别动队在后方也布置了陷阱,他们的目标是这支汽车队。王不觉带来的乌合之众先解决了棘手的问题,趁着一团混乱,军车要赶去前方支援,他们得以痛痛快快开打,打了个漂亮的伏击战:八辆军车全部炸毁,毙敌二十多人,这支骷髅队出师未捷,全军覆没。

王不觉趴在地上听了听后面的动静,拉着胡琴琴说了什么。胡琴琴本来要抓着他赶紧逃离战场,喜笑颜开,冲着大家一拍手:"后面的汽车队被人拦住了!"

吴桂子一声令下,带领众人前去接应,其他人就地打扫战场。

骑兵步兵小队几乎被全歼,整个小队有三十一个人,清点战场的时候发现二十六具尸体,俘虏三人,逃走两人……这一次可谓大获全胜。

大家清点东西,王不觉脑子里的弦一松,竟然在自己挖的青草坑里睡起大觉,这一觉睡得真正香甜,醒来的时候,天已经黑了,战场也清点完毕,三个俘虏被歪脖子送给正经军队领赏——他们是马匪,不需要这些虚名,而正经军队死了这么多弟兄,需要一些钱来抚恤他们的孤儿寡母。

然而,他们把俘虏送去南天门后,黄师长并不想见他们,还催着他们赶紧回去守住云霞镇这座空城,别到处乱跑。

这葫芦里卖的什么药?大家都想不明白,水都没喝上一口,挺没劲地往回走。

天黑了,王大雀没混上好吃的,闹脾气跑不动了,跟着胡琴琴的马屁股后面走,呼哧呼哧喘粗气。胡琴琴和马嫌它烦,飞快跑起来。

很快,胡琴琴和王不觉就把其他人全都甩开了。

走没多久,胡琴琴发出一声惊叫:"黄师长!"

王大雀脚步一顿，王不觉已经跳下马，目瞪口呆。

一辆车停在路旁，树下站着一个人，这人脚边一地烟头。

烟贵着呢，王宝善捡到一个烟头那得高兴老半天，还要摆个舒服的姿势来抽。这么多的烟头，那得多少钱啊，王不觉看得真心疼。

再一看，黄师长脸色黑黄，不知道是累的还是烟熏的，眼皮耷拉着，打不起精神来的样子。

王不觉满肚子讨表扬的热闹话，全被他这副样子堵了回去。

他想到自己骂龙孟和的那句话："你还好意思说帮我办事！这事是我的？我一个马倌跑这里来掺和什么，干我屁事啊！"

承德的事情，干他一个吃辣椒的湖南人屁事，他大老远跑来送命干吗？

这么多的湖南人、广东人、四川人、全国各地的人，跑来这鬼地方送命干吗？

他眼里都是泪，捂着眼睛强忍。

他不能让泪掉下来，他是条北方汉子，不能让吃辣椒的南方男人看扁了。

从后面看，他的肩膀一耸一耸，难看极了。胡琴琴远远看着，摸了摸有些躁动的王大雀，一转头，两行泪流下来。

就在这一刻，她确认一个事实，一旦感受到他的难过，她会更加难过。而她舍不得他难过。

舍不得，以后的事情就好办了。

两人一碰面，黄师长拍拍他肩膀："想来想去，我还是得送你一程。"

王不觉一甩头，露出特得意的笑容："我们打了两个胜仗！"

"关师长伤好了，特意让我来谢谢你。他希望你过两天回北平的时候去看看他，他当面表示感谢。"

看他不接茬，王不觉有些心虚，一想也是，他们天天打胜仗，也没见像自己这么翘尾巴。

可他就是不甘心……

"关师长如果知道我们打了胜仗,会不会给我啥好东西?"

"听说你媳妇今天遇到轰炸,别怪我说你,你就不该把一个如花似玉的小媳妇放在城里。"

还是不接茬。

王不觉快跳脚了。

"黄师长,我们打胜仗了!你为什么不肯见我们!"

"知道了,很好。"黄师长露出一个挺奇怪的笑容,有点像是在哭。

王不觉如同被人兜头浇了一盆凉水,茫茫然回头看向胡琴琴。

胡琴琴忍不住了,露出两个梨涡的标准笑容:"别缠着长官问来问去,长官太累了,我们也该回去了。"

黄师长冲她一点头,像是感谢她解围。

王不觉沉下脸,虎虎生风举手敬礼,用行动表示自己的不满。

黄师长没有还礼,径自朝着胡琴琴走去:"借一步说两句,可以吗?"

两人看向王不觉,胡琴琴笑道:"亲爱的,你先回去。"

亲爱的?她叫我亲爱的!

这一股子火油从脚底板烧起来,王不觉被幸福砸得晕头转向。

吴桂子等人赶了上来,并没有看清楚树下的人影,只觉得一股子煞风呼啸而过——王大雀激动起来,飞跑向王不觉,带着他跑了。

"带你男人赶紧回北平。"

王不觉整个人都兴冲冲的,像是初生的牛犊、清晨茁壮向上的花草。当着他的面,黄师长不忍心说这句话。

至于胡琴琴,她敢当他的面跟团长打情骂俏,强调两人的密切关系,只不过以为凭着身后这支队伍,上头不会动她。

"我家本来就在北平,赶不赶紧,有什么关系吗?"

黄师长笑道:"如果是别人来说我这番话,那就肯定有关系,要命的关系。"

胡琴琴笑了笑,低头沉默。

"不问为什么?"

"不用问,我们早就想走了。"

"有人会来接收你们这支队伍,在我能活命的前提下,我会尽量保住他。"

"多谢长官。"

"还有,以后找到时机你可以慢慢告诉他……"

"为什么你不说?"

黄师长看向天空,嘿嘿笑起来,像是刚才她说了一个极其好笑的笑话。

胡琴琴随着他的目光看去,星空热闹,心中冰凉。

"把你们这支队伍放在这里,其实只是一个诱饵,被吃掉一点也不可惜。可对于我们来说,能牵制一部分奸细和日军兵力,前方就能少许多压力。"

"诱饵?"虽说早已做好心理准备,胡琴琴还是被气乐了。

他们白白折腾一场,只是人家抛出去的一个不可惜的诱饵。

黄师长笑道:"我跟你敞开来讲,是因为我摸清楚了你的底细。"

胡琴琴手心汗水直冒,没有开口。

"现在各路情报乱飞,虚虚实实都有。我能摸清你的底细,其他人肯定早就一清二楚,你们必须赶紧走。"

"长官的意思,是我连累他?"

"不,你们相互连累,相互成全。"

"成全……"胡琴琴忽然笑起来,"谢谢长官,我喜欢这两个字。"

黄师长笑了笑:"不管我能否吃到你的喜酒,我这份礼物你先记下。"

胡琴琴苦笑点头:"我应该早点想到,我们这支乱七八糟的队伍,其实不应该在这里顶这么久。"

"这个位置很要紧,越是要紧的地方,越是容易成为抢夺的目标,也越是容易被忽视。"

前方炮声隆隆,喇叭突然响起来,黄师长焦急回望,快步走向汽车。

"长官!"胡琴琴追上来,"不管怎样,他是真心实意想为这个国家做点什么,请您不要让他失望。"

黄师长脚步一顿,留下一声叹息:"谁不会说天下兴亡,匹夫有责,开始的时候,谁不是真心想为这个国家做什么呢?"

"天下兴亡,匹夫有责。"胡琴琴喃喃自语。

汽车渐行渐远,警卫从藏身之处钻出来,追向汽车离去的方向。

胡琴琴目送他们远去,听到马蹄声声,惊讶地回头。

他骑着马狂奔而来,眼里星辉灿烂。

没过几天,从南门口传来消息,日军一千多人由一个眯眯眼小兵带路,从老虎套沟的一条险僻山路摸上山,偷袭左翼制高点八道楼子阵地。

这个阵地仅有一个连驻守,大概觉得这里不大可能有人来打,大家警戒都有些松懈。

一夜之间,阵地失守,全连官兵都被刺死。

第二天一早,黄师长派人收复八道楼子阵地,敌我双方就此展开鏖战。

激战八天,双方损失惨重,在敌人猛烈的炮火下,我军一线阵地防御工事尽毁,不得不撤到南天门以南的预备阵地,继续和敌人对峙。

胡琴琴没有接受黄师长的建议带王不觉立刻回北平,因为他满脑子都是救国打胜仗等不切实际的危险思想,在这个当口,谁要走谁就是他的仇人。

隋家大院没了,他们还有镖局可以住;城门垮塌,这么多汉子转眼就能搭出梯子出入。

打了两个大胜仗,就连一贯挺悲观的吴桂子、常春风都是信心倍增,没有谁能阻挡他们和王不觉研究讨论下一步计划。

那就是协助黄师长,把鬼子赶下八道楼子阵地。

现在地图挺规整地挂在墙上,桌子上也摆上了鲜花和茶缸子,城北关帝庙作为会议指挥中心,俨然有了中心的模样,门口还有人站岗。

"前两次都是在大部队的配合下才能取胜,长官不怎么待见我们有他的道理……"王不觉站在地图前手舞足蹈,有模有样地分析战局。

胡琴琴烧了一大锅热茶,提着茶壶满屋子转,给大家添茶。

王不觉看茶壶里的茶水烫得要命,而自家媳妇这个细皮嫩肉,赶忙抢了茶壶,推开她自顾自倒茶。

真正听他叨叨的,只有一个吴桂子,其他人都挺忙的。

常春风巡防去了,没来;蔡武陵忙着给刘天音回信;杨守疆和关山毅要扳手腕子;龙孟和顶着两个黑眼圈正在睡觉……

"我们要是能凭自家的本事拿下八道楼子,那岂不是……"

"别做梦了!"

这一个冷冷的声音把众人都惊醒过来。

"做梦!你说谁!"

王不觉倒还知道怕烫,把茶壶放到地上,气势汹汹地环顾众人。

随着众人的目光,他看到了胡琴琴和她脸上不太正常的冰冷笑容,顿时心中一沉。

"你真的以为,上面睁一只眼闭一只眼,是因为你这个团长当得好?"

他这个团长当得不好。他知道。

但是,他这个团长当得好不好,并不是两人讨论和必须面对的问题。

这也是他一直插科打诨避开的问题。

在众人各种意味不明的目光中,王不觉低声道:"大家不说,我也猜到了。"

蔡武陵心下不忍,猛地起身,被胡琴琴一个眼刀子逼着坐回来,在心中嘀咕:"我惹不起这个母老虎,兄弟你好自为之!"

"你大舅他们想要把我们按在这里,是为了跑路。

"上头想把我按在这里,不是当一个摆设,也是为了跑路。

"在这个官场,我不贪污不好色,不杀人放火,肯定活不下去。

"我有自知之明,不会妄想当了个假团长就能从此混到官场,以后升官发财姨太太……"

胡琴琴妩媚一笑:"想得挺远嘛,你想娶多少姨太太,说来听听。"

众人一个哆嗦,纷纷朝着后面躲,祈求不要在团长被乱刀砍死的时候殃及无辜。

"我就是想想……"

胡琴琴脸色变了。

王不觉死到临头犹不自知,捂着脸认真地发愁:"真让我娶,不要,一个也不要。"

"不要还是不敢?"

"不要。"

"你明知上头把你摁在这里是为了跑路,为什么还不赶紧跑?"

"因为你……"

王不觉松了手,眼里闪着光,如同在隋家大院见到晚霞的光,如获至宝的光。

众人倒吸一口凉气,很想揍这小子。都到了什么时候,还不忘示爱!

"还有这些兄弟。"

说话不带这大喘气的!众人交换一个眼色,纷纷起身,齐心协力把他抬起来扔向天空。

第二十四章　不是结束的结束

黄师长带着警卫纵马疾驰而来,龙孟和的眼线第一个发现了他们,赶紧让人跑来报信。接着吴桂子布下的暗哨也察觉问题不对,一边叫人送信,一边准备拦人。

前头战事正紧,这会儿跑过来可没什么好事。

这头来了黄师长,南门也跑来一支十多人的队伍,直奔关帝庙。

两支队伍约在关帝庙碰头,倒是没想到这会儿闹得正欢。密云来的黑脸参谋脸更黑了,想要骂人。黄师长赶忙把他拦下来,和和气气走进来。

龙孟和先得到情报,可他不想说;吴桂子第二个得到消息,他也不想说。

这几天暗流汹涌，风声鹤唳，王不觉这个假团长肯定做不下去，可两人都想看看上头到底存了什么心。

被人扔了几个来回，王不觉头晕眼花，站都站不稳当，看到一个熟悉的大官如同看到亲人，一个跟跄向他的方向扑去。

他的人缘实在太差，这一路都没人搭把手。

黄师长看不下去，几步抢上前扶住他，不知是顺手还是刻意，搭着他肩膀向前走。

不知情的人看来，两人这关系可了不得。

黑脸参谋跟着两人脚后跟进门，目光警惕，隐隐带着杀意。

知情者掉了一地的下巴，但也看出黄师长的好意，噤声不语。

胡琴琴自知不是出头的时机，朝着角落不停地缩。蔡武陵、关山毅等几个大老爷们纷纷知趣地向前走，把她挡在身后。

黄师长按着王不觉坐定，一挥手，手下拎上来一个袋子，赫然是酒和酒杯。

众人惊呆了，黑脸参谋急了："老黄！我们要开会！你这是干吗！"

王不觉一个激灵，嗖地起身。

黄师长拍拍他肩膀，冲着黑脸参谋笑道："上次他们打了一个大胜仗，我说要请他喝酒，结果没来得及。老周，你来得正好，快坐，我们一人一杯就干完了，不会妨碍我们开会。"

黑脸参谋下巴一抬："你们这么蛮干，我们必须制止！"

"蛮干？"

"打了胜仗，算哪门子蛮干？"

黑脸参谋不耐烦了："我说，你们这么干，惹来敌军进攻怎么办！"

"鬼子从东北打到长城，哪一天没进攻？"

黑脸参谋怒喝："瘸马！不要强词夺理！这里没你说话的份儿！

你以为我们把你放在这里,是因为你行!你别得意太早了,就是因为你们这群乌合之众不行!"

"长官,我们守在这里很辛苦的,您说哪里不行?"一个响铃般的女声响起,随后,胡琴琴推开挡路的手,笑容如花走出来。

这可不是闹着玩的!王不觉冲着蔡武陵使眼色,蔡武陵冲他直瞪眼:你媳妇平时敢要我的命,我哪管得住!

"我还以为团长夫人走了,没想到还留在这里,真是女中豪杰。"黄师长瞪着她。

她留不留下可跟女中豪杰一点关系都没有,这可是赤裸裸的威胁!

胡琴琴偏生不受这种威胁,笑着一欠身:"长官,行不行,不该由您一个人说了算。我们团长救过关师长,铲除过汉奸,还疏散保护全城老小,我们认为他很行。"

"那又如何!"黑脸参谋拍桌子怒喝,"你是拿这些鸡毛蒜皮的小事来要挟我吗!"

"鸡毛蒜皮的小事!"王不觉不敢置信地看着他,"你说这是鸡毛蒜皮的小事,那还有什么是大事!"

黑脸参谋冷笑道:"少往自己脸上贴金!国家大事,不是你这种小马倌能懂的!"

一片静寂。

王不觉突然觉得累,自己拼了命要去做的事情,不过是要了一场把戏,给人添了些乐子,如此而已。

黄师长抚掌道:"我们先不要计较这一两句话,团长夫人,这样吧,你先回去准备一碗面。"

"家里炸光了,啥也没有,没法准备。"

"你们真是不识好歹!"黑脸参谋怒了。

"我们守在这里吃自己的用自己的,疏散百姓接应军队,半点没有做错,怎么就不行,是谁不识好歹,才这么大放厥词?"蔡武陵怒气冲冲站出来。

黄师长低喝:"都坐下,好好开会!"

道不同不相为谋,没什么可开的。

众人面面相觑,同时往外走。

"站住!"黄师长看向黑脸参谋,"老周,他们的所作所为,没有半点对不起国家,大家都是同僚,何必苦苦相逼?"

黑脸参谋抓个酒杯一口干完,用力咳嗽两声,反正破了戒,口气也缓和许多。

"这是上头的命令,谁都觉得憋屈,谁也不肯来,他们让我来做这个恶人。老黄,你是老将,这些套路你不懂也没谁懂了,你也不要怪我。"

黄师长看向王不觉,并不指望这小伙儿能懂,但希望他识时务远离这场风暴。

"那么,我们回到原来的问题,你们老是这么突袭偷袭,看起来取得了挺多成果。但你们这么干会引来敌人大举进攻,古北口会受到更严重的威胁。"

"敌人的目标难道不是拿下古北口?"

作为一个以王八拳组合为主要作战风格的门外汉,王不觉一脸懵懂,必须问个清楚。

黄师长和胡琴琴频频使眼色都拦不住他。

黑脸参谋没开口,指挥部都不愿意来,就是因为谁都不想回答这种蠢问题。

"你不打他们,他们就不打你?人家都打到古北口来了,这还做的什么春秋大梦!"

王不觉越说越疯,拍着桌子狂笑。

众人面面相觑,全都笑不出来。

因为这就是战争的常态。

前方的将士们并不是不能打,而是有的人不想打,有的人不敢打,还有的人身在曹营心在汉。

抵抗不是为了取胜,是为了早日得到和平。

和平是跪出来、谈出来的吗?

不,跟虎狼为邻,和平是打出来的。

众人纷纷往外走。

黑脸参谋挺后悔来了这一趟,摇了摇头,深深看了黄师长一眼,端正帽子,转身走了。

黄师长也不拦着,坐在前方一杯接一杯地喝酒,好像他不辞辛苦跑一趟,就是为了喝这瓶他自己带的酒。

王不觉看到胡琴琴含泪的眼睛,突然明白那天黄师长跟她说了什么话,而这些天她的愁苦纠结是为什么。

他舍不得让她这么难受。

王不觉收敛笑容,脱了军装,工工整整地叠好放在黄师长面前。

这身恨不得早点脱掉烧掉的军装,如今竟然有些舍不得脱下。

他在心中嘀咕,正好军装脏了破了,回家让媳妇给我做西装……

"怎么,不干了?"黄师长冷冷看着他。

"干不了,"王不觉嘿嘿直笑,"我和媳妇要回北平。"

"告诉我一个地址,我撤回北平的时候顺道去看你。"

"还没找到地方落脚,我都听我媳妇的。"

黄师长笑起来:"你帮了我们这么大的忙,想要什么?"

王不觉挠头,凑近些许。

黄师长皱了皱眉头,还是很配合地凑近他。

"我说,你们的辣椒真那么好吃?"

黄师长哈哈大笑:"行,以后你安顿下来,你去湖南会馆说一声,就说是我的生死兄弟,我托同乡给你捎过去!"

生死兄弟……王不觉转过头,觉得讨到了比辣椒更辣的东西,辣得心痛，辣得眼睛都红了。

黄师长要去密云，这一次，王不觉送了很远很远。

前方枪炮声一直没停过，听得有点习惯了。

这不是应该习惯的声音，就像他还不习惯用刀枪解决问题。

"长官，前面打着呢，你为什么能来？"

"为什么？"黄师长苦笑连连，"你脱了这身军装，我就能告诉你，我们确实撑不住了，换了83师上去，他们也打残了，不知道还能撑多久。"

一个军官冲上来，朝着黄师长敬礼。

黄师长连忙还礼："到了密云，赶快把兄弟们安顿好，千万不能让他们受委屈。"

"是！"军官迅速回答，冲着身后大喊，"向黄师长和团长敬礼！"

黑暗中，一支缺胳膊少腿的伤兵队伍走出来，齐刷刷向着两人敬礼。

"诸位辛苦了。"黄师长语带哽咽，手久久没有放下。

"要是上头不让打，那么多的将士岂不是白死了，这些伤兵岂不是白辛苦一场？"王不觉突然想到这个问题。

黄师长眼里闪着泪花，没有回答，跟在伤兵队伍之后很快消失在黑暗中。

王不觉目送他们远去，伤兵的队伍绵延数里地，从这里看不到尽头。

上个月来的时候这是多么漂亮的一支队伍，转眼就打成这样，披上这身军装，不管真假，王不觉也有了真挚的兄弟情。

自己白忙活一场倒是不要紧，他舍不得让他们这些兄弟也白辛苦一场。

马蹄声声，王不觉猛地回头，龙孟和骑着马飞奔而来，那表情像是见了鬼。

"锦旗!有人送锦旗来了!"

保卫疆土,气壮河山!

锦旗上的字样让跑出去看的人惊惶而归,一个二个像是见了鬼。

人家都送到门口了,总得有人去接一下,几人互相推搡,最后还是官最大的两个人理所当然被人踹出门。

送锦旗的是一个老夫子和七八个小学生:老夫子白发苍苍,身材瘦削,背脊佝偻;孩子们花朵一般,眼睛明亮,充满期待。

蔡武陵到底见了不少大场面,摆出大官的架子,冲着老夫子和学生矜持地点头,在众多赤诚火热的目光中冒了冷汗。

王不觉眼睛一热,冲师生果断敬礼。

这样,老夫子认定了王不觉是好官,指挥孩子们把锦旗送到他手里来。

王不觉一阵手忙脚乱,锦旗收了,然后塞给蔡武陵。

蔡武陵知道刚刚没应付好,只得双手托着锦旗跟着他,给他当临时案板。

"谢谢老师和同学的锦旗,保家卫国是我们军人的天职,我们还做得远远不够……"

蔡武陵盯了王不觉一会儿,对这位兄弟的脸皮厚度产生深深的怀疑。

"鬼子不让教岳飞、文天祥,不让讲抗日……"

老夫子满肚子国破家亡的痛苦感慨,抓着王不觉的手边说边哭。他一哭,孩子们也跟着哭,王不觉一通好哄,蔡武陵抱着锦旗还不能撒手,两眼一抹黑……

大家实在不忍心,一个个冲出来帮忙哄孩子,哭声好不容易停下来。老夫子目光从众人脸上一一扫过,不知道是不是舍不得走,当场坐下来,在一群孩子簇拥下讲岳飞的《满江红》,讲得嘴巴白沫子翻飞。

他讲的时候不对,听的人也不对,王不觉是已经被撵走的团长,蔡武陵是快滚回上海过太平日子的副团长,至于其他人……众人走也不是,听也不是,尴尬极了。

王不觉看老夫子讲了老大一会儿,嘴皮都干裂了,掏出珍藏的酒壶递给他。

他本意是让他润润嗓子,老头儿就跟沙漠里见了水的骆驼一般,一口气就喝了个干净。

王不觉收回空酒壶,见他还流着白沫舔嘴,气不打一处来。

这锦旗才几个钱,这壶酒够买几百张锦旗了!

有了酒,老夫子啥都不讲了,看着远山上的蜿蜒长城无声地哭,继而擦了擦嘴,佝偻着背脊带着一群小孩走了,嘴里反复念着四个字:"大好河山!大好河山!"

神神叨叨,王不觉心里不是滋味。

蔡武陵还在假装好人,一本正经冲着他们挥手。

学生们频频回头,却没有看蔡武陵,倒是冲着王不觉露出灿烂笑容:"团长,你什么时候把鬼子赶到长城外?"

锦旗突然有些烫手,蔡武陵直挠头。

王不觉斜了他一眼,两人四目相对,同时撇开脸。

蔡武陵笑道:"等你们考上大学,我们也就打完了。"

众人热烈鼓掌。

王不觉生平第一次佩服这个兄长,小学生要考上大学日子还长着呢,鬼子气势汹汹,这仗得打到猴年马月。

打了胜仗,收了锦旗,大家可算扬眉吐气一把。

众人你追我赶,出去狠狠跑了一圈,又跑去铁壁村把龙孟和藏的好酒糟蹋光了才往回赶。

遥遥看见城门楼子的红色飞檐,只听马蹄声声,留守城中的吴桂子飞驰而来，大喊："团长！上头有令，即刻派人来接收军队！王不觉就地缴械，不得有误！"

缴械！王不觉心头一阵发冷，迅速把枪弹扔给蔡武陵，冲他一挤眼："先给我媳妇收着，我要有什么事情，你们赶紧跑。"

蔡武陵略一点头，冷笑连连，越过他冲了出去。

还是这个南门校场。

接收的还是这个刘旅长。

这次来的刘旅长跟上次可不一样，他已经把这些人的底细摸了个一清二楚，只怕这个假团长的祖宗十八代都查过了。

人家亲爹巴巴跑来前线送了命，加上这假团长干得比真的还强，上上下下没有一个不夸，各路神仙都想结交他，刘旅长也不好发火，可到底在他手里吃过亏，给不了他什么好脸色。

接收的一行人一路紧赶慢赶，日军飞机也没闲着，前方两个能埋伏起来杀人劫道的路营城被炸平，铁壁村成了废墟，龙孟和弄了这些年的好东西，抢出来的没多少，气得咣咣撞墙。

这还没完，云霞镇又挨了一顿炸，炸弹专门往人多的南门北门扔，南门城墙被炸塌了，大家搭着木板翻墙过来——众人都怕再惹出什么事情，连累假团长吃枪子，齐齐整整来到校场等候检阅接收，列队敬礼都表现出前所未有的恭敬和气势。

后排的老兵油子不敢混事躲懒，也不管人能不能看见，在队伍中站得笔挺。关山毅、杨守疆、常春风、魏壮壮等高大威猛的汉子一字排开，谁看了都喜欢。

胡琴琴和龙孟和先碰了头，联合起来做了两手准备：上头要给假团长吃枪子，大家就劫法场，然后一块儿去上海投奔刘大老板，从此做个混江龙；要挨鞭子，她就赶马车送他到天津养伤……

最好是什么都不会发生，清清爽爽走人，反正不能让上头把人轻易发落了。

蔡武陵一路疾驰把刘旅长一行迎回来,说不忐忑是假,对他的巴结客气连自己都觉得恶心。

刘旅长倒也习惯,反过来跟他攀黄埔情谊,请他好好讲讲中央军兄弟们的丰功伟绩。

两人一通寒暄客气,虽然聊出几分真情实感,但都觉得累得慌。

远处炮声隆隆,显然日军又一轮进攻开始。

黄埔师兄率领将士们在南天门顶到今日,两人不再维持这累死人的寒暄客气,不约而同看向北方,目光悲壮。

"南天门打多久了?"刘旅长这是明知故问。

"从3月12日到现在,已经打了足足五十天。"

"好。"刘旅长满心感慨,一个字结束这场漫长的酷刑。

蔡武陵有些蒙,前面打得这么惨,好从何来?

沉默片刻,垮塌的城门遥遥在望,刘旅长皱眉道:"城里还有人?"

"全部都疏散了,只剩下我们这支军队。"

"到底多少人?"

蔡武陵认清现实,老老实实回答:"一百零三。"

"算你们?"

"不算。"

刘旅长突然笑起来:"很好。"

蔡武陵顺着他的目光看去,已经无法面对惨烈的现实。

王不觉不知道脑子是不是被驴踢了,换了一身崭新的长衫,衣服倒是漂亮,可他从没穿过这玩意,手不是手脚不是脚,正在垮塌的城墙豁口艰难地往外爬,活像只大猩猩。

校场满满的人,个个看得目瞪口呆。

还不能笑,怕来个雪上加霜,让他吃枪子。

常春风和魏壮壮迅速跑来救场,迎面冲着刘旅长立正敬礼,好歹把他的注意力从城墙大猩猩上吸引回来。

"黄师长说这里不能再驻扎，接收完毕就开拔，你们有没有意见？"

催促的口信和电报雪片一般从上海飞来，刘大老板给的假期早就完了，他们四个还得回去继续卖命。

"这事我说了不算。"蔡武陵看向常春风和魏壮壮，两人坚持不肯跟自己去上海，如果能和原来的部队会合，也是一个好去处。

刘旅长正色道："来之前，张总司令嘱咐我向你们道歉，如果不是他顾念旧情，容忍汤某人作乱这么多年，承德不会丢得这么快，热河局势也不会这么糟糕。"

国家受难至此，百姓流离失所，不过是上位者一句轻飘飘的话。蔡武陵不吭声，就当他放屁。

王不觉终于爬过来，还不知道自己脑袋不太稳，乐呵呵道："刘长官，黄师长送信过来，说这里交给他就行了，我留下龙副官给他们做向导……"

"报告长官，没有意见。"

常春风一声大喝，打断了王不觉不合时宜的絮叨。

王不觉愣住了："这个……"

"报告长官，我也没有意见！"

魏壮壮也把他拦下来。

王不觉终于知道自己不该出这个头，讪笑两声，拍着长衫上的灰土闪到一旁。

刘旅长冲王不觉一点头，骑着马刻意绕到后方。

前面的都是摆设，正经打仗还得是后面几个样子难看、脑子灵活的老兵。

出乎意料，后面这些不是门面，也能看出个个精神头很好。比一般的军队要壮实，站姿笔挺，目光明亮。

他还是不敢相信,下马穿过部队。

他想起白杨,想起钢枪。

走出队伍,刘旅长已然改了主意,径自来到假团长王不觉面前。王不觉尚未反应过来,他这个礼就敬上了。

王不觉倒还知道还礼,两人四目对视,刘旅长不禁感慨,稍加琢磨:这就是一个栋梁之才。他忽而有了一丝惭愧,仿佛不是来交接,而是来抢夺人家的至宝。

任务毕竟还是得完成,刘旅长斟酌着开口:"瘸马兄弟,你肯不肯留下来跟我干?"

王不觉满脸茫然,他不是来问罪的吗?

刘旅长生怕把人吓跑了,连忙把一张冰山脸硬生生挤出个笑容:"是这样的,我觉得你是可造之材,想收了你入伍,把你送到军官学校培训。"

蔡武陵心头大喜,知道这兄弟没什么见识,赶紧一巴掌拍在他肩膀:"还不快多谢长官栽培!"

刘旅长出身行伍,是从小兵卒子拼上来的,挺不喜欢这些装腔作势、拉帮结派的黄埔生。不过,他也不得不承认,至少在古北口长城战场,这些家伙没丢人。

他们不像大字不认识一箩筐的他的手下,个个都是一肚子墨水,家境也不错,在哪儿都能过好日子,上了战场,没有孬种,敢打敢拼,还不怕死。

王不觉拍了拍身上,脸上忽而出现不合年纪的忸怩娇羞:"我媳妇早就说好了,要带我回北平过日子。"

他怕两人听不懂,胡乱在天空比画:"一个小院子,我们住。她生娃,去当警察抓贼;我带娃,她做饭,我磨刀扫院子……"

蔡武陵敢揍这兄弟一顿,却拿胡琴琴没辙,他亏心。

刘旅长盯了他半天,人长得还算能看,脑子不怎么好使,放着大好的升官发财机会不要,回去给媳妇带娃扫院子!

"这日子确实挺让人向往。"刘旅长无言以对,半天才憋出一句话。

"那可不!"王不觉来劲了,"还有人请我去干活,我有份薪水就更好了,一定能把日子过得红红火火。"

蔡武陵扭头走了,他不会承认还有几分羡慕这样的生活,可他没有这样的幸运。

他还欠着人家的人情,必须想法子还上。

刘旅长反应倒挺快:"小蔡,你说要去哪儿来着,刚刚风大,我没听清楚……"

两人很快消失在人堆里,王不觉放下心来,回头一眼就看到要跟他过日子的女人。

胡琴琴换了一身鲜亮的衣服,站在王大雀身边,亮着漂亮的大白牙冲他笑,整个人像是闪着光。

他扎上讨人厌的长衫衣角,抱着媳妇飞身上马,向着未来的好日子狂奔而去。

两人身后,将士们齐齐举手敬礼。

刘旅长停下脚步,随着众人的目光看去,低着头轻轻叹了口气:"他走是对的。"

他说得意味不明,常春风和魏壮壮也沉着脸当没听见,引领他钻入营地检点。

蔡武陵还要跟,常春风一个利刃般的目光将他挡在门外,说了四个字:"军事要地。"

大家各为其主,根本不是一路人。蔡武陵一个激灵,猛地醒悟过来,冷汗湿透背脊。

那是长城的方向。

王不觉学着大家的样子,扛着大刀在肩膀,揣着刚弄回来的短枪在腰间，迈着大步走去。

大刀还没砍过鬼子，短枪还没来得及使，可是那都不要紧，他活着，总有机会。

走着走着，他走出壮怀激烈的情绪，冲着巍巍高山和没有尽头的长城怒吼：

"长城啊！

"大好河山！"

他真的不知道该说什么。

长城好似能听懂，回声阵阵，霞光照在山上，照在苍老的长城上。

长城千年的砖石有了生命，在漫天红霞中光芒夺目，展翅欲飞。

"大好河山！

"再见啊！长城！"

他有些明白老夫子的心情，一遍遍地冲着长城吼。

他要走了，说不定此生再也不会相见。

他的长城，中国人的长城！

被鬼子插上胜利的膏药旗，举着枪踩在脚下，被枪炮打得伤痕累累。

马鸣萧萧，他猛地回头。胡琴琴骑着王大雀飞奔而来。王不觉露出笑容，他不孤单了。

胡琴琴在马上俯身，凝视着他的眼睛，毫不意外地看到了泪花，看到了火光。

这个男人，她以前觉得好笑，现在觉得心疼。

"我说，你这是要去哪儿？"

"没去哪儿，我就是想来看看。"

"有什么好看的？"

"我怕以后看不着了。"

"行，那我们就好好走走，好好看看。"

胡琴琴伸出手，王不觉手缩了缩，忽而露出一丝羞赧的表情："我什么都没有了。"

"不然咧？"

"真的什么都没有，除了王大雀。"

"你以前有什么？"

"没有，只有王大雀。"

胡琴琴嘴一抿，露出两个梨涡的标准妩媚笑容："那么，你想耍赖，不认我这个媳妇？"

"不！"王不觉惊呆了，"怎么可能！"

"那还愣着干吗！带你媳妇去看长城！"

王不觉愣了愣，扑上前抱上她，朝着长城的方向疯跑："媳妇，我们去北平吗？"

"不然咧！你今天怎么这么多废话！"

"不是，我想我们要不要先去东北找你父亲母亲？"

"找不到，还不如回北平，一边过我们的小日子一边等着。"

"行！"

胡琴琴犹疑："就这样，你不问别的了？"

"问什么？"

"比如说，我父亲是为什么被人追捕。"

"不用问，肯定是被坏人。"

胡琴琴笑了："我父亲是个共产党，现在到处抓捕共产党，你也肯等他？"

"你呢？"

"还用问，我当然帮我父亲。"

王不觉并没有表现出任何的惊惧，贴布告杀人，他见过不少，杀的向来都是年轻有为的后生，男女都有。

他虽然懵懂无知,但也觉得这不是一件好事。

"怎么?害怕了?"

"你和你父亲肯搭性命做的事情,肯定是对的。"

胡琴琴露出笑容,轻轻拉上他的手,又被一股蛮力拽进一个滚烫的怀中。

长城近在咫尺,他们要走了,看一眼少一眼。那就刻在心里。

黄师长听说王不觉被撵走的消息,知道他一定会来,所以酒菜早就备好了,没想到他来得这么快,也正是仗打得最艰难的时候。

4月15日开始,日军将大量兵力向古北口集中,两个师打得损兵折将,自始至终毫无增援,已经快扛不住了。

黄师长特意给他们准备辣椒炒肉的庆功宴,辣椒是刚从密云送过来的干辣椒,香得很,就是辣味有所欠缺。黄师长没啥兴趣,和王不觉不停喝酒,一整碗肉几乎都进了胡琴琴的肚子里。

王不觉看自己媳妇吃香的喝辣的美滋滋,心里也挺美滋滋,觉得小小报复了一回。

黄师长吃了他们费老大劲弄到的东西,到头来还撵他们走,说他还不合适,必须吃回来。

"我们得到消息,援军根本不要指望。我们只有一些民间的支持,这都是杯水车薪,对战局毫无帮助。"

"还是上次那个意思,上头并不想把这场战役扩大。"

打都打上了,鬼子杀人放火抢长城,那就铆足劲跟他们拼到底就是了,什么叫扩大?

王不觉还是听不懂,跟上次不一样,他已经不想懂了。

"就是不想打、打不起。打仗要钱,要人,要枪炮,我们统统没有。"黄师长挺好心地跟他解释。

"是对内手腕强硬,赶尽杀绝;对外步步退让,割地求和。"胡琴琴吃得满嘴通红,更像个小妖精。

王不觉看黄师长脸色不大好看，拉了拉胡琴琴的衣角。

黄师长苦笑道："这场仗还会打很多年，打完仗，我请你们去长沙吃辣椒炒肉。"

家里的辣椒真香真辣啊……好像流了口水，确实好久没吃了。

他目光迷茫地看向南方，那里有北平、保定、郑州、武汉、长沙，有大家的家乡，有辣椒炒肉。

那是他们的未来，也是希望。

日军从山海关开始，在长城一线战事接近尾声，其他要口都已突破，并且推进顺利，只有古北口的战事胶着在南天门附近。

从5月4日开始，日军关内作战计划实施，古北口方面作为主攻方向，遭受更大规模的进攻。

日军又从第16师团调派三个联队，从第5师团调派一个联队增援南天门前线。

我军经过两个月的苦战，损失惨重，上头却表示不要指望有任何援军。

上上下下都知道，留给大家的时间不多了。

黄师长率部在云霞镇一带守了一周，经过艰苦作战，损失惨重，被迫后撤。

5月14日，全城沦陷；15日，我军得到命令撤出战斗，在撤出途中遭受日军进攻；19日，日军不战攻陷密云县城，继续向怀柔和顺义推进至距北平二十五公里处，对北平城形成三面威逼之势。

1933年5月31日，中国政府和日本侵略者签订停战协定，规定中国军队撤至延庆、通州、宝坻、芦台所连之线以西、以南地区，以上地区以北、以东至长城沿线为非武装区，实际上承认了日本对东北、热河的占领，同时划绥东、察北、冀东为日军自由出入地区，从而为日军进一步侵占华北敞开了大门。

中国军队于6月上旬撤出协定防线，日军撤出第6、第8师团，但是将骑兵团留驻玉田，将铃木旅团留驻密云，为后来发动七七事变准备了充足的力量。

这场停战商谈从4月中旬开始，日方要求古北口方面的中国军队撤到密云县城以南的顺义，而中方认为密云县城以南无险可守，坚持撤到密云县城以北的九松山一带。

5月22日，日军逼近北平近郊，我方在谈判桌上失去筹码。

5月25日，"密云觉书"签署。

5月31日，中日签署《塘沽协定》。

长城抗战宣告失败。

这一场结束了。

更惨烈，更旷日持久的战争即将到来。

尾声

黄沙漫漫

  长城巍峨蜿蜒,一直延伸到远方。

  此刻正是北方的春夏之交,山野绿遍,繁花似锦。长城内外,崇山峻岭,如同铺了各色丝线织就的毯子。

  这也是胡琴琴和胡小河嬉戏翻滚着长大的毯子。

  大好河山,怎么都看不够,竟然拱手让了人。胡琴琴带着胡小河告别家园和他的母亲,眺望远方,满心惆怅。

  王大雀在花丛草地间吃了个肚儿圆,发出欢快的嘶鸣声声,向远近的人们发出呼唤。

  胡琴琴和胡小河走向王大雀,胡琴琴开始仔细收拾行装,胡小河看得无趣,在山花烂漫里连续翻跟头,旷野中呐喊声声。

  "娘,我去北平啦……

  "娘,我以后跟爹一块儿住,他快成了糟老头子,我要照顾他,你不要怪我啊……

  "娘,我会很快长大,谁也不敢欺负我姐姐……"

  回声阵阵,像是一个温柔的声音在跟他们告别。

胡琴琴笑着将一朵山花别在衣襟，终于觉出几分不舍。

这无边美景，这绚丽霞光，转身之后就要成为梦中景，还不知道多少年之后才能再见。

也许有生之年，永不再见。

王不觉和蔡武陵并肩走来，远远望去，两人身量相当，身材都十分魁梧，要不是王不觉带着几分浪荡不羁，还真的分辨不出来谁是谁。

王不觉低声道："大哥，跟我们一起走吗？"

这个"大哥"跟其他客气话到底不一样，他虽有一点叫不习惯，但叫出口的时候，只觉胸口滚烫。

"不，我要回上海，那里有成千上万的兄弟，大概……那才是我的家。"

蔡武陵看向长城："这砖石的城墙到底经不起鬼子的炮火，我要回去带着兄弟们操练，大家一起想办法把鬼子挡下来。"

王不觉只是笑，交手之前，他对鬼子尚有几分畏惧；交手之后，他同样不觉得这是一个好主意，大刀破枪血肉之躯和飞机大炮到底无法抗衡。

"打不过，也总得试一试。"蔡武陵仿佛知道他的想法，微微一笑。

"也不是打不过，瞎猫也有碰上槐树岭死耗子的时候。"

两人用力拍手，算是第一次庆祝这完美的胜利。

"他们的意图已非常明显，他们不仅要东北，要热河，要平津、上海，他们还想吞下我们整个中国。出发的时候，我的老板跟我说，凡是中国有本事的人，都该去跟鬼子打一打，不能让他们轻易得手。"

这些道理他不说王不觉也知道，知道是一回事，真正要做起来的话……他从来不认为自己是有本事的人，为了兄弟，或许能一试再试。

王不觉突然正色道:"大哥,要打,我们一起打。"

蔡武陵笑着摇头,用力拍在他肩膀。

胡琴琴并不知道他们在说什么,看着两兄弟朝着长城指指点点的模样,心中一片怅然,他们指点的地方,那是她的家,回不了的家。

退到北平,退到天津,退到开封、汉口、长沙……一旦开始了退却逃亡,退却和逃亡就不会有尽头。

胡小河一个骨碌滚到她身边,手里拿着一朵无比漂亮的紫色野花。

这也是她小时候最喜欢的花,难为他一直记得。

胡琴琴笑着接过来,别在发髻上。

胡小河眯缝着眼睛仰头看着:"真好看。"

"小河,你知不知道你的家在哪儿?"

胡小河还没有他们这么多离愁别绪,冲着蔡武陵和王不觉的方向狂奔而去,大声道:"长城内外!你在,家在!"

胡琴琴露出笑容,长城内外,只要亲人在,不就是家?

蔡武陵一愣,拍拍王不觉肩膀:"这辈子不知道还能不能见上,该说的话干脆都说完……"

王不觉回头一笑:"我们是兄弟,当然能见上。"

蔡武陵却没有他这种信心,笑道:"我们商量个事,有了娃儿,第一个姓王,行么?"

王不觉赧然一笑:"行啊,不过这也不是我能决定的,要看二琴……"

"姐夫要跟你生娃娃!"胡小河赶来听了这一句,笑嘻嘻看向胡琴琴,"姐!"

胡琴琴牵着王大雀走来,给胡小河一个爆栗,将他抓起来丢在马上。

蔡武陵和王不觉并肩站在一起,王不觉笑容满面,蔡武陵眉头紧蹙地看着她。

胡琴琴头也不回地冷笑:"不姓王,难道姓你们这个没良心的蔡!"

胡小河拊掌大笑:"姐夫!听到没!我要吃喜酒啦!"

王大雀配合默契,发出欢快的嘶鸣。

胡琴琴一巴掌抽在马屁股上,王大雀带着胡小河绝尘而去。

胡小河一路哀号:"姐夫……姐夫救命……"

胡琴琴猛地一转身,径自走到蔡武陵面前,和他四目相对。

蔡武陵目光复杂,带着隐隐的期待。

王不觉在两人脸上看了个来回,神色紧张。

胡琴琴突然一巴掌抽到蔡武陵脸上。

蔡武陵略一迟疑,没有躲开。

胡琴琴没有抽上,巴掌擦着他的脸颊过去了,留下一道轻轻的风。

王不觉手伸了伸,又收回来,知道这不是自己能管的往事。

胡琴琴冷笑道:"这是你欠我的,看在我男人面子上,就这么算了!"

"好!"蔡武陵笑了笑,算是了了一段情缘。

王不觉微微一愣,目不转睛地看着胡琴琴,笑容渐起,又渐渐痴傻。

他的心上人果然是世间少有的美人,怎么看都好看,那打马飞驰而去的模样,多么英姿飒爽……

一阵急促的马蹄声在两人身后突然响起,蔡武陵回头,关山毅、王柏松和杨守疆跑来,勒马停住,笑容满面地等在马上。

蔡武陵和王不觉同时看向对方,同时张开双臂,紧紧拥抱。

两人各自上马,王不觉急追胡琴琴而去,而蔡武陵跟随关山毅、杨守疆和王柏松离去。

两队人渐行渐远,渐渐消失在天尽头。

长城内外,黄沙漫漫,马蹄声声。

长城抗战的故事结束了,北平的故事即将开始,长城内外热血青年的故事会一直延续下去。

从 1931 年开始,经过十四年艰苦卓绝的斗争,有人牺牲,有人失踪,有人隐瞒姓名,有人回归故里……1945 年 8 月,我们取得抗日战争的最后胜利。

胜利属于不屈服的中国人。

(全书完)